国家社会科学基金项目"中国当代小说理论发展史研究"最终成果，项目编号:13BZW123

国家社科基金丛书
GUOJIA SHEKE JIJIN CONGSHU

中国当代小说
理论发展史研究

The Development of Literary Theory
in Contemporary Chinese Novels

周新民 著

人民出版社

责任编辑:陈寒节

封面设计:石笑梦

版式设计:胡欣欣

图书在版编目(CIP)数据

中国当代小说理论发展史研究/周新民 著.—北京:人民出版社,
　2022.8

ISBN 978-7-01-023438-0

Ⅰ.①中…　Ⅱ.①周…　Ⅲ.①小说史-研究-中国-当代　Ⅳ.
①I207.409

中国版本图书馆 CIP 数据核字(2021)第 095666 号

中国当代小说理论发展史研究

ZHONGGUO DANGDAI XIAOSHUO LILUN FAZHANSHI YANJIU

周新民　著

人民出版社 出版发行

(100706　北京市东城区隆福寺街 99 号)

环球东方(北京)印务有限公司印刷　新华书店经销

2022 年 8 月第 1 版　2022 年 8 月北京第 1 次印刷

开本:710 毫米×1000 毫米 1/16　印张:25

字数:384 千字

ISBN 978-7-01-023438-0　定价:128.00 元

邮购地址:100706　北京市东城区隆福寺街 99 号

人民东方图书销售中心　电话:(010)65250042　65289539

目　录

第二编｜现实主义小说理论独尊时期（1949—1976 年）

第三编｜小说理论多元共存时期（1977 年至 20 世纪 90 年代初期）

第四编｜转向综合的小说理论（20世纪90年代中期——　）

序

於可训

    周新民教授送来他的新著《中国当代小说理论发展史研究》，嘱我作序。这是他的国家社科基金项目的结项成果，读后有颇多收获，兹将一点感想略述如下：

    中国古代文学理论，以诗论为主。有关小说的理论比较晚出，而且大多为散金碎玉，不太讲究系统。但这种不成系统的理论也有个好处，就是与创作结合紧密，有的直接就是对小说作品即时性的阅读感受，如今人熟知的"评点"等。中国古代小说理论就是以这种方式发展起来的。如果有人要研究中国古代小说理论发展史，就得对这种散金碎玉式的感性经验或思想资料加以条理，从中找出一些前后关联的脉络或线索，才能见其发展的迹象。

    "五四"文学革命之后，受西方影响的现代小说兴起，小说理论随之也改变了它的表现形式。这种改变主要有以下两个方面：一方面受一种观念支配，运用一定方法的小说评论，取代了阅读小说的即时性直观感受；另一方面是超出感性经验的抽象概括的小说理论开始流行。这种小说理论，在 20 世纪，多为介绍有关小说的一般知识，即所谓小说 ABC。自 20 世纪末以来，则专注于中外各种叙事理论，如小说叙事学、小说修辞学等。由于这种改变，研究小说理论发展的人便从批评家对小说的阐释和评价中，提取思想资料，或从专门的小说理论论著中，寻找发展的线索。根据这些材料，用这种方法写出来的小说理论发展史，相对于取自直接的感性经验的小说理论发展史，自然就跟小说创作隔着一层。所以，后来的研究者写的小说理论发展史，多以小说理论批评史名之。意在表明，所研究的对象，是以小说理论批评活动的成果，即对小说的一些基本理论问题的研究和对小说作品的阐释、评价为主，而非与创作直接联系在一起的对小说问题的理性思考。

周新民教授的著作偏重于后一种方式的研究。他所研究的当代小说理论，不仅仅是当代小说理论家有关小说的基本理论的研究成果，也不仅仅是当代小说批评家对当代小说作品的阐释和评价的结论，而是当代小说理论家、批评家和作家随着当代小说创作进程，对当代小说问题的理性思考。所以他的这部著作，又是一部渗透了这种理性思考的当代小说创作发展史。我觉得，这是这部著作有别于前此时期为数不多的独立的当代小说理论批评史，或包含在各种文学理论批评史、思潮史之中的小说理论批评史的独特之处，这是这部著作的最大特色，也是这部著作在小说理论发展史研究的方法和体例上的一种创新。

20世纪初，鲁迅深有感慨地说："中国之小说自来无史。"岂止无史，中国之小说，也自来无系统的理论。后来从西方引进的一些较系统的小说理论，又大多与中国固有之小说不符。以至于连"小说"这一名称，也与中国固有之小说相乖。后来的研究者和批评家，虽然大多沿袭西方的小说理论，但中国固有之小说观念，却未能从头脑中根除，所以在议论小说问题时，从阐释的标准到评价的尺度，就难免常常要发生矛盾和冲突，以至于自己跟自己打架。这就使中国现代的小说理论，不能不在这种矛盾和冲突中生长发育。在当代文学中，表现尤为突出。周新民教授说："现代化历史道路的牵引和接受优秀传统文化的影响是中国当代小说理论发展的两大动力。""现代性与传统性构成了中国当代小说理论的一体两面，这是中国当代小说理论最为根本性的特征。"他的这部当代小说理论发展史，就是沿着这条主要线索，抓住这个"根本性的特征"展开的，因而主线突出，脉络分明，少了许多与这个"根本性的特征"无关的游谈和枝蔓，也抓住了当代小说理论发展的要害，锁住了当代小说理论发展的命门，为当代小说理论发展史的建构提供了一个核心的命题。这是这部著作又一个重要特征，也是作者为当代小说理论发展史研究做出的一点贡献。

中国小说自"五四"文学革命之后，在20世纪二三十年代，经历了一个所谓"欧化"时期。从20世纪40年代起，开始转向追求"民族化"的目标。五六十年代的当代小说，沿袭了这一追求，并使之发扬光大。在这个过程中，中国古代话本小说的传统，虽然得到了继承，民间说唱形式也为小说家所采用，但因为现代中国小说已经过了一番脱胎换骨的改造，所以这些传统的和民间的艺术元素，就只能作为一种外在的披挂，装点"中国作风和中国气派"，而不能作为内里的血肉，重造一种中国化的小说。20世纪80年代以后，中国小说虽然又脱下了民族的服装，为"欧化"的肌体重新披上了现代的外衣，但到了90年代以后，这外衣却被一些作家认为，"既不好看也不保暖，与国人体量性情不合"（张炜语），因而又转过头去翻检祖宗的宝库，希望从中找到更多的宝贝，为铸造真正既是现代的又是中国的小说提供材料。但这条道路将可能十分漫长，原因是传统与现代在近百年来的中国文学，当然也在中国小说中，已如鲁迅所说"纠缠如毒蛇，执着如怨鬼"，是很难分得清楚的。真要把传统和现代有机地糅合在一起，重捏一个你中有我、我中有你的现代中国小说谈何容易，所以，随着这个漫长的探索过程的理论思考，也将未有穷期。

周新民教授是由文艺学转向当代文学的。我说过："这种学缘结构，给他带来的优势是，他的文学批评常常能从宏观入手，从大处着眼，逼近本质，提要钩玄，具有很强的理论穿透力，且有较强的思辨色彩。给他带来的问题是，有时难免从理念出发，或流于粗疏，失之艰涩。"他的这部新著，发挥了他这个学缘结构的优势，谈理论而不流于艰涩，论发展而不拘于细节，真正做到了"从宏观入手，从大处着眼，逼近本质，提要钩玄"。

周新民教授把当代小说理论发展分为"现实主义独尊""小说理论多元共存"和"走向综合的小说理论"三个时期。这种分法的命名，虽有可商榷之处，但所对应的当代小说创作的三个时期却是基本合适的。就当代小说理论的三个主要构成部分，理论研究、创作评论和作家反思来说，这三个时期涉及的小说理论问题无疑是多种多样、纷繁复杂的，但各个时期也有一些问题，是该时期集中关注的焦点。对这些问题的讨论、研究和创作反思，最能体现该时期小说理论的主要特色。周新民教授主要是以现实主义小说理论规范的建构、开放和在一个新的更高的意义上走向综合为中心，论及这三个时期的小说理论所涉及的一些主要问题。例如，"现实主义独尊"时期的题材、人物、情节和真实性、倾向性以及民族形式问题。"多元共存"时期的现实主义传统的"恢复与蝶变""现代小说技巧的引进"和"形式主义小说理论"问题。"走向综合"时期的现实主义的"回归"和"重构"，以及"文化转向背景下的当代小说理论"问题等。抓住了这些问题，不但能统摄创作，而且能见其发展，不至凌空蹈虚，流于汗漫。

当代小说理论既属当代人对小说创作的理性思考，则不免人多嘴杂，众说纷纭。但好在话有繁简雅郑，人有类聚群分，有时候，这一群人对这一个问题说得多一些，见解深一些，新一些，有时候那一群人对那一个问题说得多一些，见解深一些，新一些。所以研究这些话语的人，就不能不有一个侧重点。从这个意义上说，在周新民教授划分的三个时期中，他把第三个时期论述的侧重点放在作家的创作反思方面是很有见地的。因为这个时期作家的创作反思，相对于理论研究和创作评论来说，堪称一枝独秀，是值得当代小说理论发展史的研究者格外加以关注的。但关注的程度，在此基础上，似应还要有所扩大和加深，并对之加以适当的理论整合，使之成为当代小说理论发展的一种独特形态。

是为序。

2020 年 1 月 12 日于珞珈山临街楼

导　　论

一、中国当代小说理论发展史研究的历史和现状

较长一段时间以来，中国现当代文学史研究主要以作家、作品为中心。这样的研究模式自有其目的和意义。通过作家研究、作品研究，能够遴选出一个时代在思想性、艺术性上有代表性的作品。这是确立文学经典的必要途径。中国现当代文学史研究要处理文学和社会现实之间的千丝万缕的关系，从作家、作品入手，的确能起到"大浪淘沙"的作用，翻检出在思想性、艺术性上有价值的作品。不过，以作家、作品为中心的研究理路也的确存在一些弊端。最主要的问题是，它无形地缩小了中国现当代文学的研究对象和范围。作家、作品周边的诸多"要素"，如作家的生活状态、文学生产的环境、作品的发表与接受等，无形之中被忽视。事实上，作家的创作活动也不是处在真空之中，会受到具体的社会政策、制度、人事和日常生活的制约与影响。文学作品的接受和流通，也有其特殊的复杂性，也会受到读者的文化素质、审美能力、闲暇时间等因素的影响。因此，拘囿于作家、作品研究，一方面会缩小中国现当代文学史的研究领域与范围，另一方面会影响对作品价值的阐释与认识。近年来，为了拓展当代文学史研究领域，一些学者纷纷在文学教育、文学期刊、文学制度、当代文学史料等研究领域寻找到崭新的研究空间，冲击了已有的研究模式。

在影响作家创作的诸多因素中，专业读者的接受往往也是重要的因素。专业读者的接受，其实就是文学批评的重要内容。但是，中国当代文学批评在当代文学史研究领域还没有得到应有的重视。

中国当代文学与文学批评相伴而生。但是，当代文学史研究常常把当代文学批评排斥在外。这样来处理当代文学史的后果也很明显。有学者认为，不关注当代文学批评的文学史，留下了难以避免的桎梏："就是迄今多数所谓文学史著作，好一点的算是文学现象的长编，等而下之者或是人云亦云或简直不过是胡编臆造而已。重要原因就在没有一个专门的批评研究的环节，或者说是对批评现象没有充分的关注。没有批评史基础的文学史是不会具备必要的文学感性基础和文学审美基础的；只有经由批评的感性提炼和审美观照进而形成批评史的脉络，将文学现象流变演绎为一种感性审美逻辑，在此基础上的文学史才是真正可能的。"① 当代文学批评之于中国当代文学史的重要性还体现在当代文学批评有其特殊性。当代文学批评工作者是受过良好学术训练的专业读者，有比较扎实的文学理论功力和厚实的文学史涵养。他们常常能提出让作家受益的思想观点和艺术见解。因此，文学批评对一部作品的思想阐释和艺术分析，往往会对作家产生比较深的影响，从而在一定程度上影响到文学创作。这样的例子比比皆是，不必赘述。

从相对宏观的角度来看，当代文学批评和中国古代文学批评、现代文学批评相比，在诸多层面上也有很大的差异性。与古代文学批评相比，当代文学批评更活跃、对文学的参与程度更深、与文学制度的关系更加紧密。从这个角度来看，中国当代文学的发展相比古代文学、现代文学而言，和文学批评的联系更加紧密。中国古代文学批评主要以"诗文评"的形式出现。不过，"诗文评"大都尚属于文学鉴赏领域，和古代文学生产构成生产性关系的程度有限。现代文学时期自然问世了大量的文学批评性文字，这些文字也

---

① 吴俊、李音：《文学·批评·制度——就"当代文学批评史"研究访谈吴俊教授》，《当代文坛》2018 年第 5 期。

对文学创作产生了很大影响，成为中国现代文学史的有机组成部分。不过，与当代文学批评不同的是，现代文学批评一方面还没有获得国家体制性力量，无法纳入国家文学生产系统之中。因为现代中国多灾多难，外患不断，国家还没有实现实质上的统一。另一方面现代文学批评还呈现出由传统向现代过渡的状态，具有鲜明的理论主张的文学批评体系还在形成之中。

当代文学批评不再仅仅是简单的文学鉴赏，还具有自觉引领文学发展的重要功能，具有"浇花""锄草"的社会功能。从事当代文学批评的主体，很大一部分是从事文学管理工作的干部，他们代表国家意志介入文学批评。由于国家体制力量的介入，文学批评所具有的功能也随之发生了变化。自新时期以来，由于中国大学文学教育的发展，很大一部分文学批评从业者是从事文学教育和文学研究的高校教师。这部分文学批评从业者是中国当代文学批评的主要力量。他们从事文学批评是专业读者的职业行为。这种职业行为在一定程度上有别于中国古代文学批评和现代文学批评。学院批评家所代表的文学批评表明，文学批评不再是简单的文学鉴赏行为，而是国家力量的体现，也是一种职业行为。于是，文学批评和文学研究之间产生了更加紧密的关系。这是当代文学批评区别于古代文学批评、现代文学批评最为主要之处。因此，鉴于中国当代文学批评的重要性和特殊性，中国当代文学批评理应是中国当代文学研究的重要领域。

中国当代文学批评研究既关注对中国当代文学的整体性思考，又关注一定的文学理念与文学观念，更应该关注具体文类的批评，具体的文类——小说、散文、诗歌、戏剧、影视文学——的批评实践，应该是中国当代文学批评的主体内容。关乎一个时期甚至一个时代的文学理想、文学理念的推进，常依托于具体的文学作品的批评实践。离开了具体文类的批评实践，当代文学批评就难以存在，难以构成丰富的有机体。在各类文体批评实践中，小说批评数量最大，影响最广泛。因为小说是当代文学重要的文体门类，是当代文学重要的研究对象，产生较丰富的批评成果实属顺理成章。由小说批评切入当代文学批评，为窥见当代文学批评的特征、内涵提供了得天独厚的便利与优势。

小说家在创作小说的同时，还撰写了大量的演讲稿、创作谈、读书笔记、访谈录等具有理论性色彩的作品，这些作品理应是中国当代文学的重要组成部分。但是，当代文学史研究关注的对象更多的是小说家的文学作品，而具有理论性色彩的作品常常被忽视，很少得到关注，更谈不上系统、深入的研究。因此，从一定程度上来看，现有的文学史研究常常有意无意地割裂了小说家的理论性作品和文学作品之间的有机联系，无形之中缩小了当代文学的研究领域。鉴于此，把小说家的理论作品纳入研究视野，展开比较系统的研究，力求在小说家具有理论性色彩的作品和文学作品之间找到有机联系，是丰富当代文学研究的必要手段，也是拓展中国当代文学研究领域的重要举措。

小说批评和小说家的理论性作品，共同构成了小说理论的基本内容。基于扩展中国当代文学史研究领域的目的，也基于当代文学批评史研究的需要，为了弥补当代文学批评这一当代文学"有机体"被遮蔽的现实，本书试图在当代小说理论史研究领域做出一些努力，尝试扩展中国当代文学史的研究领域。

其实，当代小说理论的研究对象很丰富，既有学者的小说理论研究，如杨义的《中国叙事学》、李建军的《小说修辞研究》等，还包括被翻译的小说理论，例如，《小说美学》《小说修辞学》等；还有海量的小说批评。当然，还应该包括小说家带有理论色彩的作品，如创作自述、访谈、读书笔记等。当代小说家尤其是新时期以来开始创作的小说家，基本上都受过良好的教育。他们在小说创作之余还发表过大量的创作自述、读书笔记、演讲集（稿），有不少小说家还出版过专门性著作。例如，王蒙的《漫谈小说创作》、王安忆的《心灵世界：王安忆小说讲稿》、余华的《我能否相信自己》、张炜的《小说坊八讲》、韩少功的《阅读的年轮》、残雪的《趋光运动：回溯童年的精神图景》、毕飞宇的《小说课》等。小说家和批评家之间的对谈更是数量庞大。这些理论性的作品同样应该纳入当代文学史的研究范畴。然而，当下文学史研究并没有在小说家的理论性作品研究上投入精力。大量的理论性作品只是作为史料，用以印证创作上的问题。为了更加清晰、完善地彰显当代文学史的发展脉络和丰富状态，笔者认为，应该对这些理论性作品展开深入的研究。

基于上述原因，本书拟对中国当代小说理论发展史展开系统的研究。其目的是顺应中国当代文学发展的客观事实，着眼于中国当代文学发展的丰富形态和状貌，拓宽中国当代文学史研究的领域与视野。

虽然中国当代小说理论史有重要的价值和意义。但是，近 70 年来中国当代小说理论史的研究还处在拓荒阶段。现有的研究主要集中在史料整理和当代小说理论阶段史研究领域。

史料整理方面先后出版了《谈短篇小说创作》（1959），《长篇小说创作经验谈》（1959），《小说文体研究》（1988）等关于小说文体方面的资料。《当代小说理论与技巧》（1989）则是关于小说技巧方面资料的摘录。综合性的小说理论史料汇编有《二十世纪中国小说理论资料（1949—1976）》（洪子诚，1997）、《新时期小说理论资料汇编》（周新民，2014）。《二十世纪中国小说理论资料（1949—1976）》侧重于 1949—1976 年小说理论资料，涉及小说特性、文体等方面的内容。《新时期小说理论资料汇编》不仅包括新时期以来小说理论的特性、文体、小说理论的译介等方面的史料，还包括阶段性小说史料整理，是当代小说理论研究的基础工程。但是，由于中华人民共和国成立后小说理论史料数量非常庞大，仅仅依靠现有的史料整理还不能满足研究工作的需要。

在当代小说理论研究领域，庞安福（1983）、鲁原（1985）、余岱宗（2004）等探讨了"十七年"小说"中间人物"理论。刘为钦（2007）研究了"十七年"小说情节理论。涂昊（2008）研究了新时期小说创作理论。朱寨、张炯、陆贵山、董学文、朱立元、刘大枫、方竞诸位先生的新时期文学思潮（理论）研究，也大多涉及了新时期小说理论。温儒敏、夏中义、陈顺馨等学者触及了俄苏文论对"十七年"小说理论的影响。赵稀方、吴锡民、肖翠云等在其相关著作中分别关注了形式主义文论、意识流小说理论、语言学批评对新时期小说理论的影响。

当代小说理论史研究领域还没有出现系统性的著述。有代表性的当代小说理论批评阶段史研究成果有《20 世纪中国小说理论研究》（荣文仿等，2002）、《中国当代文学理论批评史（1949—1989 大陆部分）》（古远清，2005）、《当代中国小说批评史》（程光炜，2019 年）等。《20 世纪中国小说理论研究》在 20 世纪小说理论史的整体背景中考察当代小说理论批评发展的历史脉络。《中国当代文学理论批评史（1949—1989 大陆部分）》以当代小说理论批评与当代文学理论批评之间的联系为纽带，以两章的篇幅，分别讨了 1949—1976 年和 1976—1989 年小说理论批评状况。《当代中国小说批评史》专门研究中国当代小说批评的历史进程和历史状貌。此外，《二十世纪中国小说理论资料（1949—1976）·序言》（1997）、《20 世纪 80 年代以来中国小说理论回眸》（2007）等论文，也呈现了一定历史阶段小说理论批评状貌。因此，阶段史研究是系统、完整地研究当代小说理论史的必要环节和步骤。

二、基本内容

基于中国当代小说理论史研究的历史和现状，本书着重系统地研究中国当代小说理论发展的历史演进过程、各个历史阶段的内涵和历史特征，最终形成《中国当代小说理论发展史研究》一书。《中国当代小说理论发展史研究》主要内容可以划分为三大板块。

第一大板块是探讨中国当代小说理论发展的历史进程。这一部分内容探究自 1949 年以来中国当代小说理论发展的历史脉络和历史阶段性特征。中国当代小说理论发展历程可以划分为三个基本阶段。第一个阶段是从 1949—1976 年，这是当代小说理论独尊现实主义的历史时期。现代小说理论还有多元形态，崇尚反映社会生活的小说理论、着力于表现主体情感的小说理论、译介过来的现代主义小说理论等都得到了长足发展。1949—1976 年，现实主义小说理论是唯一的小说理论类型。从内涵上来看，这一历史时期的现实主义小说理论有两类：一是偏重抽象的"现实"理念；二是偏重感性经验的"现实"。在具体的发展过程中，偏重从抽象理念的角度理解"现实"的现实主义小说理论基本上处于压倒性地位，而偏重感性经验的"现实"常常处于被压制的状态。这种状态导致了现实主义小说理论陷入抽象政治性甚至政策性观念的束缚之中，也最终导致了现实主义小说理论难以为继。

出于反拨前一个阶段独尊现实主义小说理论的需要，新时期以来小说理论开始走上了多元发展的历史道路。从 20 世纪 80 年代初期至 90 年代初期，当代小说理论发展史上出现了现实主义小说理论、抒情性小说理论、形式主义小说理论三类小说理论形态多元并存的历史状貌。值得注意的是，出现在第二个历史时期的现实主义小说理论和第一个历史阶段的现实主义小说理论，在内涵上有所不同，前者更加贴近对现实社会生活经验性的表达和对创作主体意志、情感的承载，因而，在价值上具有启蒙意义。抒情性小说理论则是以张扬主体为价值追求。小说的表现对象、结构、表现方法等都出现了与现实主义小说理论完全不一样的风貌。它崇尚情感、情绪、生命意识，结构上多倡导空间结构，表现方法上推崇象征。形式主义小说理论主要是在西方形式主义文学理论影响下形成的，主要有叙事形式本体、语言本体、符号本体三种理论形态。在当代小说理论发展的第三个阶段，小说理论开始出现综合性发展的历史趋势。一方面，现实主义小说理论适应历史发展的需要，以回归到生活现场为第一要务，开始出现崭新的样貌。另一方面，综合文化批评等理论资源，形成了以小说修辞为内核的小说修辞学理论。小说修辞理论尝试沟通中国古代叙事学理论传统，出现了具有民族文化传统的中国叙事理论。

第二大板块内容是从宏观上探讨中国当代小说理论史的基本特征。中国当代小说理论在发展过程中，形成了鲜明的特征。其特征主要有三个方面：明确的社会功利性、鲜明的民族特性、自我发展的独立性。明确的社会功利性，是指中国当代小说理论在发展过程中，始终受到现实社会政治的影响，具有鲜明的意识形态传播功能和社会意识的组织功能。1949年至20世纪70年代中期，小说理论的社会功利性直接体现为政治性；80年代小说理论的社会功利性体现为文化启蒙；90年代以来小说理论的社会功利性体现为对市场经济的反抗，从精神角度弥补市场经济专注于功利性精神的缺陷。

中国当代小说理论的发展历程，也是一个不断向中国文学传统致敬的过程。始终从中国文学传统那里找到可以吸取的资源，这是中国当代小说理论形成民族特性的基本原因。1949—1976年中国古代白话小说传统得到了深度承接与转化；20世纪80年代至90年代初期小说理论更多地传承与转化了中国文言小说和抒情文学传统；90年代中期以来小说理论更全面地吸收中国古代叙事智慧，初步创建了具有中国民族特色的叙事理论。虽然从表层上看，中国当代小说理论深受社会现实的政治、文化的影响，但从深层次上看，中国古代文学传统的影响才是当代小说理论发展的根本性动力。值得注意的是，中国当代小说理论发展史其实还是一部中国当代小说理论自我建构的历史，也是创建中国小说学的历史过程。因此，中国当代小说理论自我独立发展，也是中国当代小说理论发展史的重要特征。

第三大板块是主体内容。这一部分主要分阶段讨论中国当代小说理论的时代特征，探究中国当代小说理论的历史特征与历史内涵。1949—1976年是中国当代小说理论发展的第一个历史时期，独尊现实主义小说理论是其最基本的特征。本书抓住现实主义小说理论基本元素的历史特征，分别从题材、真实性、倾向性、人物形象、民族形式等理论命题入手，详细、深入地探讨了现实主义独尊时期小说理论的历史内涵和特征。在研究过程中，始终从史料入手，运用历史分析的方法，展现了现实主义小说理论丰富的历史内涵。

本书分四个部分探讨20世纪80年代至90年代初期小说理论的发展状况。此历史阶段的小说理论呈现出多元小说理论共存的历史状貌。第一部分是开放的现实主义小说理论。现实主义小说理论突破既有成规，形成开放的现实主义小说理论。在题材理论、主题理论、人物理论、结构理论等方面，现实主义小说理论吸收了变革时期的时代精神，极大地丰富了其理论内涵。第二部分是探究意识流、叙事学等小说理论对 80 年代小说理论的影响，彰显了 80 年代小说理论的开放品格。第三部分是探讨抒情性小说理论的形成与历史特征，分析了抒情性小说理论在注重情绪、生命意识、语言、空间结构、象征方法等层面上的基本特征。第四部分是探究形式主义小说理论内涵，深入剖析了叙事本体论、语言本体论、符号学小说理论三类形式主义小说理论的历史内涵与特征。

本书从三个方面探究了自 20 世纪 90 年代初期以来小说理论的基本状貌。现实主义回归是 90 年代中国社会变革赋予小说理论的重要特征：从先锋小说回归到现实，回归到对于现实的关注，回归到对于精神价值的关注上。这一历史阶段小说理论还综合文化研究相关的思想资源与方法，形成了具有鲜明特色的小说修辞学。这是 90 年代初期以来小说理论的又一主要内容。此外，小说理论还向中国叙事传统借鉴，形成了具有中国民族特色的叙事理论。这是 90 年代以来小说理论的重要内涵与特色。

总体来看，本书采取先总论后分论的方式，全面而深入地探讨了中国当代小说理论发展的历史进程、基本特色、状貌与内涵。

三、基本研究方法

中国当代小说理论的发展深受中国当代政治、经济、文化的影响。但是，中国当代小说理论又有自身的独特历史与发展道路。之所以如此，是因为中国当代小说理论在发展过程中，深受中国古代小说理论传统的制约和影响，而各种对当代小说理论产生影响的外在因素又是通过传承与转化古代小说理论的方式体现出来的。为了充分揭示中国当代小说理论发展道路和历史特征，本书采用了"深描"的方法和案例分析法两种主要研究方法。

1."深描"的方法

中国当代小说理论是和中国当代政治、经济、文化相互缠绕在一起的，不存在一个先验的小说理论"存在"。有研究者在研究过程中，常常陷入思维陷阱：尝试去剥离缠绕在"先验"小说理论周边的政治、经济、文化，企图使小说理论呈现出它"本来"的面目。这种研究观念的确长期存在，尤其是对一个阶段小说理论的状貌、特性的描述上。例如，描述1949—1976年小说理论发展时，常常会构建一个二元对立的模式：小说理论与政治之间的二元对立。秉持上述观念的研究者认为，1949—1976年政治"干扰"了小说理论，使小说理论按照政治的轨道运行，丧失了自身的独立性。这种观念实质在于，认为存在一个"实体"的、"先验的"小说理论。事实上，当代小说理论史本身就是一个在政治、经济、文化中不断地建构的历史过程。也就是说，当代小说理论史是在阐释不同历史阶段围绕小说理论而展开的争鸣、倡导、言说的过程中形成的，而不是一个孤悬于社会政治、经济、文化之外的、自足地发展的历史过程。

因而，中国当代小说理论发展史首先要面对的是缠绕中国当代小说理论的种种社会政治、经济、文化事件，从事件的开掘中去寻找其中所包含的小说理论元素与小说理论的变化。虽然在中国当代小说理论发展的历史过程中，政治、经济、文化对小说理论的发展起到了比较重要的作用，这是毋庸置疑的。但是，小说理论发展有其自身的逻辑和规律。而体现小说理论自身逻辑和规律的，是当代小说理论发展的各个时期，小说理论自身内涵和要素对于时代政治、经济、文化的回应。因此，拨开小说理论外在"缠绕"的诸要素，我们可以看到小说理论自身的演化和变迁。小说理论自身的变迁尤其是自身的轨迹，和建立在作家作品阐释基础上的当代文学史的轨迹有所不同，也和中国当代文学批评史的发展和变迁有所不同，更大程度上体现出了对小说自身理论命题的思考。

值得注意的是，中国当代小说理论自身的发展，其实是建立在对中国古代文学传统的传承与转化基础上的。虽然现代意义上的小说理论是中国20世纪以来的新鲜理论命题，但基于文学传统的吸收与转化是中国当代小说理论发展史最重要的内容。利用"深描"的方法，就是要阐释中国当代小说理论史是在何种层面上、何种理论命题上接续了传统，这是"深描"带给中国当代小说理论发展史研究的重要启示。

"深描"的方法，本是格尔兹在民族志的人类学研究方法遭遇危机时提出来的一种文化学研究方法。这种方法的精髓是"从当地人的视角看事情"。"深描"的方法运用到当代小说理论发展史研究中，要解决的是着眼于小说理论发展的自身命题，探讨政治、经济、文化对于小说理论的影响如何催生了小说理论命题的改变，推动了小说理论内涵的变化。"深描"的方法，使当代小说理论发展史和当代社会史、当代文学史之间有了重要的分野，从而使中国当代小说理论发展呈现出独有的历史进程和历史内涵。

2. 案例分析法

案例分析法是中国当代小说理论发展史研究的重要方法之一。中国当代文学史上有过不少会议、文学论争，包括小说批评事件，都包含着小说理论的重要命题。在研究过程中，本书始终抓住体现小说理论命题的会议、论争、批评事件，由此展开抽丝剥茧式的阐释与分析。

大量关于小说的特性、观念、功能的理论性内涵都被案例性史料包裹。在研究过程中，一方面要从浩繁的史料中选取有价值的"案例"，另一方面要对"案例"展开抽丝剥茧式的阐释。经由上述路径，小说理论的相关命题得到"呈现"。

"深描"的方法、案例分析法，从根本上是为了建立实证的研究思路。本书所有对中国当代小说理论发展史诸多命题的阐释，都建立在从"案例"之中提炼出史料的基础上，"深描"的方法则是使对中国当代小说理论发展史的描述，紧紧围绕小说理论自身的发展与变化展开，而不是把中国当代小说理论发展史看作中国当代文学批评史、中国当代文学史的附属之物。

第一编

中国当代小说理论发展史综论

第一章　中国当代小说理论发展进程

1949 年 7 月，第一次中华全国文学艺术工作者代表大会在北京召开，这一事件一般被认为是中国当代文学的开端，这一时间节点也是中国当代小说理论发展的起点。第一次中华全国文学艺术工作者代表大会所制定的文学艺术政策，当然也是当代小说理论所应该遵循的基本法则。依从当代文学发展历程阶段性的划分方法，当代小说理论的发展大致也经历了三个阶段。第一个阶段是从 1949 年 7 月到 20 世纪 70 年代末。在这 30 来年里小说理论曲折地探索现实主义规范。同时，现实主义小说理论成为这个历史时期唯一的小说理论形态。第二个阶段是从 20 世纪 80 年代初期到 90 年代初中期。这期间小说理论反思了此前现实主义陷入僵化的陈规，重新建立新的现实主义理论规范。同时，由于受到了外来文学的深入影响，小说理论形态也发生了变化。除了现实主义小说理论之外，以表现生命、情感为主导的小说理论和以形式为主导的小说理论开始形成。因此，这一阶段的小说理论在突破前一个阶段的单一形态的基础上，形成了多元形态的小说理论共存的历史格局。第三个阶段是 20 世纪 90 年代中期以来，小说理论发生了转折。其主要体现在深入反思了前一个阶段小说理论，出现了诸多新气象。现实主义小说理论更强调伦理尺度。此阶段综合"文化与形式"的小说修辞学诞生了，小说理论开始在形式与文化的同构中展开理论探讨。值得注意的是，深入中国文化传统肌理，综合中国传统文化与叙事学，开始构建具有中国民族特色的小说叙事学是这个阶段小说理论的重要表现。总体来看，中国当代小说理论历尽三个历史阶段，形成了现实主义、抒情主义、形式主义、文化综合论四种基本理论形态。

第一节　现实主义规范的曲折探索

中国古代小说理论源远流长。一般认为，中国古代存在两大小说系统：文言小说和白话小说。中国古代小说理论相应地也有两大系统。一般来说，文言小说理论把小说作为历史的一部分，小说叙事作为历史叙事的补充而存在。而白话小说则起源于民间，和民间故事有不可分割的关系，属于口头文学的范畴。晚清之际，以梁启超等为代表的知识分子，把小说的地位提升到关乎国家兴衰的高度。进入现代时期，随着社会经济和报刊业的发展，具有现代意义的知识分子群体得以形成，小说这一文体得到了极大的发展。小说创作的发展，也带动了小说理论的发展。现代小说理论也形成了与传统小说理论完全不同的内涵与品格。在中国传统文学观念中小说是"野史"，是史传的附庸，是对正史的补充。虽然近代小说观念发生了很大的变化，但是小说的"野史"地位并没有得到根本性的改变。直到"五四"时期，小说的独立地位才得到提升。"五四"小说理论家们把小说从历史中拉了出来，他们明确地宣告："小说本为一种艺术"①"历史是历史，小说是小说"。②

现代小说理论吸收了外来小说理论的滋养，也接受了来自传统的影响，形成了多元形态并存的小说理论。1949 年到 1976 年的小说理论与现代小说理论有必然的联系，它们都与时代紧密相连。现实主义小说理论基本遵循人物、情节、环境三要素，属于典型的正格人物小说理论。但是当代小说理论

---

① 君实：《谈屑：小说之概念》，《东方杂志》第 16 卷第 1 号，1919 年 1 月 15 日。
② 郁达夫：《历史小说论》，《创造月刊》第 1 卷第 2 期，1926 年 4 月 16 日。

所发生发展的政治、文化背景与现代小说理论有本质的区别。中华人民共和国成立后形成了特有的文学制度。因此，中国当代小说理论与现代小说理论又有较大的区别。从总体上来看，中国当代小说理论继承了现代小说理论的诸多特性，又在特殊的时代文化氛围中有了崭新的发展。

1949—1976 年的小说理论，是中华人民共和国成立后当代小说理论发展的第一个历史阶段。因为冷战的世界格局和中华人民共和国成立后的特殊历史背景，在较长的历史时期，阶级斗争文化深刻地影响了当代小说理论的发展。阶级斗争的文化理念对小说理论的影响主要体现在以下几个方面：首先，在小说功能的阐释上，小说理论所关注的中心话题是探讨小说如何有效地为工农兵服务。小说主题理论要求小说要表现、反映工农兵的生产生活、阶级斗争生活，以及在这之中所产生的思想感情。题材理论上则要求选取表现工农兵精神风貌、展示阶级斗争及生产和生活。人物形象理论上要求塑造出具有新的时代气息的崭新的工农兵英雄形象。形式理论上则倡导民族的——特别是与老百姓的审美趣味相一致的民间的民族形式。小说理论所涉及的各个方面，都体现出了阶级斗争这一政治文化对小说理论的深刻影响，因此，当代小说理论与现代小说理论有本质的区别，也因而具有"当代"特色。

纵观 20 世纪 50 年代至 70 年代末期这 30 年来小说理论的历史进程，我们可以发现，阶级斗争政治文化影响下的小说理论，大致经历了以下三个历史阶段。

第一个阶段是从中华人民共和国成立到 20 世纪 50 年代中期。新生政权成立之后，文化与文学上的吐故纳新成为迫在眉睫的大事，小说理论开始集中清理知识分子趣味与个人主义思想。中华人民共和国成立之初对萧也牧创作倾向的批判和对路翎小说中"个人主义"思想的批判，就是清理知识分子趣味与个人主义思想的重要体现。其间对《〈红楼梦〉研究》的批评，可以说是建构现实主义文学规范的一次尝试，关于现实主义小说理论的方方面面的规范都得以清晰地呈现。这次批判运动集中批判了俞平伯关于《红楼梦》

是曹雪芹自序传的观点。批评者认为，小说创作不再是个人表情达意的行为，而是对社会生活的反映。批评者还认为现实主义小说的主题要反映出社会发展的总体趋势等。

第二个阶段是从 20 世纪 50 年代中后期到 60 年代初中期。这一阶段小说理论发生了一些变化。承继前一个阶段小说理论内涵，小说的思想立场仍然是小说理论所关注的重点，小说理论所要处理的首要问题仍然是小说家的思想立场与工农兵生活题材之间的关系。但是，对小说艺术本身的探讨还是得到了一定程度的发展与深化。这突出表现在理论家对小说的艺术性，如对短篇小说的艺术特性、小说的艺术形式以及人物形象的塑造等理论问题的思考上。这一历史阶段短篇小说的体式问题得到了深入开掘，茅盾、邵荃麟、魏金枝等都对短篇小说的特性有过深入思考。长篇小说的体式除了鼓励"新评书体"之外，"史诗"理论得到了广泛的推崇，小说理论家纷纷以"史诗"作为长篇小说的审美标准来评价《青春之歌》《保卫延安》《红日》《创业史》等高水平的长篇小说。小说理论家们的努力，使这个历史时期长篇小说体式理论有长足的进步。民族形式理论也有了进一步的发展。除了故事体、"新评书体"等之外，茅盾还提出了从结构和人物形象塑造方式等方面寻找民族形式。尤其是在人物形象塑造上有了更多的艺术思考，写好人物的对话和人物的动作等艺术上的倡导也多了起来。此外，围绕《金沙洲》《创业史》展开了人物形象塑造的讨论，不再是简单地在思想性、阶级性层面上来讨论典型性，从小说艺术层面来讨论典型性的思考更集中。因此，典型形象不同于思想意识，而是具有独立的艺术要求的主张也得到了一定程度的认同。这个时期小说理论深化的另外一个标志就是，小说的艺术风格也得到了重视。艺术风格是综合文艺作品的思想层面和艺术层面而形成的审美特征。小说的艺术风格进入批评家的视野，表明小说理论开始着力走出狭隘的思想性视野，也表明小说理论在极力破除内容与形式之间的紧张关系。围绕茹志鹃小说风格的讨论，展开了小说艺术风格应该多样化的理论探讨。上述种种迹象表明，小说艺术性上的规范，在 20 世纪 50 年代中期至 60 年代中期得到了广泛探讨。这些探讨深化了小说理论，推动了小说理论进一步深入发展。

从 20 世纪 60 年代中后期到 70 年代中后期是此时期小说理论发展的第三个阶段。这一阶段外部的政治文化气氛发生变化。前两个阶段小说理论还能从艺术属性出发来探讨小说理论问题，但是，在此阶段小说理论更加直接地为政治服务。政治概念代替了作家对生活的体验，小说更直接地演绎政策，从根本上丧失了艺术属性上的探究。当时有论者这样规范小说的主题："无产阶级文化大革命以后新创作的长篇小说，为了更好地突现无产阶级专政下继续革命的主题，都以党的基本路线为纲，在广阔的阶级斗争背景上，着重反映了党内两条路线斗争。"① 人物形象也成为对某种具体思想的阐释与印证，人物自身性格的发展逻辑被取消。小说的典型化这一重要理论命题也与当下社会生活直接联系。这种联系体现在典型化的根本任务不是创造具有鲜活有生命力的艺术形象，而是对当下社会生活的直接介入。浩然这位最符合当时小说理论规范的作家，曾这样说："典型化的根本任务，就是把社会生活中的'矛盾'和'斗争'典型化。唯有典型化了的'矛盾'和'斗争'，才是造成文学作品或艺术作品的基本内容。"② 至此，小说理论已完全沦落为阶级斗争和路线斗争的扈从。

第二节　开放与多元的小说理论

随着 1976 年 10 月"四人帮"的覆灭，中国当代文学开始进入新的历史阶段。政治环境的改变，文学与政治之间的关系也随之发生了变化。于是，文学与政治之间的僵化关系也出现了松动，"文化大革命"时期的一些激进

---

① 高昆山：《努力突现无产阶级专政下继续革命的伟大主题——试谈无产阶级文化大革命后长篇小说创作的收获》，《辽宁大学学报》（哲学社会科学版）1974 年第 1 期。

② 浩然：《学习典型化原则札记》，《天津文艺》1975 年第 3 期。

的文学主张被抛弃。一批"十七年"时期遭受批评的小说被平反，文学与政治之间的关系得以重新厘定。经过讨论，社会形成了一定的共识：文学不再是政治的工具，"文学为政治服务"的纲领调整为"文学为社会主义服务，文学为人民服务"。由于政治与社会环境的变化，小说《班主任》《伤痕》得到了正确的评价。它们不再因为暴露阴暗面而遭受批评。小说观念也因此开始出现新变化。其中，最为根本的改变是，"十七年"时期建立的现实主义小说规范开始备受质疑。戴厚英认为："现实主义的方法——按照生活的原来样子去反映生活，当然是表现作家对生活的认识和态度的一种方法。但绝对不是唯一的方法，甚至不是最好的方法。"① 作为在那个时段最有影响的理论家之一，李陀更为激进地主张要超越现实主义固有写作模式。他说："小说固然'有一定的写法'，但写法却不必定于一，不一定非要'写得像巴尔扎克或契诃夫的作品那样'。"② 这种超越现实主义小说理论的观点建立在小说应该以审美的方式把握世界的观念之上。李陀认为："小说可以以一种更复杂的方法表现复杂的现实世界，无论这是一种主观内心生活的现实，还是一种客观社会生活的现实。这种小说把人的意识和潜意识，人的内心活动和外部活动，人的精神生活和社会生活，人的过去经验和现实经验，都放在相互矛盾又相互联系的关系中去表现，从而在对人和世界的理解和表现上显示出复杂的层次。"③ 前一个时期的现实主义小说理论遭受质疑，有双重意义。其一，与前一个历史时期相比，20 世纪 80 年代现实主义小说理论将有不同的内涵与特征；其二，由于前一个时期现实主义小说理论独尊的格局受到冲击，多元小说理论并存的历史情境将变得可能。

多元形态的小说理论渐渐形成是 20 世纪 80 年代小说理论最为重要的特征。首先，虽然现实主义小说理论也是 80 年代小说理论中重要的一脉，但是它与前一个阶段的现实主义小说理论有不同的内涵与特征。1949—1976 年

---

① 戴厚英：《人啊！人！·后记》，广东人民出版社 1981 年版，第 356 页。
② 李陀：《论"各式各样的小说"》，《十月》1982 年第 6 期。
③ 李陀：《论"各式各样的小说"》，《十月》1982 年第 6 期。

现实主义小说理论始终从历史本质、社会本质的角度来厘定"现实"。也就是说，现实主义小说理论根据是否符合历史"本质"来判定现实的真实性。80 年代现实主义小说理论则更多地从经验的角度，以创作主体和阅读主体在现实生活中的观察、感受、体验作为判断小说真实性的基本依据。1949—1976 年小说理论倡导"本质"上的真实，80 年代小说理论张扬"经验"上的真实。这种分野决定了两个历史阶段现实主义内涵的根本性差异。从历史的角度来看，80 年代现实主义小说理论所秉持的"真实"，恰恰就是前一个历史阶段小说理论所极力要避免的"真实"。此前，王蒙、赵树理等小说家也因为固守"经验"的真实而饱受批评，即是最鲜明的例证。

1949—1976 年和 20 世纪 80 年代两个历史阶段的小说理论内涵的根本性差异，决定了 80 年代现实主义小说理论在价值上与前一个阶段小说理论有所不同。前一个阶段的小说理论要求小说要起到教育人民的作用，而 80 年代的现实主义小说理论则在价值上起到启蒙的作用。正是在这个意义上，80 年代的小说接通了"五四"时期现实主义小说理论传统，也因此被看作"重返五四"。在所倚重的小说要素上，80 年代现实主义小说理论也不同于前一阶段。1949 年至 70 年代的现实主义小说理论格外看重人物形象的塑造，把塑造典型形象看作小说的根本。也正因为如此，1949 年至 70 年代的现实主义小说理论在人物理论上有持续的探索热情。80 年代小说理论不再把典型形象局限于人物形象上。一些理论家主张把性格、心态也看作典型形象。另外，如果说 1949 年至 70 年代小说理论在情节上追求戏剧性效果，那么 80 年代现实主义小说理论则在解构小说的戏剧性。因此，小说理论所倡导的不再是线性时间意义上的结构，消解情节也因此成为这个时期的理论倡导。值得注意的是，80 年代现实主义小说理论所倡导的形式，不再局限于"故事体""新评书体"等体式，中国古代文言小说的形式得到了更大程度的借鉴。

其次，小说理论开始反思 20 世纪 50 年代至 70 年代现实主义小说理论，不再追求对外在客观社会生活的反映，反而倡导一种主要侧重表现主观情感、思绪与心态的小说理论。王蒙的小说理论"摆脱了戏剧性的小说的写法"，重视"写主观感觉""按照生活在人们心灵中的投影，经过人的心灵的反复的消化，反复的咀嚼，经过记忆、沉淀、怀念、遗忘又重新回忆，经过这么一套心理过程之后的生活"①。王蒙认为，小说要表现的是人的精神世界。这个精神世界不仅包括人的理性的思维，如判断、计划等，还应包括人的灵感、奇想、遐思等。王蒙还把色彩、情调、氛围、节奏、旋律等当作小说的要素，丰富了小说的"构件"。80 年代小说理论新变，是与新时期小说创作实践紧密联系在一起的。张洁、谌容、林斤澜、宗璞等作家的小说创作也呼应了王蒙的理论倡导。王蒙所倡导的小说理论，本书把它命名为抒情小说理论。这一类小说理论不像现实主义小说理论那样，孜孜以求地反映外在的客观社会生活，反而更看重主体的内宇宙。举凡主体情感、哲思、思绪、心态等，都是小说要表现的对象。随之小说的要素及其特征、表现手法也发生了变化。小说的情节不再追求戏剧性而被淡化；小说环境也被打上了主体的烙印；象征的表现手法成为小说理论关注的重心。这一类小说理论常常在中国古代抒情文学传统里找到理论资源。上述种种不同于现实主义小说理论的主张，构成了抒情小说理论的基本特征。抒情小说理论也因此成为 80 年代小说理论的重要形态之一。

最后，值得注意的是，为了纠正 1949—1976 年小说理论过于强调内容的偏狭，80 年代的小说理论格外重视小说形式。于是，逐渐衍生出 80 年代的第三种小说理论——形式本体论。形式本体论的形成大概经历了两个发展阶段。第一个阶段是对小说形式的重视。谈到对小说形式的重视，不得不提到高行健的《现代小说技巧初探》。《现代小说技巧初探》以张扬小说形式而著称，高行健认为："某一文学流派的艺术方法和技巧固然同其文学主张密切相关，然而同该流派的作家的政治观点经常是两回事。对文学流派的研究不能等同于对政党和政治派别的研究，而马克思主义的政治学也不比文学研究来得简单。但愿对文学流派和艺术技巧的评价也从贴政治标签的幼稚的

---

① 王蒙：《在探索的道路上》，《北京师院学报》（社会科学版）1980 年第 4 期。

办法中解脱出来。"① 今天来看，高行健的观点有些偏颇。艺术方法和技巧无疑具有政治效果，众多文学理论家对此有过比较深入的论述。不过，在反思 1949—1976 年小说理论的特殊历史时期，破除僵化理论观念的束缚势在必行。因此，《为文艺正名——驳"文艺是阶级斗争的工具"说》一文发表就引起巨大的反响。该文认为，造成中国当代文学发展陷入桎梏的重要原因是"创作者忽略了文学艺术自身的特征，而仅仅把文艺作为阶级斗争的一个简单的工具"②。毫无疑问，高行健切割小说技巧与政治观点的想法契合了当时的历史语境。

高行健的观点强调形式的重要性，并且为中国小说建构形式理论找到了向西方学习的通道。值得注意的是，1949—1976 年小说理论其实并不是不重视形式，而是要求形式和内容要取得"一致性"。林斤澜是"十七年"时期少数几位较为注重小说自身审美形式的小说家之一。但是，林斤澜的小说在当时被认为显得太"别具一格"。这一时期对林斤澜的批评——指责其过于注重小说形式特点，远远超出了对作家创作本身的批评范围。对林斤澜小说追求形式的特点，有论者做出了十分尖锐的指责："作者在创作过程中，实际上考虑得更多的并不是这类'哲理'有多少深刻的、现实的内容，而是把注意力放在如何表现才能'曲折巧妙''含而不露''引人入胜'上，即形式问题上。因此，作者极力在结构、对话、插叙等方面表现得很'新奇'。其基本的特点是，用几条叙述的线索交叉起来，把情节（特别是主要情节）分割成片片断断，把作者所要表现的思想搞得隐隐约约、闪闪烁烁。……人们不能不觉得，作者为了追求所谓形式的独特几乎既不考虑这样结构，这样表现是否能反映现实生活，是否能鲜明地表现主题，也不考虑这是否合乎揭示生活内容的逻辑，只是热衷地为新奇而新奇、为独特而独特，热衷地渲染

---

① 高行健：《现代小说技巧初探》，花城出版社 1981 年版，第 3 页。
② 《上海文学》评论员：《为文艺正名——驳"文艺是阶级斗争的工具"说》，《上海文学》1979 年第 4 期。

所谓'气氛''情调'，把这一切当作了文学创作的目的。这岂不是舍本而逐末吗?"①

　　另外，1949—1976 年的小说理论所看重的形式，主要是借鉴中国古代小说尤其是白话文小说的形式。而高行健的《现代小说技巧初探》找到了向西方小说理论学习的契机。高行健在这本小册子中介绍了意识流小说、"新小说"、叙事学、黑色幽默、荒诞派、象征等小说理论和流派。在《现代小说技巧初探》的带动下，西方小说理论纷纷被译介。学界主张学习、借鉴域外小说理论，打开了向西方借鉴理论资源的窗户。因此，80 年代小说理论所倡导的小说形式基本来源于西方小说理论，这和前一个时期小说理论从中国白话小说那里寻求资源有所不同。

　　20 世纪 80 年代中期出现了小说文体探求的高潮。小说的文体特性成为小说理论所关注的热点问题。小说的表现技巧已经不再是禁忌，小说语言也得到了空前重视，小说结构得到了广泛的探讨，这是形式本体论小说理论形成的第二个历史阶段。随着小说文体讨论的深入，叙事学逐渐成为小说理论关注的重点。小说叙事学的深入译介，为形式本体论提供了丰厚的土壤。小说形式本体观念的确立根植于文学研究由外部向内部变迁的历史过程。刘再复敏锐地注意到了文学理论的必然走向。他在谈到文学未来研究的四种趋向时，就把文学研究由外部研究转向内部研究当作文学研究的重要发展趋势。他说："过去的文学研究，主要侧重于外部规律，即文学与经济基础以及上层建筑中其他意识形态之间的关系，如文学与政治的关系，文学与社会生活的关系，作家的世界观与创作方法等，近年来研究的重心已转移到内部规律，即研究文学本身的审美特点，文学内部各要素的相互联系，文学各种门类自身的结构方式和运动规律等，总之，是回到自身。"② 正是文学研究由外部向内部转向，催生了小说形式本体观念的确立。在小说形式本体论的理

---

　　① 陈言：《漫评林斤澜的创作及有关评论》，《文艺报》1964 年第 3 期。
　　② 刘再复：《文学研究思维空间的拓展》，《读书》1985 年第 2 期。

论构造中，我们可以发现存在三种理论模式，即小说语言本体论、小说叙事形式本体论以及小说符号学本体论。

第三节　文化转向时期的小说理论

1992 年中国市场经济体制确立，经济运行体制的变化，也影响和冲击了中国人的思维、情感。市场经济作为不同于计划经济的一种经济模式，对于中国人来说是全新的。正是这种"全新"的经济模式，让中国人对于告别 20 世纪 80 年代来到 90 年代之际，有一种"转型"的生命体验。于是，我们可以发现在 90 年代初期，中国文学界、文化界纷纷以"转型期"来命名 90 年代。转型期的 90 年代，对 80 年代的文学、小说也有了崭新的评判。批评家强烈地感觉到，先锋小说和新写实小说有一种"共同的后退倾向，一种精神立足点的不由自主的后退，从'文学应该帮助人强化和发展对生活的感受能力'这个立场后退，甚至是从'这个世界上确实存在精神价值'这个立场后退"。[①] 对当时声誉如日中天的王朔，批评家也有自己的判断，认为王朔"调侃的态度冲淡了生存的严肃性和严酷性，它取消了生命的批判意识，不承担任何东西，无论是欢乐还是痛苦，并且把承担本身化为笑料加以嘲弄。这只能算作一种卑下和孱弱的生命表征"。[②] 上述源自《旷野上的废墟——文学和人文精神的危机》对 80 年代文学的总结，引发了一场关于人文精神的大讨论。不管在讨论中各方的观点如何，对小说理论建设来说都具有重要的价值。当代小说理论从关注现实的功利价值、启蒙的思想价值、审美价值，转而关注人文精神价值，这是小说理论价值诉求的大转换。90 年代初期的人文精神大讨论，突出的理论贡献是，重新张扬理想主义精神。"进

[①] 王晓明、张宏、徐麟等：《旷野上的废墟——文学和人文精神的危机》，《上海文学》1993 年第 6 期。

[②] 王晓明、张宏、徐麟等：《旷野上的废墟——文学和人文精神的危机》，《上海文学》1993 年第 6 期。

入 90 年代，'理想'与'崇高'日渐尴尬，并成为文坛中人执意嘲弄消解和颠覆的最大对象。因而，文学对人的尊重和关怀，对人的热情与抚慰在 90 年代的文学中迅速衰退。文学精神之灵走向一种终结"，为此，"讨论理想主义呼唤理想精神，一个最急迫的意义在于追问作家文人的道德良知——社会道德与艺术良知。"① 基于对 90 年代文学现实的考量，批评家们提出要张扬理想主义精神。理想主义、理想精神的呼吁也因此成为 90 年代小说理论的重要精神价值。

小说理论不再在新写实小说、先锋小说，包括以王朔为代表的小说家那里寻找突破的路径。一个不同于以先锋小说为代表的小说年代已经到来。这个"新的历史时代"的标志就是在 20 世纪 90 年代中期引起各方关注的"现实主义冲击波"小说创作潮流的出现。这场以刘醒龙、关仁山、何申、谈歌的小说创作为中心的文学潮流，直接带动了 90 年代小说理论发展的新流脉。于是，现实主义小说理论再次登上了历史的舞台，成为 90 年代以来最重要的小说理论潮流之一。

除了"现实主义冲击波"的创作潮流，20 世纪 90 年代初期还出现了名为"新状态"小说、文化关怀小说、新都市小说等各种小说创作潮流。这些小说创作潮流有一个总体性的特征，有学者把它命名为"人文现实主义"②。人文现实主义有强烈的"关注现实的热情"和"介入现实的要求"，有比较明显的人文立场。这些普遍"关注当下中国经济正在日渐'市场化'和'商品化'的生活现实，表现出了比较强烈的'人文'精神的'人文'倾向，有的甚至就是当前学术理论界'重建人文精神'的主张在文学中的直接反映和积极回响"③。

20 世纪 90 年代末期"现实主义冲击波"和各种旗号的小说创作潮流归

---

① 谢冕：《主持人语》,《文学可以放弃理想吗？——关于当代文学与当代作家现状的一种讨论——理想的召唤》,《中华读书报》1995 年 5 月 3 日。

② 於可训：《小说界的新旗号与"人文现实主义"》,《文学评论》1996 年第 2 期。

③ 於可训：《小说界的新旗号与"人文现实主义"》,《文学评论》1996 年第 2 期。

于沉寂，底层写作成为中国影响最大的创作潮流。底层写作接过了"现实主义冲击波"所举起的现实主义大旗，为现实主义小说理论贡献了新的血液。曹征路认为："现实重新'主义'是中国当代文学的必然选择，这是由中国的国情决定的。今天中国的大多数人毫无疑问仍处在争取温饱、争取安全感和基本权利的时代（限于篇幅，这里不展开了，稍有常识的人都能看得见），少数人的中产阶级趣味和主义选择，不在本文论述范围，也不是一个文学问题。"① 不过，无论是"现实主义冲击波"所张扬的理想精神，还是底层写作呼唤公平、正义，小说要体现对人的精神的关注，才是 90 年代以来小说理论的核心问题之一。

除了转向现实主义、张扬精神价值之外，20 世纪 90 年代以来小说理论最大的变化是文化转向。一种在文化批评的影响下，有别于现实主义、抒情主义、形式主义的小说理论正式形成。对于 90 年代文学批评的变化，有论者认为："我们发现，传统的批评方法、基本概念、关键词语等，业已被渐次废除，不仅传统批评的形象、形式、风格、浪漫主义、现实主义、史诗等概念早已被悬置，即便 80 年代流行于中国文坛的新批评、结构主义、文化/心理批评等，也成了明日黄花。代之而起的是女权主义、新历史主义、后现代、后殖民、后解构主义、差异性、颠覆等。经典文学理论家的名字也逐渐为杰姆逊、德里达、福柯、拉康、亨廷顿、福山等取代。"② 90 年代以来对中国当代小说理论影响最大的理论潮流分别是新殖民主义、新历史主义、女性主义等文化理论。小说批评所持各种文化理论，在小说文体理论上的建树倒是不大。因为文化理论所关注的是小说的文化价值，小说所蕴含的各种文化内涵成为各种文化理论演绎的阵地，而小说的"文学性"则被忽略。同时，小说也成为各类文化的载体。不过，小说的人物、情节、结构、环境等要素的理论，也还是得到了一定程度的发展。

---

① 曹征路：《期待现实重新"主义"》，《文艺理论与批评》2005 年第 3 期。
② 孟繁华：《中国当代文艺学研究的两难处境》，《湛江师范学院学报》（哲学社会科学版）2002 年第 5 期。

　　文化理论对小说理论的贡献还体现在促使形式主义小说理论转向上。一些小说理论家不再仅关注形式本身，还注重形式被赋予的各种文化意义。于是，一种综合"形式与文化"的小说理论诞生了。

　　20 世纪 90 年代也是一个被称为全球化的时代，经济和技术的全球化浪潮席卷中国。面对全球化，文学理论界出现了一股倡导"中华性"的思潮，中国传统文学资源重新得到了重视。面对中国文论"失语"的忧思，如何走出"失语"，成为中国文学理论迫切需要解决的问题。在小说的创作上，余华、苏童告别了先锋叙事，转而书写更具有中国文化特色的故事，寻求具有中国文化特色的叙述方式。理论上的转向和小说创作上的转型，使 90 年代以来小说理论也出现了重大转型。这种转型有两个重要的表征。一是一些小说理论家开始呼吁叙述"中国故事"，把叙述具有中国独特性的历史、社会、情感作为小说叙述的重要内容，以抵抗日益迅猛的全球化浪潮；二是在小说叙事学领域，一些理论家开始深入地探究中国古代叙事传统，为当下小说叙事的民族化寻找理论资源。上述两股理论潮流的形成，代表了建构有中国特色叙事理论的趋向。

　　总体来看，经过当代 70 余年的发展，中国当代小说理论在纵向发展上呈现了非常清晰的三个历史阶段：1949—1976 年现实主义小说理论独尊时期、80 年代多元小说理论形态并存时期、90 年代以来的文化转向时期。中国当代小说理论在发展过程中，一方面走向开放，不断地在时代发展过程中产生新的理论命题；另一方面当代小说理论努力追寻传统、探求民族化。开放性与民族性相结合，构成了当代小说理论历史发展的基本动力。横向来看，当代小说理论在历史的发展过程中，渐渐形成了多元的理论形态。有深入反映现实社会生活的现实主义小说理论，这是贯穿当代小说理论发展史的基本理论形态；有突显主体情感与生命意识的抒情小说理论；有充分彰显形式价值的形式本体小说理论；有综合文化理论形成的包括小说修辞理论在内的"文化—形式"小说理论。上述四种理论形态是中国当代小说理论发展过程中出现的基本理论命题。

第二章　当代小说理论的基本特征

第一节　鲜明的社会功利性

中国是一个后发现代性国家，在外力作用下被迫走上现代化的历史征途。追赶西方现代化的脚步，是中国近现代 100 多年来的基本目标。社会历史风云，也反映到文学创作和小说理论建构上。中国近代社会开启改良运动，"小说界革命"随之发生。"小说界革命"配合了政治上的改良运动，为推动传统中国现代转型聚集了力量。小说的价值被推向崭新的历史高度，这是传统小说理论被终结的重要体现。在此历史阶段，小说被看作有益于群治的工具，也被看作政治革命的工具。梁启超的《论小说与群治之关系》把小说的功能提高到前所未有的高度："欲新一国之民，不可不先新一国之小说。故欲新道德，必新小说；欲新宗教，必新小说；欲新政治，必新小说；欲新民俗，必新小说；欲新学艺，必新小说；乃至欲新人心、欲新人格，必新小说。何以故？小说有不可思议之力支配人道故。"① 进入现代中国时期，小说仍要承担推动社会与历史前进的重担。"五四"时期小说理论包含为人生的启蒙价值观。20 世纪 30 年代左翼小说理论也把改良社会、推动社会革命看作小说应有的价值。中华人民共和国成立后，贴近时代发展，为社会发

---

① 梁启超：《论小说与群治之关系》，《新小说》第 1 卷第 1 期，1902 年 10 月 5 日。

展提供助力与支持，追求鲜明的社会功利性，仍然是中国当代小说理论的重要特色。不过在当代小说理论发展的不同历史阶段，社会功利性体现出明显的阶段性。在中国当代小说理论发展的第一个阶段，小说理论的社会功利性直接体现为政治性；在第二个阶段，小说理论的社会功利性体现为启蒙的社会功能，和 80 年代改革开放的总体精神保持一致，为改革开放提供了精神支持；在第三个阶段，小说理论的社会功利性体现为对市场经济的反抗，从精神角度弥补市场经济过于功利的缺陷，也体现为对全球化的反抗。

一、人民文艺的建构

1949—1976 年的小说理论具有鲜明的政治性，这是不容置疑的。这一特征和毛泽东《在延安文艺座谈会上的讲话》密切相关。《在延安文艺座谈会上的讲话》把文艺的方向定义为为工农兵服务。1949 年 7 月召开的第一次中华全国文学艺术工作者代表大会上，毛泽东关于文艺的基本观点被广泛接受，政治性作为第一次文代会的基本红线，贯穿在三个主题报告——《为建设新中国的人民文艺而奋斗——在中华全国文学艺术工作者代表大会上的总报告》《在反动派压迫下斗争和发展的革命文艺——十年来国统区革命文艺运动报告提纲》《新的人民的文艺——在中华全国文学艺术工作者代表大会上关于解放区文艺运动的报告》——之中。周扬的报告《新的人民的文艺》把学习政治看作文艺家的重要任务："为了创造富有思想性的作品，文艺工作者首先必须学习政治，学习马列主义毛泽东思想与当前的各种基本政策。不懂得城市政策、农村政策，便无法正确地表现城乡人民的生活和斗争。政策是根据各阶级在一定历史阶段中所处的不同地位，规定对于他们的不同待遇，适应广大人民需要，指导人民行动的东西。每个个人的命运，都是为他所属阶级的地位，以及对待这一阶级的基本政策所左右的，同时也是被各个具体政策本身或执行得好坏所影响的。"[①] 周扬以解放区文学创作上的成绩

---

① 周扬：《新的人民的文艺》，《人民文学》1949 年第 1 期。

为例，提出了在政治价值的影响下，小说的主题、人物形象、语言及形式上的规范性。他认为，"民族的、阶级的斗争与劳动生产成为作品中压倒一切的主题，工农兵群众在作品中如在社会中一样取得了真正主人公的地位"，是小说"新的主题"；至于小说所要塑造的人物形象，他认为应该塑造"模范人物""英雄人物"。他说："中国人民如何在反对民族压迫与封建压迫的各式各样的斗争中，克服了困难，改造了自己，产生了各种英雄模范人物。……我们是处在这样一个充满了斗争和行动的时代，我们亲眼看见了人民中的各种英雄模范人物，他们是如此平凡，而又如此伟大，他们正凭着自己的血和汗英勇地勤恳地创造着历史的奇迹。对于他们，这些世界历史的真正主人，我们除了以全副的热情去歌颂去表扬之外，还能有什么别的表示呢？"① 周扬认为，解放区文学在形式上也是新的，找到了民族形式崭新的表现形式："这首先表现在语言方面。'五四'以来，进步的革命的文艺工作者不止一次地提出与讨论'大众化''民族形式'等的问题，但始终没有得到实际的彻底的解决。直到文艺座谈会以后，由于文艺工作者努力与工农群众相结合，努力学习工农群众的语言，学习他们的萌芽状态的文艺，'大众化''民族形式'的问题就自然而然地得到了解决，至少找到了解决的正确途径。"②

政治与文艺的关系是中华人民共和国成立后文艺论争中一个重要的话题，它反映了新生政权对文艺的要求。从文学思潮的角度来看，对阿垅《论倾向性》一文的批评是其中最明显的标志。而从小说理论规范来看，对俞平伯《红楼梦研究》的批评，是一次从政治需要出发对小说理论的重要重塑，是政治诉求在小说理论建构上的深入体现。以李希凡、蓝翎为代表的批评者认为：俞平伯所持的唯心主义世界观把《红楼梦》看作曹雪芹的"自叙传"。而事实上，《红楼梦》是一部反映封建社会由盛转衰、反映封建主义

---

① 周扬：《新的人民的文艺》，《人民文学》1949 年第 1 期。
② 周扬：《新的人民的文艺》，《人民文学》1949 年第 1 期。

社会必然灭亡的一部现实主义小说；批判了《红楼梦》的主题是"色""空"的观点，提出了《红楼梦》的主题是对封建社会叛逆者和被压迫者的同情，对封建制度和封建统治的尖锐批判；批判了《红楼梦》的风格是"怨而不怒"，认为《红楼梦》的风格具有鲜明的倾向性，具有强烈的反抗封建社会的思想锋芒。总之，对俞平伯《红楼梦》研究的批判，是对现实主义小说理论规范的一次重塑，是政治性的价值诉求在小说理论层面上的一次具体而又全面的"演绎"。

政治性的价值诉求对小说理论的影响主要体现在两个层面上。首先，中华人民共和国成立后较长时间内，小说论争具有鲜明的政治倾向性，对小说作品的评价，很大程度上建立在政治标准上。1949—1966 年重要的小说争鸣多次发生。例如，对小说《我们夫妇之间》《关连长》以及路翎小说集《朱桂花的故事》《洼地上的"战役"》的批评，对《红豆》《改选》《组织部新来的青年人》《美丽》的批评，对历史小说《陶渊明写〈挽歌〉》《杜子美还家》《广陵散》的批评，对长篇小说《腹地》《我们的力量是无敌的》《战斗到明天》《青春之歌》《创业史》《金沙滩》《保卫延安》《红岩》《刘志丹》的批评等。在这些批评、争鸣过程中政治观点很大程度上左右了对小说价值的评估，也在一定程度上影响了对小说思想性、艺术性的科学判断。政治性价值的诉求，具体体现为强调小说创作的立场。同时，对小说创作的批评，大都基于政治立场。被批判的政治立场，依时间先后顺序依次为小资产阶级的倾向性、小资产阶级立场、资产阶级立场、修正主义立场。自中华人民共和国成立初期到"文化大革命"时期，政治性的诉求一直攀升，最终甚至取消了艺术的属性，把小说文本当作政治材料来看待，以庸俗的政治观点干预小说创作与小说批评。

值得注意的是，政治对小说理论的影响，也体现在为适应新生共和国文艺建设的需要，创建适应时代发展需要的小说理论。比如，小说题材理论强调，小说的题材主要来源于工农兵阶级的生产实践和阶级斗争实践；小说人物形象理论要求塑造体现新社会面貌的模范人物和英雄人物；小说形式理论倡导民间文艺的语言、形式，从根本上体现文艺为工农兵服务的审美需要。上述命题在小说理论建设过程中，虽然屡次受到政治诉求的影响，但还是体现了小说艺术的根本属性。这些理论命题既适应了政治价值的需要，也没有违背小说艺术自身的特征。

需要注意的是，中华人民共和国成立后一段时间里，小说理论为适应政治需要做出的某种调整，并非没有理论建设上的意义。除了有一部分对小说简单、粗暴的政治批评外，大多数应该看作小说理论建设上的自身调适。中华人民共和国是以人民为中心的国家，在文艺方针政策上，要求文艺为工农兵服务，有政治逻辑上的合理性。在体现政治上的合理性时，小说理论在题材的选取、人物形象的塑造以及语言和形式的把握上，提出了一些有价值的命题。这些都是值得肯定的。历史地看，这个时期小说理论在现实主义理论规范的建设上，确实取得了一些成绩。比如，小说的倾向性如何体现，小说的真实性该怎么理解，典型形象的艺术把握方式是什么，小说如何面对传统文学等方面，还是提出了一些有价值的命题，这些都不应该否认。

二、启蒙文化的呼吁

进入 20 世纪 70 年代后期，文艺与政治之间直接、简单的关系受到了反思和批判。机械、僵化理解政治和文艺之间的关系，曾使 50 年代一些优秀的小说受到不公正的待遇。这些小说在 70 年代末期重新得到公正的评价。1978 年底，《文艺报》和《文学评论》编辑部联合召开座谈会，对曾受到不公正待遇的文学作品予以平反。得到重新评价的小说有《保卫延安》《刘志丹》《三里湾》《山乡巨变》《归家》《赖大嫂》《"锻炼锻炼"》《在桥梁工地上》《组织部新来的青年人》等。这些小说得以平反，意味着小说观念开始出现变化，政治与文艺的关系得到了重新审视。例如，不再认为文艺从属于政治，把文艺看作和政治平行的两种意识形态，恢复了文艺的艺术属性；重新找回了文艺的审美功能、认识功能，不再把文艺的功能局限于社会教育功能；丰富了文艺作品的题材，不把文艺取材限制于政治生活领域等。文艺和政治关系的调整，并不是要否认文艺的政治效果，只是不再简单、机械地理解政治和文艺的关系而已。

进入改革开放的 20 世纪 80 年代，小说理论不再倡导小说直接为政治服务。80 年代的改革开放，是中国在反思历史的基础上进行的。这股改革开放的社会政治思潮被认为是建立在启蒙文化思潮基础上的。有学者认为："20世纪 70 年代末，中国当代最具影响力的精神潮流之一——新启蒙主义，出现于中国的现代性追求的历史进程当中。这是一股同社会主义国家的改革目标相统一的广泛涉及经济、政治、思想、文艺、学术等各个方面的文化思潮。它以现代理性精神为主体，以'科学''民主'为旗帜，与中国共产党的总路线、总方针所体现出来的时代精神相契合，共同为国家民族的现代化未来做出承诺。在这里，知识分子的启蒙情怀及人文主义憧憬与整个上层建筑中解放思想、实事求是、改革开放的主流话语相汇融，重新点燃了迷茫于'文革'废墟之上的中国民众的现代化理想，整合着民族与时代的精神信念，从而为全民性的现代性追求确立了新的价值目标。而这种现代性启蒙的最近期、最首要的目标则是摧毁'文革'的封建性政治固堤，在中国社会的各个领域建立相对的自主性和主体自由。"[①] 80 年代的小说理论为改革开放提供了启蒙思想的文化资源，这是小说理论的社会功利性的主要体现。从提供"启蒙"思想和文化的方式来看，大抵有三种类型。一是直接提供启蒙思想和文化，体现为以人道主义为思想资源评价新时期的小说；二是广泛引进西方小说理论，塑造出开放的文化氛围；三是进一步探求"科学"的小说理论。

以人道主义为小说批评的主要思想资源是这个时期小说理论的一大特色，鲜明地体现了小说理论的启蒙功用。"伤痕小说""反思小说""改革小

---

① 张婷婷：《中国 20 世纪文艺学学术史》第四部，上海文艺出版社 2001 年版，第 3—4 页。

说"，包括 20 世纪 80 年中期出现的"寻根小说"，都被认为体现了鲜明的人道主义思想。小说理论不仅突破了人的社会、伦理、文化层面，甚至突进到了人的自然属性层次，完成了对人的立体的思想探索，"从人的地位、人的尊严、人格到人的价值，从人的自我意识到人的主体意识，从伦理学、认识论到价值论、目的论到审美论，西方文学史上几乎所有关于人的话语在这里都有痕迹，在这里都得到激情的喷发和理论张扬。在"文革"后的 10 多年里，我们似乎听到西方几个世纪以来的智者的声音。回响在这些声音里面的一个中心主题就是人的觉醒！这是一次人的全面的大觉醒的时期，人的一切方面都得到谈论，都需要重新认识、重新把握"。[①] 有关"人"的一切理论，在这个历史时期都得到了广泛运用，体现了小说理论"配合""适应"时代发展的需要。最集中、有体系体现 20 世纪 80 年代启蒙精神的小说理论是刘再复的《性格组合论》。

《性格组合论》是一部关于论述小说人物形象的著作，核心观点是把人当作活生生的充满着血肉的形象来看待、描写。"应当把人当成人，不应当把人降低为物，降低为工具和傀儡，这种物本主义只会造成人物的枯死。也不应当把人变成神，这实际上又把人变成理念的化身，这种神本主义必然剥夺人的丰富性。我相信，物本主义和神本主义只能把文学艺术引向末路。"[②] 因此，刘再复认为，小说家要"面对人的真实的复杂的世界，把人按照人的特点表现出来，把人之所以称为人的那些价值表现出来"。[③] 因而，刘再复所理解的"人的性格"，不再是单一体，而是善与恶、悲剧与喜剧、崇高与怪诞、崇高与秀美等因素的二重组合。刘再复提出性格的复杂性，其目的是还原人本身的复杂性，从而避免把人沦为工具。虽然难免具有机械、绝对化、简单化的倾向，但是，刘再复的性格组合论是新时期小说理论给启蒙文

[①] 程文超：《意义的诱惑——中国文学批评话语的当代转型》，时代文艺出版社 1993 年版，第 24 页。

[②] 刘再复：《性格组合论》，上海文艺出版社 1986 年版，第 4 页。

[③] 刘再复：《性格组合论》，上海文艺出版社 1986 年版，第 4 页。

化思潮提供强大支持的重要表现。

　　小说理论的开放性也是这个时期小说理论"适应"改革开放社会的一大症候。改革开放初期，外国文学开始大面积地被译介到中国。为了帮助人们理解外国文学，出现了对西方文学理论大量的翻译、介绍，尤其是对小说理论的译介最为丰富。20 世纪 80 年代初期，高行健的《现代小说技巧初探》出版，是中国以开放的心态接受外来小说理论的标志。《现代小说技巧初探》立足于西方现代派小说，从小说技巧的角度，给中国人介绍了西方现代派小说的主旨、形式、技巧、审美风格等方面的特色。随后，意识流、新小说、复调小说、结构主义等相关理论纷纷被介绍到中国，并成为小说理论的有益滋养。这些不同于中国小说传统的理论，给中国的小说理论带来了强大的刺激，并提供了有益的滋养，丰富了中国小说理论形态。中国当代小说理论在 1949—1976 年基本上以现实主义理论形态为主。由于受到了西方小说理论的影响，80 年代初期开始出现了反思现实主义小说理论的思考。高行健认为，小说本身就是一个历史发展的过程，没有一成不变的小说理论，而且他认为随着社会和科学技术的发展，小说的未来有更为广阔的前景。他的观点实际上打破了小说理论墨守成规的僵局，使小说理论面向未来社会与科学的变动。李陀的《论"各式各样的小说"》则以西方小说为参照，提出了小说的样式应该是多种多样的理论观点。像高行健、李陀提出的开放的小说理论，受益于西方小说理论的刺激，也推动了中国小说理论的发展。

　　人道主义丰富了小说理论在小说题材、主题、人物形象上的理论建构路径，体现了启蒙思想在小说"内容"层次上的表征；面向西方，大量引进西方小说理论，彰显了中国小说理论的开放与民主的心态；而探求小说自身的特性，则是"科学"精神在小说理论上的体现。如何认识小说，如何探求作为文体的小说的独特性，是中国当代小说理论发展到新时期的必然产物。1949—1976 年的小说理论，较少探究文体理论，较少把小说作为独立的文体来看待。在启蒙文化语境中，"科学"地理解小说文体的独特性成为小说理论历史合理性的体现。高行健在《现代小说技巧初探》一书里，小说技巧作为重要的特性被提出来了。而比较系统地思考小说文体特征的是从西方翻译过来的各种小说理论著作。例如，福斯特的《小说面面观》、伍尔夫的《论小说与小说家》、布斯的《小说修辞学》、赛米利安的《现代小说美学》等。这些专门性的小说理论著作，从不同的层面揭示了小说文体的属性、特征与功能。上述小说理论著作的译介，推动了中国小说文体理论的发展。随之1987年出现了小说文体理论探讨的高峰，小说的体式、语言、结构等，替代了小说的题材、主题、性格等问题，成为小说理论关注的重点。无论是西方小说文体理论的译介，还是中国关于小说文体的探究，归根结底是揭示小说作为文体的特性、功能等超越内容、主题的特征，小说文体的独立性得以充分彰显。小说文体的探究，把小说从工具论中解放出来了，是"科学"认知小说的必然路径，回应了新时期启蒙文化思潮。

三、伦理价值的塑造

20世纪90年代初，中国社会主义市场经济体制确立。这是中国历史上开天辟地的一件大事。市场经济体制的确立，给中国文学带来了崭新的天地。一方面，中国社会经济生活的剧烈变动，为中国作家带来了崭新的写作题材与主题；另一方面，如何讲述中国当下的历史变动，成为中国作家不得不思考的问题。

市场经济给中国社会带来巨大的裂变。中国由计划经济转向市场经济，生产要素配置的转变，带来的是生产方式和劳动者生活方式的变化。中国人面对市场大潮的冲击，情感方式也发生了巨变。表现在小说创作上，小说从20世纪80年代中后期的凌空超蹈中走出来，开始更多地关注社会生活的变化。90年代中后期涌现的"现实主义冲击波"和21世纪初期出现的底层写作两股创作潮流，冲刷着中国小说批评家和作家的思想观念。社会、民生成为中国小说理论的聚焦点。虽然这段历史时期，女性主义写作潮流兴起，但是由于和现实有较大的隔膜感，女性主义写作很快在文学创作上出现消沉的倾向。由此可见，关注社会现实，重新成为这个时期小说理论的核心问题，现实主义创作潮流重新走上了历史前台。对现实的书写再次成为小说家的使命，小说家纷纷认识到重归现实的重要性。"我觉得创作本身离不开'现实精神'的强化。单就题材而言，现实主义作品要表现出强烈关注当下现实的品格。而且把目光和笔触直接切入当前改革的两大战场，大中型企业和农村。生活本身就是立体的、鲜活的，民情万种，作家真正深入进去，就普通百姓关注焦虑的问题做出及时真实的文学反映，这就是现实主义吗？我觉得还是不够的，作者应该站在时代的美学的哲学的高度来鸟瞰生活，穿透生活，把握生活，完成典型人物的塑造。"① 在谈歌看来，小说创作题材可以非常广泛，但是，小说题材贴近现实生活最重要："我从来不反对别人写历史，写未来，写私人生活，但写直面人生的现实，也是更应该的。在这样一个历史转轨期，个人的痛苦与欢乐，都不应该算作什么，即使这种痛苦和欢乐再多再大，那也是你一个人的事情。这种事情会随着你的小说而在地球上消失的。而社群的痛苦与欢乐，并不会随着某个人的消失或者溜号，这应该叫作历史。"②

进入 21 世纪，小说理论对现实的关注仍然是时代的潮流。作为"底层小说"的主将，曹征路如此说："关注时代、关注现实、关注社会进步是文学摆脱不掉的历史使命。有什么样的社会历史要求就会有什么样的美学形式。现实主义的核心追求是人的现代性，是追求人的价值尊严全面实现，是提升人的精神而不是刺激人的欲望的，这就决定了它在内容上的理性色彩和手法上的写实风格。它是严肃的而不是游戏的，它是批判的而不是消遣的，它是画人的而不是画鬼的，所以它在艺术上的难度绝不在任何形式之下。人是环境的动物文化的动物，文学自然也是环境的产物文化的产物。中国不可能隔绝于人类文明的历史阶梯之外，文学进步也不可能超越于发展规律之

---

① 关仁山：《作家眼里的现实主义》，《小说家》1997 年第 4 期。
② 谈歌：《大厂后记》，百花文艺出版社 1997 年版，第 485 页。

外，这是现实主义不死的最深刻的民族背景。"①

现实主义的回归是小说重新回归社会功利性的一种重要表征。应该说，从先锋小说到新写实小说，乃至新历史小说、女性主义小说，都有脱离社会现实生活的倾向。然而，急剧变化的社会生活，让中国小说再次走上了现实的前台，重新把书写现实作为重要使命。小说理论再次转型，适应了时代与社会的发展。不过，这一时期小说理论虽然也倡导现实主义，但是要倡导的不是政治性，而是强烈的道德关怀。作为"现实主义冲击波"重要一员的刘醒龙，告别"大别山之谜"系列小说之后，把对灵魂的关注作为小说创作的焦点，"对于一个真正的作家来说，必须以笔为家面对遍地流浪的世界，用自己的良知去营造那笔尖大小的精神家园，为那一个个无家可归的灵魂开拓出一片栖息地，提供一双安抚的手"②。"现实主义冲击波"强调小说对社会大众的心灵抚慰作用，底层小说何尝不是这样的呢？"我们今天为什么要重新叙述底层，是为了唤起道德的同情和怜悯？当然不是。是为了重新接续某种'苦难'叙事？也不完全是。对于这个问题，每个人都会有自己的回答，就我个人而言，在非文学的意义上，重新叙述底层，只是为了确立一种公正、平等和正义的社会原则。"③ 总体来看，从"现实主义冲击波"到底层小说，起到呼唤"公正""平等""正义"的社会功利性。

与此同时，我们也应该看到，20世纪90年代以来全球化浪潮席卷世界，中国也无法幸免。为了应对全球化浪潮，中国文学界兴起了探求"中华性"的理论潮流。小说应表现中国的民族审美气度、吸收中华民族优秀传统文化建构中国叙事学，成为许多有识之士的共识。21世纪一股探讨如何讲述"中国故事"的理论潮流出现，把中国民族文化和叙述当下社会紧密结合起来，开始成为小说理论发展的一个新目标。小说理论构建中国叙事学和探讨

---

① 曹征路：《期待现实重新"主义"》，《文艺理论与批评》2005年第3期。
② 刘醒龙：《信仰的力量》，《延河》1996年第4期。
③ 蔡翔：《自序：相关的几点说明》，《何谓文学本身》，春风文艺出版社2006年版，第6页。

"中国故事"的趋向，适应了自 90 年代以来日渐浓厚的民族主义文化潮流。这应该也是小说理论的社会功利性在 21 世纪的新发展。

中国当代小说理论走过 70 余年的发展道路，始终和社会历史发展变革联系在一起，因此，小说理论的社会功利色彩比较浓重。从强调政治功利性，到隐藏在启蒙文化中的社会文化功利性，再到依托道德功利性，小说理论对社会功利性价值的探讨，走过了一段不平凡的道路。这是当代小说理论社会功利性发展的历史之路，也是当代小说理论社会功利性的三维表现。

第二节　自觉地面向文学传统

中国当代小说理论从资源上来讲，深受外来文学的影响。这种影响的表现比较明显。外来影响对当代小说理论发展的推动作用的确显著，但是，不能忽视的是，中国文学传统对当代小说理论的发展也产生了深刻的影响。忽视文学传统的影响，就不能有效地揭示中国小说理论发展的特征。在中国文学传统的影响下，中国当代小说理论呈现出鲜明的民族特征，这是中国当代小说理论发展的重要特性。总体来看，在中国当代小说理论发展的三个历史阶段中国文学传统对当代小说理论所产生的影响是不同的。1950—1966 年中国白话小说传统、章回体小说叙事传统对当代小说理论产生了影响，其影响主要是体现在小说的叙述方法和人物形象塑造的理论建构上。20 世纪 80 年代中国古典诗词、中国戏剧传统，还有笔记体小说，都对当代小说理论产生了深刻的影响，其影响主要表现在小说语言、表现方式、叙述方式等有关理论构想上。90 年代以来，中国叙事传统影响了小说理论建构具有民族特色的叙事理论，其影响既体现在中国叙事理论的思维方法上，也体现在叙事资源的选择上。由此可见，中国文学传统对当代小说理论的影响是全方位的、深入的，也是建构性的。毋庸置疑，中国文学传统也是推动中国当代小说理论发展的重要力量。

一、白话小说传统的传承

《在延安文艺座谈会上的讲话》既指出了文艺的工农兵方向，也指出了文艺发展要注重民族形式，要创建为中国老百姓喜闻乐见的具有中国作风和中国气派的民族形式。中华人民共和国成立后，虽然中国文学发展受到政治的强大影响，但是中国古代文学传统对小说理论的影响也是显而易见的。《文艺学习》曾刊出《文艺工作者学习政治理论和古典文学的参考书目》一文，该文开出了一份学习书目，其中，中国古典文学的数量不少，有《诗经》《论语》《孟子》《庄子》《楚辞》《史记》《文选》《古文观止》《陶靖节集》《古诗源》《李太白集注》《杜少陵集详注》《白居易诗选》《唐诗三百首》《苏东坡诗文选》《陆游诗选》《唐宋传奇集》《唐宋诸贤绝妙词选》《中兴以来绝妙词选》《西厢记》《元曲》《牡丹亭》《桃花扇》《三国演义》《水浒》《西游记》《儒林外史》《红楼梦》《古今小说》《警世通言》《警世恒言》《聊斋志异》等。举凡中国古代优秀诗歌、词、曲、文、小说，都包含在其中。①

1949—1976 年中国当代小说理论充分受到古代小说的思想、精神、文体规范、表现方法等方面的影响，并转化为中国当代小说理论的有机组成部分。如何学习中国古代文学传统？吴组缃认为："我们应该学古代作家怎样热爱与注意他们的生活，怎样认识与感受他们的生活，从中找出一些途径，得到一些启发，教我们怎样在生活中去观察、体验与研究生活。"② 吴组缃强调从古代文学传统中去学习观察生活、体验生活的方法。虽然古代文学作品反映的社会生活离今天很远，但是，观察生活、体验生活的方法，仍然是可以为当下中国作家所借鉴。因为在吴组缃看来，古代文学作品"不只语言

---

① 《文艺学习》编辑部：《文艺工作者学习政治理论和古典文学的参考书目》，《文艺学习》1954 年第5 期。

② 吴组缃：《在中国作协第二次理事会上的发言》，《文艺报》1956 年第7 期。

是中国的，不只所反映的生活是中国的，而且那看生活的方式，那总的精神实质是中国的"。① 吴组缃的这一观点，实际上架起了中国古代文学和现代文学、当代文学的桥梁，为中国当代文学接受古代文学优秀传统提供了理论上的合法性。

除了观察生活、体验生活的方式外，古代文学作品还在哪些方面深入地影响了中国当代小说理论呢？中国古代小说内容丰富、体式多样，有许多小说不仅为中国古代读者所喜欢，也受到当下读者的欢迎。其原因在于，中国古代小说的精神能直接影响当下读者，能转化为当代小说的主题和精神。中国古代小说"毫无例外地从各个方面塑造了许多可爱的正面人物形象，并且通过对这些正面人物的动人描绘，体现出中国人民的坚强、正直、善良的品德"。② 中国古代小说所塑造的人物形象身上的精神与品格，能有效地转化为社会主义的时代精神，能有效地塑造社会主义时期劳动人民的优良品格，尤其是中国古代小说所塑造的英雄人物形象，是塑造社会主义英雄人物不可缺少的要素。很多读者认为："中国古典小说，只要是好的，为他们所喜欢的，都是英雄的说部《水浒》《三国》《说岳全传》等。因为这些作品不只帮助他们丰富历史知识，理解古代生活，而且把他们的精神境界提得更高，不只激励他们，而且使他们景仰。甚至还提出了这样的看法，写当代的具有共产主义风格的英雄人物，如果不从中国古代的英雄说部中学习一些传统方法，产生不了正对他们口味的好作品。"③

除了精神品格、道德品质外，中国古代文学还具有认识古代社会的作用，具有教育功能。因为"在历史上，凡是进步的文艺作品，都是真实生活的具体反映，都能揭露出社会的阶级矛盾，表现出历史的面貌，表现出人民

---

① 吴组缃：《在中国作协第二次理事会上的发言》，《文艺报》1956 年第 7 期。
② 阳湖：《为什么要重新出版这些古代小说？》，《文艺学习》1956 年第 8 期。
③ 依而：《小说的民族形式、评书和〈烈火金钢〉》，《人民文学》1958 年第 12 期。

的斗争、生活和愿望，对我们起着教育作用。"① 是否能对人民起到教育作用，成了区分古代文学优良与否的关键。何为具有教育作用的文学作品呢？凡是具有现实主义精神的作品，能认识到古代社会本质的作品，就算是优秀的作品。《水浒传》《西游记》之所以是优秀作品，就在于它们是"反映社会现实生活的矛盾和斗争的优秀的现实主义作品"②。

当代小说理论所"发现"的古代小说精神品质，包括观察生活、体验生活的方式，是当代小说理论的重要组成部分，成为评判当代小说的重要尺度与标准。正如有学者所言，塑造社会主义英雄人物形象，还必须从古代英雄说部中找到资源。

至于古代小说形式理论，也深入影响了当代小说理论的形式理论建构。只不过接受中国古代文学传统的基本出发点是老百姓是否乐于接受。如果是读者乐于接受的，当然就可以转化为当代小说理论有益的滋养。例如，章回体小说持续影响了1949—1976年的小说理论，其原因自然是读者愿意接受，"章回体小说这一形式在今天仍然为读者所欢迎，只要我们站在人民的立场，装进去新内容，运用与发展其原来的通俗形式，它是会起一定作用的"③。章回体小说传统得到了多位理论家的推崇。例如，《新儿女英雄传》《铁道游击队》《林海雪原》《吕梁英雄传》等小说，不仅受到了读者的推崇，还得到了理论家的好评。这种建立在旧有章回体基础之上的小说，被看作"新评书体小说"，而且认为它的出现和存在，"不会是暂时的过渡现象，它应该成为新小说的重要体裁，不断地扩大自己的队伍和阵地，推陈出新，长久地发展下去"④。

---

① 张侠生：《〈水浒传〉〈西游记〉和武侠神怪小说有什么区别》，《文艺学习》1955年第6期。
② 张侠生：《〈水浒传〉〈西游记〉和武侠神怪小说有什么区别》，《文艺学习》1955年第6期。
③ 杨犁整理：《争取小市民层的读者——记旧的连载、章回小说作者座谈会》，《文艺报》1949年第1期。
④ 依而：《小说的民族形式、评书和〈烈火金钢〉》，《人民文学》1958年第12期。

章回体小说之所以备受推崇，一个重要原因是读者易于接受，有利于贯彻文艺为工农兵服务的文艺方针。章回体小说是中国古代白话小说中的一种。中国古代白话小说的基本特征是"以笔代口""一个以笔代口对群众负责的短篇小说家，尽管他在自己屋里伏案写作，而这时的精神，他不能承认自己是作家，须承认自己是说话人"。① 因此，1949—1976 年的小说理论在接受中国古代文学传统时，也基本上以吸收中国古代"以笔代口"的文学传统为主。除了章回体小说外，白话短篇小说讲故事的传统也是这个时期小说理论着重要吸收的资源，"重视故事情节的问题就有更为重要的意义，它关系到文艺如何更好地为广大农民群众服务的问题，也关系到继承传统和贯彻艺术上的群众路线的问题"②。陈涌也认为故事性是小说的重要特征，"生动丰富的行动性和故事性，过去有些从事新文艺创作的人并不重视这一点，但这是我们今天创作人民文艺所应该重视的。如果不是凭空捏造荒唐怪诞的行动和故事，而是以现实生活中从群众斗争中抽取出来的行动和故事，为什么不应该重视，不应该充分地在我们的作品里表现？群众是历史的主人，他们用自己的实践创造生活，创造历史，他们也要求艺术作品以丰富的行动来反映他们创造过程，他们对于那些枯燥无味的公式主义之所以不感兴趣，便是因为公式主义破坏了现实生活的丰富内容，把活泼的现实生活变成了僵死的公式、教条"。③

"故事"是中国古代小说传统也得到了学者的证明。孙楷第认为："中国短篇白话，出于说话，说话又出于转变。因此，现在要说明短篇白话小说艺术特点，必须联想到说话与转变的艺术特点。换句话说，必须通过晋唐以来和尚讲经传教、伎艺人说话的艺术，来说明短篇白话小说的艺术，所说的才不是空论，才有历史根据。"因此，孙楷第认为中国古代白话短篇小说的特点是"故事的""说白兼念诵的""宣讲的"。这三者之间的关系是，"故

---

① 孙楷第：《中国短篇白话小说的发展与艺术上的特点》，《文艺报》1953 年第 3 期。
② 包维岳：《故事情节对叙事文学的意义》，《长江文艺》1963 年第 11 期。
③ 陈涌：《孔厥创作的道路》，《人民文学》1949 年第 1 期。

事是内容，说白兼念诵是形式，宣讲是语言工具"①。孙楷第对中国古代白话短篇小说的艺术特点的概括，鲜明地指出了"故事"是根本性的特征。

中国古代白话短篇小说的艺术特征，深刻影响了中国当代小说理论家和作家。赵树理从创作上和理论上都践行了中国古代白话短篇小说艺术传统。他说："我写的东西，大部分是想写给农村中的识字人读，并且想通过他们介绍给不识字人听的，所以在写法上对传统的那一套照顾得多一些。但是照顾传统的目的仍是使我所希望的读者层乐于读我写的东西，并非要继承传统上哪一种形式。"② 赵树理基于让人喜欢"听"的目的，其小说选择的形式是"故事体"的小说形式，虽然在主观目的上不是继承故事的叙述传统，但是，事实上继承了故事的叙事传统，并且取得了良好的效果。

除了小说体式上借鉴章回体、故事体之外，1949—1976 年小说理论在表现方式上也接受了传统小说的遗产。中国传统小说在表现方法上的特点，赵树理归纳为主要体现在"叙述和描写的关系"上，"把描写情景融化在叙述故事中""从头说起，接上去说"，注意衔接，避免跳跃；"用保留故事中的种种关节来吸引读者"；粗细相结合，"在故事进展方面，直接与主体有关的应细，仅仅起补充或连接作用的不妨粗一点"；景物和人物方面，读者熟悉的就粗一点；反之，则应该细一点。③ 中国古代小说在结构和描写方法上的特点，依而也做了详细分析，"第一，有头有尾，有始有终，分章节、成段落。不要从半截腰开始，戛然而止。不一定有回目，而是希望采用这种结构方法，让人物有来龙去脉，故事有源头和归宿。第二，描写人物、叙述故事的时候，人物的关系要重叠错综，故事发展跌宕交叉，不喜欢简单化、平淡。但是，总希望一波未平一波又起，眉目分明，脉络清楚……第三，着力在用行动来描写人物——要求强烈的行动和人物冲突的戏剧性。即使有大段

---

① 孙楷第：《中国短篇白话小说的发展与艺术上的特点》，《文艺报》1953 年第 3 期。
② 赵树理：《〈三里湾〉写作前后》，《文艺报》1955 年第 19 期。
③ 赵树理：《〈三里湾〉写作前后》，《文艺报》1955 年第 19 期。

的心理描写，也不要突如其来地和孤立地出现，而希望把心理描写当作人物行动的说明或补充。侧面的烘托人物是需要的，但不要完全代替了正面的对人物强烈的行动的描写。第四，语言生动、明快、通俗。……第五，到了节骨眼上，环境和人物关系比较复杂的时候，一件突然事变来了，读者的脑子跟不上、转不过弯来的时候，只用描写叙述还不够劲的时候，要求作者从作品里站出来，向读者做交代、做鼓动性的发言"。① 上述关于中国古代小说的表现方法，为 1949 年至 20 世纪 70 年代小说理论充分吸收，并成为有益的滋养。

除了从表现方式层面来归纳中国古代小说传统之外，还有像茅盾、梁斌等从结构安排、人物刻画的方法来接受古代小说传统。茅盾认为："我们可以承认，章回体、笔记体、故事顺序，等等，都是我国古代小说长期发展过程中所创造的一些形式，而且是老百姓所喜闻乐见的；但是，我们也不能不说，这些形式在民族形式中只居于技术性的地位，而技术性的东西则是带有普遍性的，并不能作为民族形式的唯一标志。……至于章回体，也许是我国所独有，然而如果持此一点以代表我国古典小说的民族形式，那就未免把民族形式问题庸俗化了……如果一定要在我国古典小说的表现方法中找民族形式，我认为应当撇开章回体、笔记体、有头有尾、顺序展开的故事等可以称为体裁的技术性东西，另外在小说的结构和人物形象的塑造这两个方面去寻找中国小说的民族传统。"② 关于小说结构民族形式方面的内涵，茅盾用了12 个字来概括："可分可合，疏密相间，似断实联。"③ 除了结构上的民族形式之外，中国古典小说的民族形式也应该从人物的表现方式上去寻找。在茅盾看来，"人物形象塑造的民族形式，我认为可以用下面一句话来概括：粗线条的勾勒和工笔的细描相结合。前者常以刻画人物的性格，就是使得人物通过一连串的事故，从而表现人物的性格，而这一连串的事故通常是用简洁

① 依而：《小说的民族形式、评书和〈烈火金钢〉》，《人民文学》1958 年第 12 期。
② 茅盾：《漫谈文学的民族形式》，《人民日报》1959 年 2 月 24 日。
③ 茅盾：《漫谈文学的民族形式》，《人民日报》1959 年 2 月 24 日。

有力的叙述笔调（粗线条的勾勒），很少用冗长细致的抒情笔调来表达。后者常用以描绘人物的声音笑貌，即通过对话和小动作来渲染人物的风度"。①周立波也认为："中国的古典小说，如《水浒传》和《儒林外史》，都是着重人物的刻画，而不注意通篇结构的。"② 与周立波不同的是，梁斌提倡用对话来表现人物的性格，实现了茅盾所说的用"细描"的方式来塑造人物性格。梁斌认为，通过"人物的对话来写人物的性格，也是中国小说传统手法，从《水浒》《红楼梦》《三国演义》都可以明显地看出这一点"③。在《红旗谱》里，梁斌"通过人物对话来刻画人物性格，有时是写对话的本人，有时通过两人的对话写另一个人的性格"。④

总之，1949—1976 年小说理论基于为工农兵服务的原则，比较全面地接受了中国古代小说的基本精神、体裁以及表现方法。值得注意的是，小说形式所接受的资源，基本上源于中国古代白话小说理论，而中国古代文言小说传统，在这个历史时期还没有进入小说理论的视野。

二、文言小说传统的重续

1949—1976 年小说理论所关注的古代文学传统，从内容上讲，侧重于英雄精神以及正直、善良、坚强的品格。对于中国古代文学传统的认知和接受，自然和当时的社会文化氛围有密不可分的关系。这个阶段的小说需要"证明"新生政权的合法性，英雄主义精神和坚强、正直的品格，显然是有利与有用的。从小说形式上来看，为了实现为工农兵服务的宗旨，中国古代白话小说形式被深入、广泛地接受。不过，随着历史的发展，80 年代小说所接受的小说传统，发生了根本性的变化。1950 年至 20 世纪 70 年代小说理论由于在理论建构上陷入偏激、僵化的境地，一定程度上影响了小说理论和小

① 茅盾：《漫谈文学的民族形式》，《人民日报》1959 年 2 月 24 日。
② 周立波：《关于〈山乡巨变〉答读者问》，《人民文学》1958 年第 7 期。
③ 梁斌：《漫谈〈红旗谱〉的创作》，《人民文学》1959 年第 6 期。
④ 梁斌：《漫谈〈红旗谱〉的创作》，《人民文学》1959 年第 6 期。

说创作的发展。80 年代的小说理论则反思了 1950 年至 20 世纪 70 年代小说理论规范，并以此作为接受中国文学传统的逻辑起点。从历史发展的角度来看，80 年代对中国文学传统的接受大概可以划分为四个方面：第一，类意识流文学传统的发现和接受；第二，汉语诗性传统的发现与接受；第三，笔记小说传统的接受；第四，中国传统文化的认知与接受。

20 世纪 80 年代初期小说理论受到意识流小说理论的影响。理论家们在解析王蒙、茹志鹃等小说家的作品时，一方面借鉴意识流小说理论，另一方面以意识流理论为参照，发现了中国类似于意识流小说理论的文学传统。这种意识流小说理论主要体现在，发现了中国古代文学的抒情性传统、心理活动描写的传统、自由联想的表现方法三个方面。

首先，通过对意识流特征的认识，发现了中国文学的最大特征是抒情性。例如，在接受意识流理论的过程中，有理论家发现，西方文学传统更多地偏向叙事文学，而中国文学最大的特征是抒情性。意识流的源头被看作在中国："意识流作为一种创作手法，它最早产生于我国的古典文学还是古希腊的文化，尚无可靠的考证，只能推断臆想。以《荷马史诗》为典范的古希腊文化的正宗，无疑是叙事文学。以《诗经》、楚辞、唐诗宋词等为典范的中国传统文学，又无疑是以抒情文学为正宗的。抒情文学侧重主观精神、主观情绪、主观想象等的抒发。由此臆想，也由此推断，意识流完全有可能最早孕育于中国古典的抒情文学。"① 基于对意识流抒情性的认知，很多批评家、作家从中国古典诗歌那里"发现"了意识流的因素。"从中国唐朝诗人李白、李贺、李商隐的诗歌到鲁迅的《狂人日记》等作品，都含有'意识流'的某种成分。"② 很长一段时间以来，中国当代小说理论更多地聚焦在中国叙事传统的吸收，如叙事首尾一致、叙事连贯、主要人物的动作描写和语言描写等。而抒情传统在此前当代小说理论里无法占有一席之地。当意识

---

① 黄全愈：《得而复失 失而复得——"意识流"纵横谈》，《广西民族大学学报》（哲学社会科学版）1983 年第 2 期。

② 陆贵山：《谈王蒙小说创作的创新》，《北京师院学报》（社会科学版）1980 年第 4 期。

流小说理论被介绍到中国后，学者们由意识流偏重主观性的特性入手，发现了中国古代抒情传统。

由于1949—1976年中国小说理论更多地是要表现外在社会生活，因此，对人物主观意识与心理活动就不重视。中国小说描写传统也被看作对话描写、动作描写，而心理描写不被视为中国古代小说的表现方式。因此，中国小说表达技巧的民族化，被局限于对话描写、动作描写。由于意识流小说理论的传播，心理活动描写也被重新认定为中国文学的传统之一，"请别以为写心理活动是属于外国人的专利，中国的诗歌特别善于写心理活动，《红楼梦》有别于中国传统小说的恰恰在于它的心理描写"①。由此，心理活动描写被看作中国古代文学的一个重要传统。心理活动描写，所谓"形在江海之上，心存魏阙之下""寂然凝虑，思接千载；悄焉动容，视通万里""中国古代的《文心雕龙》，已经涉及了这个根本原理。在小说叙述中，本就有把时间顺序颠倒错乱的方式，过去古典小说中的倒叙、插叙，也是对故事情节的时间顺序在叙述中重新安排调整之一法"②。对于中国古代小说的心理活动描写的传统，杨绛有比较系统的论述：

> 早有人把莎士比亚的独白看作"意识流"的祖宗。小说里相当于独白的内心思维，一般用"心上寻思道……"的方式来表达。例如，《水浒》第十一回王伦不愿收留林冲。蓦地寻思道"我却是个不第的秀才……他是京师禁军教头……不若只是一怪，推却事故打发他下山去便了……只是柴进面上却不好看"。《西游记》第三十二回猪八戒巡山时的心思表达得更妙，可以不用"寻思道"的方式。八戒喃喃自语，习演撒谎，行者变作蟭蟟虫儿钉在他耳后。八戒心上想的话，嘴里喃喃道出，行者句句听见。近代小说家所谓

---

① 王蒙：《关于〈春之声〉的通信》，《小说选刊》1980年第1期。
② 石天河：《〈蝴蝶〉与"东方意识流"》，《当代文艺思潮》1985年第1期。

"意识流"，就是要读者变作蟪蛄虫儿，钻入人物内心去听他寻思的话。①

上述观点，再次认定中国小说理论传统应该包括心理活动描写。1949—1976 年小说理论之所以排斥心理活动描写，把中国小说叙事传统限定为语言描写、动作描写，是因为忽略了中国小说传统的复杂性。其实中国小说存在两大传统，一是文言小说传统，二是白话小说传统。白话小说为了便于讲述，所以更看重语言描写和动作描写。事实上，即使是白话小说也有心理描写，只不过心理描写不受重视。

自由联想被看作意识流的一个重要特征。同时，自由联想也被认为不是意识流的专利。批评家认为，中国文学一直有重视自由联想的传统。"更早的不说，至少在战国时代，屈原创作《离骚》等著名楚辞时，所穿插运用的打破时空界限的自由联想，奇幻多姿的神话传说，不按时序的主观想象的表现方法，即已是最初级的意识流基因。后来的唐诗宋词、传奇志怪、南戏杂剧对意识流技巧的运用，就更不用说了，有的还因此成为不朽之作。可是，令人遗憾的是，是事隔 2000 年后，到 1884 年，才由美国人威廉·詹姆士给这种手法取了一个名称叫'意识流'。"② 中国文学传统本来就包含自由联想，这个传统被认为涵盖了诗词、小说、戏曲等文学门类："'意识流'热衷于表现人的联想、梦幻等，传统文学何尝不写这些呢？在我国，庄周写过蝴蝶梦，唐人传奇《南柯太守传》整篇就是写一场梦，汤显祖写过著名的临川四梦，《水浒传》写宋江梦见九天玄女，《红楼梦》写贾宝玉梦入太虚幻境……历史上的文学作品写梦幻、写人的心理活动的，多不胜数。"③ 只不过在一段比较长的时期里，中国当代文学更多的是为了再现社会生活，个人内心思想情感在文学作品里并不占据重要位置。从某种意义上讲，中国当代

---

① 杨绛：《旧书新解——读小说漫论之二》，《文学评论》1981 年第 4 期。

② 黄全愈：《得而复失 失而复得——"意识流"纵横谈》，《广西民族大学学报》（哲学社会科学版）1983 年第 2 期。

③ 郑伯农：《心理描写和意识流的引进》，《文学评论》1981 年第 3 期。

文学在一定时段里偏离了中国重视自由联想的传统。对此，王蒙有很深的感受："中国文学一贯很重视联想，'赋、比、兴'中的'兴'，就是联想。'兴'和'比'大有不同，'比'是主题先行，用形象来说明主题，旧称'意中之象'。而'兴'是'象中之意'，即形象先行，从形象中琢磨意义。对我们深受主题先行之苦的创作，强调一下'兴'的手法，恐怕是大有好处的。"①

汉语传统的发现是 20 世纪 80 年代小说理论的一大成就。1949 年至 70 年代小说理论对于语言的要求比较明确，那就是通俗、准确、形象、生动。其确立的基本原则是有利于读者接受客观外在世界的描写、叙述。不过，80 年代对小说语言的认识发生了变化："写小说用的语言，是文学的语言。不是口头语言，而是书面语言。是视觉语言，不是听觉语言。"② 汪曾祺认为，中国意境论虽然最初源于诗歌，但是最终也波及小说。他以废名、何立伟为例，说明了在意境理论的影响下，小说语言的诗化特征："废名说过：'我写小说同唐人写绝句一样'，何立伟的一些小说也近似唐人绝句。所谓'唐人绝句'，就是不着重写人物，写故事，而着重写意境，写印象，写感觉。物我同一，作者的主体意识很强。这就使传统的小说观念发生了很大的变化，使小说和诗变得难解难分。这种小说被称为诗化小说。这种小说的语言也就不能发生变化。这种语言，可以称为诗化的小说语言——因为它毕竟和诗还不一样。所谓诗化小说的语言，即不同于传统小说的纯散文的语言。这种语言，句与句之间的跨度比较大，往往超越了逻辑，超越了合乎一般语法的句式。"③

小说语言已经不再以传达客观、外在的社会生活为至高目的，也不以老百姓的接受程度为主要标准。小说语言能不能很好地传导主体意识成为小说

---

① 王蒙：《关于"意识流"的通信》，《鸭绿江》1980 年第 2 期。

② 汪曾祺：《"揉面"——谈语言》，《汪曾祺文集·文论卷》，江苏文艺出版社 1993 年版，第 8 页。

③ 汪曾祺：《关于小说语言（札记）》，《北京晚报》1986 年 4 月 19 日。

语言的重要价值标准："使汉语言由表意而至于表现，由客观的传达而至于主观的渗透，使自己的作品玉铃般地响彻一派美的和个性的文字。"① 以这样的小说语言观来观照，汪曾祺和何立伟的小说语言自然备受推崇："若说汪先生的语言富于音乐的流动的美，则我所佩服的阿城，他的语言就是绘画的质感的美了（他的《遍地风流之一》的三章，篇篇鲜美如画）。"② 同时，中国古代文学的语言得到了充分的借鉴和学习，"阿城的小说，觉得语言很简洁。叙述近于白描，显然从明清小说的遣词造句中有所吸收"③。何立伟也从古典诗词那里寻找语言上的灵感："在语言中对白话文体的一般规范，做出了许多'变革'处理，如省略、重叠、倒置、不完整句，文白夹杂等，其规则复归于古汉语。"④ 贾平凹借鉴中国古代散文的语言，找寻汉语神韵，从而使"小说文体向典雅的境界靠近"。⑤ 20 世纪 80 年代先后诞生了《云斋小说》（孙犁）、《故里杂记》、《故里三陈》（汪曾祺）、《矮凳桥风情》（林斤澜）、《遍地风流》（阿城）、《商州初录》（贾平凹）等小说佳作。这些小说无一例外地吸收了中国古代文学传统的营养。"林斤澜、汪曾祺这些老作家，他们相信我国传统小说的艺术魅力，并且试图发展这种魅力。因此，他们更多地从传统小说特别是从我国笔记小说和小品文中汲取营养，使小说不再那么呆板。他们自由地抒写，加上对现实采取一种调侃的态度，因而小说显得既温柔敦厚，又挥洒自如。"⑥ 因此，相较于 1949—1976 年的小说，这些小说有完全不一样的风格特征，也不同于 80 年代初期以来盛行的"伤痕小说""反思小说""改革小说"等。由于《云斋小说》《故里杂记》《故里

---

① 汪曾祺：《关于小说语言（札记）》，《北京晚报》1986 年 4 月 19 日。
② 何立伟：《美的语言与情调》，《文艺研究》1986 年第 3 期。
③ 吴方：《小说文体二题》，中国社会科学院文学编辑室：《小说文体研究》，中国社会出版社 1988 年版，第 67 页。
④ 吴方：《小说文体二题》，中国社会科学院文学编辑室：《小说文体研究》，中国社会出版社 1988 年版，第 67 页。
⑤ 李国涛：《小说文体的自觉》，《小说评论》1987 年第 1 期。
⑥ 刘再复：《近十年的中国文学精神和文学道路》，《人民文学》1988 年第 2 期。

三陈》《矮凳桥风情》《遍地风流》《商州初录》都从中国古代笔记小说那里吸收到了有益滋养，因而被命名为"新笔记小说"。

笔记小说是中国古代小说的一种重要类型。从文体的角度来看，中国古代小说有两大类型，一是章回小说、拟话本小说，二是笔记小说。笔记小说是不同于章回小说的一种小说类型："依我的看法，中国小说源流有二：一者为笔记体，一者为说话体（包括章回体）。从时间上讲，笔记体在前，说话体在后。前者自魏晋笔记、六朝志怪初呈形状，到唐人传奇已臻成熟；延之《醉翁谈录》《剪灯新话》《聊斋志异》《阅微草堂笔记》等，屡见胜流。"① 笔记小说更看重在小说中表现主体精神，而不注重反映外在社会生活。因此，笔记小说在叙述、结构、语言上表现出和章回小说、拟话本小说完全不一样的艺术风貌。中国"新笔记小说"有何崭新的特点呢？汪曾祺认为："凡是不以情节胜，比较简短，文字淡雅而有意境的小说，不妨都称之为笔记体小说。"② 聂鑫森认为："所谓笔记小说，应该多是白描写法，情节有一种原生状态，人物关系亦不复杂……"张曰凯说："衡量当今之笔记小说，就首先要看它是不是民族化的，是不是中国气派的。因为光精短不行，外国许多名篇也很精短（如屠格涅夫的《门槛》）。而民族化的关键是所谓'神韵'，是白描，是作者的不参加，作者的处之泰然。"③ 李庆西认为，新笔记小说："一是以叙述为主，行文简约，不尚雕饰；二是不重情节，平易散淡，文思飘忽；三是取材广泛，涉笔成趣，富于禅机。"④

在反思 1949—1976 年小说理论的基础上，笔记小说"取材自由、记叙随意"的写作特点，"注重情感性和精神性尤其是对象内在的丰神、气韵、情致的表现"⑤，为 80 年代小说理论所看重。受笔记小说影响，"新笔记小

---

① 李庆西：《新笔记小说：寻根派，也是先锋派》，《上海文学》1987 年第 1 期。
② 汪曾祺：《捡石子儿（代序）》，《中国文化》1992 年第 6 期。
③ 聂鑫森、张曰凯、侯贺林、林斤澜的说法均摘自他们给钟本康的信，参见钟本康：《新笔记小说选·导言》，《新笔记小说选》，浙江文艺出版社 1993 年版，第 6—7 页。
④ 李庆西：《新笔记小说：寻根派，也是先锋派》，《上海文学》1987 年第 1 期。
⑤ 钟本康：《别有洞天在人间——评李庆西的笔记小说》，《文学评论》1988 年第 5 期。

说"在内容上也有明显的特征。"新笔记小说""主要不是通过对人的命运的客观描写去展现某种'历史内容',揭示某种'生活真理',而是着眼于拾掇那些无法串进人物命运因果链条的言谈行状,以揭示人物在某个特定环境下的心理状态和精神特征"①。

笔记小说之所以成为 20 世纪 80 年代小说理论关注的对象,除了有反拨1949—1976 年小说理论的意图之外,还有对中国古代小说理论传统再确认的缘故。"古典小说的内在规律一般归纳为情节为主干、故事有始有终、通过行动表现性格、白描手法等。这些无疑是重要特点,但又几乎是世界各国小说滥觞阶段的共同特点,也是多民族绵延至今的民间口头文学的特点。"②那么,具有中国民族特色的小说理论传统去哪里寻找呢? 80 年代小说理论把目光投向了中国古代笔记小说。因此,80 年代小说理论的品格也与前一个阶段有所不同。

除了在文体层面吸收中国传统文学的滋养之外,20 世纪 80 年代小说理论也开始在思想文化层面面向传统。孙犁、汪曾祺等小说家的"新笔记小说"有一个重要的特点,就是对民族传统美德有自觉的表现。孙犁曾说"传统伦理观念的影响,我虽在幼年,这种观念已经在头脑里生根了"。③ 汪曾祺小说把握住了中国知识分子和普通老百姓身上最宝贵的品格。这些人被称为"我们民族的支柱",汪曾祺"要写的就是这个东西"④。关于《矮凳桥风情》,汪曾祺曾这样概括:"矮凳桥是不幸的。中国是不幸的。但是林斤澜并没有用一种悲怆的或是嘲弄的感情来看待矮凳桥,我们时时从林斤澜的眼睛里看到一点温暖的微笑。林斤澜你笑什么? 因为他看到绿叶,看到一朵一朵朴素的紫色的小花,看到了'皮实',看到了生命的韧性。'皮实'是我们

① 於可训:《漫谈高晓声的几篇"新轶事小说"》,载《於可训文集》第 1 卷,长江文艺出版社 2018 年版,第 134 页。
② 林焱:《论新笔记小说》,《小说评论》1986 年第 3 期。
③ 孙犁:《小说与伦理》,《孙犁全集》第 6 卷,人民文学出版社 2004 年版,第 250 页。
④ 汪曾祺:《社会性·小说技巧》,《人民文学》1987 年第 3 期。

这个民族的普遍的品德。林斤澜对我们的民族是肯定的，有信心的。因此我说：《矮凳桥》是爱国主义的作品。"① 受笔记小说的影响，新笔记小说也表现了民族传统美德和品格。这是 80 年代小说面向传统所做出的重要反应。

到了 20 世纪 80 年代中期，小说理论更是自觉地向传统文化学习。这种自觉性建立在对"现代与传统"关系的深入思考上。韩少功这样理解"现代与传统"的关系："在向西方'拿来'一切我们可用的科学和技术等，正在走向现代化的生活方式。但阴阳相生，得失相成，新旧相因。万端变化中，中国还是中国，尤其是在文学艺术方面，在民族的深层精神和文化物质方面，我们有民族的自我。我们的责任是释放现代观念的热能，来重铸和镀亮这种自我。"② 正是基于对"现代与传统"之间关系的深入思考，韩少功提出："文学有'根'，文学之'根'应深植于民族传统文化的土壤里，根不深，则叶难茂。"③ 传统文化成为中国小说家关注的焦点，成为 20 世纪 80 年代文学的重要特征。阿城认为，文化制约着人类，文学当然应该表现文化。对中国作家来讲，文学应该表现中国自身固有的文化。在阿城看来，由于小说创作是用语言来表现文化，而语言自身就是文化的产物，所以小说创作就离不开文化。阿城认为，没有普遍性的文化："同为性欲，英人劳伦斯的《查泰莱夫人的情人》与笑笑生的《金瓶梅》即心态大不相同；同为食欲，巴尔扎克的邦斯与陆文夫的美食家也心态大不同。若只认同人类生物意义上的性质，生物教科书足矣，要文学何干？鲁迅与老舍笔下的人性，因为文化形成与其他民族不一样，套用经典说法，才会成为世界文化人性的'这一个'。"④ 对文化独特性的认识，是阿城回归到传统文化的一个出发点。他由此认为，中国自"五四"以来的现代化本身就存在偏颇。他以"五四"新文化代表人物胡适为例，表明了中西两种文化相遇时的尴尬："胡适先生

① 汪曾祺：《社会性·小说技巧》，《人民文学》1987 年第 3 期。
② 韩少功：《文学的"根"》，《作家》1985 年第 4 期。
③ 韩少功：《文学的"根"》，《作家》1985 年第 4 期。
④ 阿城：《文化制约着人类》，《文艺报》1985 年 7 月 6 日。

扫了旧文化之后，又去整理国故，但因带了西方的逻辑实证态度，不但在'红学'上陷入烦琐，而且在禅宗的研究上栽了跟头。"① 既然文化具有独特性，那么中国小说家在创作上自然要回归到本土文化的根基上，把文学的"根"深植在传统文化的矿层上。

三、古代叙事传统的发掘

1949—1976 年和 20 世纪 80 年代小说理论接受中国文学传统的影响，主要集中在小说文体的层面上。小说语言、小说的表现方法是这两个阶段接受中国文学传统影响两大主要内容。受中国文学传统思维层面的影响，反倒不是处在最重要的层次。进入 90 年代，中国文学传统对当代小说理论的影响发生了变化，由文体学层面进入叙事学层面。中国古代小说叙事理论对当代小说理论的影响成为非常突出的内容。这种影响主要体现在三个方面：探究中国叙事理论的起源；认定中国叙事学的本源和基本特征；提炼和概括中国古代文学的叙述传统。从这三个路径出发来概括、提炼中国叙事学传统，并以此为基础，当代小说理论建立了具有中国特色的叙事理论。

首先来看关于中国叙事源头的理论探究。确立中国叙事传统的目的是建立具有中国民族特色的叙事学，傅修延的《先秦叙事研究：关于中国叙事传统的形成》就是此方面的代表作。中国叙事学不同于西方叙事学。那么中国叙事学自身的传统又是什么样的呢？它是怎样发生和发展的呢？这是傅修延所着重考虑的。经过研究，傅修延认为，中国叙事传统具有以下几个方面的特色。首先，先秦叙事诸要素——时间、地点、人物、事件始末——完全具备，发展顺利，"为后世叙事的进一步成长打下了良好的基础，在世界各民族的历史上，这种较高水平的起点一般都会被后人视为值得自豪的传统"。② 其次，从叙事

---

① 阿城：《文化制约着人类》，《文艺报》1985 年 7 月 6 日。
② 傅修延：《先秦叙事研究：关于中国叙事传统的形成》，东方出版社 1999 年版，第314 页。

主体角度来看，先秦叙事具有鲜明的主体自觉意识，开始注重叙事形式。最后，先秦叙事同时孕育了中国文学叙事与历史叙事，也昭示了中国叙事传统的一个重大的特点：文学叙事孕育于历史叙事。这是中国叙事学不同于西方叙事学的一个重要的方面。西方叙事学孕育于语言学，中国叙事学孕育于历史学，这就使中国叙事学重视主体意识，重视实录。傅修延认为，先秦叙事孕育了中华民族叙事思维，直接影响了后世的叙事。先秦叙事对文学叙事的影响主要体现在形态、思维、倾向与特征上。从叙事形态上来看，如先秦说唱艺术影响了宋代以后的拟话本包括章回小说，对中国小说叙事产生了不可磨灭的影响；从思维上来看，像《山海经》所蕴含的"神话思维"对中国小说的影响也非常大；从倾向与特征上来看，先秦叙事"重视记言与对话，多用引征、意象与隐喻，提倡简练与含蓄等等"①，构成了中国叙事学的重要传统。中国叙事传统是中国古代文明的组成部分，"是在中国区域内独自发生与成长起来的"②。这也意味着中国叙事学的发生与发展不同于西方叙事学。因此，中国叙事学影响下的小说理论，也基本上不同于西方。这也就是中国小说理论具有独特的民族特性的重要原因。

对中国叙事学传统的理解和把握比较深入的是杨义的《中国叙事学》。杨义曾著有《中国古典小说史论》，他又以此为基础，写出了《中国叙事学》。《中国叙事学》是一部深入探讨中国叙事学传统的著作。它不是一部以西方叙事学为框架介绍中国叙事学理论的著作，而是以西方叙事学为参照，反观中国叙事学特性的著作。《中国叙事学》出发点是对中外叙事学建立的文化土壤差异性的独特认识："我们共同生活在地球上，世界各民族文化异质互补，其间的差异不一定表现在我有你无，更重要的表现在由于各民族的'第一关注点'的不同，在传统的规范下形成不同的眼光，这就左右了

---

① 傅修延：《先秦叙事研究：关于中国叙事传统的形成》，东方出版社 1999 年版，第315 页。

② 傅修延：《先秦叙事研究：关于中国叙事传统的形成》，东方出版社 1999 年版，第318 页。

它们在相同或相似的事物中所见有异，深植所见悬殊，形成了不同的规范系统、意义系统和表述系统。"① 由于中国叙事学产生于中华文化的独特土壤之中，因此，探寻中国叙事学就应该"在以西方成果为参照系的同时，返回中国叙事文学的本体，从作为中国文化之优势的历史文化中开拓思路，以其发现那些具有中国特色的、也许相当一些侧面为西方理论家感到的陌生的理论领域"②。重返中国文化，探究具有中国文化特色的叙事学，是《中国叙事学》的重要内容。因此，《中国叙事学》也就成为与西方叙事学并行、具有中国文化特色的叙事理论集成之作。

《中国叙事学》注意到，中国文学叙事和历史叙事有密不可分的关系，中国文学叙事在发展的历史过程中，深受历史叙事的影响。虽然小说叙事在叙事形式和叙事策略上自有特点，但是，叙事的根本性目的，包括叙事所受文化的影响，都无法逃离历史叙事的影响。这和西方叙事学脱胎于语言学，深受语言学的影响有根本性的不同。由于受到历史叙事的影响，中国古代"把纸上文章视为对于天地文章的参悟，对叙事形式法则的某些探究和把握也就带着整体性的思路，细加体察，还不同程度地可以发现其文字的背后存在某种类乎阴阳对立、两极共构的结构原则，因而可以从表层的杂乱无章中清理出配套的理论思路"③。在历史叙事的影响下，中国小说叙事无法像西方叙事学那样，专注于封闭的形式，而把叙事作为参悟天地，解读历史的一种方式。因而，在杂乱无章的"表象"下，蕴藏着强大而清晰的逻辑结构与法则。

《中国叙事学》认为，中国古代的叙事学存在两大定理：对立共构、两极中和。对立共构意味着"对立者可以共构，互殊者可以相通"，因此"此类对立相或殊相的核心，必然存在某种相互维系、相互融合的东西"，最终形成了"致中和"的审美追求和哲学境界，"内中和而外两极，这是中国众

---

① 杨义：《中国叙事学》，人民出版社1997年版，第8页。
② 杨义：《中国叙事学》，人民出版社1997年版，第9页。
③ 杨义：《中国叙事学》，人民出版社1997年版，第17—18页。

多叙事原则的深处的潜原则"。① 顺叙与倒叙、分叙与类叙、原叙与特叙等叙事法则，背后所体现的就是对立共构的叙事规则。它在追求叙事目的的同时，让叙事本身显得摇曳多姿，节奏分明。"两极中和"是叙事者主体和叙事文客体之间的关系，它们通过"线索在手"达到水乳交融的地步，而不是像西方叙事学那样，将叙事者从叙事中驱逐出去。杨义借用刘熙载的相关观点，认为所谓"线索在手"一是指"贯六经九流之旨"的学养，二是"备五行四时之气""强调叙事过程是一种生命的体验和交流""作者在叙事文中的投射包括了理智和情感，包括了意识和潜意识。这些投射就是作者的'注意'，是使两两对立共构的叙事法范畴得以'致中和'的东西"②。

杨义的《中国叙事学》"切实返回到中国历史文化的原点去"③，从而找到了中国叙事学的运行法则和文化密码。这无疑是建立中国叙事学的正途。

中国当代小说理论虽然深受社会历史、政治的影响，也饱受外来文学、小说理论的影响，但是，也不能忽视中国当代小说理论的发展过程是一个不断认识文学传统的过程。这当然也是以传统为滋养、建构具有民族特色小说理论的过程。

第三节　当代小说学的建设

中国当代小说理论的发展深受当代社会政治、文化的制约，也受到外来文学理论和中国文学传统的影响，这是不争的事实。但是，这并不意味着当代小说理论的发展缺乏自身的理论建设和历史发展道路。体现当代小说理论自身理论建设的思考，笔者称为小说学。小说学和小说理论既有联系也有区

---

① 杨义：《中国叙事学》，人民出版社 1997 年版，第 21 页。
② 杨义：《中国叙事学》，人民出版社 1997 年版，第 22—23 页。
③ 杨义：《中国叙事学》，人民出版社 1997 年版，第 28 页。

别。学界同人关于小说理论与小说学的辨析也有不少成果。① 一般来说，小说理论是一个历史性的概念，小说理论具体的构成，如人物理论、情节理论、主题理论、形式理论等，都是一定历史时期具体社会政治、文化、经济相碰撞而产生的理论命题。而小说学则属于更加抽象的关于小说自身建构与发展规律的理论，并不是一个明确的指向历史性的概念。另外，小说理论所涉及的对象也要复杂得多，举凡小说批评、理论家关于小说的各类探究、小说家的创作谈、小说家和批评家的对话、小说家的读书笔记等，都属于小说理论的范畴。小说学只是关于小说的观念、价值、功能、体式等反映小说自身规律的理论思考。小说理论有各家之说的差别，而小说学则是从各种理论命题、理论流派之中抽象出来的反映小说自身规律的理论。因此，小说学虽然和小说理论都是关于小说的理论思考，相比较而言小说学更能贴近小说自身。小说学也有其自身的历史道路，当代小说学和古代小说学、现代小说学相比较而言，类型更加丰富、观念更加开放。从类型学的角度看，当代小说学在发展过程之中，大概形成了三类小说学。第一类是关于小说存在方式的理论探讨，主要是探讨小说存在样式的问题，主要包括关于短篇小说、中篇小说、长篇小说的体式理论；第二类是从某一种特定的知识出发，对于小说的特性、价值、功能所做的理论探究；第三类是综合性的小说学，全面讨论小说的内涵、历史、功能、价值、样式等规律性的理论。本书尝试就当代小说学的形态做一个初步的探讨。

一、小说体式理论的探究

1949—1976 年小说学主要集中在小说体式理论的探讨上，呈现出鲜明的实用性特征。短篇小说、长篇小说两类体式的基本特征与内涵都得到了比较深入的探讨。短篇小说的体式理论大概可以划分为故事体论、"横截面"说、

---

① 谭帆：《"小说学"论纲——兼谈 20 世纪中国古代小说理论批评研究》，《中国社会科学》2001 年第 4 期。

"纽结"说三种类型。而长篇小说的体式理论大概有"新评书体"说和"史诗"说两个类别。

故事体论是 1949—1976 年关于短篇小说的主要体式理论。把短篇小说和故事勾连起来，这包含了传统小说理论的因素。孙楷第就认为，中国的短篇小说的一大特点就是"故事"①；而在现实层面上则有大众化的需求。批评家们认为，群众对故事有浓厚的兴趣，小说创作"就是要为他们（故事员——引者注）提供更多的讲故事的材料；创作出来的作品，不仅要能看，还要能当故事讲"②。关于故事性短篇小说的来由、特征等问题，本人在《论"十七年"小说理论的"故事化"诉求》一文中有过深入探讨，在此不再赘述③。

从受人民群众喜爱的角度来讲，故事体的短篇小说显然是首选。但是，短篇小说作为一种重要文体，在 1949—1976 年受到欢迎还与它的基本特征有关。短篇小说对于社会生活的发展和变化"显出了能迅速地反应，和简单生动而富有表现力的一种健康的创作特色。这正是人民文艺作品最优越、最突出的特征"④。短篇小说被认为具有"迅速反应""简单生动而富有表现力"的文体特征。在此基础上就产生了短篇小说要写生活"横截面"的理论。短篇小说被认为是写生活"横截面"的观点来自胡适。胡适认为："短篇小说是用最经济的文学手段，描写事实中最精彩的一段。"⑤ 何为"事实中最精彩的一段或一方面"？胡适说："譬如把大树的树身锯断，懂植物学的人看了树身的'横截面'，数了树的'年轮'，便可知道这树的年纪；一人的生活，一国的历史，一个社会的变迁，都有一个'纵剖面'和无数'横截面'。纵面看去，须从头看到尾，才可看见全部。横面截开一段，若截在

---

① 孙楷第：《中国短篇白话小说的发展与艺术上的特点》，《文艺报》1953 年第 3 期。

② 《文汇报》社论：《读〈卖烟叶〉有感——再论大力提倡讲革命故事》，《文汇报》1964 年 2 月 11 日。

③ 周新民：《论"十七年"小说理论的"故事化"诉求》，《中国现代文学研究丛刊》2015 年第 8 期。

④ 陈企霞：《人民报纸推荐了好小说》，《文艺报》1951 年第 8 期。

⑤ 胡适：《论短篇小说》，《新青年》第 4 卷第 5 号，1918 年 5 月 15 日。

要紧的所在，便可把这个'横截面'代表这一人，或这一国，或这一个社会。这种可以代表全邦的部分，便是我所谓'最精彩'的部分。"① 关于短篇小说要写"横断面"的观点，得到了茅盾、邵荃麟的认同。茅盾认为："短篇小说取材于生活的片段，而这一片段不但提出了一个普遍性的问题，并且使读者由此一片段联想到其他的生活问题，引起了反复的深思。"② 所谓"生活片段""并不能死板地解释为时间空间应有一定的限制"，而是小说家"在所熟悉而且理解得透彻的生活的海洋里拣取这么很有意义的一片段"③。短篇小说要写生活的"横截面"是 1949—1976 年比较普遍的观点，邵荃麟也持此论："短篇小说的特点，就在于从生活的片段的描写，使读者能以此推及全体，好像植物学家从一些树木的横断面，可以去研究森林一样。"④ 可见，据胡适、茅盾、邵荃麟所言，短篇小说要写生活横断面的论断，还没有脱离小说所倚重的是"事"的观念。在他们的观念中，小说以写"事"为主，通过叙述事件的"横截面"来反映整体性社会生活。显然，这还不是一种具有现代意义的小说观，还为"本事"所束缚。不过，茅盾、邵荃麟关于短篇小说是"横截面"的观点，倒是适应了中华人民共和国成立后现实主义小说规范的需要，体现了小说要迅速反映社会生活的理论诉求。

现代短篇小说作为小说的一个类别，超越了简单写"事"的要求，以塑造人物形象为最根本的艺术追求。侯金镜认为小说要以塑造人物性格为核心，因此，他把短篇小说所写的横断面锁定在人物性格的横断面上。他认为，"短篇的特点就是剪裁和描写性格的横截面（而且是从主人公丰富性格中选取一两点）和如此相应的生活的横截面"，短篇小说即使写人的一生命运，也应该以"主人公性格的横截面为基础"⑤。侯金镜虽然赞同短篇小说

① 胡适：《论短篇小说》，《新青年》第 4 卷第 5 号，1918 年 5 月 15 日。
② 茅盾：《杂谈短篇小说》，《文艺报》1957 年第 5 期。
③ 茅盾：《杂谈短篇小说》，《文艺报》1957 年第 5 期。
④ 邵荃麟：《谈短篇小说》，《解放军文艺》1959 年第 6 期。
⑤ 侯金镜：《短篇小说琐谈》，《文艺报》1962 年第 8 期。

要写"横断面",但是,他的着眼点是人物性格的"横断面"。毫无疑问,侯金镜的观点显然比胡适、茅盾、邵荃麟更具有现代气息。无论是写生活的横截面,还是专注性格的横截面,短篇小说都必须在有限的文字里深入开掘,折射社会的整体发展,反映社会生活发展的本质。因而,写"横断面"的理论主张,在一定程度上表现了 1949—1976 年短篇小说在反映社会生活、塑造人物性格上的"规定性"。

但是,也不是所有的理论家都认同"横断面"的理论观点。魏金枝就认为:"严格地说,无论怎样庞大的长篇,它的取材,总有一些限制,绝不能把整个时空间的活动,加以完全无缺地描写。因此,长篇也只是在整个时空中,采取有限的一部分……至于短篇,那就无须说得,范围是要狭小得多了。自然,在比例上,短篇的取材,比长篇所截取的那个部分,还要短小得多;可也绝不能说,短篇所截取的是横断面,而长篇所截取的就不是横断面。"① 魏金枝从短篇小说取材的时空范围的相对性出发,否定了短篇小说要写"横断面"的观点。他认为小说要反映的是生活中的矛盾冲突,"从矛盾的发生到矛盾的解决为止"。这些矛盾纠结在一起,形成了"纽结""而这个纽结也就是一个单位或个体,对于作者来说,取用那个大的纽结,就是一部长篇;取用那个小的纽结,就成为一个短篇,这里并没有什么横截面和整株树杆等的分别存在"。② 魏金枝认为,短篇小说其实就是"小纽结",它不同于长篇小说的"大纽结",它必须"能够有典型性,而且能够表现出大纽结或更大一个纽结的意义"③。魏金枝从一定程度上缩小了小说表现的范围,把短篇小说的取材限定在具有矛盾冲突的事件上。不过,魏金枝关于短篇小说的定义,侧重反映社会生活的矛盾,在一定程度上有利于小说展现"新"人、"新"的社会生活与旧有人物、社会生活之间的冲突,具有鲜明的时代性。因此,魏金枝的短篇小说文体理论具有重要价值。

---

① 魏金枝:《大纽结与小纽结——短篇小说漫谈之一》,《文艺报》1957 年第 26 期。
② 魏金枝:《大纽结与小纽结——短篇小说漫谈之一》,《文艺报》1957 年第 26 期。
③ 魏金枝:《大纽结与小纽结——短篇小说漫谈之一》,《文艺报》1957 年第 26 期。

在一个新时代取代旧历史的特殊时期，短篇小说抓住矛盾来展开，显然有益于反映社会生活。不过，小说不一定要写生活的矛盾冲突。生活氛围、人物情绪等，都可以成为短篇小说的表现对象。只不过要到 20 世纪 80 年代，作家们、批评家们才能接受这样的小说观。

1949—1976 年是中国当代文学史上长篇小说创作比较繁荣的一个历史阶段。长篇小说的理论也十分丰富。这个历史阶段比较有影响的长篇小说文体理论有两类："新评书体"说、"史诗"说。

20 世纪 50 年代《新儿女英雄传》《林海雪原》《铁道游击队》等长篇小说的发表引起了读者的极大兴趣。经过考察，这些小说无一例外地和中国传统章回小说的特征相似，被看作"继承了旧评书传统形式和方法"而创作出来的当代"新评书体小说"①。赵树理对"新评书体"小说的特征有过比较集中的概括。在叙述和描写关系的处理上，赵树理认为"中国评书式的小说则是把描写情景融化在叙述故事中的"；章与章之间不要"跳得接不上气"，要求"故事连贯到底"；"用保留故事中的种种关节来吸引读者"；粗细结合，"在故事进展方面，直接与主题有关的应细，仅仅起补充作用的不妨粗一点"；在景物和人物的描写中熟悉的可以粗一点，不熟悉的可以细一点。当然，语言要通俗易懂。② 赵树理"新评书体"的观点在依而那里得到了延续。赵树理、依而倡导"新评书体"长篇小说，适应了 1949—1976 年小说大众化、民族化的需要。

相比"新评书体"的长篇小说，具有"史诗"性的长篇小说也是重要的存在形式，只不过它更具有外来小说的特征。因为中国古代长篇小说发展过程之中，并没有产生出"史诗"性长篇小说。"史诗"这一概念来自黑格尔。黑格尔认为："史诗以叙事为职责，就须用一件动作（情节）的过程为对象，而这一动作在它的情境和广泛的联系上，须使人认识到它是一件与一

---

① 依而：《小说的民族形式、评书和〈烈火金钢〉》，《人民文学》1958 年第 12 期。
② 赵树理：《〈三里湾〉写作前后》，《文艺报》1955 年第 19 期。

个民族和一个时代本身完整的世界密切相关的意义深远的事迹。所以一种民族精神的全部世界观和客观存在，经过由它本身所对象化成的具体形象，即实际发生的事迹，就形成了正式史诗的内容和形式。"①"史诗"在展现民族精神和意志上具有重大的价值。所以，中华人民共和国成立后呼唤史诗也就顺理成章地成为理论家的期盼："我们还需要规模更巨大的史诗式的作品，我们还需要更深刻更能震撼人的心灵的作品。"②"史诗"具有一定的文体规定性。史诗应该"描绘出世界和生活的整体画面，应该反映整个世界和整个生活"③。作为具有史诗风格的长篇小说，"应该描绘出世界和生活的整体画面，是在时代的整体性切面上展开的。长篇小说所描绘的事件，应能在某种程度上，以自身来代表某一时代的整个生活，能够取代现实中的整个生活，这是由长篇小说艺术本质决定的"④。

1949—1976 年"史诗"这一关于长篇小说文体规约的提出，反映了此时对长篇小说文体的深入思考。因为"史诗"这一概念不仅包括了长篇小说所反映的社会生活应该具有的重要意义和价值，也对长篇小说艺术上的规范提出了要求：以"诗"的艺术标杆来要求长篇小说的艺术表现力。回顾中国当代小说"史诗"论发展历程，我们可以肯定，冯雪峰是把"史诗"作为当代长篇小说艺术规范的第一位小说理论家。中华人民共和国成立初期，冯雪峰在评价《太阳照在桑干河上》时就使用了"史诗"这一艺术标准。他认为：《太阳照在桑干河上》"是一部相当辉煌地反映了土地改革的、带来了一定高度的真实性的、史诗似的作品""带来了像我们已经接触到的这样的真实性和艺术性，使它对于我们伟大的土地改革，也已经在一定的高度上

---

① ［德］黑格尔：《美学》第 3 卷（下），朱光潜译，商务印书馆 1996 年版，第 107 页。
② 何其芳：《〈青春之歌〉不可否定》，《中国青年》1959 年第 5 期。
③ ［苏］米·巴赫金：《陀思妥耶夫斯基诗学问题》，夏仲翼译，《世界文学》1982 年第 4 期。
④ ［苏］米·巴赫金：《陀思妥耶夫斯基诗学问题》，夏仲翼译，《世界文学》1982 年第 4 期。

称为一篇史诗了"。①《保卫延安》发表后，冯雪峰再一次以"史诗"来评价这部长篇小说，他认为《保卫延安》是第一部真正称得上"英雄史诗"的作品。因为"它所描写的这一次具有伟大历史意义的有名的英雄战争的一部史诗的，或者从更高的要求或从这部作品还可以加工的意义上说，也总是这样的英雄史诗的一部初稿。它的英雄史诗的基础是已经确定了的"。②《红日》发表后，冯牧也用"史诗"来评价它。他认为《红日》"生动而真实地反映了我们宏伟卓绝的革命战争史诗当中的壮丽的一章"③。《创业史》《红旗谱》《青春之歌》《欧阳海之歌》等长篇小说发表后，评论家纷纷用"史诗"的概念来评价这些作品的思想性和艺术成就。由此可见，在1949—1976年"史诗"已经成为长篇小说的重要艺术规范与文体形态。

1949—1976年关于何为小说的理论思考和对具体小说的批评联系在一起，而关于小说的体式理论，是这一历史时期小说学的主要内容。此一阶段的小说学是从具体小说作品的分析、批评之中产生的，因此，具有很强的实用性。自1977年以来关于中篇小说、长篇小说的体式理论探讨，我之前已有文章涉及，此处不再赘述。④

二、外来影响与借鉴

到了20世纪80年代，由于中国当代小说理论发展已历经了30多年的历史，偏于实用性的小说理论在发展过程中也遇到了诸多问题。此时，需要从更加抽象的理论层面来认知小说，需要用更高的理论视点来把握小说理论的发展。因此，进入80年代后，小说学才进入良性发展的历史时期。80年

---

① 冯雪峰：《〈太阳照在桑干河上〉在我们文学发展上的意义》，《文艺报》1952年第10期。

② 冯雪峰：《论〈保卫延安〉的成就及其重要性》，《文艺报》1954年第15期。

③ 冯牧：《革命的战歌，英雄的颂歌——略论〈红日〉的成就及其弱点》，《文艺报》1958年第21期。

④ 周新民：《新时期小说理论综论——〈中国新时期小说理论资料汇编〉·导言》，《湖北大学学报》（哲学社会科学版）2014年第2期。

代以来，小说学进入广泛学习外来小说理论的阶段，各类外来的小说理论都影响到了中国小说学的发展。也正是在这样的发展背景下，80 年代以来的小说学，大都具有某一种特定知识范型的痕迹。

综观 20 世纪 80 年代以来的小说学，大概有以下几种类型。第一类是现代主义影响下的小说学。以高行健的《现代小说技巧初探》和王蒙的《漫话小说创作》为代表。高行健的《现代小说技巧初探》介绍了现代小说的艺术技巧，如自由联想、意识流、怪诞、抽象及现代小说的一些其他艺术技巧。这部介绍现代小说技巧的著作，在以下三个方面做出了贡献。其一，它率先向人们介绍现代小说的一些艺术观念。高行健认为，小说是发展的，是变化的，随着现代生活的来临，小说也面临着根本的变化。其二，强调了艺术技巧的独立性。高行健说："对文学流派和艺术技巧的评价也从贴政治标签的幼稚的办法中解脱出来。"[1] 这些见解，在今天看来也许是常识。但是在 80 年代初期无疑促进了人们大胆地进行艺术实践。其三，《现代小说技巧初探》注重小说的艺术性，强调了小说形式的重要性。在此之前，小说内容层面如题材、主题等，被认为是最重要的。而小说的形式相对被忽视。高行健在著作中大胆地鼓吹小说形式的价值。他认为，一部好的小说要"在艺术上，也就是说，在塑造人物、安排情节、作品的结构和叙述语言上，出色地体现了这个主题"[2]。总体来看，《现代小说技巧初探》比较全面地介绍了现代小说技巧，极大地促进了当代小说学的发展。

王蒙的《漫话小说创作》代表了 20 世纪 80 年代初期小说学从现实主义向现代主义的转型。王蒙的小说观念已经和"十七年"的小说理论有了根本性的区别，他重新定位了小说与生活的关系，反思了传统意义上的小说观。他否认了真实、形象、细节是小说的必备因素。他这样看待小说的特质："那么我们为什么说小说是小说呢？结构小说的一个基本手段，是虚构。虚

---

① 高行健：《现代小说技巧初探》，花城出版社 1981 年版，第 106 页。
② 高行健：《现代小说技巧初探》，花城出版社 1981 年版，第 3 页。

构这个词我还不十分喜欢它，我十分喜欢的一个词是虚拟。小说是虚拟的生活。'虚'是虚构，'拟'就是模拟，模拟生活。从这个意义上说，小说最大的特点恰恰就是它是'假'的。"① 王蒙还拓宽了小说表现的对象与内容，他认为小说所要表现的精神世界，既包括人的理性思维如判断、计划等，还包括人的灵感、奇想、遐思等。王蒙的小说理论观念还拓宽了小说的要素。中国此前的小说理论把人物、情节、环境当作中国小说的正格形式，王蒙的小说理论也并不排斥这些要素。但是，王蒙认为小说要素可以更宽泛一些，色彩、情调、氛围、节奏、旋律等都可以成为小说的构件。当然，王蒙还提倡小说创作手法要多样化。王蒙的小说理论有力地冲击了以人物、环境、情节为基本要素的小说正统的观念，体现了现代主义小说理论的深刻影响。张抗抗的《小说创作与艺术感觉》、张贤亮的《写小说的辩证法》等从不同的角度扩展了王蒙的观点。其他如余华的《我能否相信自己》、王安忆的《故事与讲故事》《心灵世界》、史铁生的《宿命的写作》、张承志的《清洁的精神》等，都是现代主义小说理论在中国的回响。

第二类是把小说学当作文艺美学的一个分支。近40年来，出版了多部从文艺美学的角度来研究小说学的代表性著作。依时间先后顺序为叶朗的《中国小说美学》、吴功正的《小说美学》、张德林的《现代小说美学》、鲁原的《当代小说美学》等。叶朗的《中国小说美学》是这一领域的开山之作。《中国小说美学》认为小说是对生活的反映，其理论基点仍是现实主义美学的反映论。在此基础上，它还探讨了小说家的审美感知、审美情感、审美想象、审美思维等。《中国小说美学》最大的价值是从小说的形象美学、情节美学、节奏美学、形式美学、风格美学等方面研究了小说美学的基本特征。吴功正的《小说美学》依据文艺美学的基本原理，对小说美学做了体系周密的理论阐释。虽然没有脱离现实主义的理论成规，但是《小说美学》注意到了小说理论与"人学"的关系，并对二者的关系做了论述。很显然，吴

---

① 王蒙：《漫话小说创作》，上海文艺出版社1983年版，第78页。

功正吸收了 20 世纪 80 年代的理论成果，这也是该论著有别于《中国小说美学》的地方。张德林的《现代小说美学》的理论基石与前两本小说美学论著相比，发生了根本性的变化。《现代小说美学》以主体论代替反映论，把小说看作人的本质力量的对象化。《现代小说美学》以作家的感觉这一主体性特征作为小说的论述起点，取代了叶朗、吴功正以生活与文学的反映论关系为小说美学的逻辑起点。《现代小说美学》认为小说家的艺术感觉对小说非常重要。之所以如此，是因为艺术感觉不同于一般意义上的感觉，"是一种'知、情、理、意'有机融合的'心理流''情绪流'，实际上它已经超越一般感觉经验的界限，走向感知、直觉、联觉和统觉"①。《现代小说美学》虽然也论述人物、情节、环境等要素，但是它所着眼的是人物、情节、环境与主体之间的契合。因而，《现代小说美学》着重论述了主体在小说中投射的几个重要方式，如自由联想、怪诞、梦境、幻觉与幻化等。正是对创作主体的重视，《现代小说美学》总体上更带有现代人本主义色彩，充分体现了 20 世纪 80 年代启蒙文化思潮影响下小说学的历史特征。

第三类小说学是从小说文体学与叙事学的角度来探讨小说的本性。20 世纪 80 年代中后期与 90 年代初期，小说学从小说的艺术因素探讨走向小说文体与本体的探究，王先霈的《徘徊在历史与诗之间》就是从文体学的角度探究小说理论的一部著作。小说文体探讨上比较有特色的是程德培的《小说本体思考录》，它不再把小说的人物、情节、环境当作小说的艺术属性。在程德培看来，小说之所以是小说，是因为小说是叙述的艺术。因此，叙述是程德培论述的中心话题。他这样看待叙述在小说中的重要性："即便是一个真实的事件，由于作者的个性、气质、生活阅历、知识结构各不相同，其叙述的结果也会完全不同。"② 程德培在论著《小说本体思考录》中深入分析了作为叙述艺术的小说在叙述时间、空间、流程、特性等方面的特征与意义。

---

① 张德林：《现代小说美学》，湖南文艺出版社 1987 年版，第 12 页。
② 程德培：《小说本体思考录》，上海文艺出版社 1987 年版，第 3 页。

这是把小说文体特性提高到本体位置的反映，是中国 80 年代本体论小说理论观念在小说学上的显著体现。《当说者被说的时候——比较叙述学导论》延续了叙述作为小说本体的观点。赵毅衡认为："不仅叙述文本，是被叙述者叙述出来的，叙述者自己，也是被叙述出来的——不是常识认为的作者创造叙述者，而是叙事者讲述自身。在叙述中，说者先要被说，然后才能说。"① 全书在这一理论基点上，深入论述了"叙述行为""叙述主体""叙述层次""叙述时间""叙述方位""叙述语言中的语言行为""情节""叙述形式的意义"等问题。还有从更为广阔的文化背景来考察小说特性的小说学。赵毅衡的《苦恼的叙述者——中国小说的叙述形式与中国文化》从文化与叙述者的关联，论述了叙述者的文化内涵，把叙述者的变化与社会文化的变动联系起来了。李建军的《小说修辞研究》则强调小说的道德立场与伦理意义，把召唤读者的道德与伦理态度作为小说的重要特征。《苦恼的叙述者——中国小说的叙述形式与中国文化》和《小说修辞研究》是小说学在小说功能与价值上的新思考与新探索。

三、综合性小说的初探

综合性小说学是近 40 年来小说学发展的重要领域。20 世纪 80 年代小说学摆脱实用性和经验色彩后，开始从更加抽象的层面，建立综合性小说学。刘世剑的《小说概说》（东北师范大学出版社 1986 年版）是较早的一部综合性小说学的著作。《小说概说》研究了小说的历史（包括中外），小说的组成要素人物、环境、情节，小说的类型、小说创作、小说的艺术性因素，如结构、意境、叙述人的语言、视点等，还探讨了小说创作与小说欣赏等方面的问题。《小说概说》论述全面，但是内在逻辑并不严密，这大概是综合性小说学草创时期的特征吧。马振方《小说艺术论稿》（北京大学出版社

---

① 赵毅衡：《当说者被说的时候——比较叙述学导论·自序》，中国人民大学出版社 1998 年版，第 1—2 页。

1991 年版，2000 年再版时书名改为《小说艺术论》）的逻辑则要严密得多，在理论上自成系统。《小说艺术论稿》所论述的主要是小说的三要素：人物、语言、情节。《小说艺术论稿》还论述了小说的艺术形态，它接续中国文学传统，把小说的艺术形态分为拟实小说和表意小说，这也是《小说艺术论稿》的创新。

李洁非的《小说学引论》则代表了综合性小说学在 20 世纪 90 年代的发展成就。《小说学引论》企图建立一种"全面的小说学"观点，正如李洁非所说："我充分了解到，最主要的是能够吸收一切有关的成果，打通它们之间的隔阂，而不是让某一阶段、某一体系的学说占据主导地位。"① 李洁非在这里所言的"全面小说学"有它独特的含义。通观从萌芽时期到最近的各种小说理论观点，李洁非提出了关于小说特性、功能等的观点。《小说学引论》共分为五个部分：本体论、形态论、创作论、价值论、实践论。李洁非在论述过程中极力拆解各种小说理论之间的知识藩篱。《小说学引论》还把"读者"这一概念引进小说学，他说："我们注意到，以往的小说学中，是不包括'读者'因素的，于今看来，这已是很明显的、不容漠视的漏洞。""读者研究、读者理论应是其一个基本的，与小说本体论、小说史、小说技巧等课题并列的组成部分。"②

曹文轩的《小说门》（作家出版社 2002 年版）也是综合性小说学方面的重要著作。曹文轩具有丰富的小说创作经验，同时具备良好的小说理论背景。《小说门》分为"缘起""经验""虚构""时间""空间""悬置""摇摆""风景""结构"九章。《小说门》把小说的美学意义的生成当作论述的轴心问题，综合了小说创作论、小说美学、文化研究等多种知识，论述了在文化研究崛起的时代，小说的基本特征和审美意义。

《叙事美学：探索一种百科全书式的小说》是一部吸收了小说叙事学、

---

① 李洁非：《小说学引论》，广西教育出版社 1995 年版，第 3 页。
② 李洁非：《小说学引论》，广西教育出版社 1995 年版，第 222 页。

小说修辞学、文化研究相关成果的综合性小说学著作。和前面几部综合性小说学著作不同的是，从知识范式来看，《叙事美学：探索一种百科全书式的小说》综合运用了后现代主义各类知识，超越了此前现实主义小说学、现代主义小说学观念，体现了当代小说学对于时代性的把握和理解："我们身处其中的复杂的历史境况已经不再能够使用经典的小说叙述模式来加以描述。只要想一想'性格''行动''命运'，以及事件的完整性、情节的起承转合、因果律以及时间的连续性等，就会发现这一套曾经是现实主义的叙述模式的要素已经多么远离了现实。"① 另外，《叙事美学：探索一种百科全书式的小说》也认为，现代主义的那种关于个人和社会之间分裂、对抗的内心书写的小说，也遭受到了危机。在后现代社会小说应该建立"百科全书"式的叙事方式。"百科全书"式的叙事方式是一种"求知方法"，是"一种把非关知识的事物转化为知识形式的方法"②。

通过"百科全书"式的写作，在人与人之间建立文化共同体。这是《叙事美学：探索一种百科全书式的小说》的内在追求，因此，《叙事美学：探索一种百科全书式的小说》不再关注人物、环境、情节、形式，而更多地关注时间、历史、叙事等关乎转换为"知识形式"的要素。

小说学关注小说的基本属性、小说特征、小说体式、小说创作、小说功能、小说的价值和意义等方面的问题，属于"知识学"的范畴，它反映了一个时代关于小说最抽象的思考。对于小说学的观照，能反映出一个时代关于小说自身理论建构和自身发展道路等状况。当代小说学的发展和历史状况是当代小说理论自身建构的重要体现。文体的实用性理论观照、单一性知识的建构、综合性小说学，是中国当代小说学发展的三个基本路径，也是当代小说理论自身建设的三个重要层面。

---

① 耿占春：《叙事美学：探索一种百科全书式的小说》，郑州大学出版社 2002 年版，第 3 页。

② 耿占春：《叙事美学：探索一种百科全书式的小说》，郑州大学出版社 2002 年版，第 65 页。

第二编

现实主义小说理论独尊时期

（1949—1976 年）

第三章　现实主义规范的建构

　　1949—1976 年现实主义小说理论在具体的社会历史情境中得到了发展，这是中国现实主义小说理论独尊时期。政治对现实主义小说理论的影响最为明显，主要表现是，不再简单地从经验出发来判定现实主义，而必须要从倾向性的观念着眼。"经验"的现实主义与"观念"的现实主义的冲突也因此成为 1949—1976 年小说理论的主线，在小说的真实性理论、倾向性理论、人物形象理论、题材理论等命题的构建上表现得尤为明显。具体到小说形式层面，如民族形式理论、情节理论、叙述理论等方面，则体现了现实主义内容上的规范在形式层面的"落实"，基本顺应了现实主义小说理论发展的需要。对 1949—1976 年小说理论要以历史的眼光来看待，要超越"纯文学"的价值立场。这个阶段小说理论的历史内涵离不开政治，但是，政治毕竟代替不了小说理论自身的建设，政治对小说理论的影响，最终还得从小说理论自身的建构来体现。无论怎么说，1949—1976 年小说理论是中国当代小说理论发展过程中不可或缺的一个环节。

第一节　题材理论：着眼于本质与立场

　　20 世纪 50 年代到 70 年代小说题材理论不是一个简单的、单纯的文学理论话题，它被赋予了价值判断。这个时期关于小说题材，有重要与不重要、高与低的价值之分。同时，选择何种题材，也不是作家艺术表现力上的问题。小说题材还是作家世界观、立场、观点等涉及政治性话题的一个重要体现。之所以会这样，是因为现实主义文学，以反映现实社会生活的本质为要务，其题材被认为是"本质"地体现现实社会生活的重要保证。因而，小说的题材就不再是一个作家选取何种题材来反映社会生活的艺术问题，而是和小说是否能准确地表现社会生活的本质联系在一起。中华人民共和国成立后，工农兵的阶级斗争实践和生产实践被看作最能体现社会本质的题材。因此，工农兵的阶级斗争实践和生活实践，被看作文学题材最重要的领域。1949—1976年围绕贯彻工农兵方向、反映社会生活本质，有过几次关于题材的重要讨论。这几次讨论从不同的角度丰富了这一历史时期小说题材理论的内涵。

一、作为社会本质反映的题材

周扬在第一次中华全国文艺工作者代表大会上所做的报告十分清晰地划分了有价值的文学题材的类别。周扬在叙述解放区文艺的成就时，列举了177篇作品，这些作品的题材分布如下：

写抗日战争、人民解放战争（包括群众的各种形式的对敌斗争）与人民军队（军队作风、军民关系等）的，101篇。

写农村土地斗争及其他各种反封建斗争（包括减租、复仇清算、土地改革，以及反封建迷信、文盲、不卫生、婚姻不自由等）的，41篇。

写工农业生产的，16篇。

写历史题材（主要是陕北土地革命时期故事）的，7篇。

其他（如写干部作风），12 篇。①

从上述所列举的题材类型来看，被称为新中国文学所使用的典型题材，当然是工农兵生活题材。因此，周扬认为，中国当代文学应该选取"民族的、阶级的斗争与劳动生产"的题材，这种题材观对后来小说题材理论产生了极大的影响。

文艺为工农兵服务"不仅是一个题材问题，而且正是一个立场问题"。②也正因为如此，作为现代小说理论所看重的知识分子生活题材被排除在外，丧失了独立性价值。对此，周扬有过专门的论述："知识分子一般地是作为整个人民解放事业中各方面的工作干部、作为与体力劳动者相结合的脑力劳动者被描写着。知识分子离开人民的斗争，沉溺于自己小圈子内的生活及个人情感的世界，这样的主题就显得微小与没有意义了，在解放区的文艺作品中，就没有了地位。自'五四'以来，描写觉醒的知识分子，描写他们对光明的追求、渴望，以至当先驱者的理想与广大群众的行动还没有结合时孤独的寂空的心境的作品，无疑的是起过一定的启蒙作用的。但现在，当中国人民已经在中国共产党领导之下，奋斗了 20 多年，他们在政治上已有了高度的觉悟性、组织性，正在从事决定中国命运的伟大行动的时候，如果我们不尽一切努力去接近他们，描写他们，而仍停留在知识分子所习惯的比较狭小的圈子，那么，我们就将不但严重地脱离群众，而且将严重地违背历史的真实，违背现实主义的原则。"③

从周扬关于题材的论述中我们可以看到，基于中国社会历史面貌的变化，知识分子题材已经退出了历史舞台。因为民众在党的教育和引导下，思想已经发生了质的变化，不再需要知识分子来启蒙。从这个意义来看，选取什么样的题材，不是一个简单的写什么的问题。关键是文学作品的题材能否

---

① 周扬：《新的人民的文艺》，《人民文学》1949 年第 1 期。
② 何其芳：《一个文学创作问题的争论》，《文艺报》1949 年第 4 期。
③ 周扬：《新的人民的文艺》，《人民文学》1949 年第 1 期。

体现时代的本质，这也因此成为衡量题材价值最重要的尺度。在现实生活中，工农兵的生产、生活实践是时代的主潮。因此，题材的首要要求是，能反映和表现时代生活的本质。在这个指导思想的支配下，小说题材就主要表现为工农兵的生产实践、斗争生活。

以是否能反映社会历史的本质作为题材的基本标准，是1949—1976年小说题材必须遵循的基本规范。为此，这个时期的题材理论否定了日常生活题材，这一点在对《我们夫妇之间》的批判之中有鲜明的体现。《我们夫妇之间》描写了一对夫妇之间的感情纠葛。知识分子出身的丈夫李克和妻子"张同志"在战争年代夫妻感情一直十分融洽，是知识分子和工农结合的典范。但是，进城之后夫妻之间的性格、经历所带来的差异，使两人的情感出现了危机。喜欢城市生活的李克到了城市后，生活如鱼得水，而妻子"张同志"则与城市生活格格不入。后来李克发现了妻子身上有许多优点，渐渐转变了对妻子的看法，二人情感于是和好如初。

在今天看来，这是一篇反映夫妻日常生活的小说，主题也和当时的政治气候相吻合：赞美工农兵，提出了工农兵是知识分子学习榜样的命题。但是，这篇小说还是遭受到了批判。批判意见主要集中在小说所选取的题材上。这篇小说所选取的是日常生活题材。虽然有论者肯定了这篇小说的描写日常生活的意义："文学作品中真正能说明生活的，并不在于所描写的事件的大小，是否轰轰烈烈，而是在于能否真实地反映了生活。人民文学一卷三期上，萧也牧的一篇小说《我们夫妇之间》所描写的是一件很平凡的事，但这篇小说写出了两种思想的斗争和真挚的爱情，农村干部的思想和与城市生活的距离，一些从老解放区来的农村干部，对于城市中的一些生活习惯是看不惯，这是一个很普遍的问题，虽然不是轰轰烈烈的事件，但有一定的社会意义。"① 但是，这个观点很快受到了批评。陈涌认为《我们夫妇之间》所

---

① 白村：《谈"生活平淡"与追求"轰轰烈烈"的故事的创作态度》，《光明日报》1951年4月7日。

描写的"平凡的事"，不能成为现实主义小说所要表现的生活。他认为："首先要看是什么样的'平凡的事'，是否能表现'有现实意义的主题'的'平凡的事'，而且要进一步看我们怎样去表现它。""作者用了大部分的篇幅来描写这个工人干部和她丈夫的一些争论。在作者笔下，他们争论不休的，大都是些'平凡的事'，但也正如作者不止一次地意识到，都是些非原则的日常的生活琐事。""试问，这些'平凡的事'能表现多少有现实意义的主题呢？难道知识分子和工农结合过程中间发生的问题便是这类问题吗？应当说，作者在这些地方是把知识分子与工农干部之间的两种思想斗争庸俗化了的。"[①] 进而，陈涌认为萧也牧的作品之所以出现这些缺点，是因为他"脱离生活……依据小资产阶级的观点、趣味来观察生活，表现生活"[②]。

由萧也牧《我们夫妇之间》受到批判的情况可知，平凡的生活、日常生活并不具备成为小说表现生活的资格。因为归根结底"平凡的事"是在小资产阶级趣味下观察生活、表现生活的产物。陈涌的这个观点，在当时具有较大的普遍性。冯雪峰化名李定中，也表达了相似的观点。他对《我们夫妇之间》"平凡生活"的描写也提出了批评意见。他说："尤其内容上那些所谓'平凡生活'的'描写'，则作者简直在'独创'和提倡一种低级趣味。我这里实在不耐烦来举例，作者在作品中，几乎充满着低级趣味的'描写'。""算了吧作家同志，写人物写生活都不能这样写的，尤其写新的工农人民和新的人民生活。这样描写，你是在糟蹋我们新的高贵的人民和新的生活。这样低级趣味并不是真的人民生活，也不是艺术，而只是你自己的'趣味'。"[③]

"平凡的事"之所以不能成为小说要表现的生活，很大程度上是因为在此阶段小说理论视域中，"平凡的事"不仅仅意味着它自身的意义不大，更重要的是它和作者的思想意识和阶级立场紧密地联系在一起，意味着作者有"低级趣味"。同时，"平凡的事"还意味着不能反映生活的本质。丁玲也正

---

①　陈涌：《萧也牧创作的一些倾向》，《人民日报》1951 年 6 月 10 日。
②　陈涌：《萧也牧创作的一些倾向》，《人民日报》1951 年 6 月 10 日。
③　李定中：《反对玩弄人民的态度反对玩弄新的低级趣味》，《文艺报》1951 年第 5 期。

是基于这一点批评萧也牧："在我们的作家中，文艺写作者当中，的确还有人往往只看见生活中的缺点，他天天希望自己能写出伟大作品，然而却看不见伟大人物的伟大的生活变革。他只在烦琐的生活中找缺点，而且喜欢将自己的色调涂上去。我们的读者中，目前也还有一些喜欢看缺点的人，他们也说喜欢工农兵，喜欢劳动模范、战斗英雄，喜欢革命干部。但是你写得好了，他们说不现实，不亲切，你一写缺点，其实是歪曲现实，他们就大加赞赏，说这个公式化，有'人情味'。"① 陈涌就萧也牧《我们夫妇之间》的题材提出过这样的批评："在我们新中国，这样的题材（有价值的重大题材——引者注）是很多的：轰轰烈烈抗美援朝运动、土地改革运动、镇压反革命运动、城市中工人阶级的爱国生产热情等，就是在城市刚刚解放的时候，可以写的题材也很多。但萧也牧选择的题材，却不是从斗争中寻找，而是企图走历史证明了的走不通的创作道路，想从大时代的角落里发现'珍品'。"② 萧也牧也对自己的创作进行了反省。他曾认为"日常生活琐事"不会影响小说的价值。受到批评之后，萧也牧的认识也开始发生变化，意识到生活琐事的描写所存在的问题。他说："《我们夫妇之间》……客观的效果仅仅是告诉了读者这样的一个问题：我们的老干部无论是知识分子出身的也好，工农出身的也好，都是非常地可笑和糟糕！把女的写成了一个愚昧无知的泼妇；把男的写成了一个毫无革命干部气味的市侩式的人物。他们之间的生活仿佛成天是在吵嘴、逛街、吃小摊……既不见他们工作也不见他们学习，只见他们整日沉没于鸡毛蒜皮的琐事之间，不能自拔。像这样的干部怎么能为人民服务呢？怎么能掌握党的政策和管理城市呢？这和现实的生活不仅是有距离有出入；不仅是歪曲，而是伪造。"③ 饱受批判的萧也牧终于"跟上"时代的脚步。

题材要反映时代社会生活的本质，这是 1949—1976 年小说理论关于题

---

① 丁玲：《作为一种倾向来看——给萧也牧同志的一封信》，《文艺报》1951 年第 8 期。
② 陈涌：《萧也牧创作上的一些倾向》，《人民日报》1951 年 6 月 10 日。
③ 萧也牧：《我一定要切实地改正错误》，《文艺报》1951 年第 5 卷第 1 期。

材的根本性规定。也正是基于此，这个时期的题材理论中有一重要原则：不能选取生活中的阴暗面作为小说的题材，题材必须表现理想的、前进的生活。这就要求小说在再现生活时，要把目光对准生活中前进的、理想的、光明的一面，也只有这样的生活才能成为小说的题材。在革命文艺语境中，前进的、理想的、光明的生活，不仅是生活所体现出来的一种特征，而且是意味着一个具有象征意义的时代的到来。毛泽东认为，暴露黑暗和阴暗面的文学作品不是人民需要的文学作品。他说："同志们很多是从上海亭子间来的；从亭子间到革命根据地，不但是经历了两种地区，而且是经历了两个历史时代。一个是大地主大资产阶级统治的半殖民地半封建的社会，一个是无产阶级领导的革命的新民主主义的社会。到了革命根据地，就是到了中国历史几千年来空前未有的人民大众当权的时代。我们周围的人物，我们宣传的对象，完全不同了。过去的时代，已经一去不复返了。"① 因此，体现历史前进的方向，是选取题材的基本标准。冯雪峰在谈到文学应该描写什么样的生活时，曾做了这样的论述："我们的现实生活和斗争，就在每一件事情中都有它分明的理想性和前进的方向。这个理想性和前进的方向，是我们现实生活的最重要的构成部分，是我们生活的真实。我们现实主义的文学，就是在今天的实际生活的描写中必须描写出它的理想性和前进的方向；否则我们的文学就不能说是充分真实的，也就是没有能够做到'在现实的革命的发展中去描写现实了'。"② 冯雪峰所说的"理想性和前进的方向"是小说题材体现历史趋势的重要表现。

　　王蒙的《组织部新来的青年人》的发表引起了强烈的反响。王蒙在谈到这部作品的创作动机时说，最初写的时候，"想到了两个目的：一个是写几个有缺点的人物，揭露我们工作、生活中的一些消极现象；另一个是提出一个问题，像林震这样积极反官僚主义却又在'斗争'中碰得焦头烂额的青年

---

① 毛泽东：《在延安文艺座谈会上的讲话》，《解放日报》1943年10月19日。

② 冯雪峰：《英雄和群众及其它》，《文艺报》1953年第24期。

何处去"①。王蒙只是想揭露生活中的一些消极现象，也并没有把现实的生活全部归结为消极的生活。但是，在一些批评者看来，《组织部新来的青年人》把现实生活渲染成消极和落后的，组织部也被描写为"懒散、忙乱，充满了灰尘的事务主义的组织部"②。

从李希凡对《组织部新来的青年人》的解读中我们可以看到，小说中描写的生活对应现实中的生活，而且这种对应有小说艺术的独特性质。那就是，小说中的生活是现实的典型概括，小说中描写的阴暗面生活意味着客观现实从本质上讲是阴暗的。正是基于这样的理解，批评者才对小说中的阴暗面抱着十足的警惕，持毫不留情的批判态度。

二、调整和开拓

小说题材要能反映社会本质的观点，是看到了社会生活本身所具有的社会价值和政治价值。不过这样的题材观也容易走向庸俗。"题材决定论""重大题材论""尖端题材论"等观点，都是题材庸俗论的重要表现。为了修正庸俗、机械、狭隘的题材观，题材理论也出现过几次调整与深化。比较重要的是关于题材多样性的提倡。此外，由茹志鹃小说所引发的关于内心世界重大冲突的价值问题，都是有重要历史价值的题材观。

---

① 王蒙：《关于〈组织部新来的青年人〉》，《人民日报》1957 年 5 月 8 日。
② 原文为：这个懒散、忙乱，充满了灰尘的事务主义的组织部，存在这样严重的问题，很久很久得不到解决，在小说艺术形象的整体里，却是这样表现着：对于区委副书记兼组织部长的李宗秦来说，似乎是因为"李宗秦身体不好，他想去做理论研究工作……作为组织部长只是挂名"。而区委正书记周润详同志"工作太多……所以他管的也不多"。对于区常委会来说，"新党员需经常委会批准，常委委员一听开会批准党员就请假。……公安局长参加常委会批准党员的时候老是打瞌睡……"没有人过问这个组织部的工作，"一个缺点，仿佛粘在从上到下的一系列的缘故上"。而这个充满了灰尘的组织部，居然还向市委做过示范报告。人们不可能从这种揭露性的描写里，得出第二个结论，结论只有一个，在党中央所在地，党的生命核心的北京，党的工作的各个环节，和站在这些环节上的所有领导干部，都是大大小小的官僚主义者，都是粘结成这个区委组织部工作错误的"一系列的缘故"。根据作者的描写，这种现象还不仅存在于这个组织部，这个区委，甚至于市委，而是普遍地存在于我们党的机关里……
——李希凡：《评〈组织部新来的青年人〉》，《文汇报》1957 年 2 月 9 日。

针对当时的文学创作状况，茅盾认为，"题材范围的狭窄和单调，是今天文艺作品的通病"①。对此，他提出了题材应该多样化："只要不是有毒的，对于人民事业发生危害作用的，重大社会事件以外的生活现象，都可以作为文艺的题材。"② 但是，到了 1956 年"双百"方针提出后，文学界对小说中的"生活"提出了自己的看法。"揭露生活中的矛盾冲突""揭露生活的阴暗面""反对粉饰生活"的理论和口号，获得了作家、批评家甚至中国作家协会领导层的支持。这种情况的出现，意味着前一个阶段盛行的小说题材理论得到了调整。黄秋耘在《不要在人民的疾苦面前闭上眼睛》一文中说："只要是常常深入生活中的人，谁都会看到这样或那样的民间疾苦。好些人有眼泪，并非因为笑得太过分，而是因为困难和不愉快的遭遇在折磨人。谁也不能否认，今天在我们的土地上，还有灾荒，还有饥馑，还有失业，还有传染病在流行，还有官僚主义在肆虐，还有各种各样不愉快的事情和不合理的现象。……作为一个有正直良心和清明理智的艺术家，是不应该在现实生活面前，在人民的疾苦面前心安理得地闭上眼睛、保持缄默的。"③

1956 年出现了文艺方针政策的调整，陆定一在《百花齐放 百家争鸣》一文里提出了题材多样化的观点："……题材问题，党从未加以限制，只许写工农兵题材，只许写新社会，只许写新人物等，这种限制是不对的。文艺既然要为工农兵服务，当然要歌颂新社会和正面人物，同时也要批评旧社会和反面人物，要歌颂进步，同时要批评落后。所以，文艺题材应该非常宽广。在文艺作品里出现的，不但可以有世界上存在的和历史上存在过的东西，也可以有天上的仙人、会说话的禽兽等世界上所没有的东西。文艺作品可以写正面人物和新社会，也可以写反面人物和旧社会，而且，没有旧社会就难以衬托出新社会，没有反面人物就难以衬托出正面人物。因此，关于题材问题的清规戒律，只会把文艺工作窒息，使公式主义和低级趣味发展起

---

① 茅盾：《文学艺术工作中的关键问题》，《文艺报》1956 年第 12 期。
② 茅盾：《文学艺术工作中的关键问题》，《文艺报》1956 年第 12 期。
③ 黄秋耘：《不要在人民的疾苦面前闭上眼睛》，《人民文学》1956 年第 9 期。

来，是有害无益的。"① 陆定一甚至认为"天上的神仙、会说话的禽兽、反面人物、旧社会"② 都可以作为文学取材对象。陆定一关于题材多样化的观点，随后也得到了广泛的认同。张光年也认为，重大题材当写。当然，即使是重大题材，也应该是多样化，"我们提倡描写重大题材，同时提倡题材多样化"，同时提倡重大题材也要"按照作家的不同的个性，通过多种途径、多种手法、多种形式和风格来表现"，因此，他认为，"重大题材本身又是多样化的"。③ 在这篇专论题材的文章中，张光年认为，重大题材与家庭婚恋题材、现代题材和历史题材之间并不是对立的。他还明确了题材和主题之间的关系，认为题材和主题并不是对应关系。因此，侧面描写和正面描写、讽刺的手法等，并不影响主题的表现。张光年关于题材的观点，引起了广泛的争论。这场争论极大地丰富了关于题材问题的论述，使题材论走出了庸俗社会学的桎梏："经过两年的艺术实践，在文学创作方面有了不少的收获。我看到一些新颖的题材，一些有趣而又有益的主题，一些过去从来没有人写过的生活。内容的变化同时也促进了形式的变化。这个局面的开展，说明题材多样化的主张是正确的，必须坚持这一切正确的主张。"④

重大题材往往被理解为反映社会发展的惊心动魄的事件，如阶级斗争的壮丽场景、社会生产的火热场面。也有论者认为，"不能认为只有慷慨就义或英勇牺牲的场面才是惊心动魄的，人物的内心活动也有惊心动魄的场面"。⑤ 人物内心活动惊心动魄的场面，丰富了重大题材的理论，它肯定了人物内心活动的价值和意义，把人物内心和社会历史联系在一起的心理活动的价值和意义彰显出来了："在轰轰烈烈的革命斗争的风暴里，人们的灵魂深处也在经历着剧烈的风暴。尤其是那些诸如慷慨就义或英勇牺牲之类的惊

---

① 陆定一：《百花齐放 百家争鸣》，《人民日报》1956 年 6 月 13 日。
② 陆定一：《百花齐放 百家争鸣》，《人民日报》1956 年 6 月 13 日。
③ 张光年：《题材问题》，《文艺报》1961 年第 3 期。
④ 唐弢：《关于题材》，《文学评论》1963 年第 1 期。
⑤ 细言：《有关茹志鹃作品的几个问题——在一个座谈会上的发言》，《文艺报》1961 年第 7 期。

心动魄的行动，也往往是灵魂深处经历了惊心动魄的斗争的结果。"① 正是从这一点出发，在题材上受到非议的茹志鹃的小说，也有了不一样的价值、意义："在茹志鹃作品里，无论是《百合花》中的新媳妇，《里程》中的王三娘，《静静的产院》中的谭婶婶以及《三走严庄》中的收黎子，我认为都经历了灵魂深处的剧烈斗争的。"②

题材理论在 20 世纪 50 年代中期至 60 年代初期得到了调整，题材的范围被扩展。更重要的是，题材理论的调整和丰富，实际上涉及另外一个理论话题。那就是，题材不是纯"客观"的，也不是照相式地反映着社会生活，而是具有相当程度的主观性。沿着这样的思路，关于主体和题材之间关系的问题浮出了水面。

三、创作主体与题材

关于作家创作的主体性与题材的价值之间的关系，其实是一个不证自明的关系。题材不同于素材，题材是作家对素材的处理，自然带有作家的个性和情感倾向、价值立场，具有鲜明的主体性。由于过于强调题材的政治性、社会学上的价值，所以狭隘地理解文艺为政治服务的观点，狭隘地理解文艺为工农兵服务的方针政策。由于题材和作家主体性关系密不可分，如何从题材观上落实文艺为工农兵服务，自然要从创作主体上找到切入口。

首先要尊重作家对生活是否熟悉的基本原则。周恩来提出了自己的见解：

> 我们主张文艺为工农兵服务，当然不是说文艺作品只能写工农兵。比方写工人在未解放以前的情况，就要写到官僚资本家的压

① 细言：《有关茹志鹃作品的几个问题——在一个座谈会上的发言》，《文艺报》1961 年第 7 期。
② 细言：《有关茹志鹃作品的几个问题——在一个座谈会上的发言》，《文艺报》1961 年第 7 期。

迫；写现在的生产，就要写到劳资两利；写封建农村的农民，就要写到地主的残暴；写人民解放战争，就要写到国民党军队里的那些无谓牺牲的士兵和反动军官。所以我不是说我们不要熟悉社会上别的阶级，不要写别的阶级人物，但是主要的力量应该放在哪里必须弄清楚，不然就不可能反映出这个伟大的时代，不可能反映出创造这个伟大时代的伟大劳动人民。①

为了体现文艺为工农兵服务，周恩来认为"首先要熟悉工农兵"。而来自解放区和国统区的文艺工作者在面临如何熟悉工农兵上，都各有特点。在他看来，"部队文艺工作者熟悉部队，部分熟悉农村，但对工人和城市的情形就不熟悉。解放区地方文艺工作者熟悉农民，不完全熟悉部队，对城市情况也不熟悉"。而从国统区来的文艺工作者"过去限于环境，不可能深入广大的群众，但是今天情况变了，有了深入群众的机会了"。②

写熟悉的生活和文艺为工农兵服务之间，并不是非此即彼，而是彼此兼容的问题。因为生活素材进入作家的创作视野成为题材，作家对题材的熟悉成为首要前提。邵荃麟对此有过这样的论述："写你所熟悉的。这是高尔基劝导青年作者的一句名言。也是创作的一条规律。这里要弄清'写你所熟悉的'和'熟悉你所未熟悉的'这两者的关系。如果你只愿写你熟悉的东西，而不经常去熟悉你所不熟悉的新生活，那么你的创作源泉就会枯竭，会使你脱离生活和群众；而即使写你熟悉的题材，你仍然得从生活中去不断补充新的东西，所以与群众结合经常不断去熟悉生活，是任何作家所不可少的。但是如果你对新的生活尚未熟悉，就急急忙忙想写出来，这也不免要遭到失败。"③

---

① 周恩来：《在中华全国文学艺术工作者代表大会上的政治报告》，《人民文学》1950年第1期。

② 周恩来：《在中华全国文学艺术工作者代表大会上的政治报告》，《人民文学》1950年第1期。

③ 邵荃麟：《谈短篇小说》，《解放军文艺》1959年第6期。

作家的主观能动性与题材之间的关系的第二点，是题材所蕴含的意义，需要作家去开掘、提炼。邵荃麟曾对题材意义的开掘提出这样的观点："关于'开掘要深'，就更要下功夫，要写好作品，这一步绝不可少，对于写短篇小说，尤其重要。一个人物，一件事情的意义，有时并不是一下就认识透的。这需要有深入的观察、体验、分析和研究，需要有自己的见解和感受。写作品有点像做母亲的十月怀胎，人物形象和故事的意义总是在孕育过程中逐渐明确起来。创作是既愉快又痛苦的过程，在这过程中作者和其人物同命运，同欢乐，同悲苦，而最后感到非写出来不可，这时大概是成熟了。这种创作的艰苦和愉快，同志们大概是经历过的。"① 对此，也有人做出相同的论断："一则对于走在为工农兵服务共同道路上的作家来说，题材的性质对于作品的主题的深度广度有一定的关系。英雄人物、现实生活中主要矛盾、宏伟的壮丽生活场景等，便于作家更高更广阔地概括时代风貌，突出时代大合唱的主调；不过这总是一方面，只给作家提供了一个条件。但是，这类题材本身并不能直接决定作品的主题思想的价值，还得看作家对它的理解深不深，概括能力足不足，能不能驾驭得了。二则不是只有描写了这类题材的作品，它的主题思想才最高、最深刻；反之，像茹志鹃那样选择生活的一个侧面，并且是写怎样在时代影响下突破自己弱点生长起来的普通人，这种题材就命定了不能和时代的脉搏相通，即便相通了，无论写到怎样的程度，它的价值也一定低于前者。如此立论就抛弃了文学艺术创造上的典型化根本原则。"②

可见，在诸多有创见的理论家那里，题材本身就是与作家的主体性相联系的一个概念，它自身价值的高低，与作家本人对题材的主体意识的投入有相当的关系。

胡风在题材上有自己的独特观点。他曾说"那里有生活，那里有斗争，

① 邵荃麟：《谈短篇小说》，《解放军文艺》1959 年第 6 期。
② 侯金镜：《创作个性和艺术特色——读茹志鹃小说有感》，《文艺报》1961 年第 3 期。

有生活有斗争的地方，就应该有诗歌"。在胡风看来，"文艺作品底价值，他底对于现实斗争的推进效力，并不是决定于题材，而是决定于作家底战斗立场，以及从这立场所生长起来的（同时也是为了达到这战斗立场的）的创作方法，以及从这创作方法所获得的艺术力量"①。在胡风眼里，并不存在"题材差别"的观点。针对胡风的观点，何其芳提出了"题材决定论"："（题材）对于作品的价值的一定的决定作用。"他认为："文学历史上的伟大作品总是以它那个时代的重要生活或重要问题为题材。而且作家对于题材的选择正常常和他的立场有关。否认题材的差别的重要，其逻辑的结果就是否认生活的差别的重要。"② 不过，胡风认为："就内容说，文艺还绝对不能是何其芳同志所规定的'题材学'，它一定得是'人学'。"③ 由于强调"人学"是文学的本质，所以在胡风认为，题材的"镜子"的照相功能就不存在，决定文学作品价值的不是题材自身，而是作家的"主观精神"和生活相遇："一个作家，如果是真诚的作家，如果是有党性（这在我们，是'艺术良心'同义语）的作家，他只能和他身上能有的基础相应的对象结合，这个结合才是真诚的，对象才能够透过他的智慧他的心，成为种子，被创造成真实的感动人的艺术品。所以，不但题材不能决定作品底艺术价值，而且也绝对不能分配题材给作家去完成'任务''搜集题材'也都是一种本末倒置的机械论的提法，害死作家而已。像把作家'改造'成没有生命的镜子，愿意它照什么'题材'他就能把什么'题材'照回来。"④

在胡风眼里，题材不是外在于创作主体的"客观"对象，而是和创作主体浑然一体的存在。这是胡风和其他理论家不同之处。

1949—1976 年题材理论是现实主义小说理论的一个重要组成部分。总体来看有两种发展趋向：一是为了体现现实主义小说理论反映社会生活本质的

① 胡风：《逆流的日子》，希望社 1947 年版，第 161 页。
② 何其芳：《现实主义的路，还是反现实主义的路》，《文艺报》1953 年第 3 期。
③ 胡风：《关于解放以来的文艺实践情况的报告》，《新文学史料》1988 年第 4 期。
④ 胡风：《关于解放以来的文艺实践情况的报告》，《新文学史料》1988 年第 4 期。

要求，侧重倡导工农兵生活的重大题材、理想化的生活；二是在满足、体现现实主义小说理论对于现实社会生活本质化反映的基础上，倡导题材多样化，看重创作主体在题材选择上的主观能动性。上述两种题材观以及它们之间的纠缠，构成了 1949—1976 年小说题材理论的基本内容。

第二节　真实性：生活真实与艺术真实的双聚焦

真实性是马克思主义经典作家的重要理论范畴，也是毛泽东文艺思想的重要概念。中华人民共和国成立后的文艺方针政策决定了真实性是重要的文学批判标准。真实性是一个非常复杂的概念，也很容易引起争议。它涉及现实关系、生活真实、艺术真实、倾向性、典型性等概念，成为一个由众"意义丛"环绕的概念。由于概念自身的复杂性，也由于真实性不是一个纯粹的理论概念，而是在批评实践中逐渐形成的，它还具有相当的历史性。这意味着在不同的历史阶段，在不同的语境中，真实性的内涵是不一样的。因此，要厘清中华人民共和国成立后比较长的一段时间内"真实性"的内涵，我们只能从历史的角度来剖析这个概念的复杂内涵和外延。值得注意的是，由于真实性不是一个凌空超蹈的概念，而是与生活真实、艺术真实、倾向性、典型性紧密联系在一起。在讨论真实性这个重要小说理论概念时，不得不把真实性与生活真实、艺术真实、倾向性、典型性联系一起来讨论。尤其是真实性往往和倾向性紧密地粘连在一起。倾向性本身也是这个时期小说理论的重要概念。为了讨论的方便，本书会有专节讨论倾向性的问题。本节从小说批评实践出发，专门讨论小说"真实性"的理论内涵。

一、"现实"、现实关系的规训

中华人民共和国成立后，真实性成为现实主义文学的根本性原则，但是从理论上界定真实性的文字并不多见。在文学批评实践中提出真实性的诉求，成为真实性界定的主要方式。

真实性所指称的对象是什么？中华人民共和国成立初期围绕路翎的小说创作而展开的讨论，成为观察真实性指称对象最重要的路径。路翎被认为是较好地继承了胡风文艺思想的小说家，中华人民共和国成立后他发表了多篇小说，这些小说有的得到了肯定的评价，有的受到了批评。对路翎小说的评价，显示了中华人民共和国成立后探索真实性的理论路径。

路翎的《朱桂花的故事》是一部短篇小说集。这部小说集"在主观上是在企图探索工人阶级的思想感情，并通过生活把它们表现出来。但我们可以明显地看出来：作者不但没有探索到工人阶级的灵魂深处，他连工人阶级的灵魂的门也没有摸到"①。原因在于，路翎"以他自己的灵魂代替了工人阶级的灵魂，从而盲目任性地涂写了在他看来是'真实'的而实际上是捏造的'工人生活'，来代替真正的工人生活"②。路翎的文学观和胡风的文学观比较一致。胡风文学观的核心是"主观战斗精神"，倡导作家在写作时以自己的主观精神去融化客观世界，把客观世界的事项、规律等纳入主观世界的"搏斗"中去，从而从主观世界出发来表现客观世界。路翎曾说："人们应该以自己的精神来说明客观世界，而不是沾沾自喜或随波逐流。"③ 侯金镜也认为，路翎专注内心世界的写法违反了现实主义的真实性。他认为路翎的小说《洼地上的"战役"》《战士的心》《你的永远忠实的同志》"在主题思想上之所以有严重的错误和缺点，最重要的原因，就是违反生活的真实，以自己的臆测来代替生活，以自己的不健康的情感代替作品中人物的思想情绪的违反现实主义的倾向"④。

批评者认为，路翎的小说以心理活动代替外在客观现实社会生活。路翎

① 陆希治：《歪曲现实的"现实主义"——评路翎的短篇小说集〈朱桂花的故事〉》，《文艺报》1952 年第 9 期。

② 陆希治：《歪曲现实的"现实主义"——评路翎的短篇小说集〈朱桂花的故事〉》，《文艺报》1952 年第 9 期。

③ 路翎：《求爱·后记》，新文艺出版社 1954 年版，第 204 页。

④ 侯金镜：《评路翎的三篇小说》，《文艺报》1954 年第 12 期。

的主张之所以被看作违反真实性，是因为路翎的观点存在以主观心理代替客观世界、以心理逻辑代替外在事物之间关系的弊端。从人物形象的纵向关系来看，路翎小说塑造人物沿着"历史根源"——"目前环境"——"欢呼新事物的成长"的逻辑思路展开。所谓"历史根源"，就是"精神奴役的创伤"，从旧社会过来的工人、农民，大都带有旧社会过来的奴役的精神创伤。"目前环境"即是人物所处的现实生活。"欢呼新事物的成长"是路翎所意识到的新社会新品质。这样塑造人物形象的历史进展和逻辑都是在路翎的主观意志主导下完成的。路翎的理论主张，在批评者看来是"歪曲了的现实主义"。① 抛开特殊环境下的因素不谈，路翎的理论也的确存在问题。他缺乏对社会环境的客观认识，没有从社会历史发展的实际来展开人物性格分析。正如批评者所言，不是所有经历了旧社会的人在精神上都受到了"创伤"。"据作者的理解，因为工人阶级在旧社会里受了过多的苦，他们就一定要落后、萎靡、疯狂、残暴。"② 路翎在一定程度上犯了机械主义的错误，为批评者留下了批评的靶子。从总体上来看，虽然路翎注意到了作家创作过程中主观意志、意识的重要作用。但是，他把人物形象的历史演变过程纳入主观思维之中，也因此忽视了社会现实对于个体影响的差异性。最终，他以主观思维的演绎代替了客观社会生活的观察和描写。这是路翎的现实主义被称为"歪曲了的现实主义"的重要原因。对路翎小说的批评，从另外一个角度说明，中国现实主义文学理论所倡导的"现实性"面向客观世界，而非主观世界。冯雪峰认为，现实主义要"从现实（客观）出发而不有所粉饰或主观地看现实的那种严肃的、客观的态度，对于现实的观察的深刻性和具体性，以及把文学的基础和美学观点的基础放在对于现实之客观的、真实的描写

---

① 陆希治：《歪曲现实的"现实主义"——评路翎的短篇小说集〈朱桂花的故事〉》，《文艺报》1952 年第 9 期。

② 陆希治：《歪曲现实的"现实主义"——评路翎的短篇小说集〈朱桂花的故事〉》，《文艺报》1952 年第 9 期。

上"①。如果偏离了客观的现实，就会形成"以主观的错误的幻想代替现实生活发展规律的倾向。"②

1952年12月至1953年7月，路翎奔赴朝鲜战场，创作了志愿军题材小说四篇，即《战士的心》（刊1953年《人民文学》12月号）、《初雪》（刊1954年《人民文学》1月号）、《你的永远忠实的同志》（刊1954年《解放军文艺》2月号），以及《洼地上的"战役"》（刊1954年《人民文学》3月号）。这四篇小说后来收入了短篇集《初雪》。这几篇小说在一定程度上克服了小说集《朱桂花的故事》中的一些问题，取得了较大的艺术成就。巴人曾对《初雪》给予很高的评价，认为它表现了"生活的最高真实""那应该说，就是诗"。③ 然而，路翎这些描写志愿军生活的小说，仍然遭到了比较激烈的批评。不过，不同于对小说集《朱桂花的故事》的批评主要聚焦于"主观性"上。对于路翎描写志愿军生活的这些小说，主要批评集中于"现实关系"上。马克思曾说，人是社会关系的总和。这句话包含对林林总总现实关系的概括，包括社会政治关系、阶级关系、家庭关系、情侣关系等。但是比较遗憾的是，相当一段时间以来，所谓的现实关系相对集中于阶级关系上。路翎的小说在一定程度上扩展了当代小说的现实关系，但是，由于"不合时宜"，最终遭到了批评。

路翎短篇集《初雪》遭到批评的主要原因在于："把人民军队所进行的正义战争和组成人民军队的每一个成员的理想和幸福对立起来的描写，歪曲了士兵们的真实精神和神圣的责任感，也是不能鼓舞人们勇敢前进，不能激发人们对战争胜利的坚强信心。"④ 路翎的小说《洼地上的"战役"》《战士的心》无一例外地写到了爱情。《洼地上的"战役"》描写了中国人民志

---

① 冯雪峰：《中国文学中从古典现实主义到社会主义现实主义发展的一个轮廓》，《文艺报》1952年第7期。

② 侯金镜：《评路翎的三篇小说》，《文艺报》1954年第12期。

③ 巴人：《读〈初雪〉——读书随笔之一》，《文艺报》1954年第1期。

④ 侯金镜：《评路翎的三篇小说》，《文艺报》1954年第12期。

愿军战士王应洪和朝鲜女孩金圣姬之间的爱情。《战士的心》则叙述了张福林对妻子深厚的情感。这样的描写都被侯金镜等人看作构建个人幸福和国家利益之间的冲突模式。换言之，路翎的错误在于，在志愿军战士的阶级关系之外，"刻意"地构筑了爱情、亲情关系。侯金镜这样来看待志愿军战士投身战斗的动力："许多战斗英雄不止一次地向我们阐述过：由于祖国现实生活日新月异的面貌、伟大的社会主义建设，人民的理想一天天变为现实，把每一个人、每一个家庭的命运和国家的建设紧密地联系起来，同时也把中朝人民不可分割的战斗情谊紧密联系起来，正是这些才给了人民军队的军官和兵士们以最大的鼓舞，才成为人民军队战斗力量取之不尽、用之不竭的源泉。"因而"热爱一条小河、小河里的鱼、健壮的妻子，不一定就是爱国主义，只有把这些和'团体的利益'发生紧密的、不可分割的联系，它们才能发出爱国主义的光辉，才能给人以勇敢战斗、自我牺牲的力量"。① 而路翎的小说被认为走上了相反的道路，他"抽取了集体主义和阶级觉悟的巨大力量，而代以渺小的甚至庸俗的个人幸福的憧憬，并且把它当作人民军队战斗力量的源泉，可以说路翎的这几篇作品（指的是《战士的心》《初雪》《你的永远忠实的同志》《洼地上的"战役"》——引者注）是宣传了个人主义的有害的作品"。② 如此看来，爱情关系、亲情关系被排除在现实社会关系之外。其实即使同志之间的友爱，被纳入阶级关系之中才会被肯定，否则也会遭到批评。《你的永远忠实的同志》就遭到了这样的批评。批评者认为，这篇小说"抽去了部队生活中阶级友爱的实质""将革命部队中的同志关系做了不真实的描写"，最终小说中"同志关系中最强有力的、最起作用的不是同志爱，不是阶级友爱，而是个人之间的私情"，从而陷入"小资产阶级个人主义的写照"③。

中华人民共和国成立后在理论倡导和小说创作实践上，曾对现实关系局

---

① 侯金镜：《评路翎的三篇小说》，《文艺报》1954年第12期。
② 侯金镜：《评路翎的三篇小说》，《文艺报》1954年第12期。
③ 刘金：《不，这是不真实的!》，《文艺报》1955年第6期。

限于阶级关系的观点有过反思。钱谷融《论"文学是人学"》廓清了人道主义精神的重要价值,更加宽泛、"柔软"地理解现实关系。同时,在创作上出现了像《在悬崖上》《红豆》《达吉和她的父亲》等表现人情美、人性美的作品。但是,无论是钱谷融的理论还是相关小说作品,都受到了批评。现实关系局限于阶级关系,成为真实性的一个重要规定。我们可以从对《达吉和她的父亲》的评价中窥见这一理论逻辑。

《达吉和她的父亲》发表后,曾获得好评。然而,这部小说还是受到了来自各方面的批评。《达吉和她的父亲》发表后所受到的肯定与批评都是围绕小说是否表现了"阶级的爱"来展开的。其中主要的批评观点是,小说宣扬了"永恒的人类之爱",把"本来就是奴隶的阶级友爱,加以抽象化、绝对化,当作'永恒的'人类之爱,不分场合无条件地加以歌颂,把爱当作固定不变的歌颂的对象"。① 批评者认为这部小说没有歌颂无阶级的爱。而肯定者则是从阶级立场来看待小说所宣扬的"爱"。冯牧认为"在人们之间,在作品和读者之间交流着和激荡着的,分明是一种深挚而纯真的阶级感情,一种劳动人民的最崇高最美好的人性和人情。在这里,作者用诗一般的语言,高声地歌颂了只有劳动人民才具有的那种纯朴的人性美和人情美",从而表现了"民族团结和阶级友爱问题"。② 还有论者认为,小说中马赫对达吉的爱,任秉清对达吉的爱,达吉对两个父亲的爱,有"具体、丰富的内容。首先,它是劳动人民的'父女之爱',因此,它就显得更为深挚、纯朴。其次,这种爱从一开始就凝结着阶级之爱与民族之爱;对任秉清来说,起初,他对达吉的爱促使他与马赫争执,当他了解了马赫与达吉的经历时,这种爱也注入了深厚的民族与阶级的情感,并促使他与马赫拥抱在一起。因此,它既不是抽象的爱,更不是'永恒的''人类之爱'"。③ 人情、人性并不是不能写,如何正确地把握才是关键。如何来写人情、人性才不违反真实

---

① 杨田村:《谈小说〈达吉和她的父亲〉的思想内容》,《四川文学》1961 年第 9 期。
② 冯牧:《〈达吉和她的父亲〉——从小说到电影》,《文艺报》1961 年第 7 期。
③ 谭霈生:《性格冲突·思想意义及其他》,《文艺报》1961 年第 11 期。

性呢？"我们反对资产阶级的人性论，反对模糊阶级意识的人类至高无上的爱，但是对于无产阶级的人性、人情，和我们要反对的资产阶级的人性论，究竟有什么区分，在过去的创作中往往缺乏积极的探索，缺乏实事求是的、认真的研究，而较多的是消极地防范和回避，一听到人情、人性这类字眼，就觉得'烫手'，我自己的创作工作中也常常怕接触这些问题，应该说，这是不正常，也是不正确的。"①

马克思认为，人的本质"在其现实条件上，它是一切社会关系的总和"。② 中华人民共和国成立后小说理论在对现实关系的表现上，强调阶级关系，将一切社会关系都纳入阶级关系中来考察、来表现，哪怕是人的亲子关系、情爱关系。而作为人的自然属性，即人的自然本性，在小说中更是禁区。只有把握住这个历史阶段小说理论对真实性的强调，是基于人与人之间的阶级关系，对真实性的理解才能"符合"历史情境。

二、生活真实与艺术真实

然而，仅仅是取材于外在的客观社会生活，以阶级关系为枢纽来选取题材，并不一定就能达到真实性的效果。真实性的判定标准并不是陈述客观社会生活那么简单，而是生活真实与艺术真实高度统一的结果。生活真实不仅仅是现实生活存在事实（事件真实），还应该是本质真实，即事件能反映出相关事物发展的本质规律与趋势。因而，艺术真实就是以艺术的手法，对生活现实做出更集中、更强烈、更典型的艺术概括与艺术提炼。唯有如此，才能在生活真实与艺术真实的基础上，取得真实性的效果。

1956 年随着社会政治氛围转向宽松，"双百方针"提出后，《现实主义——广阔的道路》《论现实主义及其在社会主义时代的发展》《论"文学是人学"》等论文发表，"干预生活"的理论主张也得到了作家的认同。政

---

① 谢晋：《怎样更上一层楼》，《文艺报》1961 年第 12 期。
② 《马克思恩格斯选集》第 1 卷，人民出版社 2012 年版，第 18 页。

治主张的宽松，理论探讨的活跃，受到教条主义影响的现实主义理论规范开始松动。受此影响，小说家创作了一批有影响的作品，如刘宾雁的《在桥梁工地上》《本报内部消息》，王蒙的《组织部新来的青年人》，李国文的《改选》，耿简的《爬在旗杆上的人》，李准的《芦花放白的时候》，刘绍棠的《西苑草》，方之的《杨妇道》等。这些小说大胆地揭示了生活中的阴暗面和落后的一面，给现实主义带来了挑战和冲击。

要不要表现生活中的阴暗、落后的一面？毛泽东认为，"许多小资产阶级作家并没有找到过光明，他们的作品就只能暴露黑暗，被称为'暴露'文学，还有简直是专门宣传悲观厌世的，相反地，苏联在社会主义建设时期的文学就是以写光明为主。他们也写过工作中的缺点，也写反面的人物，但是这种描写只能成为整个光明的陪衬，并不是所谓'一半对一半'。反动时期的资产阶级的文艺家把革命群众写成暴徒，把他们自己写成神圣，所谓光明和黑暗是颠倒的。只有真正革命的文艺家才能正确地解决歌颂和暴露的问题。一切危害人民群众的黑暗势力必须暴露之，一切人民群众的革命斗争必须歌颂之，这就是革命文艺家的基本任务"。[1] 在毛泽东这里，歌颂和暴露阴暗面，不仅是简单的文学题材上的问题，而且关涉革命立场。如何写阴暗、落后的一面，有一个总体要求，就是要站在人民的立场上去写。但是，如何在小说创作上去落实呢？这牵涉生活真实和艺术真实的问题，这也是小说家们不得不面对的重大课题。在诸多小说批评实践中，批评家们提出了一些具体的方法和一些有意义的观点。对《组织部新来的青年人》的批评即是最好的例证。

《组织部新来的青年人》发表于 1956 年，小说发表后不久，受到了关注，得到了肯定，被认为是"严酷地、认真地忠实于生活""逼真地、准确地写出了这里所发生的一切"。[2] 小说"通过林震的眼睛揭露出来的这个党

---

[1] 毛泽东：《在延安文艺座谈会上的讲话》，《解放日报》1943 年 10 月 19 日。
[2] 刘绍棠、从维熙：《写真实——社会主义现实主义的生命核心》，《文艺学习》1957 年第 1 期。

区委的工作上的灰尘，是具有一定的真实性；也不否认，王蒙同志在对韩常新、刘世吾，尤其是刘世吾的创造性格上，确实给人们展开了一幅复杂的生活画面，在我们的沸腾的社会主义的建设生活里，的确存在刘世吾这样的人"①。刘绍棠、李希凡等对小说的肯定性评价，建立在小说对于现实生活中确定存在的问题做出逼真反映的基础上。但是，这只是停留在对生活现象的"自然主义"式的表现上，停留在现实社会生活表象层面上。因而，很容易给人带来"歪曲现实"的评价："在北京市任何一个区委中，个把官僚主义者，或具有衰退现象的人，肯定是有的，但是如此整齐地，从书记到区委的常委们，都是这样的人物，则是完全不可能的。也许这种官僚主义者满天飞的，干部的衰退现象到处都是的党的区委会，在离开中央较远的地区，或者离开其直接上级领导机关较远的地区，还有若干可能性，但在中共中央所在的北京市，竟然有这样的区委会，中央和北京市委居然不闻不问，任其存在，这是不能相信的，也是难以理解的。"② 即使是对《组织部新来的青年人》有所肯定的李希凡，也认为王蒙"把我们党的工作、党内斗争生活，描写成为一片黑暗、庸俗的景象，从艺术和政治效果来看，它已经超出了批评的范围，而形成了夸大和歪曲"③。

　　显然，仅仅是停留在生活真实的层面上，很容易把生活真实等同于本质的真实，导致艺术效果上的偏差。那么，如何达到艺术真实呢？李希凡提出了自己的观点："我所理解的艺术的真实，尽管有高度的概括性，它却不能脱离历史的真实，文学作品所创造出的艺术形象，如果没生根在真实的典型的历史和现实的环境中，那就谈不到真实，而只是对于艺术真实的歪曲，我们不需要'粉饰太平的颂歌'，因为颂歌是不真实的，是虚伪的，这是公式化、概念化作品的死路一条；然而用罗列现象的方法来表现我们伟大现实生活的落后面，也同样不能取得'真实'的生命，不能为它的人物性格找到和

---

① 李希凡：《评〈组织部新来的青年人〉》，《文汇报》1957 年 2 月 9 日。
② 马寒冰：《准确地去表现我们时代的人物》，《文艺学习》1957 年第 2 期。
③ 李希凡：《评〈组织部新来的青年人〉》，《文汇报》1957 年 2 月 9 日。

现实环境的真正的有机关系。很显然,《组织部新来的青年人》,却正是用的这种罗列现象的方法。它用党内生活个别现象里的灰色的斑点,夸大地组织成了黑暗的幔帐,想用这'从上到下一系列的缘故'遮掩党内生活的真实面目,为刘世吾、韩常新们的性格找出现实的根据,却歪曲了现实。"①

李希凡的观点涉及艺术真实对于真实性的重要性。他认为光有现实生活表象的真实还不够,要真实地反映现实生活,还必须从艺术真实上去开掘。那么,如何达到艺术真实呢?概言之,就是要塑造典型环境中的典型性格。他说:"如果作为一篇完整的作品里要求,人们要看到的,不仅是人物性格某些侧面的真实感人,而且要追溯产生这些性格的根源,只有正确地表现出性格产生的典型环境,对于读者才能更加具有说服的力量。很可惜,作者只完成了艺术创造的一半工程,在典型环境的描写上,由于作者过分'偏激',竟至漫不经心地以我们现实中某些落后的现象,堆积成影响这些人物性格的典型环境,而至歪曲了社会现实的真实。"② 除了塑造典型环境,李希凡还认为,要塑造典型性格。他说:"一个人的性格,是在现实的和历史的交互错综的关系里形成的,因而,它在不同环境里,也会有不同的表态,这可以从现实关系里给它找出原因来,而更重要的是只有从它的历史形成的素质里,才能找到恰当的解释。"③ 具体到刘世吾这个人物形象应该如何来塑造出典型性格呢?李希凡如此说:"为什么刘世吾的性格这样发展了而没有那样发展?现实生活的落后面,固然可以给他一定的影响,但生活的主流也同样可以给他更大的冲击,因此,从现实生活中解释这种性格,必须密切联系形成这种性格的历史的因子——深入探索刘世吾性格的个人品质、阶级品质和浮沉在生活里的自我改造的各种隐私,通过艺术形象的具体描写,才能使这份性格生根在现实环境里,赋予他以真实的生命。"④ 显然,对于刘世吾

---

① 李希凡:《评〈组织部新来的青年人〉》,《文汇报》1957年2月9日。
② 李希凡:《评〈组织部新来的青年人〉》,《文汇报》1957年2月9日。
③ 李希凡:《评〈组织部新来的青年人〉》,《文汇报》1957年2月9日。
④ 李希凡:《评〈组织部新来的青年人〉》,《文汇报》1957年2月9日。

这样的"落后"人物形象，其性格的发展的关键不在现实社会生活，而在历史情境之中，是历史造成了刘世吾这样一个人物。李希凡认为，只有抓住"历史的因子"才能在今天的典型环境中突出典型形象，才能由生活真实抵达艺术真实。

只有生活真实和艺术真实的统一，才能达到真实性的要求，这是在《组织部新来的青年人》的批评中所取得的理论突破。但是，如何实现艺术真实呢？这是摆在小说理论家们面前的重要理论问题。李希凡提出了塑造典型环境中的典型性格这一要求。塑造典型环境中的典型性格本来就是马克思主义经典作家对于现实主义的基本要求。小说理论家如何实现这一理论要求，是中国小说理论发展中又一亟须解决的课题。这一命题涉及人物形象塑造的问题，笔者将在典型形象塑造一部分里展开，在这里不再重复。真实性其实还和倾向性紧密联系在一起，鉴于倾向性也是现实主义的一个非常重要的范畴，下一节将会专门讨论，在这里不再赘述。

通过对1949—1976年小说理论关于真实性的理论探讨和实践，我们可以明白这个历史时期现实主义小说理论所倡导的真实性的规定性。首先，从小说所选取的题材来看，主要集中于客观的社会生活，而非作家主观现实；其次，从小说要关注的社会关系来看，要求小说家关注现实社会生活中人与人之间的"阶级关系"，其他社会关系被排斥；最后，从艺术的角度来看，真实性归根结底是艺术的真实性，和反映现实社会生活的本质紧密相关，也和塑造典型环境中的典型性格有密不可分的关系。作为一个历史性的范畴，小说的真实性在不同的历史时期有不同的内涵，综合各个时期关于小说真实性的论述，我们可以窥见现实主义小说理论关于真实性的规定。

第三节　倾向性：思想性和艺术性的整合

文学作品的倾向性是马克思主义经典作家格外关注的内容之一。恩格斯曾说道："我不反对倾向诗本身。"悲剧之父"埃斯库罗斯和"喜剧之父"阿里斯托芬都是有强烈倾向的诗人，但丁和塞万提斯也不逊色；而席勒的《阴谋与爱情》的主要价值也在于它是德国第一部有政治倾向的戏剧。现代的那些写出优秀小说的俄国人和挪威人全是有倾向的作家。"① 由此可见，马克思主义经典理论十分关注文学作品的倾向性。基于此，恩格斯高度肯定了歌德的《葛兹·冯·柏里欣根》、席勒的《强盗》、易卜生的戏剧。马克思也以倾向性为尺度，评价了《济金根》等作品。在马克思、恩格斯看来，倾向性是文学的阶级立场的体现，是文学与政治关系的重要表现。列宁在马克思、恩格斯的基础上发展了文学的倾向性，提出了文学的党性原则。毛泽东在《在延安文艺座谈会上的讲话》中提出："我们是站在无产阶级的和人民大众的立场上。对于共产党员来说，也就是要站在党的立场上，站在党性和党的政策的立场上。"② 毛泽东所言，作家要站在"人民大众的立场上""党性和党的政策的立场上"的观点，在中华人民共和国成立后成为文艺的基本方针，构成了文艺倾向性的基石。

　　文艺的倾向性如何体现？这并没有具体的界定。同样，小说的倾向性也没有具体的语言来概括和指称。通过对相关材料的分析我们可以发现，所谓小说的倾向性，主要有两个层次。外在层次，是指小说的主题、题材要体现出"人民大众的立场""党性和党的政策的立场"。内在层次的倾向性，是指小说要在情节编排、人物形象塑造、环境描写等各个艺术层面上，体现出"人民大众的立场""党性和党的政策的立场"，小说外在层次的倾向性应该比较好落实。中华人民共和国成立后一系列关于小说主题、题材的讨论，都有比较明确的规定性。它们基本上都是小说倾向性外在含义的表现。比如，小说的主题要体现工农兵的生产实践和阶级斗争生活，小说的题材应该为工农兵的生活题材和阶级斗争生活，越是重大题材越有价值等理论命题，就是

---

① 《马克思恩格斯选集》第4卷，人民出版社2012年版，第579页。
② 毛泽东：《在延安文艺座谈会上的讲话》，《解放日报》1943年10月19日。

小说倾向性外在层次上的体现。然而，小说倾向性的内在体现则更难实现。小说的艺术形象的刻画、情节的演绎、氛围的营造、艺术手法的使用等，如何适应小说主题、题材的需要，构成高度自洽的艺术整体，这是小说家在小说倾向性上的最高追求。这种自洽性如何体现？小说理论家和批评家们并没有直接的理论表达。但是，从中华人民共和国成立后多年的小说批评实践中，还是能够找到端倪。

一、艺术性偏向的多维度

有意思的是，对于小说的倾向性，并没有直接的、正面的理论表述，所有关于小说倾向性的理论构建，都是体现在对于当时不合"规范"的小说作品的批评上。之所以出现这种情况，是因为小说倾向性作为小说的规范性，没有明确的语言上的规定可依，没有现成的典范可以遵从，只能在不停地批判中去提炼、去建设。对中国读者和小说家来说，这当然是很困难的一件事。首先，作为崭新的理论构想，这需要读者、批评家摆脱旧有的审美趣味。中华人民共和国成立后虽然出现了大量反映新时代、表现新的主题的小说作品。但是，这些小说普遍受到了一些不太好的评价，甚至有一些读者指责这些小说主题不宽，有些狭窄，人物形象不丰满，艺术上比较粗糙。对于这种现象，丁玲这样认为："今天以劳动人民为主体的、写新人物的这些作品，还不是很成熟的，作品对于他们喜欢的新人物，还没有古典文学对于贵族生活描写的细致入微，这里找不到巴尔扎克，也没有托尔斯泰。甚至对这些新的人物虽然显出了崇高的爱，却还不能把这些人物很好地形象起来，给读者以很深的印象。也还不能把一些伟大的事变写得更有组织、有气氛，甚至还不如过去一个时期知识分子写知识分子苦闷那么深刻。"[1] 丁玲认为，由于作家没有摆脱旧趣味，对工农兵文艺没有"正确"地看待，因而产生了

---

[1] 丁玲：《跨到新的时代来——谈知识分子的旧兴趣与工农兵文艺》，《文艺报》1950年第10期。

对新文艺不正确的看法。她说："中国的文艺，不是抛弃了那个徘徊惆怅于个人感情的小圈子吗？抛弃了一些知识分子的孤独绝望，一些少爷小姐莫名其妙的、因恋爱不自由而起的对家庭的不满与烦闷吗？不是已经跨过了恋爱与革命矛盾为主题，和缺乏生活实际与斗争实际的，由想象出来的工人罢工或农民起义的作品时代吗？"① 丁玲认为，只要作家跨越了知识分子趣味，就跨越到新时代来了，所写的作品就是有价值的新文学。

因此，我们可以看到对中华人民共和国成立后的小说家来说，如何在艺术表现力上努力去体现小说的倾向性就十分重要，这一点在对王林的《腹地》的批判上有所体现。《腹地》是中华人民共和国成立后比较早出版的一部长篇小说。这部长篇小说以抗日战争时期冀中军民粉碎日军的大扫荡为背景，再现了冀中根据地的历史风云。这篇小说在主题和题材上应该符合当时的文学规范，小说出版后确实受到好评。孙犁认为《腹地》"是对冀中人民的一首庄严丰富的颂歌"。孙犁高度肯定了《腹地》"最精彩的地方还是真正写出了冀中人民的生活的战斗的情绪"，对于"人民的生活的战斗的情绪"，王林都是"充满热情，高声赞颂，光彩照人的"②。至于作品的缺点，孙犁认为"有些自然主义的流露"③。应该说，孙犁对《腹地》的评价比较客观，也准确地把握住了《腹地》的优点和缺点。不过，批评《腹地》的声音很快出现了。企霞在《文艺报》上发表了一篇长文，从场面描写、细节、人物性格塑造等方面，一一分析了《腹地》存在的问题："无论是从主题上说，还是从人物、题材、结构甚至语言上说，都存在本质的重大缺点。"企霞认为，王林在塑造主人公辛大刚形象时，"布置了一种使人感到与英雄的经历与品质不能衔接的，那种个性的、悲剧的、孤独和阴暗的气氛。作者

---

① 丁玲：《跨到新的时代来——谈知识分子的旧兴趣与工农兵文艺》，《文艺报》1950 年第 11 期。
② 孙犁：《〈腹地〉短评》，《天津日报》1949 年 10 月 8 日。
③ 孙犁：《〈腹地〉短评》，《天津日报》1949 年 10 月 8 日。

安排了许多使英雄显得十分孤寂的环境与事件"①。《腹地》围绕辛大刚和村剧团女演员白玉蓉的恋爱经历展开。而在企霞看来，辛大刚和白玉蓉恋爱过程的描写"更是完全暴露了英雄成长的性格，其实是一片杂乱无章和分崩离析的景象"，英雄人物性格前后矛盾，"举不出任何一件事可以作为英雄性格有机的成长的合理的解释"②。关于《腹地》的环境描写和群众形象的塑造，企霞认为是消极的。至于《腹地》的矛盾冲突（英雄人物辛大刚和村支书范世荣之间的对立）"几乎忘记了革命组织内部正气与邪气的日常性的严格斗争，而却恣意地、兴趣勃勃地、精妙细刻着范世荣的'权术'与极端恶劣的品质"③。最后，企霞对《腹地》的"本质的重大缺点"做了一个总结和归纳："我们要求作者，当探究现实生活及其运动发展的本质而加以真实具体的描写时，同时一定要和通过艺术从思想上教育人民的任务密切结合起来，这才是我们现实主义的积极意义。因此，特别是在选择作品的英雄这一问题上，不能以作者随便决定的一些什么材料来进行雕琢英雄，或者以一些以假乱真的垃圾来堆砌英雄。因为正是这样的问题，在作品的主人翁问题上如果能得到解决，就能大体上规定了作品的面貌。作者以自己的艺术才能写谁，特别是，这是一些什么样内容的艺术才能。作品要答复这样的问题，才使我们知道作家对现实的态度究竟是怎样的，他对于现实生活的理解是否正确。他是否正确地看到英雄性格中的前进倾向，这种倾向，对于我们是生活和斗争最珍贵的，最主要的。"④

企霞的《评王林的长篇小说〈腹地〉》提出了"思想倾向"这一重要理论概念。几年后侯金镜还专门撰文评价企霞的《评王林的长篇小说〈腹地〉》，认为它是一篇"战斗性和尖锐批评"开风气之先的评论⑤。进入21

---

① 企霞：《评王林的长篇小说〈腹地〉》，《文艺报》1950年第3期。
② 企霞：《评王林的长篇小说〈腹地〉》，《文艺报》1950年第3期。
③ 企霞：《评王林的长篇小说〈腹地〉》，《文艺报》1950年第3期。
④ 企霞：《评王林的长篇小说〈腹地〉》，《文艺报》1950年第3期。
⑤ 侯金镜：《试谈〈腹地〉的主要缺点以及企霞对它的批评》，《文艺报》1956年第18期。

世纪，学者董之林把王林《腹地》种种自然主义的表现称为"旁生枝节"，是对当时现实主义的一次修正①。这种评价自然只有文学规范发生变化之后才有可能出现。不过，在当时的文化语境下，《腹地》受到批评是难免的。

与《腹地》的命运相同的是长篇小说《我们的力量是无敌的》。《我们的力量是无敌的》的作者碧野有一段比较长的创作历史，也取得了一定的艺术成就。不过，中华人民共和国成立后他像大多数作家一样，面临着思想上的调整和转化。他在《我的创作过程》一文中对自己过去的创作做了严厉的剖析。他认为他过去的创作"充满了那种伤感和温情的情调""不少是空想的""甚至脱离了现实"。② 经过学习毛泽东的文艺思想，碧野认为自己的文学创作发生了重要变化。于是，把自己下部队生活两年多的所见所闻所感写下来，《我们的力量是无敌的》这部长篇小说就诞生了。关于这部小说的主题，碧野归纳为"歌颂中国人民崇高的革命品质和无坚不摧的战斗意志"③。

应该说，在小说主题的表现上，碧野是成功的。张致祥高度肯定了这部长篇小说的主题，认为它发掘了"中国人民最本质的伟大性格，加以发扬光大，并为他们雕塑了奕奕如生的巨像"。同时，他也指出了这部小说的不足是"政治委员和政治处主任在军队中的作用不够明显"。④ 对于张致祥的意见，碧野是接受的。他分析道，造成这种现象的原因是"我没有能力去表现他，正说明我因修养的不够而产生了这一严重的观点。中国人民能够英勇地进行着史无前例的轰轰烈烈的战斗，是谁领导的呢？是中国共产党！"⑤ 应该说碧野的认识是清醒的。但是，思想上的认识没有用相应的艺术形式来表现，导致了《我们的力量是无敌的》的某种"缺点"。但是，这种艺术和思想的脱节，被看作作家的思想倾向问题遭到批评。企霞认为，《我们的力量

---

① 董之林：《"旁生枝节"对写实小说观念的补正——以〈腹地〉再版为关注点》，《文学评论》2012 年第 1 期。

② 碧野：《我的创作过程》，《文艺报》1950 年第 1 期。

③ 碧野：《我的创作过程》，《文艺报》1950 年第 1 期。

④ 张致祥：《我们的力量是无敌的·序》，上海新华书店 1950 年版。

⑤ 碧野：《我的创作过程》，《文艺报》1950 年第 1 期。

是无敌的》所谓的"无敌力量""竟是在集体的生活与战斗中，几乎完全没有党的领导，极端忽视部队中的政治工作，十分缺乏政治生活的情况下可以产生""在领导机构中，常常是一种相互在生活细节上的捉弄，彼此调笑，以及上下级之间几乎没有礼节，有时是轻浮，有时是恶作剧，有时甚至是完全不成系统的那种生活关系"。而人民群众的形象"都是缺乏生活内在的真实——这几乎都是一些不可信的、不自然的人物"。由此，企霞认为："作者通过这一切的细节与故事，几乎完全不能回答我们所提出的无敌的力量从何而来这一问题。"① 企霞对于《我们的力量是无敌的》的批评还是局限于艺术表现力和思想意识之间不"配套"的问题。此后，《我们的力量是无敌的》也受到过比较广泛的批评。张立云的批评最尖锐，他把《我们的力量是无敌的》的问题上升到"小资产阶级思想"的高度。他认为，《我们的力量是无敌的》的缺点是"政治委员和政治处主任在军队中的作用不够明显"②。之所以如此，是因为碧野把"党的领导写成了可有可无的东西；把全党、政治工作机关写成似乎没有存在的必要，把政治工作人员写成军事工作的陪衬""严重的是，作者以十分庸俗的观点对我军的政治工作进行了污蔑和歪曲"。与人民解放军的高度组织性和高度纪律性相对立的是，碧野"所写的人民解放军几乎是一个'自由的王国'。那里谁都想干什么就干什么，谁想打仗就打仗，谁想招兵就招兵，谁想纳降就纳降，想离队逛逛就离队逛逛……可以不受约束，不受处罚。那里从上到下，从团长到通讯员都可以各行其是"。③ 创作主题、题材、作家的主观意志与艺术层面的"脱节"，在中华人民共和国成立后被归结为小说家的艺术表现能力的薄弱。这种归纳体现了小说倾向性和小说艺术层面的表现力应该紧密相联系的理论诉求。这也在

---

① 企霞：《无敌的力量从何而来——评碧野的小说〈我们的力量是无敌的〉》，《文艺报》1951年第8期。

② 张立云：《论小资产阶级思想对文艺创作的危害性——兼评碧野〈我们的力量是无穷的〉》，《解放军文艺》1951年第2期。

③ 张立云：《论小资产阶级思想对文艺创作的危害性——兼评碧野〈我们的力量是无穷的〉》，《解放军文艺》1951年第2期。

中华人民共和国成立后，在对《腹地》《我们的力量是无敌的》批评之中得以有了鲜明的体现。

小说艺术层面和主题的脱节，表面上看是艺术表现力上的问题。但是，其根本在于作家思想上出现了问题。这个问题很快被找到：小说家在思想上的小资产阶级趣味。这也就是中华人民共和国成立后不断地批评小资产阶级趣味的根本原因。

萧也牧的《我们夫妇之间》受到批评的根本原因，不能简单地归结为思想和艺术的脱节，而是萧也牧还没有摆脱小资产阶级趣味的影响。萧也牧是中华人民共和国成立初期有影响的青年小说家，《我们夫妇之间》是他最有影响力的作品。这部小说发表后，得到了一些比较正面的评价，也被改编成电影，不过，很快受到批评。陈涌认为，萧也牧的《我们夫妇之间》代表近年来文艺创作存在一种"不健康的倾向""这种倾向实质上也就是毛主席在延安文艺座谈会讲话中已经批判过的小资产阶级的倾向。它在创作上的表现是脱离生活，或者依据小资产阶级的观点、趣味来观察生活、表现生活"。① 李定中（冯雪峰）认为《我们夫妇之间》充满了作者的低级趣味。这种低级趣味主要表现为小说"从头到尾都在玩弄她（张同志——引者注），写到她的高贵品质，也抱着一种玩弄的态度；写到她的缺点，更不惜加以歪曲，以满足他（作者萧也牧——引者注）玩弄和'高等华人'式的欣赏的趣味"②。陈涌、李定中所言及的"倾向""趣味"，丁玲做过更深入的分析。她认为，萧也牧的《我们夫妇之间》违背了毛泽东关于文艺要为工农兵服务的文艺方针。她说："你（指萧也牧——引者注。下同）的作品，已经被一部分人当作旗帜，来拥护一些东西，和反对一些东西了，他们反对什么呢？那是去年曾经听到一阵子的，说解放区的文艺太枯燥，没有感情，没有趣味，没有技术等的呼声中所反对的那些东西。至于拥护什么呢？那就是属于

---

① 陈涌：《萧也牧创作的一些倾向》，《人民日报》1951 年 6 月 10 日。

② 李定中：《反对玩弄人民的态度，反对新的低级趣味》，《文艺报》1951 年第 5 期。

你的小说中所表现的和还不能完全包括在你的这篇小说之内的，一切属于你的作品的趣味。这些东西，在前年文代会时曾被坚持毛泽东的工农兵方向的口号压下去了，近两年来，他们正想复活，正在嚷叫，你的作品给了他们以空隙，他们就借你的作品而大发议论，大做文章。因此，这就不能说只是你个人的创作问题，而是使人在文艺界嗅出一种坏味道来，应当看成一种文艺倾向的问题了。"① 丁玲的观点非常明确，所有小资产阶级趣味以及不良倾向，归根结底是没有遵循文艺为工农兵服务的方针，没有从思想深处解决作家的立场问题，这也是小说创作倾向性存在问题的根源。

对《让生活变得更美好罢》《荣誉》的批评体现了小说倾向性深层次的内容是"立场"问题，小说家只有摆脱小资产阶级的趣味，才能在倾向性上交出满意的答卷。《让生活变得更美好罢》塑造了一位美丽、开朗活泼的女青年赵小环的形象。赵小环长得美貌，在青年中很有号召力。有读者来信，批评小说过度夸大了赵小环在农村社会政治中的号召力，忽视了党对农村人长期的教育和政治组织中的能力。《人民日报》也批评这篇小说"把一个姑娘在参加运动中的作用夸大到这种地步，以致把农民参加解放军的政治意义完全打消了！党的政治的组织的动员力量，远不及一个漂亮姑娘的力量"，认为之所以出现这种情况的根源在于"一种恋爱至上主义者或弗洛伊德主义者对于人民政治生活和妇女社会作用的歪曲描写"，并且认为这种歪曲是"我们目前文艺创作中的一种极为普遍的倾向"②。面对这样的批评，作者方纪做了深刻的反省，他认识到"题材和主题，形式和内容，艺术和政治的必然统一和前者必须服从后者"。③ 应该说，方纪的反省抓住了问题的核心。

《红豆》是宗璞的一篇关于爱情的小说。小说的主人公大学生江玫和齐虹相恋。中华人民共和国成立前夜，江玫因为承担着革命工作，也因为对于即将胜利的革命事业充满了憧憬，所以没有随着齐虹离开大陆。小说以江玫

① 丁玲：《作为一种倾向来看》，《文艺报》1951 年第 8 期。
② 郝彤：《从一篇小说看文艺创作中的一种倾向》，《人民日报》1950 年 3 月 12 日。
③ 方纪：《我的检讨》，《人民文学》1950 年第 6 期。

在中华人民共和国成立后回到自己曾经住的宿舍，找到她曾留存的红豆，回忆起和齐虹之间的爱情生活为主要内容。小说主题被认为是积极的，写作技巧也得到了肯定，人物形象刻画包括场面描写都得到了赞扬。对于这篇小说"大家的意见虽然不一致，如有个别读者认为它是'好作品'，也有少数读者认为它有两重性，但更多的意见则是认为，这篇小说虽然有些优点，但其思想倾向是很不健康的"。① 有批判者认为："小说的题目就说明作者是用象征坚贞的爱情的'红豆'来歌颂齐虹和江玫的爱情的。《红豆》这篇小说从它的基调到题目，都没有能很好地、正确地表现出它所描写的生活，却宣传着一种与我们格格不入的，甚至完全相反的思想情感。"②《红豆》的思想倾向为何与"我们格格不入"？张少康认为，问题出在作家的思想立场上。"如果说一开始江玫是以一个资产阶级小姐的身份和齐虹恋爱，那么最后当她思想立场逐步变化时，就应该对齐虹这样的人和他的感情有所厌恶""但是作品中并不是这样。江玫一方面是步步走向革命，另一方面对齐虹的爱情却始终如旧，甚至到了解放前夕，齐虹将要飞走时，她担心不能和他再见'最后一面'，竟'心里在大声哭泣''心沉了下去，两腿发软'。这就表明江玫一点没有改变，仍是充满资产阶级的思想感情"。③《红豆》虽然主题比较积极，创作技巧也比较高明。但是，由于思想仍停留在"资产阶级的思想感情"上，以致小说主题和立场相矛盾。

资产阶级思想情感是制约小说倾向性的主要因素。小说艺术性如何从根本上适应思想的需要，如何让小说的艺术要素和思想要素达到和谐的统一，是体现小说倾向性的关键之处。不过，随着国内政治环境的变化，小说的倾向性开始进入要求从阶级立场出发来构建的崭新阶段。这种变化大概是从对《改选》的批评开始的。姚文元认为《改选》是"一篇政治上有根本性错误的小说，它的画面不仅阴暗，而且带着绝望的、冷漠的控诉的性质，仿佛生

---

① 《编者的话》，《人民文学》1957 年第 10 期。
② 文美惠：《从〈红豆〉看作家的思想和作品的倾向》，《文艺月报》1957 年第 12 期。
③ 张少康：《"红豆"的问题在哪里?》，《人民文学》1958 年第 9 期。

活中有一种无法抗拒的巨大压力，把正直的人都压倒了，压死了""这篇小说中不仅没有工人阶级的感情（作者根本不懂得个人的感情是什么），而且把所谓的工人阶级的坚持真理的积极性同工会的领导，也就是党的领导尖锐地对立起来。老工人郝奎山（共产党员）被描写成工会中官僚主义压制的牺牲者"。郝奎山在当选中死去，这样的小说结尾"蕴藏着极大的煽动性"。①

与《改选》一样，《荣誉》也是一篇关于先进人物的故事。小说讲述了一位先进生产者方巧珍在卖出了两匹次品后，经历折磨、烦躁、怨恨、恐慌的心理活动，并最终向组织坦白。小说的本意是要歌颂工人方巧珍的思想转变，从而更加深入、更加立体地表现方巧珍的可贵品质。但是，《荣誉》发表后受到了批评："陆文夫所歌颂的第一类人物，实际上是被他丑化和歪曲了的先进工人。方巧珍是先进生产者，作者以歌颂为名，实际上给她塞进了资产阶级个人主义的丑恶灵魂，从作品中人物形象来看，方巧珍根本不懂得什么是工人阶级的真正荣誉，更不知道应当怎样正确地对待荣誉。在她看来，荣誉并不是党和群众给她的鼓舞和勉励，而是自己的照片被贴上了光荣台，成为炫耀自己的资本。她在发现次品后的整个心理活动，并不是为国家利益受了损失而焦急，只是担心自己的照片从光荣台上拿掉。"② 批评者认为陆文夫"极力夸张和渲染方巧珍遭遇的种种'折磨、烦躁、怨恨、恐慌'，也纯粹是她为着一己之私的个人患得患失。这样一位先进工人，被陆文夫糟蹋得面目全非，变成了一个落后的充满了资产阶级思想的人物"③。小说之所以出现这种思想上的"偏差"，是因为人物形象和小说的主题之间存在缝隙。而关键就在于"陆文夫硬把资产阶级丑恶的心灵强加在一个先进工人身上，只不过是因为他站在资产阶级立场上，以资产阶级个人主义的观

---

①　姚文元：《文学上的修正主义思潮和创作倾向》，《人民文学》1957年第11期。

②　江文军：《错误的创作倾向和错误的道路——评陆文夫的几篇短篇小说》，《新华日报》1965年2月9日。

③　江文军：《错误的创作倾向和错误的道路——评陆文夫的几篇短篇小说》，《新华日报》1965年2月9日。

点，去描画工人阶级中的先进人物，并借此表现和宣扬他自己的资产阶级思想情感"①。陆文夫本意是要歌颂先进生产者，但是，在人物形象塑造上并没有彻底贯彻创作目的，所以才会出现人物形象和创作主题之间"扭曲"，造成了"不是在歌颂我们社会主义时代的先进人物，而是在歪曲和丑化社会主义时代的先进人物"，以至于给她加上一个"转变"的尾巴，最终也没有避免"一步深似一步地陷入个人主义的泥坑而不能自拔"②。

以阶级立场来批判小说主题与艺术形式之间的缝隙，来剖析小说形象的艺术效果和作家的主观意识之间存在偏差的原因，是1957年"反右斗争"后评价小说倾向性的主要趋势。小说《美丽》本是一篇优秀的小说，它和《红豆》一样，没有简单地把爱情当作家庭生活、阶级关系的附庸，也没有简单化地处理爱情。小说主人公季玉洁和秘书长长时间一起工作。秘书长对她关爱有加，随着时间的推移，她和秘书长之间产生了爱情。但是，碍于各种情况，他们只能压抑自己的情感。后来，秘书长丧偶，也对季玉洁表达了和她组建家庭的意愿。但是，季玉洁拒绝了秘书长的爱情。最终，秘书长和他人重组家庭。《美丽》在工作关系、家庭关系的书写之中，表现了爱情的复杂性。从总体上看，小说"表现了对生活做整体性把握的倾向，表现了爱情生活的复杂性、丰富性，细腻地描绘了复杂的感情矛盾中包含的社会、政治、人生的丰富内容。……表现了处理爱情与人生道路、与政治倾向上不那么简单化、绝对化的趋向"。③ 这是《美丽》这部小说受到批评接近30年后，得到的公正评价。《美丽》在避免爱情描写简单化上所取得的成绩，即使在它受到批评之时，也没有被扼杀："在克服爱情描写和简单化的倾向上，《美丽》这篇小说获得了成功。作品中的人物和情节，都不是一般化的。在一定程度上的确表现了爱情的复杂性。"但是，在倾向性上，"即通过爱情矛

① 江文军：《错误的创作倾向和错误的道路——评陆文夫的几篇短篇小说》，《新华日报》1965年2月9日。
② 林尽弘：《一个被严重歪曲了的工人形象》，《新华日报》1965年3月22日。
③ 张钟：《当代中国文学概观》，北京大学出版社1986年版，第340—341页。

盾所反映出来的人物感情和社会生活，却是极端错误的，是对我们今天现实的严重歪曲"。① 产生这种问题的根源，在于作者在艺术上"对主角季玉洁从头到尾，运用了各种各样的笔法，极力加以赞美，并且最中心地通过她在爱情上的不幸遭遇，指出她的心灵是'美丽'的。但是，形象的客观效果却与作者主观意愿大相径庭"②。产生这一现象的原因是作者"完全站在季玉洁那一边来看这件事，因而在写法上也这么安排了一番，使读者读了，可以去同情那些连自己也明知不该同情的事情。这里所谓'不该'，当然是从我们社会主义生活里的人与人的关系来说的，是从起码的共产主义道德观点来说的。要是在资产阶级的观点看来，那就无所谓了"③。归根结底，批评者认为，作者的阶级立场决定了小说倾向性出现了不该出现的偏差。

二、思想立场的强化

客观地讲，无论是从小说的主题和艺术层面的自洽性，还是克服作家的小资产阶级趣味与阶级立场的偏差等方面来构建小说倾向性，都还没有脱离小说作为虚构的艺术作品的轨道。但是，随着现实社会环境的变化，小说倾向性的规范和要求出现了偏离小说本身属性的现象。《英雄的乐章》受到批判即是标志。从批评《英雄的乐章》开始，对小说倾向性的诉求，就开始偏离小说的艺术本性。尤其是对《英雄的乐章》的批评，批评者犯下了把小说当作一般性的社会生活材料的错误，从而把小说倾向性直接等同于政治诉求。

《英雄的乐章》以清莲的回忆为视角叙述了清莲和解放军战士张玉克之间的爱情。小说刻画了张玉克英勇无敌的英雄形象，表现了人们对和平的渴望，突出了礼赞英雄的主题。应该说，这篇小说的主题是积极的，艺术形象

---

① 谭家健：《并不美丽——读〈美丽〉有感》，《人民文学》1957 年第 9 期。
② 谭家健：《并不美丽——读〈美丽〉有感》，《人民文学》1957 年第 9 期。
③ 张天翼：《读〈美丽〉》，《人民文学》1958 年第 5 期。

刻画也是成功的，小说的艺术描写和氛围烘托也令人称道。不过，小说发表正值"反右倾"运动和文艺界批判修正主义运动时期，这篇小说被当成了批判的靶子。小说发表的同时，刊出评论员文章《高举毛泽东思想红旗，坚决反对修正主义文艺思潮》。评论员文章脱离小说艺术本身，不顾小说情节演绎的实际状况，一味指责这篇小说"以资产阶级人道主义观点，看待革命战争和爱情问题，将个人幸福和革命事业对立起来。厌倦革命战争，幻想和平幸福；摆在我们面前的作品中的人物，灵魂里充满了浓厚的资产阶级没落、颓废情感，却硬给穿上了革命战士的外衣"。于是，文章呼吁针对小说"开展一次声势浩大的大辩论，高举毛泽东思想红旗，揭穿人道主义的虚伪性和现实主义的片面性，坚决把形形色色的修正主义文艺思潮打击下去"。① 小说的背景是在中华人民共和国成立 10 周年之际，本意是借国庆节之机，表达对和平的礼赞。在作者看来清莲和张玉克之间的爱情悲剧，无非表达了"革命是先烈的牺牲换来的"这一主流主题。小说哀怨的情调，是对逝去爱情的追忆，也是对革命先烈的怀念。但是，评论员文章脱离小说自身叙述逻辑，脱离人物形象本身，生生挖掘出小说倾向性是资产阶级的立场。这种观点竟然成为对《英雄的乐章》批评的主调。康濯认为："刘真作品的主要篇页，不过是以这些资产阶级的感伤、虚无、颓废的情调，在尽情地把我们革命的英雄污蔑为只会向他所追求的女孩子献温柔的角色，把我们革命战士捏造、歪曲为资产阶级个人主义恋爱的能手。"② 对于小说的爱情描写，有批评者认为："作者热衷于描写张玉克和清莲情意缠绵的爱恋，着重渲染他们对和平、爱情、幸福生活的幻想、渴望。而这种幻想、渴望，在动荡的革命年代，自然是无法实现的，因此，主人公只能发出一次又一次的无可奈何的

---

① 本刊评论员：《高举毛泽东思想红旗，坚决反对修正主义文艺思潮》，《蜜蜂》1959 年第 24 期。

② 康濯：《同根长出的两株毒苗——略谈〈英雄的乐章〉和〈曹金兰〉》，《蜜蜂》1960 年第 1 期。

悲叹和不可遏止的眼泪。"① 批评者进一步指出，"根据作品表露出来的这种思想感情来分析，就必然会得出这样的结论：战争生生地拆散了一对多情的鸳鸯，战争夺去了个人的爱情和幸福。因此，清莲那种对往日恋情的痛苦回忆，实际上变成了对革命战争的一种诅咒和抗议"。②

不顾小说艺术的特性，理念先行，强行塞入政治性理念，这是20世纪60年代初期提炼小说倾向性的主要特色。对历史小说《陶渊明写〈挽歌〉》和《杜子美还家》的批判，体现得更典型。

陈翔鹤的《陶渊明写〈挽歌〉》本是文艺政策朝宽松方向调整的产物，没想到却遭到了激烈的批判。小说写的是晚年陶渊明在庐山隐居期间三天的生活经历。陶渊明本想同慧远法师讨论佛学问题，但是，慧远法师态度傲慢。陶渊明在东林寺回想一生的经历，思考生与死的问题，写出了《挽歌》三首、自祭文一篇。小说发表后，引起了冰心、黄秋耘等人的好评。黄秋耘认为，《陶渊明写〈挽歌〉》"真可以算得是'空谷足音'，令人闻之而喜"③。《陶渊明写〈挽歌〉》是一部历史小说，历史小说有何特点呢？同为历史小说高手的黄秋耘这样说："写历史小说，其窍门倒不在于证考文献、搜集资料，言必有据，太拘泥于史实，有时反而会将古人写得更死，更重要的是，作者要能够以今人的眼光，洞察古人的心灵，要能够跟所描写的对象'神交'，用句雅一点的话来说，也就是'心有灵犀一点通'罢。只有这样，才能真正体会到个人的情怀，揣摩到古人的心事，从而展示古人的风貌，让古人有血有肉地再现在读者的面前。《陶渊明写〈挽歌〉》做到了这一点的。"④ 应该说，黄秋耘由《陶渊明写〈挽歌〉》衍生出来的关于历史小说的写法比较中肯。但是，一些批评者则超出了历史小说的艺术特性，在对小说倾向性的概括上走向极端。余冠英对黄秋耘的观点和《陶渊明写〈挽

---

① 束沛德：《是英雄的乐章还是私情的哀歌》，《蜜蜂》1960年第1期。
② 束沛德：《是英雄的乐章还是私情的哀歌》，《蜜蜂》1960年第1期。
③ 秋耘：《推荐语》，《文艺报》1961年第12期。
④ 秋耘：《推荐语》，《文艺报》1961年第12期。

歌〉》提出了批评："'今人的眼光'并不都一样，有无产阶级的'眼光'，有资产阶级的'眼光'，有马克思主义者的'眼光'，有非马克思主义者的'眼光'。陈翔鹤同志的'眼光'，究竟是哪一种呢？今天不是还有一种身体虽跟进社会主义，脑袋还留在封建社会或半殖民地半封建社会的'身首异处'的人吗？这样的'今人'，以他们的'眼光'描写古人的'情怀'，或借古人的口吻表达自己的'情怀'，其结果将会是怎样？"① 余冠英所言"今人眼光"其实就是小说的倾向性。他的这段话，明显是批评《陶渊明写〈挽歌〉》在倾向性上存在比较大的问题。但是，有论者说破了余冠英的"心思"："作者的目的不是要写历史，写历史人物，而是借历史人物来表现自己的那种不可明言的阴暗心理。"② 这样概括《陶渊明写〈挽歌〉》的思想倾向，已经偏移了小说的本意，也是忽视了小说是虚构艺术的本性。

不过，更加偏离小说艺术性的批评很快就出现了。文戈认为《陶渊明写〈挽歌〉》存在以下问题：第一，"恶毒攻击党的庐山会议"。文戈认为小说以倒叙的笔触写陶渊明奔赴庐山参加法会的时间是八月，这是作者向读者暗示两年前"也是在'八月'召开的庐山会议"。"小说中，陈翔鹤三番五次地描写陶渊明对慧远和尚的'佛理'的仇恨和攻击""就是在攻击我党在庐山会议上粉碎了右倾机会主义分子的进攻后，更加坚定地执行的政治路线，就是在攻击伟大的毛泽东思想，攻击总路线、大跃进和人民公社三面红旗"。第二，小说还把攻击矛头指向党中央。认为小说对慧远和尚的"夸张和漫画式的描绘""是继承了右派分子的衣钵，对全国人民无限信赖的党中央进行无耻的诽谤，别有用心地挑拨党和群众的血肉关系"。第三，小说"还险恶地为右倾机会主义分子喊冤，煽动他们起来和党抗争到底"③。文戈认为，

---

① 余冠英：《一篇有害的小说——〈陶渊明写《挽歌》〉》，《文学评论》1965 年第 1 期。

② 颜默：《为谁写挽歌？——评历史小说〈广陵散〉和〈陶渊明写《挽歌》〉》，《文艺报》1965 年第 2 期。

③ 文戈：《揭穿陈翔鹤两篇小说的反动本质》，《人民文学》1966 年第 5 期。

《陶渊明写〈挽歌〉》的倾向性"既是作者为一切被打倒的反动阶级鸣冤叫屈，鼓动他们起来抗争的'战歌'，也是射向党和无产阶级专政的毒箭"。①

此后历史小说《杜子美还家》也遭受到了与《陶渊明写〈挽歌〉》类似的解读和批评。《杜子美还家》被看作"站在资产阶级的立场上，暴露了社会现实的所谓'黑暗'，把攻击的矛头指向党，指向社会主义"。② 而这种不顾小说艺术属性，抽象地、概念化地理解小说倾向性的现象，在"文化大革命"期间自然更是变本加厉。

回顾中华人民共和国成立后 40 多年来关于小说倾向性的理解，我们不难发现，小说倾向性是一个历史概念，在小说理论发展的不同历史阶段，有不同的内涵。现实主义小说理论所建构的倾向性，一方面体现了现实主义小说理论在表现社会历史本质上的诉求，它要求小说要体现唯物历史观；另一方面要求对唯物历史观的体现要在小说艺术表现上贯彻下去。1949—1976 年小说的倾向性和小说理论的发展程度相关，也和当时社会政治氛围有密不可分的关系，体现了鲜明的历史性。这种历史性是小说倾向性这一理论命题的重要特色。不过，我们应该认识到，小说的倾向性是现实主义小说理论追求思想性和艺术性高度融合的一种体现方式。这也是我们思考 1949—1976 年小说倾向性必须要把握的基本前提，不可以把倾向性看作简单的思想层面的理论问题。

第四节　人物理论：身份与形象的缠绕

塑造人物形象是小说创作的核心之一。20 世纪 50 年代—70 年代中国小说理论以人物形象塑造为核心命题，"在这里，显然的是作者对这个人物和

---

① 文戈：《揭穿陈翔鹤两篇小说的反动本质》，《人民文学》1966 年第 5 期。
② 康式昭：《一株借古讽今的毒草——评历史小说〈杜子美还家〉》，《北京文艺》1964 年第 11 期。

这个故事的熟悉与否和处理得当与否，就具有决定的意义，而特别是人的因素。因为人永远是生活或斗争的核心，永远是一个故事，事件，或问题的主题。所以说，社会主义现实主义，首先在善于描写人。但这在当前中国文艺界，似乎还没有普遍被重视起来"，描写人"实际上是当前中国文艺界的中心问题，也是社会主义现实主义创作原则的中心问题"。①

正因为人物理论在现实主义小说理论中的重要性，1949—1976 年围绕人物形象理论展开过四次比较集中的理论探讨。第一次是中华人民共和国成立后关于能不能写小资产阶级的讨论；第二次是关于新英雄人物形象塑造的问题；第三次是关于"写中间人物"的论争；第四次是关于人物形象的典型化的讨论。这四次关于人物理论的探讨，见证了中华人民共和国成立后现实主义小说理论关于人物形象理论探究步步深化的历史过程。

一、能不能写小资产阶级——主要角色的辨析

事实上，围绕人物形象塑造的争论，在 1949—1976 年 20 多年的时间里一直没有停止过。中华人民共和国成立初期就有过关于人物形象塑造的争论。在"第一次文代会"上，周扬认为，文学作品的主角应该和现实生活中占据主要地位的社会角色一致。因为在现实生活中，工农兵是社会生活的主要角色，所以，小说的主角就应该是工农兵。现代小说中占据主角的是知识分子形象。随着中华人民共和国的成立，知识分子能否作为主角来被描写、被表现，成为一个需要讨论的理论问题。在"第一次文代会"召开后不久，围绕小知识分子是否可以作为文学作品的主角，产生了广泛而深入的争论。其争论大致有以下几种意见：（一）"文艺工作者今后服务的对象，主要的应该是工农兵，但是这并不是说完全不应该或不能也为了小资产阶级（虽然是次要的）。因为政治上我们既要团结小资产阶级，在文艺工作上，就不能

---

① 竹可羽：《再谈谈〈关于《邪不压正》〉》，《人民日报》1950 年 2 月 25 日。

不应该照顾他们。"①（二）"因为我们还是新民主主义社会，还没有进入社会主义社会。……既然我们还是新民主主义的社会，还容许一般私有财产存在，依托在这一经济基础上的阶级还存在，他们仍然在进行他们的历史活动，他们虽然在新民主主义的旗帜下和无产阶级保持了矛盾的统一，然而并不是就消灭了这矛盾，而只是把这矛盾统一了起来。"②（三）"现在我们的政治重心，由乡村转到城市，城市里大批的市民属于小资产阶级的""光是以工农兵为主角的文艺，对于小资产阶级也一样地有教育力量。但是，我们的文艺是现实的反映，难道现在大批大批城市的小资产阶级，甚至于部分的资产阶级，都在急剧地改变中（现实生活的改变，也或快或慢或深或浅地影响了他们思想意识的改变），这样明确的现实，不应该反映到我们的文艺中吗?""特别是在政治重心由乡村转到城市的今天，我们除了为城市工人的文艺之外，还应当不忽略了为城市大批小资产阶级看的文艺。""我们小资产阶级"已经"一大批一大批地卷进革命洪流了""因此，在这个时候，'为小资产阶级'的文学，也还有它一定的社会意义。如果横扫一切非工农兵为主角的文艺，痛快固然痛快，恐怕对于革命也不见得是有益的吧!"③（四）"问题不在你写什么，而在你怎样写。"④ 还有论者认为："写什么，比较地是属于寻找题材的问题，怎样写，乃是作者的立场、态度的问题。如果立场站得稳，则无论你写什么都可以。……不但可以写小资产阶级，也可以写大资产阶级，写四大家族。"⑤

　　上述关于可不可以写小资产阶级的论争，表面看起来纷繁复杂。其实涉及的理论问题是，文艺为工农兵服务的方向，如何在人物形象塑造上得到贯彻与落实。为此，何其芳认为："在这个讨论中，好几篇文章都有些只强调

① 乔桑：《关于"可不可以写小资产阶级"的问题的几点意见》，《文汇报》1949年9月3日。
② 乔桑：《关于"可不可以写小资产阶级"的问题的几点意见》，《文汇报》1949年9月3日。
③ 乔桑：《关于"可不可以写小资产阶级"的问题的几点意见》，《文汇报》1949年9月3日。
④ 乔桑：《关于"可不可以写小资产阶级"的问题的几点意见》，《文汇报》1949年9月3日。
⑤ 乔桑：《关于"可不可以写小资产阶级"的问题的几点意见》，《文汇报》1949年9月3日。

一个方面，因此就呈现出来了这样一个错综的现象：对于这个具体问题（指的是'能不能写小资产阶级'——引者注）回答得比较适当的，对于新时代的文艺新方向的根本精神却有些把握得不够；对于新时代的文艺新方向的根本精神把握得比较紧的，却又对这个具体问题回答得不大适当。"① 何其芳认为，如何理解能不能写小资产阶级这个问题，应该从文艺为工农兵服务这一基本方针出发："毛泽东主席在延安文艺座谈会上的讲话中所规定的文艺方针，文艺政策，是一个十分完整的方针和政策。这种完整性正是表现了无产阶级思想的高度的科学性。谁要是只抓住其中的某一点而忽略了它的根本精神或加以不适当的夸张，都是不对的。只看到为人民大众里面包括有为小资产阶级这一内容，而不认识或不强调今天的文艺家必须与工农兵结合，必须改造自己，改造文艺，那就实际上等于并没有接受这个新方向。认识了强调了为人民大众里面应该首先为工农兵这一根本精神，但因此就简单地过火地以为一切具体文艺作品都绝对只能以工农兵为主角，那也是一种不适当的应用。"② 在何其芳看来，之所以出现谈论文艺作品能不能写小资产阶级的问题，关键在作家们对于文艺政策理解不透彻，还没有从思想上彻底转化："全国发生了如此迅速，如此巨大并且如此深刻的变化，这个变化不能不在全国的文艺界里面产生空前未有的影响或波动。为人民服务并首先为工农兵服务的文艺新方向直接提到了新解放区的文艺工作者面前，并且这已不仅是一个理论问题而更是一个行动问题。这就产生了一个矛盾，一个困难：许多作者的最拿手的本事并不一定就是今天的中国人民特别是工农兵及其干部所最需要的。这样就自然会发生'是不是还可以写知识分子，小资产阶级'这样一个疑问和困惑。"③ 从何其芳的观点来看，能不能写小资产阶级这个问题本身，在于作家能不能融进新生共和国崭新的生活，关键在于能不能在思想和情感上接受文艺为工农兵服务的根本性方针和政策。

---

① 何其芳：《一个文艺创作问题的争论》，《文艺报》1949 年第 4 期。
② 何其芳：《一个文艺创作问题的争论》，《文艺报》1949 年第 4 期。
③ 何其芳：《一个文艺创作问题的争论》，《文艺报》1949 年第 4 期。

"能不能写小资产阶级"论争表明，能否写小资产阶级归根结底其实不在于人物形象塑造艺术本身。它表明，人物形象塑造和文艺方针政策紧密联系，和作家的立场牵扯在一起。人物形象不再仅是一个艺术问题，而是一个关乎政治性的话题。换言之，小说理论视野中的人物理论，所要讨论的不是人物形象自身的深度与价值，而是在整个政治系统工程中的一个结构与功能，以及在表达政治性功效上所能达到的程度。这场论争其实彰显了一个理论问题：小说人物形象的问题，不能从小说人物形象的艺术层次去理解，而是要紧密联系文艺的方针政策。这应该是这场论争在人物形象塑造上的一个理论贡献。

二、新英雄人物形象的构想

塑造英雄人物形象是中国现实主义小说理论的一个重要理论倡导。早在1943年，重庆的《新华日报》"发出一个号召：读者都来写我们时代的英雄人物"①。孙犁呼吁作家要创造"战时的英雄文学"，塑造农民战士的英雄形象，他认为"文学在本质上就是战争的东西，希腊最早的史诗和悲剧，都是表现战争和英雄事业的""人民喜欢英雄故事，他们对战士、对英雄表示特有的崇敬，在民间有大量的歌颂英雄的口头文学"②，因此，反侵略战争年代，更是一个需要英雄的时代。上官等也认为"新英雄主义，新浪漫主义"是"新文学健康的发展"③。倡导英雄人物形象，体现了对历史发展趋势的把握，也是浪漫主义情怀的一种体现。其后，塑造英雄人物形象成为现实主义文学的必然要求。

《在延安文艺座谈会上的讲话》指出，文艺工作者要表现"新的人物新

---

① 见 1943 年 1 月 24 日《新华日报》。

② 孙犁：《论战时的英雄文学——在冀中〈前线报〉文艺小组座谈会上的发言》，《晋察冀日报》1941 年 12 月 16 日。

③ 上官等：《新英雄主义、新浪漫主义和新文学之健康的要求》，《中国公论》第 8 卷第 5 期，1943 年 2 月 1 日。

的世界"。所谓"新的人物",是指体现历史发展趋势的英雄人物。周扬在第一次中华全国文学艺术工作者代表大会上所做的关于解放区文艺运动的报告认为,解放区文艺是"真正新的人民的文艺",他还进一步把"新的人民的文艺"归结为"新的主题,新的人物,新的语言"① 形式。"新的人物"再次成为"新的文艺"的重要特征。同样,这里所讲的"新的人物",也是体现历史发展趋势的英雄人物形象。文艺作品如何塑造新英雄人物形象,对于广大作家来说,是一个崭新的课题。不过,在实际的文艺创作中也出现了偏差,即陈荒煤所说的"思想性和艺术性的贫乏"②。其具体表现就是概念化、公式化。丁玲也认为,当时的文学作品中的新英雄人物"太'典型'""'典型'得像死人一样,毫无活人气息,这些人物都是按主观的概念而活动的。人物的思想、言行都是最公式化的会议的结果"③。她认为:"在我们的作品中会有这样多的'典型人物'而缺乏活生生的人物,其道理何在呢?既然是从概念出发,怎么能不得到概念化的结果呢?我们经常听到的写转变人物,写英雄等号召,都常陷入缺乏分析,缺乏具体指导,只顾主观需要,忘了作家应从根本的问题入手。"④ 陈荒煤、丁玲固然看到了中华人民共和国成立后新英雄人物形象塑造在艺术上的问题,但是,他们的观点有些"超前"。在这一历史阶段,小说理论要解决的是对新英雄人物形象的理解,而新英雄人物形象塑造艺术上的问题,还没有提到日程上来。

20 世纪 50 年代关于新英雄形象塑造的理论,主要有两类观点。一类是以周扬、邵荃麟为代表,着眼于新英雄人物的教育意义,要求塑造没有缺点、完美地体现历史趋势的新英雄人物形象;另一类则是以冯雪峰为代表,侧重从现实主义艺术出发,来构筑新英雄人物形象。

---

① 周扬:《新的人民的文艺》,《人民文学》1949 年第 1 期。
② 陈荒煤:《为创造新的英雄的典型而努力》,《长江日报》1951 年 4 月 22 日。
③ 丁玲:《要为人民服务得更好——纪念毛泽东同志〈讲话〉发表十周年》,《光明日报》1952 年 5 月 24 日。
④ 丁玲:《要为人民服务得更好——纪念毛泽东同志〈讲话〉发表十周年》,《光明日报》1952 年 5 月 24 日。

　　首先，第一个问题是小说塑造新英雄人物的目的是什么？周扬认为："要表现生活中的新的力量和旧的力量之间的斗争，必须着重表现代表新的力量的人物的真实面貌，这种人物在作品中应当起积极的、进攻的作用，能够改变周围的生活。只有通过这种新人物，作品才能够真正做到用社会主义精神教育群众。"① 周扬这样来论说创造英雄人物的目的："文艺作品之所以需要创造正面的英雄人物，是为了以这种人物去做人民的榜样，以这种积极的、先进的力量去和一切阻碍社会前进的反动的和落后的事物做斗争。"② 邵荃麟也做过类似的表述，他也认为作家应该创造出为人民所接受的榜样："我们文学的任务既然是以社会主义精神去教育人民，去培养人民中间新的道德品质，去教育他们为创造新生活而斗争，那么就不能不要求我们作家创造出各种明朗而生动的，足以为人民做榜样的，先进人物的艺术形象，使人民群众能够从他们身上感到必须向他们学习的高尚品质，从他们身上看到新时代的伟大理想，从他们身上得到鼓舞和振奋，得到亲切的感受。这样的英雄在现实生活中是新生活的积极建设者，在我们文学中也就不能不是主要的典型和主要的人物。这种英雄形象对于人民，特别是对于年青一代所起的巨大教育作用是难以估计的。像苏联作品中被大家所熟知的保尔·柯察金、卓娅和舒拉、马特浴素夫等，在全世界人民中间是教育出多少和他们一样的人，为全人类革命事业培养了多少新生力量。社会主义现实主义文学的伟大功用就在于此。读者之所以欢迎这样人物，正是因为这种英雄人物是反映了我们新社会力量的本质，所以马林科夫同志说：'现实主义艺术的力量和意义'就在于：它能够而且必须发掘和表现普通人的高尚的精神品质和典型的、正面的特质，创造值得做别人的模范和效仿对象的明朗的艺术形象。"③

　　塑造新英雄人物形象在于为人民树立榜样，去教育人们，影响人们。因

---

① 周扬：《社会主义现实主义——中国文学前进的道路》，《人民日报》1953 年 1 月 13 日。

② 周扬：《为创造更多的优秀的文学艺术作品而奋斗》，《文艺报》1953 年第 19 期。

③ 邵荃麟：《沿着社会主义现实主义的方向前进》，《人民文学》1953 年第11 期。

此，英雄人物的教育功能、榜样作用成为塑造英雄人物的重要依据。正因为如此，新英雄人物首先在品质上没有污点，没有缺点。关于英雄人物身上有没有缺点的问题，周扬有过详细的论述，他认为，"现实主义者必须同时是理想主义者"。周扬说："写英雄可不可以写他的缺点呢？这样提出问题就是不恰当的，笼统的。英雄是只能从人民生活中去发现的，而不能凭空地去虚构。如果一个作家还没有认识英雄人物，还没有看清楚英雄的面目，就首先准备去写他身上的缺点，这岂不是很奇怪的吗？我们当然不应该把英雄'神化'或'公式化'。在现实生活中，作为特定的社会典型的人民英雄的性格是有共同性的，但各个英雄又具有自己的个性，他们的成长过程也是各种各样的。英雄所具有的品质是不断地在革命斗争的火焰中，在克服困难的斗争中锻炼出来的。在这里，我们必须把英雄人物在政治上、思想上的成长过程，性格上的某些缺点以及日常工作中的过失或偏差和一个人的政治品质、道德品质的缺陷加以根本地区别。英雄人物的光辉灿烂的人格主要表现在对敌人及一切落后现象决不妥协，对人民无限忠诚的那种高尚的品质上，他之所以能打动千百万群众，成为他们学习和效仿的榜样，也就在于他所表现的那种先进阶级的道德力量。英雄人物并不是在一切方面都是完美无瑕的。他并非没有缺点，但他对自己的缺点采取不调和的态度，他能够勇敢地接受群众的批评和勇敢地进行自我批评；这正是一种优秀品质的表现。当然，这绝不是说作家写英雄的时候都要写出他的缺点，许多英雄的不重要缺点在作品中是完全可以忽略或应当忽略的。至于一个人物如果具有和英雄性格绝不相容的政治品质、道德品质上的缺陷或污点，如虚伪、自私甚至对革命事业发生动摇等，那就根本不称其为英雄人物了，他还有什么价值值得人去称赞和歌颂呢？我们的作家为了要突出地表现英雄人物的光辉品质，有意识地忽略他的一些不重要的缺点，使他在作品中成为群众所向往的理想人物，这是可以的而且必要的。我们的现实主义者必须同时是革命的理想主义者。"①

----

① 周扬：《为创造更多的优秀的文学艺术作品而奋斗》，《文艺报》1953 年第 19 期。

　　周扬实际上否定了英雄人物存在缺点的可能性。他认为，既然是英雄人物，那就没有缺点，有缺点的就不是英雄人物。同时，他还认为，英雄人物对待自己的缺点和错误采取的态度，本身就是他不同于一般人的地方。与周扬持类似观点的是邵荃麟。邵荃麟也认为，英雄人物高尚的道德，也在于英雄人物同自己身上的缺点的斗争："并不是所有英雄人物都是没有缺点的，但是他是能够克服其缺点的。描写这种克服的过程当然是可以的，但是这种描写的目的，也正是显示英雄人物所具有的高尚品质和道德力量。而以这种品质和力量去教育人民。我们绝不能把这种自我斗争写成像资产阶级文学中所描写的两重人格的分裂。"① 虽然也有人提出过可以写有缺点的英雄人物。如王西彦认为，生活中的人都有缺点，按照生活本来的面目去塑造英雄人物形象时，作家要有勇气面对、揭示英雄人物身上的缺点甚至错误。他说："作家所写的人物，是可以有优点也可以有缺点的人物""应该有勇气去写正面人物身上的比较严重的缺点"。同时，他认为："如果说到教育作用，这样的人物，岂不是很能给我们读者以策励吗？"② 与王西彦持相似观点的是胡风。胡风提出过"精神奴役的创伤"理论，他认为："生活在以经济关系为基石的社会诸关系里面的人民，在重重的剥削和奴役下面担负着劳动的重负，善良地担负着，坚强地担负着，不流汗就不能活，甚至不流血也不能活，但却'脚踏实地'站在地球上面流着汗流着血地担负下来。这伟大的精神就是世界的脊梁。要说健康，还有比这更健康的吗？然而这承受劳动重负的坚强和善良，同时又是以封建主义的各种各样的具体表现所造成的各式各态的安命精神为内容的。前一侧面产生了创造历史的解放要求，但后一侧面却又把那个要求禁锢在、麻痹在，甚至闷死在'自在的'状态里面；这个惯常是为后一侧面所包围的统一着但却对立着的内容，激荡着、纠结着、相生

---

　　① 邵荃麟：《沿着社会主义现实主义的方向前进》，《人民文学》1953 年第 11 期。

　　② 细言：《有关茹志鹃作品的几个问题——在一个座谈会上的发言》，《文艺报》1961 年第 7 期。

相克着，形成了一片浩漫的大洋。每一个人民的内容都是这样一片浩漫的大洋。"① 这就是胡风所说的"精神奴役的创伤"。在胡风看来，这"创伤"是沉淀在人民身上、难以消除的"缺点"，即使生活在新的社会制度下，创伤性的缺点也难以消除。他说："创作对象的人，那内容总是由昨天性的诸因素和明天性的诸因素所形成，统一着但却矛盾着的人。当明天性的诸因素取得了主导地位，进入了作为它们的物质基础的实际运动过程即实践斗争，得到了压倒的胜利以后，和昨天性的诸因素的变化一起，这明天性的诸因素就质量都起了变化，变成了昨天性的，同时，又得到了由原来那些明天性的诸因素（原来那些昨天性的诸因素也不会全部撤退）演变出来的和实践的物质过程所产生出来的新的明天性的因素了。"② 很明显，胡风认为，虽然人民身上沉淀着新社会制度的新素质。但是，创伤性的缺点在所难免。依据胡风的观点，描写新时代的新的人物时，仍需要正视这些由于历史原因所造成的缺陷。但是，无论是胡风还是王西彦，他们关于新英雄人物存在缺点的论述，与周扬认为工农兵人物形象特别是工农兵出身的英雄人物是没有缺点的理论主张不同，也都受到了批判。

周扬、邵荃麟关于英雄人物形象塑造的观点，相对集中在英雄人物和时代、历史发展规律之间的关系上，因而显得更理想化、更概念化一些。而冯雪峰关于英雄人物形象的观点，更符合生活实际、更着眼于艺术形象塑造的规律。

冯雪峰认为，由于现实生活中模范人物出现得比较多，"艺术上创造的根据也当然更为丰富、更为明确了"③。从艺术创作层面上来理解英雄人物形象的塑造，这是冯雪峰区别于周扬、邵荃麟的地方。冯雪峰从"实际生活有充分认识"的基础上来理解英雄人物形象塑造，其目的也是让英雄人物形

---

① 胡风：《胡风评论集》，人民出版社 1985 年版，第 324 页。
② 胡风：《胡风评论集》，人民出版社 1985 年版，第 324 页。
③ 冯雪峰：《英雄和群众及其它》，《文艺报》1953 年第 24 期。

象不脱离生活实际。冯雪峰关于英雄人物形象的理论，既有艺术标准，也有真实性上的要求。为此，他提出了"四个不可以"的原则："不可以把先进分子和英雄们从实际生活的矛盾斗争中孤立开来，不可以把他们从他们在斗争中作为矛盾冲突的一方面的地位上孤立开来，不可以把他们从他们所反映的伟大的社会力量（革命力量，也即是和他们在一起斗争着、前进着的广大的普通人民群众）孤立开来，不可以把他们从现实的历史前进运动的力量和方向孤立开来。"[1] 冯雪峰的四个"不可以"为英雄人物形象塑造建立了扎实的生活基础，从而避免了英雄人物形象塑造的概念化、公式化。他说："在实际生活中，任何一个先进分子，任何一个英雄，都不是孤立的：他们得以成为先进分子和英雄，唯一的根据就是他们在实际生活中斗争着，作为矛盾冲突中革命力量的一个代表，作为广大革命群众的代表人物或模范人物，所以在他们的斗争中可以鲜明地看见历史前进的斗争图景，可以看见社会主义理论的成长，可以看见生活发展的方向。"[2] 冯雪峰的可贵之处在于，他不是孤立地、脱离生活实际来塑造英雄人物形象，而是从生活实际矛盾、从英雄和群众之间的关系来理解英雄人物。尤其是在英雄和群众之间的关系上，冯雪峰有超越了那个年代的睿智。在他看来，英雄的崇高精神和品质"都是带了群众性的，它们或者已经是普遍地为广大群众所共有，或者正在逐渐普遍起来，即将成为广大群众所共有。这是因为这些性格和品质，都是在群众斗争中所产生的；它们或者作为群众的新的性格和品质的萌芽，或者作为群众新的性格和品质的集中，而出现在先进英雄人物的身上。英雄是群众的一分子，只有在群众身上所能有的东西，才能在英雄身上出现，或者先出现。这就是我们所要创造新人物的形象，他们新的崇高的性格和品质都应该是带有群众性的、能够感动一切普通人民群众的、普通人民群众都感到亲切，都愿意仿效并且能仿效的理由"[3]。

---

[1] 冯雪峰：《英雄和群众及其它》，《文艺报》1953年第24期。
[2] 冯雪峰：《英雄和群众及其它》，《文艺报》1953年第24期。
[3] 冯雪峰：《英雄和群众及其它》，《文艺报》1953年第24期。

冯雪峰认为，文学作品不仅要把英雄人物和群众联系起来刻画，而且为了更好地表现英雄人物，文学作品还得注意正面人物形象、否定性人物形象的刻画。因为英雄人物并不是凭空出现的，而是在和这些人物的实际联系中出现的。从艺术的真实性角度来看，冯雪峰的观点无疑是有道理的。

另外，值得注意的是，冯雪峰并不排除新英雄人物身上所体现出来的理想与历史远景。冯雪峰认为，英雄人物之所以称为英雄，是因为英雄人物身上沉淀着明天远景，它预示着明天远景在今天的实现。冯雪峰就把这种属于明天的远景看成英雄人物的重要素质，并把它看作现实主义文学的重要内容。冯雪峰说："违背真实而把人物'理想化'，这和在今天的生活中看见明天的远景，或拿远大的将来的理想来照耀今天的现实的斗争，完全是两个问题。拿明天的远景来做我们今天生活的理想，这是完全正确的、必需的。在实际生活中，我们的每一件工作和斗争，都为我们的理想——明天的远景所照耀着；我们是为今天而工作和斗争的，但还可以说，我们是更加为明天而工作和斗争的。我们如果不为明天打算，不把明天的问题提在我们今天的面前，不把明天的远景作为我们的理想和目标，我们又怎么能够前进呢？正如萌芽不以长大成树为它自己的理想和目标，它就不能长大成树一样。我们的现实生活和斗争，就在每一件事情中都有它分明的理想性和前进的方向。这个理想性和前进的方向，是我们现实生活的最重要的构成的部分，是我们生活的真实。我们的现实主义的文学，就是在今天的实际生活的描写中必须描写出它的理想和前进的方向，否则我们的文学就不能说是充分真实的，也就是没有能够做到'在现实的革命的发展中去描写现实'了。因此，现实主义文学的任务，就在于向广大的读者指出我们的实际生活及其远景和目标，鼓舞人们去为今天的胜利和明天的灿烂的理想而奋斗。现实主义要完成这个任务，就只有真实地描写今天的实际生活，于是也就把在今天还是萌芽的事物加以鲜明的、突出的、扩张的描写，使人们看了这个萌芽，产生充分的信心而鼓舞起精神来，为了它长大成树而加倍进行斩荆除草的工作，加倍保护和灌溉。"①

冯雪峰虽然也和周扬、邵荃麟一样，强调新英雄人物形象所体现出来的理想与历史远景。但是，冯雪峰是基于现实生活和现实主义艺术上的双重考量。因此，着眼于现实主义文学的艺术规范来塑造新英雄人物形象，是冯雪峰关于英雄人物形象塑造的一大特色。周扬、邵荃麟关于新英雄人物的论述更加侧重于新英雄人物的教育意义。因此，周扬、邵荃麟关于新英雄人物形象的塑造更侧重于观念化。应该说，冯雪峰和周扬、邵荃麟共同丰富了1949—1976年新英雄人物理论的内涵。

不过，历史本身是复杂的，也是诡异的。虽然冯雪峰关于新英雄人物形象的塑造更体现了现实主义小说理论的高度，但是在那样的一个历史语境里，并没有多少同道者。在小说创作实践上，茹志鹃从某种意义上回应了冯雪峰的理论观点。茹志鹃是1949—1976年小说家中的另类，她的小说塑造了许多具有正面教育意义的人物形象。这些人物形象虽然具有英雄的品格，但是，毕竟又是生活中的"小人物"。因此，这样的人物形象有些不大符合时代规范。欧阳文彬曾批评过茹志鹃"对普通人物的兴趣远远超过对突出人物的兴趣"②。欧阳文彬说："你对普通人物的兴趣远远超过对突出人物的兴趣，你似乎认为写'小人物'身上刚萌芽的新品质和写英雄们光芒万丈的性格具有同等意义。因此，你写战士就要写通讯员、警卫员，不准备写什么战斗英雄。即令写战斗英雄，你大概也要写他作为一个普通人的方面，不去写他英勇战斗的场面。这种艺术倾向，可以从你的作品中找到实例，像《黎明前的故事》，通过两个不懂事的孩子的眼光来写父母从事地下斗争的情况；像《百合花》，小通讯员舍己为人献出年轻的生命这一段用暗场处理。以这两个例子来说，写得都很动人，并没有什么不好。但是我有些怀疑：是否每逢这种情况都非如此处理不可？你对自己的趣味和倾向是否过于执拗了？作

---

① 冯雪峰：《英雄和群众及其它》，《文艺报》1953年第24期。
② 欧阳文彬：《试论茹志鹃的艺术风格》，《上海文学》1959年第10期。

家完全有权利按照自己的个性和特长选择写作对象并从不同的角度加以描写。但作家有责任通过作品反映生活中的矛盾，特别是当前现实中的主要矛盾。我们面临着史无前例的壮丽时代，广大的劳动人民正在党的领导下创造惊天动地的业绩，现实生活中涌现了成千上万的英雄，他们不是什么神话传奇式的人物，他们也都是普通人，他们的性格在斗争中发展，在矛盾冲突中放出夺目的异彩。为什么不大胆追求这些最能代表时代精神的形象，而刻意雕镂所谓'小人物'呢？当然，你的'小人物'也是正面人物，你写他们还是为了歌颂他们的正面品质。只不过他们大都是刚刚站立起来，刚刚迈动脚步。像《高高的白杨树》中的小张爱珍，《在果树园里》的小英，她们的品质和精神是美好的，但还没有提高和升华到当代英雄已经达到的高度。"①茹志鹃笔下的人物具有英雄的基本品格，但是，"还没有提高和升华到当代英雄已经达到的高度"。可见，既然是英雄人物形象，思想就必然达到时代的高度。但是，艺术的高度是什么，似乎没有理论家来回答这个问题。这也成为这个时期小说理论留给人们的思考。

　　虽然也有评论家肯定了茹志鹃小说中还没有升华到当代英雄高度的人物形象的意义，但是，更多的批评家从小说的教育功能来看待茹志鹃小说英雄人物形象的意义。如王西彦，他肯定了茹志鹃笔下正在成长中的人物的教育意义，注意到了茹志鹃笔下这种具有一定英雄素质的人物形象的意义。他说："描写那种叱咤风云的新时代的英雄人物，那种代表最高的时代精神的理想人物，作为读者崇拜的模范和效法的对象，当然很好；可是，描写那种正在不同站头的'里程'中前进着的人物，那种正在成长和改造中的人物，又有什么不好呢？如果说到作品的教育作用，容许我打个也许不很切当的比方，茹志鹃同志所做的，是在各个不同的站头都放着一面镜子，使读者从那些不同站头的镜子里照见自己的面容和身影，因而受到警惕，得到鼓舞，不也很好吗？我还认为，茹志鹃同志写出了人物的历史，写出了那些王三娘、

――――――――――

　　①　欧阳文彬：《试论茹志鹃的艺术风格》，《上海文学》1959 年第 10 期。

谭婶婶和收黎子们的过去和现在——自然也就写出了她们的将来。就我个人来说，对这样的人物，有分外的亲切感。"① 但是，王西彦的观点遭到批评与否定。批评家仍坚信，描写已经成长起来了的英雄人物，确实要比正在成长中的、具有英雄的某些素质的人物更有价值。洁泯针对王西彦的观点，做出了这样的论断："茹志鹃同志笔下的收黎子、谭婶婶、何大妈、王三娘等形象都是在普通劳动者的身上发出明亮的光辉，对读者确有着'分外的亲切感'，它的教育作用，不消说是深刻的。然而，倘与叱咤风云的英雄人物并比，却不能说没有分别。细言同志把谭婶婶这样一些'有着英雄人物的品质，这种品质正在他们身上成长，使他们终究会成为英雄人物'的普通劳动人民的形象和英雄人物的形象等同起来了，正是忽略了这种分别。我们不能因为反对把英雄人物和普通人物对立起来的观点和对英雄人物概念的狭隘理解，而走向另一个极端。把两者对立起来是绝对化的观点，把两者等同起来，也是一种绝对化的观点。我们文艺创作中有把英雄人物的思想感情简单化的缺陷，然而在克服这种缺陷的时候，无论如何不能得出这样的论断：写普通人物的一些光辉的品质就等于创造了英雄人物的高大形象。"②

周扬、邵荃麟、欧阳文彬等理论家都从英雄人物的社会功能入手，更多地强调英雄人物的社会意义和价值，因此更强调英雄人物形象的纯粹性和完成性。而像冯雪峰、王西彦等理论家，更看重英雄人物和现实生活的联系，更看重现实生活和现实社会关系对于英雄人物形象的意义，更看重英雄人物的现实性和广泛性。

三、"中间人物" 形象的倡导

冯雪峰关于新英雄人物形象的观点，根植于当代现实生活中。把英雄人

---

① 细言：《有关茹志鹃作品的几个问题——在一个座谈会上的发言》，《文艺报》1961 年第 7 期。

② 洁泯：《有没有区别?》，《文艺报》1961 年第 12 期。

物和否定人物联系在一起、和群众联系在一起，是冯雪峰关于新英雄人物形象塑造的独特之处。在他看来，新英雄人物形象不是脱离现实而"生活"在概念和理念之中的。冯雪峰甚至把否定人物形象和正面人物形象相提并论，把它们都看作小说艺术形象塑造的根本。他说："创造正面人物的艺术形象，对于我们，是居着最重要的地位。这是我们今天的现实生活所决定的，也是我们的历史的战斗任务所要求的。但这样的要求，并不能了解为应该降低否定人物的艺术形象创造的重要性。不是的，创造种种否定人物的形象，不仅不应该被排斥到我们的创造工程之外去，而且和创造正面人物形象是同样重要的。"①

除此之外，冯雪峰还把目光投向芸芸众生，发现了庸众的价值。他说："所谓不好不坏的、看起来好像既不能加以肯定也不应该加以否定的、没什么斗争性和创造性的所谓庸庸碌碌的人们，是大量地存在的，并且形成一种很大的社会势力。然而这样的人们，仍然不是站在矛盾斗争之外，而是站在斗争中；他们无疑是生活前进的一种雄厚的阻碍实力，可是又恰在斗争中被教育、被改造，时刻在变化着的，因此，他们无疑又是时刻在变化成为生活前进的雄厚的革命势力。那种把先进人物和落后人物、正面人物和否定人物，看成为互相孤立的、不变化的、固定的存在的观点，是一种忽视了人们正是在斗争中变化着、发展着的事实的观点。在艺术形象上，所谓庸庸碌碌的人们，仍然也是重要的主人公，要出现在各种各样被否定的、被批评的、被教育的和被改造的典型里。"②

小说艺术形象应该是丰富的，不仅存在人们十分熟悉的、喜爱的英雄人物形象，还应该存在与英雄人物形象相比较而言的否定人物形象，以及普通人物形象、处于中间位置的谈不上是好还是坏的"中间人物"形象。但是，20世纪50年代至70年代的小说人物理论，不是简单地探讨艺术形象，更多

---

① 冯雪峰：《英雄和群众及其它》，《文艺报》1953年第24期。
② 冯雪峰：《英雄和群众及其它》，《文艺报》1953年第24期。

地是一种话语的建构，它所蕴含的逻辑是，艺术形象要对政治意识起到正面的鼓动作用。因此，我们可以看到，冯雪峰的理论倡导在当时并没有引起人们的重视。

冯雪峰所提出来的在正面人物和否定人物之间的庸众，其实就是"中间人物"。20世纪50年代末到60年代初，一方面，一些介乎英雄人物与落后人物之间的人物形象得到读者的肯定，如赵树理笔下的"小腿疼""吃不饱"，柳青笔下的梁三老汉，西戎笔下的赖大嫂等。这些人物形象以其强烈的现实性和艺术上的感染力，获得了读者的喜爱；另一方面，人们对高大完美的英雄人物形象并不满意。有批评家在对那些受人们喜爱的人物形象的总结中，提出了"中间人物"形象的理念。1962年6月25日邵荃麟在《文艺报》的一次讨论会上，明确地提出"写中间人物"的主张。他说："作家为一些清规戒律束缚着，很苦闷。希望批评家们能谈谈这些问题。当前作家们不敢接触人民内部矛盾。现实主义基础不够，浪漫主义就是浮泛的。创造英雄人物问题作家也感到有束缚。陈企霞认为不能分正面反面人物，这当然是错误的。但在批判这种观点时，却形成不是正面人物就是反面人物，忽略了中间人物；其实矛盾往往集中在中间人物身上。"[①] 1962年8月2日到16日，中国作家协会在大连召开"农村题材短篇小说创作座谈会"。在座谈会上，邵荃麟进一步阐释了"写中间人物"的理论。他说："两头小，中间大，英雄人物与落后人物是两头，中间状态的人物是大多数，应当写出他们的各种丰富复杂的心理状态。文艺的主要教育对象是中间人物。最进步最先进的人用不着你教育。写英雄树立典范，但也应该注意写中间状态的人物。只写英雄模范，不写矛盾错综复杂的人物，小说的现实主义就不够。创造性格，主要是依靠人物自己的行动、心理状态来反映我们时代精神的。但整体说来，反映中间状态的人物比较少。中间大，两头小，好的坏的人都比较

---

① 邵荃麟：《在大连"农村题材短篇小说创作座谈会"上的讲话》，转引自洪子诚《二十世纪中国小说理论资料（1949—1976）》第5卷，北京大学出版社1997年版，第231页。

少。广大的各阶层是中间的，描写他们是很重要的，矛盾往往集中在这些人物身上。"①

"写中间人物"的理论虽然根植于现实生活，虽然也把文学的教育功能作为目的，但是，"写中间人物"的理论主张关注的焦点不是英雄人物形象，它一经问世，就遭到了批评，被认为是资产阶级的文艺主张，是同政党的文艺政策相对立的文艺思想。对于赵树理小说《"锻炼锻炼"》所塑造的"小腿疼""吃不饱"这样的"中间人物"形象，有论者认为，它们不符合生活实际："大跃进中的今天农村，或者就退到1957年秋末的那个时期。像'小腿疼''吃不饱'这样典型的、落后的、自私而又懒惰的农村妇女虽然会有，但不是占农村妇女的大多数，而是极其个别的……在作者的笔下，除了高秀兰这个理想的进步妇女外，读者看不到农村贫农和下中农阶层的劳动妇女的形象，所看到的只是一大群不分阶层的、落后的、自私到干小偷的懒婆娘。难道这就符合农村现实吗？难道这就是农村妇女的真实写照吗？"② 西戎于1962年发表《赖大嫂》，因为塑造了"赖大嫂"这个"中间人物"形象，小说遭受了激烈的批评。赖大嫂被认为是一个"唯利是图、损公肥私、放泼耍赖、蛮横抗拒国家政策的人"。《赖大嫂》被认为是"歪曲我国社会主义农村现实斗争生活的面貌"，把读者"引入自私自利的资本主义道路"。③

"写中间人物"这一理论本身，从社会学的角度对农村人物形象做出类型学上的划分，缺乏必要的艺术提炼。在1949—1976年普遍倡导写新英雄人物的时代氛围里，它难免受到批评。不过，"写中间人物"的理论，体现了现实主义小说理论"客观"表现现实的诉求，自有其独特的价值。

---

① 邵荃麟：《在大连"农村题材短篇小说创作座谈会"上的讲话》，转引自洪子诚《二十世纪中国小说理论资料（1949—1976）》第5卷，北京大学出版社1997年版，第231页。
② 武养：《一篇歪曲现实的小说》，《文艺报》1959年第7期。
③ 紫兮：《"写中间人物"的一个标本》，《文艺报》1964年第11、12期。

四、英雄人物形象的典型化

写实小说理论注重人物形象的塑造。关于如何塑造人物，鲁迅说："人物的模特儿也一样，没有专用过一个人，往往嘴在浙江，脸在北京，衣服在山西，是一个拼凑起来的脚色。"① 除了关于人物形象来源的论述之外，鲁迅还谈到了如何刻画出最好的人物形象："要极省俭地画出一个人的特点，最好是画他的眼睛。我以为这话是极对的，倘若画了全副的头发，即使细得逼真，也毫无意思。"② 鲁迅关于人物形象塑造的观点，强调了人物形象塑造的艺术性。然而，对于现实主义小说理论来说，如何塑造人物形象，包括人物形象的典型化，还会涉及对于社会本质的反映，并非是一个简单的小说艺术上的问题。即使在典型塑造上有分歧的理论家，也仍然把如何反映社会生活本质当作人物形象典型化的根本。例如，胡风和周扬关于典型的论争。胡风认为："一个典型，是一个具体的活生生的人物，然而却又是本质上具有某一群体特征，代表了那个群体的。"③ 周扬则认为："典型的创造是由某一社会群里面抽出最性格的特征，习惯、趣味、欲望、行动、语言等，将这些抽出来的体现在一个人物身上，使这个人物并不丧失独有的性格。"④ 胡风和周扬关于典型的论争的最大意义并不在于显示二人典型理论的差异上，而在于表明本质主义的观点已经开始在人物理论中发挥作用。胡风和周扬关于典型的观点在 1949—1976 年各自得到了进一步的发展。

几次关于人物形象塑造的讨论，大都从人物形象的社会角色、政治身份入手，相对忽视了艺术层次的思考。如何超越人物的社会身份、政治身份，

① 鲁迅：《我怎么做起小说来？》，《创作的经验》，鲁迅、郑伯奇等，天马书店 1933 年版，第 5 页。
② 鲁迅：《我怎么做起小说来？》，《创作的经验》，鲁迅、郑伯奇等，天马书店 1933 年版，第 5 页。
③ 胡风：《现实主义底—"修正"》，《文学》第 6 卷第 2 号，1936 年 2 月 1 日。
④ 周扬：《周扬文集·现实主义试论》第 1 卷，人民文学出版社 1984 年版，第 160 页。

从艺术角度来思考人物形象的塑造，成为小说理论不得不面对的问题。"典型化"是人物形象塑造的主要艺术方法。如何实现典型化，也因此成为小说理论关注较多的方面。具体而言，实现典型化的途径有两种：一种是概括、集中的方法；另一种是历史分析的方法。

关于概括、集中的方法，邵荃麟的论述非常富有代表性。他说："当作家从现实生活中观察体验、分析、研究了各种各样英雄人物，进入到创作的过程的时候，他一定要经过概括和集中。他突出其人物的某些方面，而舍弃其另一些方面。他所突出的东西，一定是属于最充分最尖锐地足以表现人物的社会本质的东西；他所舍弃的，一定是属于非本质的，和主题无关的不必要的东西。而在同时，作者一定是注入了他自己对于其人物的热爱和理想，即是日丹诺夫同志说的'通过他的人物不仅表现今天，而且展望到明天，不是烦琐地、死板地，不是简单地描写"客观的现实"，而是要从革命的发展中去描写。'并且作者一定要赋予他人物以鲜明的、特定的个性。这才叫作'创造'。这样的描写，不仅不会减弱人物的真实性，恰恰是增强了人物的真实性。只有这样的描写，才能使作品的英雄人物比实际的英雄更高，更强烈，更有集中性，更理想，更典型，因而也就有更大的教育意义和作用。因此在创造英雄人物的时候，有意识地舍弃实际英雄人物身上某一些非本质的缺点，是完全允许和必要的。那种以为不写缺点就会失去英雄人物的真实性的看法，固然是完全错误的，而那种以为实际的英雄人物有多少优点多少缺点就必须无选择地照样描写，也不是正确的。"①

除了在现实生活中人物的基础上概括、集中英雄人物所具有的素质、品质外，还可以在现实基础上提升英雄人物的素质、品质。这种方法主要适用于创造那些在英雄人物身上体现的属于未来、理想的英雄人物素质。严家炎在评论《创业史》中梁生宝这一形象时，较为集中地论述了这一方法。他说："创造新英雄人物形象要不要在现实基础上加以提高？对这个问题，我

---

① 邵荃麟：《沿着社会主义现实主义的方向前进》，《人民文学》1953 年第 11 期。

以为必须给予完全肯定的回答。社会主义文学的使命和两结合的艺术方法，都要求我们塑造的新英雄人物能够强烈地体现无产阶级和革命人民大无畏的彻底革命的时代精神，给读者以共产主义思想教育和巨大鼓舞，这就不仅需要对生活素材作概括、集中、提炼，而且需要循着现实生活和人物性格的逻辑去提高，充分显示出人物的理想主义光彩。这完全不是什么'拔高'。……仅仅凭借生活中已经看到的而排除可能出现、可能看到的，必然会大大限制作家的艺术视野，捆住作家艺术想象的翅膀，影响作品更充分地反映今天高昂的时代精神，这对艺术创作来说无论如何是很大的缺陷。只是根据已有的事物来概括、集中、提炼，一般的现实主义者也能做到。两结合之所以为两结合，之所以高出历史上一切艺术方法，就在于它以新世界观为基础所要求的典型化过程不仅有对生活素材的概括、集中、提炼，而且有提高和赋予理想色彩，就在于它不仅有革命现实主义，而且有革命浪漫主义。梁生宝之所以为梁生宝，之所以比同类题材作品中的革命农民形象获得很大的进展，照我想来，也在于作家不仅以敏锐的眼光发现和概括了当时还只是处于萌芽状态的新事物（就是说他观察、研究了王家斌这样的先进人物），概括集中了其他各地农业合作化运动中许多先进人物和事迹，而且还用时代理想照耀了自己的人物，加以提高，从而使形象更有光彩，具有了比较深广的内容。"①

但是，我们也看到许多小说在塑造英雄人物形象时，为突出英雄人物超出一般人物的品质，常常以抽象的理念代替人物形象的丰富性，从而形成了理念大于人物形象的弊病。那么，到底应该如何塑造出既具有突出、鲜明的品质，又血肉丰满的英雄人物形象？严家炎提出了一个十分重要的原则：

> 新英雄人物的塑造可以提高和需要提高，这自然并不是说提高可以无规律地随意进行。主观任意、随心所欲的"提高"，是会破坏艺术的规律，招致创作的失败的。包括梁生宝形象在内的许多新

---

① 严家炎：《梁生宝形象和新英雄人物创造问题》，《文学评论》1964 年第 4 期。

英雄人物塑造的成功方面的经验都证明了：提高，而又不脱离基础，这是不容忽视的规律。……①

所谓"不脱离基础"又该怎样理解呢？笔者认为，这里包含着两层意思：第一，人物形象的提高不违反生活的可能性，也就是要像鲁迅所说的那样：作品描写的"不必是曾形成的实事，但必须是会有的实情"②。不过，仅满足这一点还不够。第二，提高必须在广泛概括生活原型及其同类人的基础上，严格遵循人物思想性格的逻辑，不但要符合人物气质、个性，而且要成为性格发展的一种必然要求，达到"非如此不可"的地步。③

无论是概括、集中还是"不脱离基础"地拔高，都是从方法论层面来看待如何塑造英雄人物形象的。

历史化是典型化的第二种方法。对历史哲学的归依与遵从，是英雄人物形象塑造的深层次的机制性力量。尊崇历史观念的理念认为，现实中的人物性格的形成与发展是历史的产物，现实层面只是历史这一深层次力量的表征。人物的行动依从历史运动、历史逻辑。人物的最高价值表现为对历史理念的体现。因此，历史、历史观念、历史逻辑的揭示，是英雄人物塑造的最高、最根本的依据。姚文元在评论梁生宝这一人物形象时认为，文学史上的优秀人物形象都是现实社会的历史逻辑、历史观念的表达，无论是阿Q还是朱老钟、梁生宝，他们之所以是文学史上优秀的典型人物形象，是因为这些人物形象都是一定历史时期的历史理念的代表。因此，姚文元认为不能脱离历史谈人物形象的塑造问题。④

历史分析是姚文元从艺术角度上提出来塑造英雄人物的重要方法。他认为："文学作品中塑造人物的性格不是浓缩在特定的一瞬间，而是展开为一

---

① 严家炎：《梁生宝形象和新英雄人物创造问题》，《文学评论》1964年第4期。
② 鲁迅：《什么是"讽刺"？——答文学社问》，《杂文》第3号，1935年9月20日。
③ 严家炎：《梁生宝形象和新英雄人物创造问题》，《文学评论》1964年第4期。
④ 姚文元：《从阿Q到梁生宝——从文学作品中的人物看中国农民的历史道路》，《上海文学》1961年第1期。

个连续的过程，人物不是静止不变，而是从一出场就在行动着，只有在生活的发展中，才能够写出人物的性格。……优秀的小说中所塑造的典型人物，不管是表现他的生活的全部历史或某一个片段，都是通过生动的富有特色的性格，概括了一定历史时期内一定阶级、阶层的精神面貌和生活特点的。因此我们就可以从分析人物性格的历史中，分析时代，分析环境，用马克思主义的观点，指出作品的教育意义或者有何局限性。"① 姚文元抓住了人物性格是发展的基本特性，提出了要从历史发展的角度对人物形象展开历史分析，从而提升人物形象的典型化程度。

与姚文元观点相似的是李希凡。李希凡认为，人物的性格不仅是现实的，更多地是历史的。人物性格的历史性是人物的根本特质。它在现实中，不一定表现出来，而是深藏在现实的底下。小说家在塑造人物性格时，必须摆脱现实对人物性格的遮蔽，从历史的角度把握人物性格的真实性。李希凡认为王蒙笔下的刘世吾这一形象是失败的，因为作者在塑造人物形象时，没有把握住人物形象的历史性，让现实的表象蒙蔽了眼睛。他说："一个人物的性格，是在现实的和历史的交互错综的关系里形成的，因而，它在不同的环境里，也会有不同的表态。这可以从现实关系里给它找出原因来，而更重要的是只有从它的历史形成的素质里，才能找到恰当的解释。以刘世吾来看，他有过革命斗争的历史，受过严酷的革命考验，在一般的情景下，他在蓬勃前进的社会主义建设工作中，应该更能燃烧起革命的激情，和党与祖国一起前进，可是恰恰在他半生精力以赴的理想得到实现的环境里，他的激情消失了，他的精神衰颓了，而且滋长着对于生活的可怕的冷漠。我却以为，这并不能说明这个性格的真正的形成原因——为什么刘世吾是这样而不是那样？为什么刘世吾的性格这样发展了而没有那样发展？现实生活的落后面，固然可以给他一定影响，但是生活的主流也同样可以给他更大的冲击，因

---

① 姚文元：《从阿 Q 到梁生宝——从文学作品中的人物看中国农民的历史道路》，《上海文学》1961 年第 1 期。

此，从现实生活中解释这种性格，必须密切联系形成这种性格的历史的因子——深入探索刘世吾性格的个人品质、阶级品质和浮沉在生活里的自我改造的各种因素，通过艺术形象的具体描写，才能使这个性格生根在现实环境里，赋予他以真实的生命。可是，王蒙并没有为他的人物找到这把钥匙，却醉心于夸大现实生活阴暗面的描写，以致形成了对于客观现实的歪曲。"①

对于现实主义小说理论而言，典型化是塑造人物形象的必由之路，这是小说之所以为艺术的重要标志。1949—1976 年小说理论在典型化的探讨上，取得了一定的成就，这一点应该给予实事求是的肯定。

通过梳理 30 余年小说人物理论的讨论，我们可以了解这一阶段小说人物理论的大致轮廓。这一时期小说理论延续了现代"正格小说"观念，关注"人"，但是，这个"人"已不是独立的生命个体，而是在社会结构中发挥着功能的"人"。"人"所体现的不是现实生活中的人的生命情感体验，也不是现实中人的生活的反映。从一定意义上讲，这一时期小说理论中的人物理论，远远超出了现实主义的理论视阈，而在此基础上追求着更深一层的意义。首先，我们可以知道的是，小说理论中的人物理论，已经悄然越出了现实主义的樊篱，已经不能以教育意义与功能来规范了。它实质上提出了一个新的理论命题：人物象征功能论。人物形象本身已经不是简单的心理性人物形象（心理性人物形象是现实主义人物理论的核心），对于人物的阶级身份、功能的强调，小说人物首先被抽空生活的渊源性，成为一个符码，它成为离现实的象征物。这是此阶段小说理论的重要特征。

第五节 民族形式的探求

其实，现实主义小说理论也关注小说形式。陈君冶认为第一人称也能作为现实主义小说的写法，他说："作品的真实性，是要归于作者对于现实的

---

① 李希凡：《评〈组织部新来的青年人〉》，《文汇报》1957 年 2 月 9 日。

认识和表现的手段所达到的程度的高下的问题，与第一人称写法无关，因为第三人称写法并不能禁止作品内容绝非虚构的和理想的倾向。"① 而穆木天则认为，"第一人称是个人主义的抒情主义的形式，现在的写实所需要写的是民族解放斗争中的工农大众的情绪"②，第一人称之所以不能用来写写实小说，是因为"用第一人称写没受过高深教育的工农大众，无论作者的认识是如何地正确，总不容易把他们的性格如实地表现出来"。③

这场关于第一人称叙事与写实小说的真实性之间关系的论争，虽然只是在陈君冶和穆木天之间展开，但是它却透露了形式对于写实小说的重要性。写实小说如何表现民众社会生活并让民众所接受，成为小说理论的一个重要课题，也一直困扰着小说理论家们。

从叙述人称角度切入对现实主义小说理论形式的探讨，符合中国小说的历史情景。中国现代小说是在外来文学的影响下发展起来的，尤其是中国现代小说的语言和样式，深受外来小说的影响。寻找适合中国读者能接受的"中国作风和中国气派"的艺术形式，是中国文学的一项重要任务。《在延安文艺座谈会上的讲话》一文中，毛泽东把"为群众"和"如何为群众"的问题，看作文艺的核心和基本问题。实际上，中华人民共和国成立后小说理论的形式问题也体现了为群众服务的宗旨。"艺术形式的问题，决不仅仅是个狭义的艺术方法问题。社会主义的革命文学，作为为工农兵及其伟大事业服务的强有力武器，既要求有鲜明深刻的内容，又总是力求做到群众化，力求明快清楚，力求创造为千百万群众喜闻乐见的艺术形式。从某种意义上来说，艺术形式的群众化，是区别革命的文学艺术与过去一切文学艺术的质的问题；是文学艺术能否积极地为社会主义基础服务、能否为工农兵服务，能否与工农兵相结合的问题；也是一个作家的思想感情、艺术观、审美观的倾向问题。因而能否彻底解决这个问题，是能否使得革命文学真正深入到群众中去，能否充分地发挥文学

---

① 陈君冶：《谈第一人称写法与写实小说》，《申报·自由谈》1934年1月7日。
② 穆木天：《再谈写实的小说与第一人称写法》，《申报·自由谈》1934年1月10日。
③ 穆木天：《再谈写实的小说与第一人称写法》，《申报·自由谈》1934年1月10日。

的巨大社会作用的关键问题之一。"① 可见，小说形式的理论问题，在一定程度上转化为如何让小说成为群众喜闻乐见的艺术。

1949—1976 年小说理论关于小说形式的思考除了满足民族形式的规范外，还要体现出大众化的特点。这种兼顾民族形式与大众化的小说形式理论，大概有三种类型。第一种是故事化的小说形式；第二种是新评书的小说体式（这两种小说形式理论本土化色彩更浓厚，更贴近老百姓的欣赏口味）；第三种是适当吸收外来小说滋养，介于中外小说形式之间的理论构想。这三种小说形式理论充分反映了 1949—1976 年小说理论在民族化与大众化上的努力。

一、"故事化" 小说的诉求

从中国古代小说理论中寻找满足大众化需要的理论资源，是 1949—1976 年小说理论的"习惯"。中国古代小说的特点是什么呢？"中国旧小说最大的特点，是在故事叙述上，力求其源源本本，条理分明，而于转折处，交代得特别清楚，重要关键，更不厌其烦详尽周密。这些也许有时使人感到累赘多余，不如西洋小说之着重剪裁，求其明快经济。"② 中国传统小说注重故事性，孙楷第认为：

> 中国短篇白话小说艺术上的特点，据我所了解的有三点：
>
> 一、故事的；
>
> 二、说白兼念诵的；
>
> 三、宣讲的。
>
> 故事是内容，说白兼念诵是形式，宣讲是语言工具。③

---

① 陈言：《漫谈林斤澜的创作及有关评论》，《文艺报》1964 年第 3 期。
② 迪吉：《中国旧小说的创作方法》，《小说（香港）》第 1 卷第 4 期，1948 年 10 月 1 日。
③ 孙楷第：《中国短篇白话小说的发展与艺术上的特点》，《文艺报》1953 年第 3 期。

　　孙楷第认为，明朝的小说之所以发达，是因为小说家充分发挥了"以笔代口"的功能，写出了群众喜欢的小说。他说："一个以笔代口对群众负责的小说作家，尽管他在自己屋里伏案写作，而这时的精神，他不能承认自己是作家，须承认自己是说话人。他在屋中写作，正如在热闹场中设座，群众正在座下对着他听一样。因此，笔下写出来的语言，须句句对群众负责，须时时照顾群众，为群众着想。这样作出来的小说，才不为群众所遗弃，才受群众欢迎。"① "以笔代口"是群众喜欢小说的重要原因，同时，"以笔代口"也是小说具有鲜明故事性的成因。

　　而在实际生活中，1949—1976年绝大多数人民群众所喜欢的小说形式就是故事。《文艺报》收到的读者来信，透露出人们不喜欢看宣传品之类的作品。很多来信认为"这些书单调、粗糙""老是开会，自我批评，谈话，反省"。即使是工农兵也不喜欢看这些书，"天天工农兵，使人头疼""这些书太紧张了，他们乐意看点轻松的书"。而他们所谓的"轻松点的书"是指作家"能按照过去巴金、冯玉奇、张恨水的办法，来写些革命的浪漫故事"。②

　　故事是中国老百姓所喜闻乐见的艺术形式，因此，强调故事顺理成章地成为"十七年"小说理论的自觉追求："重视故事情节的问题就有着更为重要的意义，它关系到文艺如何更好地为广大农民群众服务的问题，也关系到继承传统和贯彻艺术上的群众路线的问题。"③ 赵树理的小说观念，并非是一孔之见。陈涌也认为故事性属于"人民文艺"的重要特征："生动丰富的行动性和故事性，过去有些从事新文艺创作的人并不重视这点，但这是我们今天创作人民文艺所应该重视的。如果不是凭空捏造荒唐怪诞的行动和故事，而是以现实生活中从群众斗争中抽取出来的行动和故事，为什么不应该重视，不应该充分地在我们的作品里表现？群众是历史的主人，他们用自己

----

① 孙楷第：《中国短篇白话小说的发展与艺术上的特点》，《文艺报》1953年第3期。
② 丁玲：《跨到新的时代来——谈知识分子的旧兴趣与工农兵文艺》，《文艺报》1950年第11期。
③ 包维岳：《故事情节对叙事文学的意义》，《长江文艺》1963年第11期。

的实践创造生活，他们也要求艺术作品以丰富的行动来反映他们创造过程，他们对于那些枯燥无味的公式主义所以不感兴趣，便是因为公式主义破坏了现实生活的丰富内容，把活泼的现实生活变成了僵死的公式、教条。"①

其实，"十七年"时期小说在追求"人民性"的道路上靠近故事，也有现实的、政治性的考量，满足了当时政治诉求的需要。《文汇报》社论指出：

> 怎样认识小说和故事的关系。要研究这个问题，是从什么是小说的定义、什么是故事的定义出发呢，还是从当前的实际生活出发？看来还是后者。那么，当前的实际是什么？实际就是：农村中正在大兴讲革命故事之风，在不少地方，听革命故事已成为农民的文化生活中不可缺少的内容，革命文艺作品在农村出现了一个空前的大普及的局面。农村的读者、故事员便对作家提出了新的要求，要求他们所创作的文学作品，从内容到形式，都更要具有中国气派，为中国的老百姓所喜闻乐见。说具体一点，就是要他们提供更多的讲故事的材料；创作出来的作品，不仅要能看，还要能当故事讲。同时，一支数量不小的故事员队伍也正在创作出许多新故事。既然现在我们文艺作品的读者对象中农民读者在大量增加，他们对文学作品提出了要能"当故事说"的要求。看来这个形式问题能不能得到解决，在很大程度上影响了文学作品在农村中的流传，影响到革命的、社会主义内容的作品能不能更好地起作用。所以，心目中有了五亿农民，写作时能处处从怎样使他们听得懂、看得懂出发，对小说和故事两者关系，也就更清楚了。②

如此看来，故事和小说的关系已经缺乏学理性的意义。现实的实际要求是要为老百姓提供故事，小说要写出 5 亿人民群众能听得懂的故事，这是

---

① 陈涌：《孔厥创作的道路》，《人民文学》1949 年第 1 期。
② 《文汇报》社论：《读〈卖烟叶〉有感——再论大力提倡讲革命故事》，《文汇报》1964 年 2 月 11 日。

1949—1976 年小说理论的重要诉求。这个要求成为"十七年"小说理论偏重故事性的现实选择。

二、"新评书体" 的追求

短篇小说追求故事体式。那么，长篇小说的文体特征是什么呢？中国读者对长篇小说的阅读习惯是什么样的呢？曲波曾比较分析过中外长篇小说："在写作的时候，我曾力求在结构上、语言上、故事的组织上、人物的表现手法上、情与景的结合上都能接近于民族风格。我这样作，从目的性来讲，是为了要使更多的工农兵群众爱看小分队的事迹。我读过《钢铁是怎样炼成的》《日日夜夜》《恐惧与无畏》《远离莫斯科的地方》，我非常喜爱这些文学名著，深受其高尚的共产主义品质道德及革命英雄主义的教育，它们使我陶醉在伟大的英雄气魄里，但叫我讲给别人听，我只能讲个大概，讲个精神，或是只能意会而不能言传。可是叫我讲《三国》《水浒》《说岳传》，我可以像说评词一样地讲出来，甚至最好的章节我可以背诵！在民间一些不识字的群众也能口传；看起来工农兵还是习惯于这种民族风格的。"[1]《钢铁是怎样炼成的》《日日夜夜》《恐惧与无畏》《远离莫斯科的地方》等小说的形式属于西方小说形式系统，思想内容和其时正倡导的共产主义道德、革命英雄主义精神是一致的。即便如此，中国读者在阅读上还是很不习惯，相反，更习惯阅读《三国》《水浒》《说岳传》这样的长篇小说。其原因在哪里呢？当然是因为《三国》《水浒》《说岳传》这样的作品符合中国民族形式上的要求。《三国》《水浒》《说岳传》属于章回小说，也是评书。

1942 年国民杂志社曾组织了一场关于小说内容和形式的讨论，许多作家参与了讨论。中国传统的小说形式——章回小说，被一致认为是最能让中国民众接受的小说形式。[2] 可见，致力于民族形式尤其是大众化方面，章回小

---

① 曲波：《关于〈林海雪原〉》，《北京日报》1957 年 11 月 9 日。
② 国民杂志社：《小说的内容形式问题》，《国民杂志》第 10 期，1942 年 10 月 1 日。

说最符合中国实际。1949 年后相当长的一段时间内，评书也被认为符合中国老百姓关于长篇小说的审美趣味，"在农村，有几位热心阅读长篇小说的读者告诉我，看了中国古典小说能记住故事，人物的脾气秉性也能有板有眼地说出来，可是看了外国小说和我们当代的许多小说后记不住，不能讲给别人听。他们甚至埋怨道：后一类小说，往往读了几十页，还没抓住人。……当代小说有很多又不适合他们的口味……我请他们再具体地说说。他们就告诉我，《死魂灵》《子夜》《山乡巨变》《百炼成钢》《日日夜夜》都看过，都是很好的书，从那些书里得到了教育，也被它们感动了。可是如果说起阅读的兴趣，拿起来就放不下手的那种劲头，就不如《水浒》《三里湾》《林海雪原》了。后两部，他们不但读，而且讲给别人听……说的人眉飞色舞，听的人兴致勃勃。所以他们更希望作家们多用后几部小说的形式和方法来写书。——这样一说，我就听懂了，他们提出来的是小说的民族形式问题"①。大众对西方小说，包括受西方小说观念影响较大的《子夜》等长篇小说阅读兴趣不高。即使是在思想上和当时中国比较接近的苏联小说，也不会得到广泛的认同；相反，对《水浒》《林海雪原》等符合中国读者审美趣味的长篇小说，大众则喜爱有加。而《水浒》《林海雪原》都属于评书类的长篇小说，《水浒》属于古代评书的代表作，《林海雪原》被看作"继承了旧评书传统形式和方法"而创作出来的当代"新评书体小说"②。

为何读者更接受评书体长篇小说呢？赵树理认为，评书和故事、小说本身就是一体的。他说："我觉得'故事''评书''小说'三者之间没有严格的界限。例如，用评书形式写成的《水浒传》，一向被称为'小说'；读了《水浒传》的人向没有读过的人叙述起这书的内容来，就又变成了'说故事'。我写的东西，一向虽被列在小说里，但我在写的时候却有个想叫农村读者当故事说的意图，现在既然出现了'说故事'这种文娱活动形式，就应

---

① 依而：《小说的民族形式、评书和〈烈火金钢〉》，《人民文学》1958 年第 12 期。
② 依而：《小说的民族形式、评书和〈烈火金钢〉》，《人民文学》1958 年第 12 期。

该更向这方面努力了。"①

　　哪些长篇小说符合"新评书体小说"的要求呢？又有哪些作家开始了新章回体小说创作呢？依而认为："我们已经有了一些作家在这方面做了有成效的努力。赵树理同志就不要说了，在劳动人民，特别在农村中间，他的读者可以说是最多的。还有若干部作品，像《吕梁英雄传》《林海雪原》《铁道游击队》《新儿女英雄传》等，虽然都有缺陷和不足，可是都走得很远，读者面很广。现在又有几位作家为了长篇小说能在口头上流传而尝试写评书了，又是赵树理同志，完成了《灵泉洞》第一部，开始在《曲艺》上连载（《人民文学》11 月号上转载了其中一些章节），我读了已经发表了的部分，确实很吸引人。刘流同志写了《烈火金钢》，中国青年出版社出版，是章回体。据说，作者自己和说评书的艺人曾在农村和曲艺厅讲说过，听的人很多，现场效果很不错。"②

　　"新评书体小说"对于读者来说如此有吸引力，它到底有何特征呢？第一，在叙述与描写的关系处理上有独到之处。虽然小说都要讲故事，但是中外小说在处理叙事和描写上还是有差别的。赵树理认为："我们通常所见的小说，是把叙述故事融化在描写情景中的，而中国评书式的小说则是把描写情景融化在叙述故事中。"③ 这是中国评书式小说的独特之处。赵树理认为："因为按农村人们听书的习惯，一开始便想知道什么人在做什么事。要用那种办法写，他们要读到一两页以后才能接触到他们的要求，而在读这一两页的时候，往往就没有耐心读下去。他们也爱听描写，不过最好是把描写放在展开故事以后的叙述中——写风景往往要从故事中人物眼中看出，描写一个人物的细部往往要从另外一些人物的眼中看出。"④ 赵树理要求，即使是篇幅较大的风景描写，也要从人物的眼中来表现。不仅仅是赵树理，其他批评

①　赵树理：《〈卖烟叶〉的"开场白"》，《人民文学》1964 年第 1 期。
②　依而：《小说的民族形式、评书和〈烈火金钢〉》，《人民文学》1958 年第 12 期。
③　赵树理：《〈三里湾〉写作前后》，《文艺报》1955 年第 19 期。
④　赵树理：《〈三里湾〉写作前后》，《文艺报》1955 年第 19 期。

家也提出过类似的要求。茅盾也认为，要从小说中人物的眼睛、人物的感受出发来描写环境。他说："人物不得不在一定的环境中活动，因此，作品中就必须写到环境。作品中的环境描写，不论是社会环境或自然环境，都不是可有可无的装饰品，而是密切地联系着人物的思想和行动。作家常常要从各方面来考虑，在怎样的场合应该有怎样的环境描写。不适当的环境描写会破坏作品的完整性，至少也要破坏作品的气氛。一段风景描写，不论写得如何动人，如果作家站在他自己的角度来欣赏，而不是通过人物的眼睛、从人物当时的思想情绪，写出人物对于风景的感受，那就会变成没有意义的点缀。"① 黄秋耘这样来评价周立波在《山乡巨变》中篇幅较大的风景描写的处理方式："作者并不经常作大段大段的景物描写，他比较喜欢把对自然景物的描写融化在故事情节中，借此烘托出生活环境的氛围。"② "十七年"小说理论要求从人物眼睛里去写风景。这样的处理方式，实质上是把风景的描写融化在叙述之中。新评书体小说关于描写要融化在叙述之中的理论要求，其实体现了"十七年"小说理论处理叙述与描写关系的规范。

第二，叙述有连贯性和完整性。这是评书体长篇小说的重要艺术特征。赵树理非常重视行文的连贯和上下文的衔接。他强调小说在新起一章时，不要和上一章完全没有关系，要有必要的衔接和交代。他说："这样的交代也多费不了几个字，为什么不可以交代一句呢？按我们自己的习惯，总以为事先那样交代没有艺术性，不过即使牺牲一点艺术性，我觉得比让农村读者去猜谜好，况且也牺牲不了多少艺术性。在每一章与另外一章衔接的地方也有这样性质的问题。我们通常读的小说，下一章的开头，总可以不管上一章提过没有，重新开辟一个场面，只要等把全书读完，其印象是完整的就行。而农村读者的习惯则是要求故事连贯到底，中间不要跳得接不上气。我在布局上虽然也爱用大家通常惯用的办法，但是为了照顾农村读者，总想设法在这

---

① 茅盾：《关于艺术的技巧》，《文艺学习》1956年第4期。
② 黄秋耘：《〈山乡巨变〉琐谈》，《文艺报》1961年第2期。

种方法上再加上点衔接。"① 注重衔接与连贯性是中国评书体长篇小说的重要艺术特征。中国小说在叙述上注重"有话则长，无话则短"，而不是像西方小说那样"无话则无"，小说的跳跃性比较大，叙述也缺乏必要的连贯性。对此，依而认为："有头有尾、有始有终，分章节、成段落。不要半截腰开始和戛然而止。不一定有回目，而是希望采用这种结构方法，让人物有来龙去脉，故事有源头和归宿。"② 有头有尾，来龙去脉清晰明了，是评书体小说最明显的标志。

　　除了连贯性，故事的完整性也是评书体小说的一个重要特征。"所谓故事完整，首先是指有头有尾而言。当然对故事的有头有尾，也有不同的理解。比如，有人以为有头有尾就是从人物的出生年月日写起，末了拖一条长长的尾巴，作一番说明交代。……这是一种误解。有头有尾，并不是一上来就慢条斯理地介绍人物、环境、时代背景，循序渐进，也不是还要带水拖泥，把什么都一股脑儿地端出来说明交代；而是要求把人物和故事的来龙去脉写清楚。……故事的完整性，还应包括形象是否一贯到底，前后是否统一等方面。"③

　　第三，善于使用"扣子"。所谓"扣子"就是评书体小说在关键之处用停下来的办法，吸引观众继续听下去的一种艺术手段，即是"用保留故事中的种种关节来吸引读者"。在评书体小说中，"扣子"成为吸引听众的重要方法。赵树理继承了"扣子"这一艺术手段来作为小说创作的审美手段，他说："评书的作者和艺人，常用说到紧要关头停下来的办法来挽留他们的听众（如说到一个要自杀的人用衣衫遮了面望着大江一跳的时候便停下来之类），叫作'扣子'，是根据说书人以听故事为主要目的的心理生出来的办法。这种办法不一定用在每章章末，而有许多是用在中间甚而用在开始

①　赵树理：《〈三里湾〉写作前后》，《文艺报》1955 年第 19 期。
②　依而：《小说的民族形式、评书和〈烈火金钢〉》，《人民文学》1958 年第 12 期。
③　赵树理：《〈三里湾〉写作前后》，《文艺报》1955 年第 19 期。

的。……这种办法的作用很大，但有个毛病是容易破坏章节的完整。我在不破坏章节完整的条件下也往往利用这种办法，不过不一定在章末。"① 依而高度评价《烈火金钢》使用"扣子"的技术。他说："作者还有另外一个本领，这就是在前一大段子结束之前，就给后一大段故事紧紧挽上一个'扣子'，使听众欲罢不能，而且，前一大段与后一大段故事之间的关系成为一个波浪逐一个波浪，在此起彼伏的故事发展当中，就把那一时期的历史面貌和发展在听众的脑子里面铺开了。"② 依而对《烈火金钢》在运用"扣子"上取得的良好效果赞不绝口："每一个大段子都把听众的注意力扣得很紧是不那么容易的。《烈火金钢》所以做得好，一则，人物行动的戏剧性很强；二则，这戏剧性都是斗争生活尖锐的冲突（英雄说部恐怕是非如此不可）。无论是楞秋锄奸、肖飞献智、史更新突围，让听众听起来都是精神紧张而又津津有味。特别是史更新突围等故事，使听众全神贯注在每一个细节上，不容你喘一口气。"③ 由此可见，在评书体小说中，"扣子"的艺术价值有多么大。

第四，着力在人物的行动中刻画人物性格。"着力在用行动来描写人物——要求强烈的行动和人物冲突的戏剧性。即使有大段的心理描写，也不要突如其来地和故意地出现，而希望把心理描写当作人物行动的说明或补充。侧面的烘托人物是需要的，但不要完全代替了正面的对人物强烈的行动的描写。"④ 在人物的行动中刻画人物形象，是中国古典小说的重要传统，但是，现代小说并不重视这一点，而把笔墨集中在场面描绘、心理描写上。因此，有论者认为："生动丰富的行动性和故事性，过去有些从事新文艺创作的人并不重视这点，但这是我们今天创作人民文艺所应该重视的。"⑤ 周

① 赵树理：《〈三里湾〉写作前后》，《文艺报》1955 年第 19 期。
② 依而：《小说的民族形式、评书和〈烈火金钢〉》，《人民文学》1958 年第 12 期。
③ 依而：《小说的民族形式、评书和〈烈火金钢〉》，《人民文学》1958 年第 12 期。
④ 依而：《小说的民族形式、评书和〈烈火金钢〉》，《人民文学》1958 年第 12 期。
⑤ 陈涌：《孔厥创作的道路》，《人民文学》1949 年第 1 期。

立波也认为：“人物要富于行动，尽量避免有关心理的静止的叙述；心理当写，但要使它在人物自身的行动之中透露出来。”① 古代小说重视用行动来刻画人物形象，在特定的历史时期获得了崭新的内容。例如，周扬认为：“现在我们的作家比较注意描写人物性格和内心生活了。可是为什么在作品中创造得很成功的形象还是很少呢？重要原因之一也在于作者常常离开斗争和行动，孤立地静止地去刻画‘性格’，或者单纯地把人物外表的生理特征当作人物性格特征来描绘，或者硬加一些对于表现人物性格并没有多少帮助的所谓‘私生活’的描写。人物的性格是只有在行动中，在矛盾和斗争中，在劳动、社会生活和个人生活的密切结合中，才能充分显示出来。”② 从行动中刻画人物形象符合群众的审美需要。另外，如周扬所说，心理活动描写得不到群众的支持。因为，“群众对于那种沉溺于孤独的所谓‘内心生活’是完全脱离实际的，和群众的创造实践无关的”③。

第五，叙述与评议相结合。传统小说的一大特征是叙述和评议相结合，现代小说的一大特征则是叙述和描写相结合。故此，传统小说、评书讲述者常常“跳出来”发表议论，介绍相关情况。现代小说的叙述者则不轻易出来发表意见、介绍情景。是否有充分的评议和评述，也成为传统小说和现代小说的分野。评书体小说“到了节骨眼上，环境和人物关系比较复杂的时候，一件突然事变来了，读者的脑子跟不上、转不弯来的时候，只用描写叙述还不够劲的时候，要求作者从作品里站出来，向读者做交代，做鼓动性的发言”④。评书倾向于让讲述者出面对人、事发表看法，或者交代相关背景知识，显然是因为听众的知识有限。在肯定《烈火金钢》的成功时，依而谈到“夹叙夹议的方法作者也运用得好”，对于小说中运用“夹叙夹议”的方法，

---

① 周立波：《关于民族化与群众化》，《人民文学》1960 年第 11 期。
② 周扬：《建设社会主义文学的任务——中国作家协会第二次理事会会议（扩大）上的报告》，《文艺报》1956 年第 5、6 期。
③ 陈涌：《孔厥创作的道路》，《人民文学》1949 年第 1 期。
④ 依而：《小说的民族形式、评书和〈烈火金钢〉》，《人民文学》1958 年第 12 期。

依而做了详细的介绍："为了把时代背景、具体环境、斗争的目的和作用向观众交代清楚，并且从而教育观众，给故事点题，作者就出来解说斗争形势、党的政策、军事斗争的战术，等等。不但丰富了听众的历史知识、生活知识，提高了听众的认识，而且帮助听众更了解人物、对人物有了更深刻的印象。对于有些人物之间的复杂关系和复杂的心理活动。作者也出来做说明，而不完全采用侧面烘托、暗示的方法或是对心理活动的长篇累牍的描写。这样，人物的行动不中断，故事更紧凑，听众的注意力也不会涣散。作者出面解说、阐明以至向听众做鼓动、进行教育，使讲说者和听者之间的思想感情得到交流，这是中国古典小说中国习用的方法。"[①] 其他如赵树理所言叙述"粗细结合"，语言通俗易懂，也是评书体小说的重要特征，在此不再赘述。

三、"正格" 小说体

无论是故事体的小说还是评书体的小说，基本上以"事"为中心，看重的是所叙之"事"的完整性、接受的有效性和意义的鲜明性。这不是现代小说的典型规范和要求，而是为了迁就大众的接受能力而推行的小说体式。其理论资源来源于中国古代白话小说理论与创作实践。其实中国古代有两类小说系统，一种是白话小说，另一种是文言小说。由于老百姓接受能力有限，文言小说尚未能进入一般老百姓的视野。事实上，中国现代小说也有两大小说系统，一类是受外国小说的影响而创作的小说，另一类是通俗小说。进入老百姓视野的显然是通俗小说。中华人民共和国成立后，确立了为工农兵服务的文艺方向，小说创作也自觉地将目光投向普通老百姓。对于文学传统的接受，也自然是以老百姓的接受能力为基本标准。赵树理说："我写的东西，大部分是想写给农村中识字的人读，并且想通过他们介绍给不识字人听的，所以在写法上对传统的那一套照顾得多一些。但是照顾传统的目的仍是使我

---

① 依而：《小说的民族形式、评书和〈烈火金钢〉》，《人民文学》1958 年第 12 期。

所希望的读者层乐于读我写的东西。"① 因此，对中国古代文学传统的理解、接受，更多地是以便于老百姓接受为标准。这是 1949—1976 年小说理论在确定民族形式时倾向于大众化的根本原因。

　　但是，认为故事体、章回体是中国古代小说传统的观点，也不一定是完全无争议。原因还在于，中国古代小说有文言小说和白话小说两大系统，只是拘囿于广大老百姓易于接受的原因，文学形式才偏向大众化，但是不能因此就把民族形式等同于大众化，等同于故事体、评书体。对此，茅盾有独到的看法。他否认了故事体、章回体是中国古代小说传统的观点。他认为："我们可以承认，章回体、笔记体、故事顺序，等等，都是我国小说长期发展过程中所创造的一些形式，而且是老百姓所喜闻乐见的；但是，我们也不能不说，这些形式在民族形式中只居于技术性的地位，而技术性的东西则是带有普遍性的，并不能作为民族形式的唯一标志。例如，故事有首有尾、顺序展开，虽然是我国古典小说常用的方法，但也不是我国所独有；不按顺序、拦腰开头的想法，虽然从'五四'以后大为流行（当时的作家们受了点外来的影响也是事实），但宋人的话本《西山一窟鬼》，元、明间的话本《快嘴李翠莲记》，何尝不是拦腰开始的？《聊斋志异》的一大部分小说虽然是'某生者，某地人也……'开始，表面上像是顺序而有头有尾，但实质上只描写某生的一段遭遇，岂不也是拦腰开始？至于章回体，也许是我国所独有，然而如果持此一点以代表我国古典小说的民族形式，那未免把民族形式问题庸俗化了……如果一定要在我国古典小说的表现方法中找民族形式，我以为应当撇开章回体、笔记体、有头有尾、顺序展开的故事等可以称为体裁的技术性东西。"② 在茅盾看来，故事体、章回体都不是典型的中国民族形式。梁斌甚至认为，章回体有碍于民族形式的表达："如果仅仅是考虑用章回体写，不能用经过锤炼加工的民族语言，不能概括民族的和人民的生活风

----

① 赵树理：《〈三里湾〉写作前后》，《文艺报》1955 年第 19 期。

② 茅盾：《漫谈文学的民族形式》，《人民日报》1959 年 2 月 24 日。

习、精神面貌，结果还是成不了民族形式；反过来，只要概括了民族的和人民的生活风习、精神面貌，即使不用章回体，也仍然会成为民族形式的东西。"① 既然故事体、章回体不是中国古典小说的民族形式，那么，中国古典小说的民族形式到底是什么？该到哪里去寻找呢？茅盾认为，如果一定要在中国古典小说的表现方法中找民族形式，应当"在小说在小说的结构和人物形象的塑造这两方面去寻找"②。关于小说结构的民族形式方面的内涵，茅盾用 12 个字来概括："可分可合，疏密相间，似断实联。"③ 他以中国古代长篇小说为例，解释小说结构的民族形式方面的特点：

> 如果拿建筑来作比喻，一部长篇小说可以比作一座花园，花园内一处处的楼台庭院各自成为独立完整的小单位，各有它的布局，这好比长篇小说的各章（回），各有重点、有高峰，自成局面；各有重点的各章错综相间，形成了整个小说的波澜，也好比各个自成格局、个性不同的亭台、水榭、湖山石、花树等形成了整个花园的有雄伟也有幽雅，有辽阔也有曲折的局面。我以为我们的长篇小说就是依靠这种结构方法达到了下列目的：长到百万字却舒卷自如，大小故事纷纭杂综而安排得各得其所。④

除了结构上的民族形式之外，茅盾认为，中国古典小说的民族形式应该从人物的表现方式上去寻找："人物形象塑造的民族形式，我以为可以用下面一句话来概括：粗线条的勾勒和工笔的细描相结合。前者常用以刻画人物的性格，就是使得人物通过一连串的事故，从而表现人物的性格，而这一连串的事故通常都是用简洁有力的叙述笔调（粗线条的勾勒），很少用冗长细致的抒情笔调来表达。后者常用以描绘人物的声音笑貌，即通过对话和小动

---

① 梁斌：《漫谈〈红旗谱〉的创作》，《人民文学》1959 年第 6 期。
② 茅盾：《漫谈文学的民族形式》，《人民日报》1959 年 2 月 24 日。
③ 茅盾：《漫谈文学的民族形式》，《人民日报》1959 年 2 月 24 日。
④ 茅盾：《漫谈文学的民族形式》，《人民日报》1959 年 2 月 24 日。

作来渲染人物的风度。"① 值得注意的是，"结构方法和人物形象塑造的方法又是密切配合的"。② 换言之，结构方法也是为塑造人物形象服务的。茅盾的小说理论观念，把人物形象塑造当作中心，而不是像故事体、章回体小说以"事"为中心。茅盾提出了以人物塑造为中心的小说理论，这一观念从本质上有别于赵树理的小说观念，标志着 1949—1976 年小说在继承民族形式的基础上，已经迈入现代小说的行列。

茅盾的小说观念颇有同道者。周立波认为："中国的古典小说，如《水浒传》和《儒林外史》，都是着重人物的刻画，而不注意通篇结构的。"③ 周立波的《山乡巨变》"最令人击节赞赏的艺术特色，就是作者能够用寥寥几笔，就活灵活现地勾勒出一幅幅人物个性的速写画"④。善于"用寥寥几笔"描绘"人物个性的速写画"，这也就是茅盾所讲的粗线条勾勒。《山乡巨变》"擅长于写景状物，但并不是为写景而写景，为状物而状物"，而是"通过对生活环境和生活气氛的描绘，来表现出人物的命运和性格特征"。⑤《山乡巨变》通过写景状物的细描方式，来表现人物性格。与周立波不同，梁斌提倡用对话来表现人物的性格，践行了茅盾所说的用"细描"的方式来塑造人物性格的理念。梁斌认为，通过"人物的对话来写人物的性格，也是古典小说传统手法，从《水浒》《红楼梦》《三国演义》都可以明显地看出这一点"。梁斌的《红旗谱》"通过人物对话来刻画人物性格，有时是写对话的本人，有时通过两人的对话写另一个人的性格"。⑥

不过，在茅盾看来，结构的方法和刻画人物的表现方法终究还不是最根本的民族形式，最能体现民族形式的是民族语言："表现方法毕竟是艺术技巧，而艺术技巧是有普遍性的；因此，独立地来看表现方法还不能说这个一

---

① 茅盾：《漫谈文学的民族形式》，《人民日报》1959 年 2 月 24 日。
② 梁斌：《漫谈〈红旗谱〉的创作》，《人民文学》1959 年第 6 期。
③ 周立波：《关于〈山乡巨变〉答读者问》，《人民文学》1958 年第 7 期。
④ 黄秋耘：《〈山乡巨变〉琐谈》，《文艺报》1961 年第 2 期。
⑤ 黄秋耘：《〈山乡巨变〉琐谈》，《文艺报》1961 年第 2 期。
⑥ 梁斌：《漫谈〈红旗谱〉的创作》，《人民文学》1959 年第 6 期。

定是甲民族文学的民族形式，那个一定是乙民族文学的民族形式，必须结合另一个最为主要的因素，这才使得作品所具有的民族形式一定是甲民族而不是乙民族的；这个主要的因素就是根源于民族语言而经过加工的文学语言。"①

茅盾对于民族形式的认识，体现了 20 世纪 50 年代小说理论的最高水准。茅盾、梁斌、周立波等作家、批评家关于民族形式的探讨，基于广阔的文学视野，而不局限于老百姓"所喜闻乐见"，体现了在中外文学的比较中确立民族形式的努力。茅盾始终把中国文学与外国文学进行比较，再提炼民族形式。梁斌也是如此，他在中外比较中确立了小说创作的形式："在创作中，我曾考虑过，怎样摸索一种形式，它比西洋小说的写法略粗一些，但比中国的一般小说要略细一些；实践的结果，写出目前的形式。我未考虑过用章回体写，但考虑过中国小说中句、段的排法。"② 而周立波的《山乡巨变》的成功，"分明是与他成功地吸取了中国古典作家丰富的创作经验有关，从周立波同志一些早期的作品中，可以看出较为显著的欧化的痕迹。周立波同志在一篇文章中也提到过，自己'选读中国的东西太少了，这是偏向'。有鉴于此，他近年来颇致力于钻研中国古典作品，认真学习这些作品的优点而不受它们的局限，把这些优点和他从外国名著中吸收到的长处糅合起来，加以融会贯通，有所发展，有所创造，逐渐形成一种更加圆熟、更加凝练而富有民族特色的艺术风格，有某些外国古典作品之细致而去其烦冗，有某些中国古典作品之简练而避其粗疏，结合两者之所长，而发挥了新的创造"。③比外国小说"粗"，比中国小说"细"，这是茅盾、梁斌、周立波的小说形式上的追求。这种追求，既是民族的，又是世界的。它反映了 1949—1976 年小说理论所能达到的高度。

1949—1976 年小说理论对于民族形式的探求，始终在中西比较的视野中

---

① 茅盾：《漫谈文学的民族形式》，《人民日报》1959 年 2 月 24 日。
② 梁斌：《漫谈〈红旗谱〉的创作》，《人民文学》1959 年第 6 期。
③ 黄秋耘：《〈山乡巨变〉琐谈》，《文艺报》1961 年第 2 期。

进行。即使是对于大众化的追求，也是以西方小说形式为参照而展开的。以茅盾为代表的小说理论家，更是自觉地、明确地在坚守小说现代性品格的基础上，来发展小说的民族形式。正因为如此，1949—1976 年小说理论对于民族形式的探求，虽然借鉴了古典文学资源，但是没有简单地、机械地复古。

第六节　情节论：体现尖锐的矛盾冲突

情节是小说三要素之一，是小说的重要组成部分。情节有时指的是具有因果关系的事件，有时指的是小说中人物的关系，有时又被称为小说的结构、布局。其实，情节和小说中的事件、人物、结构都有关系，不同理念的小说理论对小说情节的界定是不同的。

1949—1976 年中国小说理论对情节的探讨，体现了一个特殊的文学时代对小说要素的要求与规范。其中最突出的就是要求情节具有尖锐的矛盾和冲突。

其实，在 20 世纪较长的一段时间里对小说情节含义与特征的理解还是比较宽泛的。中国现代小说理论认为，情节来自英译的"plot"，也称为布局，当然也有许多人称之为结构，主要是指人物与人物之间的关系。"小说家有了人物，假如这些人物都是呆板的，没有行为、思想、情感的，那还做什么小说来，无论怎么说，小说之中总是含着一件事，这件事便是那些人物的遇合，他们的关系，这样，就将我们引到小说的布局上去了。布局这个字，在英文是'plot'译布局实在不甚妥，但是大家既是这样译法，又想不出别的译名来，只好仍用它。所谓布局者，就是'小说中人物的遇合'。"① 至于小说的情节，是否必须具有矛盾冲突的特性，则没有一定之规，虽然理论家们也承认小说和戏剧有相似点："小说的结构，和戏剧的也差不多，它也可以分作起头、纷杂、最高点、释明、团圆的各部。不过小说系平面的艺

---

① 瞿世英：《小说的研究·中篇》，《小说月报》第 13 卷第 8 号，1922 年 8 月 10 日。

术，次序可以不顾。并且近代的性格小说，心理小说里，大抵没有团圆的一幕，不使事件有一个结局。至于小说的最高潮点（climax），是不是必要的结构，也还是一个疑问。"① 即使是"正格"小说的理论实践者茅盾，虽然承认小说情节的存在，甚至也认为小说要有完整的、有头有尾的情节，并和戏曲相似，有高潮存在。但是，茅盾认为，高潮并不是小说情节必须存在的要素："小说也和戏曲相似，可以有一个'顶点'（climax）。在戏曲里，只能有一个顶点，至于小说，可以有两个以上顶点，并且也有半点顶点的。近代小说家大都以为动作上的顶点是不必要的，而且意境上'或情绪上'的顶点却不可少。"② 可见，在现代小说理论中具有矛盾冲突也不是情节应有之义。因此，情节必须具备尖锐的矛盾冲突的理论观点，只是一定时代的产物。

20世纪三四十年代的战争，让小说理论出现了重要的变化，小说的情节理论逐渐定型，具有尖锐的矛盾冲突成为情节必备要义。个中原因，钱理群认为是"理论家们将战争两军对垒的思维方式与斗争哲学运用到小说结构上"③。这种分析是有道理的。这个分析清楚地表明，倡导小说情节具有尖锐的矛盾冲突，确实是时代的原因。

这一时期小说理论重视具有尖锐矛盾冲突的情节，是塑造时间形式的必要手段："一个与任何情节一样都依靠时间上的表现的观点，变成了艺术的特点。正如爱德华·马柯德所描写的'思想或印象的合成中心'，与对形形色色的事件的描写一样多地成了线性小说的素材。神话简直成了表现小说的目的，正如马柯德所描写的那样，'人物转过来被挪用来完成某个行动，全部行动编成一个情节，情节转过来阐明某个普通真理，或曰概念'。当文学成了别的什么的载体的时候，当作品后面有一个明确的概念或意思的时候，其结果就是：通过故事使那个概念得到戏剧化的表现。一旦那种情况发生，

① 郁达夫：《小说论》，光华书局1926年版，第52页。
② 玄珠：《小说研究ABC·结构》，世界书局出版社1928年版，第107页。
③ 钱理群：《二十世纪中国小说理论资料（第四卷）·序言》，北京大学出版社1997年版，第5页。

空间的可能性就受到了限制。"①

　　姚雪垠的情节观念，体现了具有尖锐矛盾冲突情节的意义。姚雪垠在《小说是怎样写成的》中提出小说的情节必须具有矛盾冲突的观点，并分析了这种矛盾冲突的情节所形成的现实依据：

　　　　关于戏剧，有一句人尽周知的老话头，就是："没有斗争，没有戏剧。"其实，小说也离不开矛盾，离不开斗争。小说写的是人，是事件，换一句话说，小说描写的对象是现实，是社会生活。从这一点看，小说和戏剧在本质上原是一样的，只是表现的手法上有许多不同。有许多小说理论家故意对小说中的矛盾一字不提或偶尔一提，正如一般形式逻辑者不愿谈事物的矛盾一样。……其实是现实中本来就充满了矛盾，小说家只不过将现实中的矛盾反映在作品里面：他愈忠实地反映矛盾，他所描写的就愈加深刻。无论什么事情，愈透过浮面往本质上把握，就愈能理解得深刻，无论深刻到什么程度，总是有矛盾存在②。

紧接着，姚雪垠更细致地分析了矛盾冲突的情节是如何组成的：

　　　　一串相连的情节构成一个完整的故事，当然这所有一串情节是不能割裂的，说得明白一点，它们是有机组织，相互关联和相互渗透。故事中包括的各个部分，各个情节，既然是有机组织，同时藉情节变化展开了一连串的矛盾斗争，这就是说：一个故事或小说，它本身是一个矛盾的统一体。故事有头，有尾，有高潮，有变化穿插，这就说明了它的本身有发展。情节的变化穿插表现出故事的发展过程，同时也表现出这过程实在是交织着必然与偶然。……小说有发展，是由于所表现的现实有矛盾，说得直白一点，是因为小说

―――――――――

　　①　[美] 弗兰克·约瑟夫等：《现代小说中的空间形式》，秦林芳译，北京大学出版社1991年版，第59页。

　　②　姚雪垠：《小说是怎样写成的》，《中原文化》第2卷第6期，1942年9月15日。

中有斗争，像戏剧一样。在小说中，我们把那些比较显著的斗争进行叫纠葛，纠葛的进行也就是情节的变化发展。"纠葛"这个名词比"情节"更有意义，因为"情节"一词只能给我们一个抽象的概念，而"纠葛"一词却把情节中的互相斗争和互相牵扯的逻辑关系表现出来。①

姚雪垠把抽象的情节置换成"纠葛"，具体、形象地描述了小说情节的特征。小说的情节必须具有矛盾冲突的性质，渐渐成为中国小说情节理论的应有之义，并成为1949—1976年小说情节理论的核心观念。

1949—1976年的小说情节观念，大致继承了情节必须具有尖锐的矛盾冲突的观点。只不过，为了保证这一理论的正确性和权威性，有理论家向外所宣示的理论基础，却是高尔基关于情节的论断。高尔基提出情节是"人物之间的联系、矛盾、同情、反感和一般的相互关系，——各种不同的性格、典型的成长和构成的历史"。② 高尔基关于情节的论述，除了指出情节和人物塑造之间的关系外，还有一个十分突出的特征：强调情节要体现人物之间的矛盾关系。

情节具有矛盾冲突的特征一方面是小说学自身的问题，它和情节的功能相联系。蒋孔阳认为，情节"没有本身的目的，它是作者站在一定思想的高度，为了突出人物的性格和反映生活的矛盾，而后适应着人物性格发展的逻辑，在作品中所提炼出来的生活事件的过程"。③ 在蒋孔阳这里，情节自身的审美特性被剥夺，成为性格塑造的工具。蒋孔阳还认为："性格不是抽象的，它是在行动与斗争中形成着和发展着的。有了行动与斗争，就必然有人与人的复杂关系，必然会产生出各种各样的生活事件，因而也就必然会在作

---

① 姚雪垠：《小说是怎样写成的》，《中原文化》第2卷第6期，1942年9月15日。
② 高尔基：《和青年作家谈话》，孟昌译，《论写作》，人民文学出版社1955年版，第6页。
③ 蒋孔阳：《情节的提炼和结构的安排》，《上海文学》1959年第10期。

品中构成情节的过程。"① 因此，当性格具有矛盾冲突时，情节也就具有矛盾冲突。

另一方面，从小说与现实的关系来看，小说的情节具有矛盾冲突的特征，也和现实生活本身充满矛盾冲突有关，情节提炼和发现生活中的矛盾冲突相一致。"提炼情节的问题，可说是作者站在一定的思想高度，深入地观察生活中的事件，分析其中的矛盾，并加以深化、丰富和集中的问题。在这里，善于发掘和掌握生活中的矛盾，实在是一个关键。这就因为构成情节的源泉和内容的，固然是生活中的各种事件，但作为情节的动力和基础的，却是矛盾和冲突。我们甚至可以这样说，离开了矛盾和冲突，就没有情节。"②

小说具有尖锐矛盾冲突的理论诉求，从小说学的角度来看，虽然是情节的功能和小说自身的品格决定的，但是，1949—1976 年小说情节必须具有尖锐的矛盾冲突的理论命题，远远超出了小说学自身的疆域。蒋孔阳论述小说情节的时候，总在强调"思想高度"。显然，小说学的角度只是浅层次的观照。深层次的问题是，尖锐的矛盾冲突的情节和作家的世界观联系在一起，和现实世界的现状相联系。在那个特殊的年代里，现实生活被理解为充满矛盾和冲突，社会现实被认为是资产阶级和无产阶级的对立。尖锐矛盾冲突反映了无产阶级世界观与资产阶级世界观的冲突，而无冲突论则是资产阶级世界观的表现。小说情节发展的过程，意味着无产阶级思想最终战胜了资产阶级思想。对此，周扬的论述最具有代表性。

周扬把情节的提炼和人物的塑造及对生活的认识三者联系在一起来考察。他认为，情节的单一化和人物性格的类型化是与对生活中的矛盾冲突的认识不深联系在一起的：

> 作家要正确地深刻地认识生活，最重要的是积极参加变革生活
> 的斗争，和进行斗争的人们保持血肉相关的联系，和他们一同斗

---

① 蒋孔阳：《情节的提炼和结构的安排》，《上海文学》1959 年第 10 期。
② 蒋孔阳：《情节的提炼和结构的安排》，《上海文学》1959 年第 10 期。

争，一同前进，对人民的斗争，不能取回避或旁观的态度。

现在我们大家都知道作品中表现生活的矛盾和冲突的重要以及"无冲突论"的有害了。可是为什么许多作者还是常常害怕或者不善于表现生活中的矛盾和冲突呢？……或者虽然接触到了生活中重大矛盾，但不去展开这些矛盾，然后给有力的解决，往往是解决得过于容易和软弱无力，这是什么原因呢？①

在许多理论家眼里，情节不是一个简单的小说知识学上的问题，而是涉及作家对生活的认识，属于世界观上的问题。只有具有先进的世界观，才能发现生活中存在尖锐的矛盾冲突，才能提炼出具有重要艺术魅力的情节，才能塑造出丰富复杂的人物性格。

小说情节需要尖锐的矛盾冲突，不仅仅是个理论问题。在小说批评实践中，更成为评价小说的重要价值尺度。那些没有体现尖锐矛盾冲突情节的小说，自然受到了批评。孙犁的小说，如《风云初记》等，具有浓郁的抒情风格，当然不会得到很好的评价。其重要的原因，就是孙犁小说浓厚的抒情色彩影响具有尖锐矛盾冲突的情节的形成。

一般来讲，充满矛盾冲突的情节都有一个首尾连贯的情节，而且围绕情节展开的事件比较集中，没有枝蔓。但是，孙犁的《风云初记》缺乏首尾连贯的情节，小说情节与情节之间的联系也不紧密，还有很多描写的枝蔓。就连对孙犁赞赏有加的黄秋耘，也认为读者还不是很接受孙犁。黄秋耘认为产生这种现象的原因，在于孙犁小说情节上的独特性。他分析道，孙犁的小说在情节上与众不同的特点，影响了孙犁小说的接受效果："《风云初记》（特别是第三集）的笔墨容量是相当大的，作者把众多的人物、广阔的生活图景、纷纭复杂的情节压缩凝聚在比较简短的篇幅中。从一个人物到另一个人物，从一个生活横断面到另一个生活横断面，作者的描写往往是采取'跳跃

---

① 周扬：《建设社会主义文学的任务——中国作家协会第二次理事会会议（扩大）上的报告》，《文艺报》1956年第5、6期。

式'的笔法，虽然有贯穿全书的主题和主线，并不显得骈枝夹杂，但毕竟有点像连续性的短篇。长篇小说采用这种写法，固然有它的方便之处，那就是可繁可简，能略能详，在形式上相当自由，不必为了考虑结构的匀称，布局的整齐，情节的安排，波澜的起伏，而有时不得不多转一些弯儿，多费一些笔墨。不过，我们有些读者似乎还不大习惯于这种诗歌式或散文式的小说。他们阅读长篇小说，总是喜欢选择那些有开有合、有始有终、富于故事性、对每个人物最后的命运都有个交代的。"①

关于孙犁小说的不足之处，批评者基本上认为，他的小说情感太丰富，而对人物的塑造和对时代生活的描绘不足："若是要求他对我们时代的风貌进行更广泛的描绘和更高度的艺术概括，对人物性格进行更完整、更深刻的刻画，那恐怕还不能完全满足。特别是在长篇小说《风云初记》中，这样的弱点就显得更加触目了。因此，在长期积累生活经验的劳动上，在更深入地观察和研究各式各样错综复杂的矛盾斗争的工作上，作家似乎还有进一步努力与开拓的余地。"②

缺乏连贯的情节，过多的枝蔓，过分地关注生活的横断面，这些在当时都被认为不符合小说情节理论规范，其根源是没有构造出具有尖锐的矛盾冲突的情节。这样的认识，实际上否认了中国现代以来小说情节理论的丰富性和复杂性，走上了小说情节必须具有尖锐矛盾冲突的执念之路。

到了"文化大革命"时期，情节必须具有矛盾冲突的观点，贯彻得更加彻底。不仅如此，这个时期的情节理论还要求情节的进展要迅速，不得有枝蔓，否则就是对人物形象刻画有害。于是，把充满矛盾冲突的情节的要求，推向了极致。《金光大道》是"文化大革命"时期的代表作品，曾受到过高度赞扬。即便如此，《金光大道》还是受到了一些批评。较为明确的批评意见认为，《金光大道》中尖锐的矛盾冲突的情节还没有达到理想的程度：

① 黄秋耘：《一部诗的小说——漫谈〈风云初记〉的艺术特色》，《新港》1963 年第2 期。
② 黄秋耘：《关于孙犁作品的片断感想》，《文艺报》1962 年第10 期。

"《金光大道》按照作者的创作意图，在第一部里中心是围绕'芳草地'土改后第一个春耕前后所展开的激烈斗争，来反映农村由单干到互助组这段历史进程的。但是情节的进展有些缓慢，有些章节如'古城巨变''天高地阔''满载而归'的安插，游离于中心事件之外，虽然这些章节对刻画高大泉形象有一定的作用，却影响了作品的完整性。《飞雪迎春》上部，反映湖影上铁矿两个阶级、两条路线斗争是以主巷道工程为中心事件展开的，但是作者在作品的后半部分加上了宋铁宝姐弟失散团聚的副线。由于作者对这条副线过于渲染和偏爱，就影响了作品所要反映的现实阶级斗争主线，读后有'喧宾夺主'之感。"① 这种批判性意见，不只要求小说情节具备尖锐的矛盾冲突，而且要求情节发展与推进过程中不得有任何枝蔓，把尖锐的矛盾冲突情节的要求推向新的高度。

1949—1976 年小说情节理论继承了中国现代"正格"小说理论的情节观，延续了在战争年代文化气氛中强调矛盾冲突的情节观念。基于中华人民共和国成立后主流政治对现实生活充满矛盾冲突的认识，小说情节理论聚焦于矛盾冲突。在此基础上形成了不要枝蔓情节以及加快情节推进速度的小说情节观念。这种情节观念是在特殊文化背景下形成的，因此在新的历史时期到来之际，就会受到批评，并被摒弃。

第七节　叙述理论：致力于构筑时间形式

一般来说，小说使用三种不同的报告方式：叙述、对话和描写。但是，这三种报告方式和时间的关系并不一致。我们发现，叙述在阅读时间里所报告的时间要大大短于实际时间。也就是说叙述能够在较小的阅读单元时间里完成较长时间信息的传播。对话在阅读时间里所报告的时间大约等于实际时

---

① 高昆山：《努力实现无产阶级专政下继续革命的伟大主题——试谈无产阶级文化大革命后长篇小说创作的收获》，《辽宁大学学报》1974 年第 1 期。

间。在时间处理上，对话其实并不够节省。描写在阅读所报告的时间要大大长于实际时间。也就是说描写能延缓小说前进的速度，在小说时间处理上最浪费！从小说信息传播的角度来看，叙述、描写、对话三者并不存在优劣之分。但是，在一定量信息传播基础上，从对时间的依赖程度来看，叙述是最节省的。从这个角度来看，叙述、对话、描写三者之间还是存在一定的价值关系的。小说对叙述、描写、对话三者的依赖程度，不仅仅是一个处理时间的技术问题，其实还是一个小说观念的问题。

虽然，叙述和描写本是小说的两种重要表现方式，小说自从诞生起，就离不开叙述和描写这两种表现方式。但是，并不能就此认为叙述和描写占据着同等重要的地位。对叙述和描写关系的处理，是小说形式理论中非常重要的内容。叙述和描写并不是简单的小说表现技巧，它是小说观念的重要体现。中国传统小说在处理叙述和描写的关系时，显然看重叙述而忽视描写。"中国旧小说最大的特点，是在故事叙述上，力求其源源本本，条理分明，而于转折处，交代得特别清楚，重要关键，更不厌其烦详尽周密。这些也许有时使人感到累赘多余，不如西洋小说之着重剪裁，求其明快经济。……其次，中国旧小说在人物描写上，对性格多用直接叙述的手法，很少如西洋小说之心理描写，因此普通的读者不会感到沉闷烦琐，而觉到简单流顺，易于领会。"①

中国现代小说理论的"现代"含义确立的一个重要标志，是小说理论开始关注小说的描写、小说的"情调"。小说的人物描写、环境描写、心理活动描写的重要性被确立。许多理论家专门论述小说如何描写人物、环境。而心理描写曾被认为是现代小说区别于传统小说的重要特征。1926年郁达夫在论述"现代小说的渊源"时，对17世纪法国小说家拉法耶特夫人的《克勒芙王妃》评论道："女人心理解剖的精细，到此才说是绝顶。……法国小说

_____

① 迪吉：《中国旧小说的创作方法》，《小说（香港）》第1卷第4期，1948年10月1日。

在此，已经是完全成立了。"① 心理描写在郁达夫看来十分重要，它是现代小说确立的标志。在另一篇文章中，郁达夫也强调了心理描写的重要意义。他说："欧洲近代小说的第二种，与上述诸作背道而驰的，就是那些注重于内心纷争苦闷，而不将全力倾泻在外部事变的记述上的作品。依美国作家爱迭斯·华东（Edith Wharton）之所说，则近代小说的真正的开始，就在这里，就是在把小说的动作从稠人广众的街巷间转移到了心理上去的这一点。"② 叶灵凤则在现代小说的发展历程中发现，心理描写贯穿了整个现代小说史。他认为司汤达的短篇小说，还侧重于故事，但是"他对于主要人物的特性的描写，内心分析的精细，已使他为现代短篇小说立下了最好的范畴"③。而爱伦坡的小说，"着力于空气的制造和人物的心理解剖，更是现代短篇小说始终遵循着的一条大道"。现代小说最新的发展方向则是乔伊斯的《尤利西斯》那样的："他们所采取的故事的阔度都愈见狭小，而努力向'深'的方面进行，这就是说，努力发掘人物动作的本源，去暴露潜在的意识。"④

环境描写在现代小说理论中也占据着重要的地位。1921 年出版的《短篇小说作法》就专门介绍小说的环境描写。环境描写在现代小说理论中的重要意义，可见一斑。1932 年毛腾在《小说背景概论》中着重论述了背景（即环境）与小说的关系："背景者，乃是一项事物的后影，他能影响事物本身，或者是帮助事物的变化。"⑤ 老舍对小说环境重要性的认识在此基础上又发展了一步。他认为"背景的重要不只是写一些风景或东西，使故事更鲜明确定一点，而是它与人物故事都分不开，好似天然长在一处"，把背景"放在一个主题之下，便形成了特有的色彩。有了这个色彩，故事才能有骨

---

① 郁达夫：《小说论》，光华书局 1926 年版，第 20 页。
② 郁达夫：《现代小说所经过的路程》，《现代》第 2 期，1932 年 6 月 1 日。
③ 叶灵凤：《谈现代的短篇小说》，《六艺》第 1 卷第 3 期，1936 年 4 月 15 日。
④ 叶灵凤：《谈现代的短篇小说》，《六艺》第 1 卷第 3 期，1936 年 4 月 15 日。
⑤ 毛腾：《小说背景概论》，《矛盾》第 4 期，1932 年 4 月 20 日。

有肉"①。老舍肯定了小说环境、小说故事发展和小说主题之间的紧密关系，提高了环境描写的重要性，也肯定了独立的环境描写的审美意义。

的确，叙述和描写是小说基本的表现技巧，但是，小说重视叙述还是倾向于描写，却反映了不同的小说观念：叙述，显然是传统小说理论讨论的核心，而描写则是现代小说理论关注的重点。

不仅如此，在卢卡契那里，叙述和描写还具有更多的意味。卢卡契把叙述看作荷马、莎士比亚、歌德、司各特、巴尔扎克、司汤达及列夫·托尔斯泰等现实主义大师的主要创作手法，而把描写则看作 19 世纪以福楼拜和左拉为代表的自然主义及 20 世纪以来西方形式主义的创作方法。卢卡契在区分叙述与描写时，提出一个原则，即"是按照事物的必然性还是按照它们的偶然性来塑造这些事物"。在卢卡契看来，对二者严格区分的理论基础在于，叙述和描写所体现的小说观念是不同的。他认为，叙述手法揭示的是"人物的命运"，"描写则把人降到死物的水平，叙事结构的基础正因此而消失"，"叙述要分清主次，描写则抹杀差别"。描写的突出将导致"细节的独立化。随着叙述方法的真正修养的丧失，细节不再是具体情节的体现者。它们得到了一种离开情节，离开行动着的人物的命运的独立的意义"，"细节的独立化对于表现人的命运，具有各种各样、但一律起破坏作用的后果"。卢卡契以此批评自然主义作家，说"他们描写状态、静止的东西、呆滞的东西、人的心灵状态或事物的消极存在、情绪或者静物"，从而使"艺术表现就这样堕落为浮世绘"。②

因此，叙述和描写虽然都是小说的表现技巧，但是，二者在小说中的功能和体现出来的意义是不同的。也许有人认为卢卡契的批评太过偏激，但是，从小说发展的历程我们可以较为清楚地发现，从重视叙述到倾心描写，

---

① 老舍：《景物的描写》，《宇宙风》第 24 期，1936 年 9 月 1 日。
② ［匈牙利］卢卡契：《卢卡契文学论文集（一）》，中国社会科学出版社 1980 年版，第 56—63 页。

是现代主义作家自觉或者不自觉的追求。

其实卢卡契的观点并非是孤立的。布斯也把叙述和描写看作区分传统小说和现代小说的重要依据。布斯指出："讲述——展示的划分被称为理解当代小说的优异方法。"① 叙述和描写所体现出的观念也是不同的。但是，叙述和描写作为小说的两种表现方式，确实是缺一不可的。热拉尔·热奈特曾这样看待描写的功能，他认为，一篇小说的叙事可以没有"修饰成分"，但不可能不使用动词，而"动词也因其赋予行动场面不同的准确程度而可以多少带点描写性（只须比较'抓起一把刀'和'拿起一把刀'便会对此深信不疑），因而任何动词都很难完全不产生描写后果"②。因此，热拉尔·热奈特认为："描写可以说比叙述更必不可少，因为不带叙述的描写比不带描写的叙述更容易做到（或许因为物品不运动也可存在，而运动不能脱离物品而存在）。"③ 很难想象，一篇由毫无描写成分的、单纯依靠叙述写成的小说将会是什么样子。但是，完全用描写构成的小说却是时常可见的，尤其是现代小说。

虽然在小说的发展史上，叙述和描写所体现出来的观念有所差异。但是，叙述和描写都是小说不可缺失的表现方式。中国现实主义小说理论在一段时间里，非常注意处理小说叙述和描写的关系，具体体现为张扬小说叙述而贬抑描写。

赵树理的小说创作实践曾被称为"赵树理方向"，被认为是中国"正宗"的小说。在总结小说创作实践的理论表述中，赵树理对叙述和描写也做了明显的区分。他说："任何小说都要有故事。我们通常所见的小说，是把叙述故事融化在描写情景中的，而中国评书式的小说则是把描写情景融化在叙述故事中的。"④

---

① ［美］韦恩·布斯：《小说修辞学》，付礼军译，广西人民出版社 1987 年版，第 30 页。
② ［法］热拉尔·热奈特：《叙事的界限》，《外国文学报道》1985 年第 5 期。
③ ［法］热拉尔·热奈特：《叙事的界限》，《外国文学报道》1985 年第 5 期。
④ 赵树理：《〈三里湾〉写作前后》，《文艺报》1955 年第 19 期。

赵树理在讨论叙述和描写的时候，显然不是从卢卡契的关于叙述和描写所代表的世界观及创作理念的角度出发的。在卢卡契那里，叙述和描写所代表的小说观念有本质的差异，二者是不可调和的。而在赵树理这里，叙述和描写所涉及的不是二者所传达的意义问题，在表达意义上二者没有差异。他以《三里湾》中王玉梅的出场为例比较了叙述和描写两种方式的优劣，从所传达的意义来看，二者也许不存在太大的差异。但是，他认为以描写介绍王玉梅出场的方式并不可取，而最好的方式是："要把描写放在展开故事以后的叙述中。"①

叙述对描写的包容到底出于什么样的目的呢？赵树理认为，叙述是现实主义的创作手法，而描写是现代主义的创作手法。要理解赵树理关于叙述和描写关系的处理，我们也许需要换一个角度。因为叙述和描写还具有另一个方面的含义：叙述代表的是时间性，描写代表的是空间性。叙述展开是以时间先后为序，在时间次序中包含因果关系。虽然在叙述中也有插叙、补叙、倒叙，但是，时间是叙述能贯穿始终的主要线索。而描写则是空间性的，是在空间层面上展开的，它是空间维度上的延绵。因此，如果叙述在一部小说作品中占据着主导地位，那么小说就在时间的链条上动态展开，而描写则使叙述中断。这一点为研究叙事学的学者们所注意到："空间被广泛描述时，时间次序的中断就不可避免……时间次序总是因空间显示而被破坏。"② 但是，西方古典小说中时间因空间的显示而被破坏的情况似乎始终没有出现过。我们要准确地理解赵树理关于叙述和描写的观点，也只能从这里出发：赵树理要创立的小说是时间小说而不是空间小说，对描写的贬抑只是为了让小说在时间系列中顺利地延展。

在以赵树理为代表的现实主义小说理论家们看来，为了保证小说在时间序列中顺利进行，描写的独立地位被取消，描写对于外在事物的描绘的功能

---

① 赵树理：《〈三里湾〉写作前后》，《文艺报》1955 年第 19 期。

② ［荷］米克·巴尔：《叙述学：叙事理论导论》，谭君强译，中国社会科学出版社 2003 年版，第 28 页。

被叙述所代替。最终，因为描写在空间上的延展而对时间的隔断的可能性被消解，这样就保障了小说在时间序列上的顺畅。

对叙述的张扬就是对小说时间的强化，为了保证小说的时间性特征，作为空间性的描写被压制。但是，描写又是小说不可缺少的表现手段，这一时期的小说理论又是如何处理这个问题的呢？

赵树理在谈到如何处理小说中的风景描写时说："最好是把描写放在展开故事以后的叙述中——写风景往往要从故事中人物眼中看出。"① 茅盾也对小说中的风景描写提出了类似的要求。他说："人物不得不在一定的环境中活动，因此，作品中就必须写到环境。作品中的环境描写，不论是社会环境或自然环境，都不是可有可无的装饰品，而是密切地联系着人物的思想和行动。作家常常要从各方面来考虑，在怎样的场合应该有怎样的环境描写。不适当的环境描写会破坏作品的完整性，至少也要破坏作品的气氛。一段风景描写，不论写得如何动人，如果作家站在他自己的角度来欣赏，而不是通过人物的眼睛、从人物当时的思想情绪，写出人物对于风景的感受，那就会变成没有意义的点缀。"② 即使是篇幅较大的风景描写，也应该放在人物的眼中来描写。黄秋耘这样来评价周立波在《山乡巨变》中篇幅较大的风景描写："作者并不经常作大段大段的自然景物描写，他比较喜欢把对自然景物的描写溶化在故事情节中，借此烘托出生活环境的氛围。"③ 这样的处理方式实质上是把风景的描写融化在叙述之中，以叙述来包容描写。描写的功能达到了，但是叙述的时间序列并没有被破坏。

除了风景描写外，小说中还应存在大量的人物描写，那么小说应该如何展开人物描写呢？人物形象塑造毕竟是小说的主要任务，人物也是小说的三要素之一，而且是小说最核心的要素。作为空间展开的人物描写，又如何保证在时间序列叙述的连贯性？这是摆在小说理论家面前的难题。

---

① 赵树理：《〈三里湾〉写作前后》，《文艺报》1955 年第 19 期。
② 茅盾：《关于艺术的技巧》，《文艺学习》1956 年第 4 期。
③ 黄秋耘：《〈山乡巨变〉琐谈》，《文艺报》1961 年第 2 期。

当时的理论家们解决难题的方法，是在人物行动中展开人物的描写。人物行动是在时间系列中展开的，描写人物行动也就不会破坏叙述的连续性。周扬强调了动作描写和在行动中描写人物性格的重要性，批评了小说中静止的心理活动描写。他说："现在我们的作家比较注意描写人物性格和内心生活了，可是为什么在作品中创造得很成功的形象还是很少呢？重要原因之一也在于作者常常离开斗争和行动，孤立地静止地去刻画'性格'，或者单纯地把人物外表的生理特征当作人物性格特征来描绘，或者硬加一些对于表现人物性格并没有多少帮助的所谓'私生活'的描写。人物的性格是只有在行动中，在矛盾和斗争中，在劳动、社会生活和个人生活的密切结合中，才能充分显示出来。"①

用行动来描写人物，成为人物描写的唯一法则。在这样的理论指导下，心理描写和对人物的侧面描写都显得次要："着力用行动来描写人物——要求强烈的行动和人物冲突的戏剧性。即使有大段的心理描写，也不要突如其来地和孤立地出现，而希望把心理描写当作人物行动的说明和补充。"② 心理活动描写作为人物行动的说明和补充，才有存在的价值和意义。黄世瑜在谈到《创业史》时认为，"作者不仅善于描写人物在情节发展中的行动，而且善于通过人物在处理具体事件过程中的思想活动的描写突出人物的性格"③。同理，心理描写被包裹在人物动作的叙述之中，才有存在的价值。

对叙述的尊崇和对描写的压制构成了 1949—1976 年小说理论的重要组成部分。这种倾向表现了小说理论致力于构筑时间形式的努力。

---

① 周扬：《建设社会主义文学的任务——中国作家协会第二次理事会会议（扩大）上的报告》，《文艺报》1956 年第 5、6 期。

② 依而：《小说的民族形式、评书和〈烈火金钢〉》，《人民文学》1958 年第 12 期。

③ 黄世瑜：《谈人物的心理描写——读〈创业史〉札记》，《山花》1963 年第 11 期。

第三编

小说理论多元共存时期

（1977 年至 20 世纪 90 年代初期）

第四章　现实主义的新变

　　进入 1976 年，中国历史发生了巨大的变化。中国当代小说理论也迎来了新的发展机遇，解放了前一个历史阶段受到压制的"经验"的现实主义小说理论，避免了从抽象的理念入手来理解"现实"的弊端。但是，现实主义小说理论并非是简单地重续历史传统，而是吸收了西方现代小说理论，开始走向开放。因此，主题理论、题材理论、情节理论等方面发生了相应的变化。

第一节　现实主义传统的恢复与蝶变

　　1949—1976 年是现实主义小说理论一家独尊的时期，不过，这个历史时期其实存在两种类型的现实主义小说理论。一种是追求表现社会、历史的本质。这类小说理论要求小说要表现社会发展的本质规律。小说所反映的社会现实是经过主观意识（社会、历史的本质）过滤了的现实。因此，它所要反映的现实，也是经过某种观念抽象、过滤了的"现实"。另一种则是对客观社会生活的表现。这里的"现实"未经观念的提纯，属于作家个人经验的表现。不过，后一种现实主义小说理论处于被压制、被批评的状态。受到推崇的现实主义小说理论规范更多地是前一种小说理论。这种本质化的现实主义小说理论，在发展过程中容易受到现实政治的影响，很容易空洞地、被动地反映现实社会政治，最终陷入僵化的桎梏之中。

1976 年既是中国社会发展的分水岭，也是小说理论发展的转折之年。社会政治的变动，使得中国文学得以反思此前不合理的主张。"文艺黑线专政论""文艺是阶级斗争的工具"等理论观点受到了彻底的批判。文艺与政治的关系也得以反思，文艺不再附庸于政治、从属于政治。随着文学环境的变化，小说理论也发生了重要变化。其中具有标志性意义的是，曾受到过批评的《保卫延安》《三里湾》《山乡巨变》《赖大嫂》《"锻炼锻炼"》《组织部新来的青年人》等小说被平反，它们的价值和意义重新得到肯定。这意味着，溢出前一个历史阶段现实主义规范的小说理论获得了合法性。20 世纪70 年代末期，《伤痕》《班主任》《醒来吧，弟弟》《最宝贵的》等小说发表。这些"用艺术形象概括地反映出人们精神内伤的严重性并且呼吁治疗创伤的重要性的作品"[1]，与前一个历史时期小说完全不同。这些作品"从不同生活侧面和角度，表现了人们的精神创伤问题，塑造了更加富有血肉的人物形象。这些引人深思的形象，象警钟一样地向人们发出了深情的呼吁：不要在我们身上的伤痕面前闭上眼睛吧！给我们以关怀，给我们以疗救吧！同时，睁大眼睛，鼓起斗志，去同那些残害我们的刽子手们进行无情的斗争吧！""不要在我们身上的伤痕面前闭上眼睛"[2]，面向生活，已经成为小说创作的崭新动态，也拉开了 80 年代小说理论构建的新篇章。关于小说表现对象、题材、创作方法等的理论建设，也随之发生巨变。一种不同于 1949 年至 70 年代的现实主义小说理论应运而生。

现实主义小说理论传统得以恢复，并不意味着要重新回归到曾经的传统中去，而是在反思原有现实主义理论规范的基础上重新建构起一套新的规范。其中，最重要的是，对原来的现实主义规范展开了深入的反思。什么是

---

① 冯牧：《对于文学创作的一个回顾和展望》，《文艺报》1980 年第 1 期。
② 冯牧：《对于文学创作的一个回顾和展望》，《文艺报》1980 年第 1 期。

现实主义？现实主义的规范如何认识？上述问题在一些小说家那里得到了重新思考。有论者认识到："长期以来，人们习惯地认为小说是一种叙事艺术，而且是各种叙事艺术中最长于叙事的艺术。另外，人们对所谓'叙事'的理解，又离不开故事和情节，即使是那些着重写人物的所谓'性格小说'也是如此。人们对小说形成这种观念不是偶然的，这是小说的漫长发展中逐渐形成的，特别是以巴尔扎克为代表的十九世纪那些伟大的小说家们所写的小说，因为对后世影响巨大，便不知不觉成为人们创作小说的典范。这种小说大致都具有这样一些特征：叙述离奇曲折或至少引人入胜的完整故事，塑造具有独特性格和时代内容的典型人物，对社会环境做客观的、包罗万象的描写，对一个时代或一个社会进行记录、概括、分析、研究，表现具有历史认识或道德伦理价值的重大主题——而作家做这一切的时候，显得无所不知，无所不能，洞察社会生活中各种秘密，预先知道人物的命运，精心安排故事的结局……这种小说写作模式（也就是小说'写法'）对后人写小说应该说起了很积极的作用。许多年来我国绝大多数作家写小说也大体上都是走的这个路子了。"①

　　现实主义小说求变，是 20 世纪 80 年代初期小说理论发展的一个重要现象。历经 30 多年的发展，由于小说与政治的关系、题材、主题等方面的建设存在僵化、极端化的倾向，小说理论无法得到健康的发展。同时，小说理论自身的纠偏能力也受到多方面的限制。只有新的历史时期来到，小说理论才可以有反思的机会和能力。80 年代小说理论的反思是全面的。比如，高行健的一些观点，体现了对现实主义小说理论的深入反思：

　　　　小说不一定要有情节。

　　　　小说不一定非去塑造人物的性格不可。

　　　　小说中还可以免除惯常对人物和环境的描写，而代之以别的

　　手法。

---

①　李陀：《论"各式各样的小说"》，《十月》1982 年第 6 期。

　　小说依旧是小说。①

　　这种全面甚至是有些极端的反思，使得 20 世纪 80 年代小说理论开始进入深刻的反思与调整阶段。80 年代的小说理论开始在多个方面进行了深入的调整与发展，也打通了 80 年代小说理论多元发展的道路。

　　如对现实主义所强调的"现实""真实"等有了反思与思考："如果仅仅把艺术的真实理解为生活真实的模拟，那么现实主义所采取的'按生活的原来的样子去描写生活'的方法无疑是最好的方法，现实主义的艺术也无疑是最真实的艺术了。但是，艺术真实并不是生活真实的摹拟，而是作家对生活真实的能动的正确的反映。严格地说，艺术创作的最高任务并不是真实地再现现实，而是真实地、形象地表达作家艺术家对现实的认识、态度和情感。艺术所追求的最高真实不是仅仅对生活的逼真的描绘，而更应该是对生活的正确的认识和态度以及对这种认识和态度的准确而生动的表达。"② 在戴厚英看来，所谓的"真实生活"其实并不是作家对于现实生活照相式的反映，而是小说家对于生活的理解、看法、态度的反映。因此，戴厚英认为，"真实"就不仅仅局限于客观的真实世界，也包括主观的"真"。她说："我把'真'放在艺术追求的第一位，我所追求的'真'不仅仅是客观的'真'——解释客观世界的真实面貌，更重要的三个主观的'真'——真实地表达自己的思想感情，说真话，吐真情，掏真心。"③ 因此，戴厚英所理解的现实主义就不是简单的对生活的客观反映，相反，更多地是作家对于生活能动、"主观"的反映。当然，这里的"主观"建立在对客观生活理解的基础之上。戴厚英所理解的现实主义，和胡风、路翎所秉持的现实主义有着异曲同工之妙。只不过，胡风、路翎所坚持的现实主义，在特殊的历史阶段受到了批判。王蒙也认为，小说所反映的真实性，应该包括作家的主观心

---

① 高行健：《现代小说技巧初探》，花城出版社 1981 年版，第 6 页。
② 戴厚英：《人啊！人！·后记》，广东人民出版社 1980 年版，第 356 页。
③ 戴厚英：《人啊！人！·后记》，广东人民出版社 1980 年版，第 356 页。

理："文学的真实性既包括着对于客观外部世界的如实反映，也包括着对人们的（包括作家自己的）内心世界的如实反映，我们决不因为提倡真实而排斥浪漫主义，排斥理想、想象、艺术的虚构与概括。"① 戴厚英、王蒙的观点实际上涉及现实主义的反映对象。1949—1976 年很长一段时间内，现实主义小说所要求的真实生活，基本上只涉及外在的客观社会生活。而戴厚英、王蒙则认为，除了客观现实社会生活以外，作家的主观世界、内心世界也应该是小说的表现对象。在他们看来，现实主义的真实也应该包括小说家内心世界的真实。还有论者认为，精神生活的真实性，也应该纳入现实主义的范围："现实主义如果不能既反映物质关系生活也反映物质关系基础上的精神生活，它还怎么叫作现实主义？客观实在的历史表明，从来的现实主义艺术作品非但不疏忽而且由于展现了一定的现实关系状况而更能深入精神生活和真实表现精神状态。"② 事实上，虽然现实主义依靠社会分析的基本方法来表现社会生活中的"人"，但是，现实主义并不局限于社会生活本身，而是"通过人与具有现实意义的历史和具体现实的内容丰富的联系来表现人"，"多方面完整地研究人的各种情感，研究人的极其复杂的心理感受"③。因而，现实主义不再局限于客观社会生活的描写，开始注意人的内心世界的描绘，进而关注人的精神世界，实现了全面的回归。

注重人物的内心世界的揭示，成为 20 世纪 80 年代小说创作的一个重要趋势，张洁、王蒙等作家在这一方面做出了卓有成效的探索。例如，张洁的《爱，是不能忘记的》和王蒙的《春之声》都是这方面的代表作。"十七年"小说也有些写心理活动，也有心理分析描写，不过，都被纳入故事情节发展过程之中。《爱，是不能忘记的》就不一样，它"把对人物内心生活的表现上升为首位的、主导的东西，小说的其他艺术要素，都降为从属的东西。因

---

① 王蒙：《睁开眼睛面向生活》，《光明日报》1979 年 9 月 5 日。
② 耿庸：《现代派怎样和现实主义"对抗"》，《社会科学》1982 年第 9 期。
③ ［苏］鲍·苏奇科夫：《现实主义的历史命运》，傅仲选译，外国文学出版社 1988 年版，第 87 页。

此，小说表现和描绘的一切，都带有叙述者兼主人公之一的'我'的主观感情色彩；小说中出现的种种画面、回忆、议论都不再是传统小说写法中的客观描写和叙述，而是'我'内心生活的一部分"①。

值得注意的是，无论是戴厚英、王蒙还是张洁，他们虽然倡导写人物的内心活动，但是并没有让心理活动陷入非理性描写的泥沼之中。他们把读者的视线集中到人物的内心活动之中，无非是"通过表现人物的内心生活来反映客观现实"②。从根本上来讲，描写内心生活只不过是一种"创作方法"，其根本目的还是反映现实社会生活。不过，对于传统的现实主义小说理论来说，这也算得上难得的进步。

突破现实主义小说题材"禁区"，敢于直面现实社会生活与历史中存在的问题，也是这个时期现实主义小说理论的重要突破。1949—1976 年现实主义小说理论对于题材有明确的规定性。除了更青睐重大题材之外，小说题材一般局限于有重要社会价值的工农兵生产实践和阶级斗争实践。不过，到了20 世纪 80 年代，小说理论进一步得到解放，原来划定的题材"禁区"一一被突破。例如，《大墙下的红玉兰》"闯进了又一个题材'禁区'，向我们描绘了在无产阶级专政工具——监狱的大墙里发生的这一悲恸故事"③。婚恋题材在前一个历史时期不受重视。但是，80 年代婚恋题材小说得到了蓬勃发展，《爱情的位置》《失去了的爱情》《爱，是不能忘记的》《北极光》等，都成为轰动一时的重要作品。面对创作上出现的新情形，小说理论也及时给予回应。《爱，是不能忘记的》发表后，评论家们及时给予支持与积极评价："这篇小说并不是一般的爱情故事，它所写的是人类在感情生活上一种难以弥补的缺陷。"小说启发读者"认真思考一下为什么我们的道德、法律、舆论、社会风气……加到我们身上和心灵上的精神枷锁是那么多，把我们自己束缚得那么痛苦？而这当中又有多少合理的成分？等到什么时候，人们才可

① 李陀：《论"各式各样的小说"》，《十月》1982 年第 6 期。
② 李陀：《论"各式各样的小说"》，《十月》1982 年第 6 期。
③ 顾骧：《历史教训的探索》，《文艺报》1979 年第 17 期。

能按照自己的理想和意愿去安排自己的生活呢？"① 即使是性描写，小说理论也给予较大的包容。张贤亮的《男人的一半是女人》是一部较多涉及性描写的小说，但是，由于张贤亮赋予性爱以深厚的社会意义与哲理思考，想通过"一个人性被扭曲，不仅仅在心理上扭曲，而且在生理上也受到扭曲，来反映一个时代"②。张贤亮的观点得到了有力的支持。张辛欣认为："单就这个小说（《男人的一半是女人》，——引者注）的个体性心理的过程描述来看，是合乎心理和生理逻辑的。""这部作品通过对个体性心理经历的描述，试图达到把人性中最基本也最重要的部分扭曲、改变掉的一个生存在其间的环境的本质，做一种分析。这可能既是一种艺术的，同时又是非常深刻的分析手段"，最终达到了"揭示、控诉和剖析了那个特定时代的氛围"③ 的目的。

　　小说不能写阴暗面、落后的一面，是 1949—1976 年现实主义理论规范中重要的一点。现实主义要着重反映在理想主义烛照下的社会生活，要体现积极的社会价值和意义，因此，像《组织部新来的青年人》《"锻炼锻炼"》等小说在问世之后难免受到批判。随着社会环境的变化，80 年代暴露生活阴暗面的小说获得了肯定。《人到中年》是一部反映知识分子生活的小说。小说尖锐地指出了知识分子政策落实不够的社会问题。有人因此认为《人到中年》的格调低沉，感情哀伤，暴露了现实中不如意的一面。也有论者认为，《人到中年》"敢于正视现实，提出我们社会一个极其重要的问题——中年人中流砥柱的作用与不公平待遇之间的矛盾"，"作家是从生活中提出问题的。中央不论发现与否，作家都有权利和责任提出"④。还有论者进而认为，"现实生活表明'人到中年'的问题，在各个领域仍然尖锐地存在"⑤，从而

---

① 黄秋耘：《关于张洁同志作品的断想》，《文艺报》1980 年第 1 期。
② 张贤亮：《〈男人的一半是女人〉是严肃作品》，《新民晚报》1986 年 3 月 31 日。
③ 张辛欣：《我看〈男人的一半是女人〉的性心理描写》，《文艺报》1985 年第 48 期。
④ 张炯：《怎样反映新时期的社会矛盾》，《文艺报》1980 年第 9 期。
⑤ 张炯：《怎样反映新时期的社会矛盾》，《文艺报》1980 年第 9 期。

肯定了《人到中年》在揭示现实生活中存在的问题上的价值与意义。《祸起萧墙》被认为是一部描写地方保护主义、官僚主义给社会带来灾难的小说。小说得到了广泛的赞誉，被誉为"一篇惊心动魄地反映现实生活矛盾冲突的尖锐性和抨击时弊的激烈程度，都可以说是近年来创作中所少见的"的小说，"小说对于官僚主义、特殊化的批判是十分少见的"。① 小说"尤为深刻之处乃在于它并不满足于批判官僚主义的最坏表现，而是带着一种忧虑批判了官僚主义的特殊体现。这种官僚主义就是打着地方利益的旗帜，搞独立王国，搞家长制，搞个人专断"。②《祸起萧墙》针对现实生活中存在的地方保护主义、官僚主义等展开了激烈的抨击。正因为如此，这部小说获得了广泛的赞誉。《人到中年》《祸起萧墙》得到肯定，极大地突破了1949—1976年的小说规范。

20世纪80年代小说理论突破了现实主义小说只能写理想主义，也突破了现实主义小说只能写历史发展趋势的规范，开始把笔墨转移到悲剧的书写上，这也是80年代小说理论在审美诉求上的一大表现。雷达认为，悲剧小说"丰富和发展了我国社会主义文学创作的内容和形式"，这些悲剧小说"通过美好事物的被破坏，被扼杀，有力地鞭打了黑暗势力，使人们在悲痛之中沉思，激励人们化悲痛为力量，投入斗争"。③ 在此前的现实主义小说理论视野中，军事题材的小说很少写悲剧。不过，80年代发表的《山中，那十九座坟茔》与前一个阶段的军事题材小说相比而言，是个例外。李存葆在谈到这部作品时说，"我力求自己能有点对历史、对人民负责的观念"去再现社会历史的大悲剧，社会历史大悲剧值得作家去书写，"防止历史的悲剧重演，将作用于千秋万代"。④

由于要创造出让老百姓喜闻乐见的民族形式，1949—1976年小说理论比

---

① 蔡葵：《一部激烈抨击地方主义的好作品》，《作品与争鸣》1981年第7期。
② 吴亮：《从乔光朴到傅连山》，《社会科学》1981年第4期。
③ 雷达、刘锡诚：《三年来小说创作发展的轮廓》，《文艺报》1979年第10期。
④ 李存葆：《关于〈坟茔〉的通讯》，《文汇报》1984年12月25日。

较多地向中国古代白话小说借鉴理论资源，导致这个时期小说理论在短篇小说上比较偏重故事体，在长篇小说上比较偏好"新评书体"。无论是哪种体式，这个阶段的小说都偏重故事性。故事从某种意义上构成了这个历史阶段小说的基本体式特征。进入 20 世纪 80 年代，故事首先成为小说理论要反思与批判的对象。高行健认为："小说不一定要讲个故事，虽然许多好的小说讲的是故事，但生活里并不都是故事。张洁的一个短篇小说《拾麦穗》就无意讲故事，只写了生活中的一点感受，却自有动人之处。"① 新时期小说在创作上的确不以追求故事为目的。例如，刘心武、张洁、王蒙等小说家的创作就是如此。他们的小说要么"故事性不强"，要么"故事性很差"，尤其是王蒙的小说"根本就没有故事"。王蒙的许多小说，"本来都可以讲出一个比较完整的，也不难引人入胜的故事。但是王蒙好像有意把这些故事打碎，让它们变作一个个片断，然后再用他自己特有的结构方法连缀起来。读者看这些小说的时候会朦胧地感到这些故事的存在，但要使它们清晰起来，或者恢复它们的原貌，却会十分困难"②。表面上看，故事不再得到重视，其实更为根本的原因是各种创作方法的尝试，最终导致了小说故事被肢解。小说理论观念的变化，导致了创作方法的大胆探索。这是 80 年代小说理论的重要收获。

有论者通过对西方现实主义创作方法的历史观察，发现了现实主义的创作方法其实也一直在发生着变化：《十日谈》所体现的现实主义方法，偏重于讲故事。到了莎士比亚的一些戏剧作品，开始注重塑造人物性格。至于《红与黑》《高老头》《战争与和平》，则有的重视心理描写，有的侧重凸显人物的个性，有的则善于从人物与环境的关系入手来塑造人物性格。高尔基的《母亲》善于从历史发展的必然性的高度去把握人物性格。"二战"前后至当代，现实主义吸收了意识流等表现方法。因此，有论者认为："简而言

---

① 高行健：《现代小说技巧初探》，花城出版社 1981 年版，第 6 页。
② 李陀：《论"各式各样的小说"》，《十月》1982 年第 6 期。

之，现实主义要求的是以生活本来的样式，通过典型形象的塑造以具体地反映生活的本质或其某些本质方面。这样，作为创作方法的现实主义，既有保守的一面，即它的基本要求并不因时而异，同时又有非保守的一面，即它要求与生活保持一致，随着生活的发展而发展。"① 在遵循现实主义的基本规范基础上，纳入开放的创作方法，已经成为现实主义的基本诉求和基本规范。20 世纪 80 年代现实主义小说理论也是开放地接受各种表现方法，这成为此时期小说理论的新特质。

历史证明，现实主义的传统方法不足以表达作家的思想感情和对生活的认识。为此，小说家们开始开展卓有成效地探索，丰富了现实主义的创作方法。戴厚英在创作《人啊！人！》时就自觉地、有意识地展开探索："我不再追求情节的连贯和缜密，描绘的具体和细腻。也不再煞费苦心地去为每一个人物编造一部历史，以揭示他们性格的成因，我采取一切手段奔向我自己的目的：表达我对'人'的认识和理想。为此，我把全部精力集中在对人物的灵魂的刻画上，我让一个个人物自己站出来打开心灵的大门，暴露出小小方寸里所包含无比复杂的世界。我吸收了'意识流'的某些表现方法，如写人物的感觉、幻想、联想和梦境。"②

王蒙是 20 世纪 80 年代初期在小说创作方法探索上走得比较远的作家。他认为小说创作"要多方探求试验，要敢于在艺术上闯和创。程咬金还有三板斧，一个作家要有四板斧、五板斧又有何不可？"③ 王蒙的小说《春之声》《夜的眼》《海的梦》等，都在现实主义创作方法上展开了深入的探索。他曾说："为了使在有限的时间和空间里的事情能让人感到更广阔、更长远、更纷繁的生活，而且要在某种程度上再现我们的生活中的矛盾和本质"，他探求采取有效的表现方法。其中一个方法就是"打破常规，通过主人公的联

---

① 稽山：《关于现代派和现实主义》，《华东师范大学学报》（哲学社会科学版）1981 年第 6 期。
② 戴厚英：《后记》，《人啊！人！》，广东人民出版社 1980 年版，第 356 页。
③ 王蒙：《窝头就蜗牛，再加二两油！》，《北京晚报》1980 年 8 月 28 日。

想，突破时间和空间的限制，把笔触伸向过去和现在，外国和中国，城市和乡村"。① 王蒙在现实主义小说创作方法上的探求取得了突出的成就。尤其是《杂色》，获得了较高的评价："如果当代能有杰作，我想王蒙的《杂色》可以属于这杰作之林""《杂色》全然无故事可言，也没有悲欢离合，也没有慷慨激昂的惊人之笔。以这种要求来看这篇作品，自然不免失望"，但是"这种失望来源于对小说的一种老观念，即小说者，故事也。……其实小说是可以讲故事，也可以不讲故事的"。②《杂色》采用抒情的表现手法，将抒情"同议论交织在一起，不仅勾画了一路上的景色和人物的感受，还将人物对自己的身世，对社会、对时代的种种思考，都网织其中。内容之丰富，容量之深广，远远超出一篇同样篇幅的按照通常讲故事的方式写出来的小说"。③

进入 20 世纪 80 年代后，现实主义小说理论发生了较大的变化。一方面，现实主义小说理论在新的历史环境下得以进一步发展，另一方面，现实主义小说理论较前一个阶段来说，其关于小说内涵、表现领域、审美形态、表现方法等领域的建设都发生了根本性的变化。这些变化无疑是新的历史环境下，小说理论自我更新的历史表征，也是现实主义小说理论新形态、新内涵的突出表现。

第二节 小说主题理论：迈向多重意蕴与多层次

"十七年"乃至此后的"文化大革命"时期，小说主题理论是小说理论较为被忽视的一个方面。其实原因很简单，小说主题是一个较为单纯的概念，就是指小说表达的中心思想，是小说要传达的基本意思与意义。具体而

---

① 王蒙：《关于〈春之声〉的通信》，《小说选刊》1980 年第 1 期。
② 高行健：《读王蒙的〈杂色〉》，《读书》1982 年第 10 期。
③ 高行健：《读王蒙的〈杂色〉》，《读书》1982 年第 10 期。

言，这一时期小说主题就是反映工农兵的生产生活实践和阶级斗争实践活动。这样的主题和社会现实具有很强的关联性，并具有相当的政治效果。因此，这一时期小说主题理论的内涵表现较为单纯，也很单一，指向明确。但是，20世纪80年代小说主题是一个较为复杂的问题，人们围绕主题所做的理论探讨，丰富了这一时期的小说理论。本节将对小说主题做一个集中的探讨和分析。

20世纪80年代以来现实主义小说主题理论的基本含义有所发展。人们开始认识到，主题不是中心思想，它有比较复杂的内涵。同时，主题也不是一个固定的、孤立的概念，它受到小说文本自身语境的制约。另外，人们也认识到，小说主题虽然属于思想性范畴，但是在小说创作实际中，其作品本身并非仅由主题思想这一理性要素所制约，它还包含创作主体的感性成分。同时，思想性的主题不能概括感性成分。这就造就了小说主题的模糊性特征。王蒙较早注意到小说主题的模糊性。他在谈论《陈奂生上城》的主题时说，《陈奂生上城》的主题比较隐蔽，"实际上很丰富""你这样看可以，那样看也可以"。① 作为小说家，王蒙对这种现象的形成深有体会。他认为，这种现象的形成和创作本身的特性相关。他曾说写《夜的眼》的时候，是"感觉先行，感受先行""从感受上看出人来，看出思想来，看出灵魂来，但是感受本身不是直接对于思想的图解""这里包含着思想，但是不是直接说破。这个感受包含着深思，对我们生活的深思，这个深思还没有作出明确的结论，但是它充满了深思"②。

因此，小说主题本身也许不能概括小说的全部感性内容，虽然这些感性的内容本身就包含着非常重要的思想。从这个意义上说，小说的主题应该包含更加复杂的内容，不可能纯粹是思想性的内容。因此，有人对小说主题的概念进行修正，把那些明显不是小说的思想性内容也纳入小说主题范畴。小

---

① 王蒙：《探索断想》，《漫话小说创作》，上海文艺出版社1983年版，第10页。
② 王蒙：《在探索的道路上》，《北京师范学院》（社会科学版）1980年第4期。

说的主题因而被划分为三个层次：主题思想——主题意念——主题情绪。

主题思想指的是小说明确的观念形态，是小说所要传达的明确的思想意向。但是，小说家并不都是在一个非常明确的思想支配下进行创作的。有时，作家在一个意念的支配下进行创作，因此，小说就不能形成主题思想，而只会构成主题意念。王蒙对此有明确的论述："这里所谓'意念'，是指作品所表现的内容本身蕴孕着'思想'的基因，但还没有形成明确的、特定的思想——观念形态，是介于直觉（感性认识）和思想（理性认识）之间的一种模糊意念状态。在作品的具体创作过程中，从'意念'到'思想'之间有一个模糊的过渡，作家在实现创作时，可能完成这种过渡，也可能停留在这个过渡之间的某一瞬间。于是，把握并表现出来的就可能是一种介于意念和思想之间的模糊状态。"① 主题情绪的理性色彩比主题意念更加淡薄，与主题意念常常交融出现，形成一种主题形态。主题情绪"是一种情绪化的主题形态。（相对于思想化、观念化而言）的主题形态，或曰主题的情绪化。作家在作品里有意识地抒写、渲染一种特定情绪，造成情感氛围，作家就通过这种情感宣泄，隐隐约约地暗示（而不是告诉）给读者某种特定的主题意识"② 。由此可见，小说主题已经不再是非常明确的理性思想，它还包含非常丰富的感性印象和创作主体的感性感受。

20 世纪 80 年代小说的主题已经不是具体的政治性理念、社会性问题，还具有超越现实的抽象哲理意蕴，这就形成了以哲理理念为主、盛极一时的哲理小说。这些小说的主题不再是针对现实的具体问题，而是抽象、理性地回答作者对社会、人生、历史的思考。

吴方、黄子平一篇专门研究小说主题的论文《关于小说主题学》中对主题有非常明确的表达。他说："涉及主题这一词，大致归结为理解的'1、2、3'，第一种即常规理解，也就是所谓的'中心思想'、主要含义。其表达和

---

① 张兴劲：《当代短篇小说观念：从开放走向放大》，《文学自由谈》1985 年第 1 期。
② 张兴劲：《当代短篇小说观念：从开放走向放大》，《文学自由谈》1985 年第 1 期。

接受属于代码依赖型，其符号活动的结构功能是以指示义为中心的，除了寓言故事或杂文，这种情形基本不适用于艺术场合。第二种要复杂些了，简单说，作品成为开放的文体后，主题的构成及透义性有赖于符号形式和符号内容之间的相互关系，而这种关系又并非简单对应，而是通过多种多样的叙述手段组织起来的。在组织中新的符号形式又产生新的符号内容，主题在其中变化、重构，甚至变得深厚难言。这种情况往往与艺术语言除了具有实用功能还具有美学功能有关，即强调意义的创造和生成：一方面处在一个由固定'代码'所维系的既成世界秩序中，另一方面又企图突破成规，改变这个'世界'。作为艺术作品中的主题存在，显然更依赖于语境和人的主体判断、阐释，总之是开放的，所以才值得研究。至于第三种，是指在小说这种叙事的语言艺术中主题的独特性。小说总要说些什么。说时就要受到一定的语言叙述方式的规约。这里包括词、句法、声调、节奏的选择，也包括在话语单元之间构成邻接关系或类比关系，同时还包括在较大的时空范围内组织故事情节、人物与环境。也可以说，正是在素材与叙述活动之间，所要表达的形象和意思获得了一种整合，不妨称意义组织的整合过程为一部小说的主题形成过程。我想，我偏重对主题的第二和第三种理解，主要因为我要研究小说，而不是研究什么会议和报告。从这种理解出发，我觉得'主题'比'语义'，用起来更有弹性。"① 吴方关于小说主题的论述，强调了小说作为艺术形式的独特性，把小说主题从应用性指涉中解脱出来，挖掘出了小说的艺术属性。于是，小说主题不再指向现实生活的功利性，而是一方面指向小说作为艺术的创作主体性层面；另一方面指向小说作为艺术形式的构成要素——与小说的语言属性、叙述方式等之间的关联。

　　小说主题理论的深入探索还体现为，小说主题不再是对现实的认知，而是和一定的文学观有密切的联系。吴方在《小说"主题"理解面面观》中对此做了较为系统的阐述："在西方，文学观大致有四种类型，并因此而影

---

　　①　吴方、黄子平：《关于小说主题学》，《北京文学》1989 年第 2 期。

响到如何把握主题。模仿说——认为艺术实质上是对世界某些方面的模仿。在这里批评所循的向度是由作品到世界。主题随着模仿的对象、范围、水平或者体现为理念目标或者体现为情感源泉，总之以模仿为中心。实用说——把艺术品看作主要是为了达到目的的一种手段，而且往往根据作品实现这一目标的成功与否来判断其价值，由此而产生一种批评原则：教诲、娱乐加上感动。这样，主题便作为'目的实现'的具体内容而被关注。表达说——艺术是一种把意象、思想、感情加以提炼综合的想象过程。按照这种想法，作者的精神素质和内心活动就成了产生作品的要素。同时，外部世界的某些方面在作者的感情和心理活动的作用下，才转化为有意义的题材和主题。客体说——这种观念原则上认为，作品孤立于外在的参照因素，只能把它作为由互相关联的各个部分所构成的一个自足实体来分析，或者说把它作为文学传统中的一个语言事实来分析，即由外部世界向作品自身归返。这时，传统理解中的主题作用似乎弱化了。"① 这样来考察主题的思路，实际上拓宽了主题的含义，开拓了主题的视野。把主题同文学观联系起来，意味着小说主题不再局限于传统意义上的认识论，而是具有多纬度的指向性。它指向艺术本体，指向由语言现象所承载的人类文化心理，还涉及小说阅读和交流。

20 世纪 80 年代的小说主题理论对小说主题内涵的深化，还体现在对小说主题的宏观与微观研究的深入上。这种深入探究建立在对主题与小说诸要素的关系的认知上。它不再把小说主题看作一个孤立的小说要素，而认识到"在一篇小说尤其是现代小说中，不可能仅仅有某种主题而没有对这主题的叙述（即主题的存在方式），而这种叙述既与作者的思想、感情，与一个时代的社会意识和心理有关，也与小说采取什么样的叙事方式、文体风格、意象经营有关（试比较相同主题小说的优劣差异）。同样，我们看一部小说，也不可能仅看它有什么主题，而对产生和形成这主题的效果不加分析。所以，就主题与诸其他因素结成的互为因果的关系而言，欲深入理解它，就要

---

① 吴方：《小说"主题"理解面面观》，《百花洲》1988 年第 5 期。

将外部考察与内部探讨结合起来"①。

小说主题的宏观研究注意到，小说主题受社会文化心理的制约，它存在于社会文化心理的网状结构中。吴方在《小说主题与文化心理》一文中，通过中国由古至今小说主题演变的考察，认识到小说主题与社会文化心理之间的密切关系。在这篇表面上梳理中国小说主题史的论文中，吴方紧紧地扣住小说主题与社会文化心理之间的紧密联系，深入地阐发了小说主题如何受社会文化心理制约的问题。小说主题处在一些根本的定向制约下，即文化性格和心理的潜在影响，如祖先崇拜、礼的秩序、善恶标准、正统之尊、英雄主义的人格力量……由此构成一定的主题模式。由元至明、清，中国古典小说臻于成熟。它们在历史和现实的广泛领域挖掘题材，通过章回故事的形式将传统的主题凝结为艺术教喻。

主题理论是现实主义小说理论的重要构成部分。随着现实主义小说理论内涵的变化，主题理论的内涵和外延也发生变化。主题意蕴的丰富性和层次也发生了巨大的变化，这种变化的发生是现实主义小说理论在新的历史时期的重要收获。

第三节　小说情节论：聚焦人格结构

情节是小说的三大要素之一，因此，小说理论关注情节是必然的。但是，小说理论史上对情节的认识并不一致。1949—1976 年小说情节理论被看成是矛盾冲突的聚合体。20 世纪 80 年代以来小说情节理论观念发生了变化，小说情节从故事中分离出来，情节成为对故事的组织和故事的表现。因此，出现了淡化情节的观念。随着这种观念的出现，一种偏向空间化形式的小说情节观形成了。

---

① 吴方：《小说"主题"理解面面观》，《百花洲》1988 年第 5 期。

一、情节：　由动作转向人本身

1949—1976 年情节是为人物性格服务的，是人物性格展开的过程。因此，小说情节很自然地表现为事件展开的过程。情节"没有本身的目的，它是作者站在一定思想的高度，为了突出人物的性格和反映生活的矛盾，而后适应着人物性格发展的逻辑，在作品中所提炼出来的生活事件的过程"①。因此，从根本上来看，小说情节是为外在思想观念服务的。

新时期小说情节理论开始发生变化。有论者把其原因归结为，生活的变化需要新的情节观念，旧的情节观念已经不再适应新的生活了：

> 而生活则不仅在时间中展开，也在空间中延展，它必然会表现出空间上的多向度，可以说，生活本身并不具有严格意义上的情节性，它是散乱的整一，无目的的合目的。这样当生活被纳入传统的叙事模式时，必然是以牺牲其空间性为前提的。因为小说的阅读是个时间过程，所以特别容易接受这种情节为主干的叙事方式，并且乐意用情节性及其连续性和完整性作为衡量小说的价值尺度。②

如果再深究下去，生活的变化为什么需要新的情节观念？我们就会发现，最终是"人"的观念发生了变化。"人"的观念的新变是小说情节发生变化的根本原因。雷达在谈到新时期获奖作品时，发现这些作品的成功之处在于从"人"出发来组织小说的情节：

> 这些成功的小说作品再一次暗示我们：再也不能从对社会本质的抽象认识出发来处理情节了，情节的提炼必须而且只能从人出发。我们不否认思想的光束对整个创作的统摄和深化力量。没有思想的作品是没有灵魂的。然而，思想只能寓于性格及其冲突之中，

---

① 蒋孔阳：《情节的提炼和结构的安排》，《上海文学》1959 年第 10 期。
② 毛时安：《淡化：一种艺术现象》，《当代文艺探索》1987 年第 2 期。

思想只能源于作者对生活现象的内部联系的具体把握之中。①

雷达以这几篇获奖小说为例，建立情节与人之间的关联性。纪众在一篇论述西方小说情节发展历史的论文中，也提出了类似的观点："怎样看待情节问题，关键还在于看待人。"② 纪众把西方小说情节的历史和西方社会对人的认识结合起来论述，在人与情节的关联中，论述了我国新时期小说情节淡化的根本原因：对人的认识深化了。古代人将情节视为第一要素，这和古代社会"人"的观念紧密相联。因为，在古代社会，只有类型人的观念。文艺复兴时期，单个的"人"的观念出现，因此，莎士比亚的戏剧出现了双线情节和人物的内心活动描写。浪漫主义崇拜自然，崇拜人的自然本性，注重内心生活和情感世界，因此，它彻底改变了古代诗学和古典主义视情节为第一要素的理论诉求。这种变化不仅完成了以情节为第一要素向人物为第一要素的转变，而且以情感崇拜、抒情主义、生命自由、理想和幻想等情节因素，取代了以外观化为特征的净化、快感、可信、惊奇等古典的情节审美诉求。纪众认为，正是"人"的观念的发展，导致了小说情节的发展。因此，纪众做出了这样的论断："第一，在十九世纪优秀的现实主义小说中，小说的故事性与情节性，实际已经被淡化了，虽然这淡化仍然表现在这故事和情节自身的形态中；第二，在十九世纪优秀的现实主义小说中，实际已经出现了非故事性和非情节化因素，虽然这因素还较稚弱，还不足以以自身力量来摆脱故事性和情节化的要求。"③

到了 20 世纪，随着科学的发展，"内部人"出现，这进一步引起小说情节的衰落。于是，"内部人"的描写和情节的淡化之间建立了历史和现实的联系："比起古代和近代的人，现代人可以说变得更加趋于内向了。人性的内向性，这是人的历史进步，是人的独立性和自主性增强的表现。因而，小

---

① 雷达：《人与情节断想——阅读获奖小说笔记》，《长春》1980 年第 8 期。
② 纪众：《情节化小说的历史衰落》，《小说评论》1988 年第 6 期。
③ 纪众：《情节化小说的历史衰落》，《小说评论》1988 年第 6 期。

说艺术在通过内心生活来确证社会历史进步方面，无疑就向作家提出了更高的要求，迫使他们无法再满足于时间一维的叙事方式。"①

王定天的《中国小说形式系统》是一本对小说情节的人学本质挖掘较深刻、较系统的著作。王定天认为中国小说的情节是形式的，同时也是充满主体性的。王定天系统地考察了中国小说史，认为中国小说"情节"是一个充满主体性的范畴。他对旧情节（即注重人物矛盾冲突的情节）和新情节（即不注重矛盾冲突的情节）做了区分。把旧情节看作"人物结构"，把新情节定义为"人格结构"。因此，他把非矛盾冲突的因素，纳入情节的范围：

> 旧情节论是被当作"人物结构"（复化的人物）来理解的。如高尔基说：情节是"人物之间的联系、矛盾、同情，反感和一般的相互关系——某种性格、典型的成长和构成的历史。"这里的核心是"个性化的人"；我们则根据中国小说的要素构成与"情节"一词在字源学上的意义，并参照中国小说概念的逻辑与历史的发展形态，把情节确定为"人格结构"，核心是属人的"人格"。"人物结构"与"人格结构"，这就是我们与旧情节论包括从亚里士多德、黑格尔到高尔基的区别。所谓"人物结构"，有两个层次：一、人与人、人物之间的关系——事件；二、人物自身的构成——性格或典型。此中的最高原则都止于人。于是，某个身份、职业、性格、社会联系确定的个人的生活遭遇，就成为这个情节论的一般模式。这个模式在西方，概括了从亚里士多德到高尔基的所有情节形态（当代西方小说不在其列），在中国，则只能适用于有限的一部分。所谓"人格结构"，它的最高原则则超越了具体的人，成为泛人，普泛的属人的本质，人的心灵，人的色彩气息，点染在对象化的事物、人物中，使它们无不表现为"人格"，因此，它也就没有确定的表达模式（它还要形成一种"特殊结构"以区别于散文或诗。

---

① 纪众：《情节化小说的历史衰落》，《小说评论》1988 年第 6 期。

详后），它时而为一个精灵奇怪，时而为一个言情风貌，时而又为一个人物命运和人物心灵、无所不在的历史氛围等等。这样的情节结构，在中国可以概括有史以来的各种情节形态，纵贯古今，在西方也能暗合于它们的现代派"无情节"小说的情节结构。可以对照着说：旧情节论只把"人化的人"列入小说艺术，新情节论则把整个"人化的自然"作为小说艺术的对象；旧情节论不能包含新情节论，新情节论却能包含它；旧情节论只能解释现实主义小说的情节，新情节论则能解释古今中外的一切小说的情节。新情节论使情节形式审美展现为人性中的基本构成，而不是某种偶发的历史产物。①

因此，王定天主张用"人格结构"来概括小说情节结构，何为"人格"？他做了这样的一个界定：

"人格"——本书使用这个词与一般意义有异。一般使用这个词是意义归结于人，离不开人的，因此意味着另有超人的目的；而我的意思则正是从人发散出来，可以离开人的，因此是人为目的的，因此它代表着一种实践的主体性，一种人所了解、改造、征服对象世界（包括人自身）的主体性。在情节结构中，人格是与语义层次联系的因素，语义的终点就是人格的起点（前面说语义与情节形象同一是从整体上表述的，非结构分析的）。人格又是情节结构的中心，情节结构永远不过是"人格结构"（作为形象，或"唯一的审美事实"），不管情节是以物态，地貌，虫鱼，精怪，人称，人物或泛人形态形成形象，其中心总是已经完成了的人格形式。正因为这样，无论如何离奇怪诞的情节结构，却总是以亲切的现实人生的风貌为审美基调的。②

---

① 王定天：《中国小说形式系统》，学林出版社 1988 年版，第 44—45 页。
② 王定天：《中国小说形式系统》，学林出版社 1988 年版，第 63 页。

20 世纪 80 年代小说情节理论逐渐获得了独立的审美价值，情节和小说所呈现的人的生存体验联系在一起。这是新情节观和旧情节观相区别之处。当人的内心世界、人格外化的主体世界代替人物的动作时，小说情节就转向对人超越实在世界的构造，情节就成为人和他的对象化世界之间的艺术桥梁，情节的艺术逻辑就开始发生变化，从依附故事的时间逻辑中走出来，开始了在空间形式中展开的历程。

二、情节：　与故事相分离

从本身语义来讲，情节应该是对小说中事件的组织。因此，小说的情节和小说的故事并不是同一对象。

现代意义上的小说在中国确立时，"情节"常常被"结构"这一概念所代替、所掩盖。沈雁冰（茅盾），这位在当时重要的小说理论家，就把小说的"情节"和"结构"当作是一回事。他在《小说研究》之一的《人物的研究》这篇论文中曾这样说过："一部小说还有它的思想，它的风格，足以给人印象——或者是更深的印象，这个我也承认；但是我们若只从构造小说的表面的要素而言，则结构（就是小说中悲欢离合的情节），人物（就是书中的男男女女），环境（就是书中的自然风景、都市空气等）三者……在一般读者的回忆中，结构、人物、环境这三项是小说的显明的构成材料。"[1]沈雁冰的这种看法并不是孤立的，与他一样在现代小说创作和理论上都占据着重要地位的郁达夫，也持同样的态度。郁达夫在《小说论》这本专著中也把情节和结构混为一团。他说："一般的小说技巧论里，都把小说要素，分成一结构（plot），二人物（characters），三背景（setting）的三部。"[2]

到了赵景深那里，情节从结构中独立出来。他对情节的认识非常深刻。他把情节从事实和故事中剥离出来。赵景深在新华艺术大学讲演中说："所

---

① 沈雁冰：《人物的研究》，《小说月报》第 3 号，1925 年 3 月 10 日。
② 郁达夫：《小说论》，光华书局 1926 年版，第 44 页。

谓结构，英文称为 plot，意即情节，也就是故事里的事实，不过另外还有事实是如何经过有机组织这一层意思，所以便译作结构。"① 这个认识后来渐渐被人们所接受和认同。沈雁冰也接受了这个观念。他在探讨小说结构的专文中，曾这样论述道："既已假定我们所要描写的人物，其次便是要假定这些人物相互间的关系，以及他们遇到了什么事故；这种种的关系和事故，便成为'结构'。所以'结构'一词，简单说来，便是书中的动作，换言之，便是书中悲欢离合的情节。"②

但在 20 世纪 40 年代，占据着主流地位的小说理论，开始把情节和小说的故事混为一团，并要求情节具有尖锐的矛盾冲突。在随后的历史发展过程中，小说情节是矛盾的统一体的观念逐渐占据主流地位。

到了 20 世纪 80 年代，小说的情节又开始回归到和故事分离的状态。情节和故事的分离在一定程度上成为理论家的共识。八九十年代翻译的西方小说美学著作中，都表明了情节和故事相区别的思想。

福斯特在其《小说面面观》中将故事与情节做了区分："故事就是对一些时间顺序排列的事件的叙述，而情节同样要叙述事件，只不过特别强调因果关系罢了。如'国王死了，不久王后也死去'便是故事；而'国王死了，不久王后也因伤心而死'则是情节。虽然情节也有时间顺序，但却被因果关系所掩盖。……对于王后已死这件事，如果我们再问：'以后呢？'便是故事，要是问：'什么原因？'则是情节。这是小说中故事与情节的基本区别。"③

与之相类，小说理论家爱·缪尔也认为情节具有组织功能：情节"指明故事中连续的事件和使这些事件交织在一起的原则……在这一切小说中，有

① 赵景深：《短篇小说的结构——在新华艺术大学讲演》，《文学周报》第 283 期，1927 年 9 月 25 日。
② 玄珠：《小说研究 ABC》，世界书局 1928 年版，第 100 页。
③ ［英］爱·摩·福斯特：《小说面面观》，苏炳文译，花城出版社 1984 年版，第 75—76 页。

些事情发生，而且依一定的程序发生；在每一部小说中，事情都必然发生，而且依一定的程序发生。然而，因为事情都按其必然性非发生不可，区别一种情节跟另一种的，便是事情发生的程序"①。

真正让中国小说理论家们把小说情节的形式因素挖掘出来，让情节彻底和故事分离，是在形式主义文学理论传入中国后。形式主义不把情节当作叙事作品内容的一部分，而将其看成是形式的组成部分，把"情节"与"故事"截然区分开来。"故事"指的是作品叙述按实际时间顺序排列的所有事件。而"情节"则指对这些素材进行艺术处理或在形式上进行加工，譬如在时间上对故事事件的重新安排，如倒叙或从中间开始的叙述等。② 西摩·查特曼指出，结构主义认为每部叙事作品都有两个组成部分：其一是"故事"，即作品的内容；其二是"话语"，即表达方式或传达内容的手法，"每一种组合都会产生一种不同的情节，而很多不同的情节可源于同一故事"③。

李洁非是中国小说理论界坚持小说的情节和故事相分离的学者。他对情节的形式内涵的阐释建立在对情节和故事进行区分的基础上。他借助形式主义文论的相关观点，论述了故事和情节的根本性差别，如亚里士多德在《诗学》中说："所谓情节，指事件的安排。"④ 李洁非引用佛克马、易布思合著的《二十世纪文学理论》，介绍了形式主义批评家们关于情节的定义，来阐明情节和故事的差别。这一段话是这样写的：

> 根据形式主义学派的看法，情节是一种方法，语义材料（指故事本身，详见下文中托马舍夫斯基的定义）就是用这种方法在某一文中表达出来的。特尼亚诺夫把情节说成是语义成分在文本中的实

---

① ［英］爱·缪尔：《小说的结构》，《小说美学经典三种》，罗婉华译，上海文艺出版社1990年版，第349页。

② ［以色列］什洛米斯·里门-凯南：《叙事虚构作品》，姚锦清、黄虹伟等译，生活·读书·新知三联书店1989年版，第77—102页。

③ ［美］西摩·查特曼：《故事与话语：小说和电影的叙事结构》，徐强译，中国人民大学出版社2013年版，第32页。

④ ［希腊］亚里士多德：《诗学》，罗念生译，人民文学出版社2002年版，第18页。

际组成，这个定义较为合适。什克洛夫斯基解释说："故事仅是构成情节的材料。"这些定义跟托马舍夫斯基所提出的定义一致。（附注：托马舍夫斯基在《主题》一文中这样说："本事就是实际发生过的事情，情节是读者了解这些事情的方式。"）①

借助形式主义文学理论资源，李洁非发现了情节和故事并不是平行关系，也不是重合关系。他认为，情节是对故事的变形，"情节在本质上是对于事件的重构"②。这样，李洁非就从根本上把情节和故事区分开了。

小说中的故事是按照时间顺序排列，当情节与故事分离后，情节摆脱了时间序列的束缚，按照空间逻辑力量组织小说。小说情节的空间性特征就表现出来了。

三、情节： 迈向空间化

应该说，自情节在小说理论中扎根成为小说的要素那一刻起，有关情节性质和要素理解的分歧就产生了。最初，人们并没有要求情节一定要有高潮，也没有要求小说一定要有曲折的情节。早在 1920 年周作人就认识到小说的形态是多种多样的，小说情节也应该是多种多样的。他说："小说不仅是叙事写景，还可以抒情；因为文学的特质，是在情感的传染，便是那纯自然派所描写，如 Zola 说，也仍然是'通过了著者的性情的自然'，所以这抒情诗的小说，虽然形式有点特别，但如果具备了文学的特质，也就是真实的小说。内容上必要有悲欢离合，结构上必要有葛藤，极点与收场，才得谓之小说：这种意见，正与十七世纪的戏曲的三一律，已经是过去的东西了。"③

即使那些认为情节对小说必不可少的论者，也认为小说情节不必一定要有高潮。郁达夫认为小说的结构虽然和戏剧差不多，但是近代的性格小说和

---

① 李洁非：《小说学引论》，广西教育出版社 1995 年版，第 20 页。
② 李洁非：《小说学引论》，广西教育出版社 1995 年版，第 20 页。
③ 周作人：《晚间的来客·译者附记》，《新青年》第 7 卷第 5 号，1920 年 4 月 1 日。

心理小说已经显示出了情节的新特征：小说的最高潮点（climax）并非是必要的结构。他认为，在情节的诸要素中起决定性作用的不是小说情节是否有一个高潮；即使没有高潮，小说的情节仍然成立。因此，郁达夫认为潜藏在小说中的情调也应该成为情节的一个要素。赵景深在谈到创造社的小说家不注意情节安排的小说时说："或者有人要问，最近的小说像郭沫若的《橄榄》，郁达夫的《茑萝》，王以仁的《孤雁》等都喜欢写自己的故事，随便写下去，那又有什么结构呢？不知事实上的结构固然没有，情调却依然是统一的，所以仍旧是有结构（即情节——引者注）的了。"① 甚至有人更大胆一些，提出小说的情节不是小说的重要成分，与情调含义相似的情状才是小说的主要要素。他们认为情节都可以不要，只要情状就行："我们的知识原来告诉我们：小说重在描出'情状'，不重叙写情节；重在'情状真切'，不重'情节离奇'。情节只是壳子罢了，取譬荔枝，情节就像荔枝的壳，情状才是荔枝的肉。而因文艺植根于真，故亦不贵乎离奇，而重在真切。"②

因此有人提出让小说回到散文上去，让小说包容诗歌的内容。废名曾提出让小说回归到散文上去的理论主张。他说："散文注重事实，注重生活，不求安排布置，只求写得有趣，读之可以兴观，可以群，能够多识于鸟兽草木之名更好，小说注重情节，注重结构，因之不自然。可以见作者个人的理想，是诗，是心理，不是人情风俗。必于人情风俗方面有所记录，乃多有教育意义。最要紧的是写得自然，不在乎结构，此莫须有先生之所以喜欢散文。他简直还有心将以前所写的小说都给还原，即使不装假，事实都恢复原状，那便成了散文，不过此事已是有志未遂了。"③ 汪曾祺的设想则更大胆，他希望小说包容更多的东西："我们设想将来有一种新艺术，能够包容一切，

① 赵景深：《短篇小说的结构——在新华艺术大学讲演》，《文学周报》第 283 期，1927 年 9 月 25 日。

② 晓风：《"情节离奇"》，《民国日报·觉悟》，1923 年 6 月 19 日。

③ 废名：《莫须有先生坐飞机以后·第八章》，《文学杂志》第 2 卷第 8 期，1948 年 1 月初。

但不变是一切本来形象，又与电影全然不同的，那东西的名字是短篇小说。这不知什么时候才办得到，也许永远办不到。至少我们希望短篇小说能够吸收诗、戏剧、散文一切长处，而仍旧是一个它应当是的东西，一个短篇小说。"①

不过，这样的一些观念并没有在现代小说理论史上占得主流地位，相反，注重矛盾冲突的情节观在20世纪40年代后的一段时间里"一统天下"。

注重矛盾冲突的情节观在新时期开始受到冲击，一方面是因为社会环境发生了变化，充满尖锐的矛盾冲突的社会运动被叫停了；另一方面，更重要的也许是，小说的美学观念发生了变化。人们开始怀疑充满矛盾冲突的情节的真实性。有感于此，不少作家并不主张强化情节。汪曾祺就说过这样的话："我也不喜欢太像小说的小说，即故事性很强的小说。故事性太强了，我觉得就不大真实。"② 他还说："有人说我的小说跟散文很难区别，是的。我年轻时曾想打破小说、散文和诗的界限……我的小说另一个特点是散。这倒是有意为之。我不喜欢布局严谨的小说，主张信马由缰，为文无法。"③

20世纪80年代小说情节理论的变更最明显，成为这一时期小说观念变革最核心和重要的一部分。首先，具有情节的小说只是小说众多类型的一类；其次，小说的情节也应该容纳更多的因素。高行健较早对这一问题做了论述："情节是对现实生活的一种艺术的概括，从生活中提炼出来的。但生活中并非只有情节，还有许多非情节的因素。文学作品想要全面地反映丰富多彩的现实生活，便应该找寻新的办法，以便容纳那些非情节的因素，诸如社会生活的风俗画面、人内在的精神世界，包括心理活动、意识与下意识，思考与情绪，如此等等。现代小说为了容纳这些非情节的因素，便不得不摆脱以情节为小说结构的路子，去找寻新的结构方式，于是非情节的小说便应

---

① 汪曾祺：《短篇小说的本质》，天津《益世报·文学周刊》第43期，1947年5月31日。
② 汪曾祺：《汪曾祺短篇小说选·自序》，北京出版社1982年版，第2页。
③ 汪曾祺：《汪曾祺短篇小说选·自序》，北京出版社1982年版，第2页。

运而生。"① 高行健还用世界小说史证明，情节淡化依然可以写出优秀的小说佳作。他说：

> 屠格涅夫把优美的散文引入到小说创作中去，他的《猎人笔记》首先告诉人们，小说是可以不写故事的。司汤达则在他的小说《红与黑》中，几乎是整章节地进行心理描述，事件倒退居其次。巴尔扎克津津乐道的那些风俗画面也丰富了近代小说的结构方式，托尔斯泰在上一个世纪走得最远，甚至把他的道德说教和对历史的思考整章节整章节地写进他的《战争与和平》中去，都砍掉的话就不成其为托尔斯泰了。而契诃夫则是无情节的小说的鼻祖，一场谈话，一幅生活场景，乃至一连串对草原的印象，都可以构成非常生动的小说。②

小说情节变化中的一个重要内容是情节要素的变化。传统情节观念视情节的动作连续体建立在对外界生活的客观表现上。当小说成为一种独立的叙事文体后，对客观生活的再现就成为小说的本质性特征。在早期小说观念中，环境是人物所处的社会生活环境，包括时代氛围、居住环境等，这些无疑是客观的。人物虽是小说表现的中心，不过，早期小说更关注的是能客观再现人物的外在表现，如肖像、动作等。情节在相当长的一段时间里被认为是因果关系构成的事件发展的关系链，它直接为表现人物服务。情节也被称作人物的关系史，也是在客观的社会生活中能外在地表现出来的人物关系史。但是，小说中人物的主观生活、心理感受，被认为不具备独立的审美价值，只能成为附属部分，对人物动作做补充说明或交代。

与传统小说不同的是，现代小说出现抒情化或诗化现象。抒情化或诗化的一个重要表现是，情节的要素发生了巨大变化，人物的心理活动、主观心理感受投射出现了，这成了现代小说十分重要的组成部分。人物的主观感受

---

① 高行健：《现代小说技巧初探》，花城出版社1981年版，第72—74页。
② 高行健：《现代小说技巧初探》，花城出版社1981年版，第72—74页。

成为现代小说的独立审美对象。主观感受成为现代小说的独立要素有两个主要表现：其一，人物的心理活动、主观意识是现代小说的主要表现对象；其二，人物的主观感受通过小说环境等中介而成为现代小说的重要审美对象。人物的主观意识成为小说的表现对象，也是体现新时期小说情节观念变化的一个重要因素。

1949—1976 年小说的情节基本上以关注外在的社会时代风云为主，外在客观现实是小说情节容纳的主要对象。虽然这些小说也有人物的心理描写，但是，这些心理描写更多地起到为人物行动提供说明和交代的作用，本身并不具有独立的审美意义。这种情节观表明小说的基本属性是现实生活的反映。这一定义束缚了小说表现生活的对象和范围。将外在客观现实作为小说的表现对象的观念表明，支配小说情节的是关乎时代本质的抽象命题。

新时期小说情节观念变化的重要原因是小说艺术观念的变化。中国 20 世纪 80 年代以来小说理论所强调的"诗化"或"散文化"，显示了情节从故事的时间序列中走向空间形式。"生活是时间生活和价值生活的双重组合，价值生活不以时间衡量，而是用强度来计算。故事和情节（情节是故事的布局和逻辑面），依本性叙述着生活，这也不能使现代作家感到满足。他们创造了时空交错的结构方式，在时空循序上大幅度跳跃、颠倒，把现在、过去、将来、梦幻等不同时空单位复杂而巧妙地组合起来，充分展示不同事物之间的联系和对比，从而有效地再现了人们意识中的价值生活。"[1]

新时期以来小说情节的空间化走向，从本质上看是小说价值观念由对外在的社会生活的反映，转向对人的存在和生存意识的观照，小说从对生活观念的外在指涉，转变为关注小说形式自身。

---

[1] 胡平：《以情节取胜论》，《文艺争鸣》1989 年第 2 期。

第五章 走向开放的小说理论

　　20世纪80年代以来中国当代小说理论和前一个阶段相比较，发生的最大的变化就是呈现出开放的气象。1949年至20世纪70年代小说理论更多地呈现为保守气质。从文学资源来讲，比较多地接受了中国古代文学理论的影响。1949年之后的一段时间当代小说理论虽然广泛接受了苏联文学的影响，但是也是基于中国和苏联同为社会主义国家这一特殊背景。中国当时虽然也译介了西方文学理论，但是，基本上是出于批评性的目的。西方文学理论并没有对1949—1976年的小说理论产生实质性的影响。到了80年代，西方小说理论广泛、深入地影响了中国当代小说理论的发展。中国当代小说理论以西方文学理论为圭臬，从思想资源到思维方法、价值取向等多个角度，全方位地学习西方文学理论，从而造就了80年代小说理论开放的气度。本章将从现代小说技巧的引进、意识流小说理论的接受、结构主义的影响三个方面出发，力求深入地分析西方小说理论对中国当代小说理论的影响。值得注意的是，这一部分小说理论严格来说并不具有独立性。它一方面深度嵌入现实主义、抒情主义小说理论之中，另一方面又为形式本体论做了理论准备。为了描述20世纪80年代理论的开放性，故特设专章讨论。

第一节　现代小说技巧的引进

从中华人民共和国成立到 20 世纪 70 年代末期，现实主义处于独尊地位，现实主义小说理论也被看作中国当代小说理论的唯一正途。80 年代前后，由于小说创作的变化，也由于西方现代派小说被广泛翻译，西方现代派小说在中国被广泛认可。一份调查报告的结果说明了新时期初期读者的欣赏口味："（流行）两种热门刊物——《译林》《外国文艺》；三部传看书：《外国现代派作品选》《萨特研究》《日本当代短篇小说选》；四位现当代西方作家的作品：奥地利现代派作家卡夫卡的小说《地洞》《变形记》《审判》，法国存在主义作家萨特的小说《恶心》、话剧《苍蝇》和《可尊敬的妓女》，法国荒诞派作家贝克特的《等待戈多》，美国黑色幽默派作家约瑟夫·海勒的《第二十二条军规》，等等。比较一致的反应是，这些作品'深刻''有爆炸力'。赞赏现代派的约占调查对象的五分之三……这些人也推崇茹志鹃、王蒙等人的意识流小说，顾城、舒婷的朦胧诗，也喜爱推理、怪诞小说和一些'不像戏的戏'。他们觉得这些作品新鲜，手法、构思和意境突破了传统艺术形式的框框，时间空间没有限制，很对心劲。"①

由此可见，新时期初期"现代派"备受推崇。但是，在中国当代文学史上，"现代派"曾备受抨击，被看作形式主义、颓废的文艺："我们说'现代派'是抽象的形式主义的文艺，是指它的创作方法；是指它的对现实的看法和对生活的态度，亦即它的没有思想内容的作品之思想内容。"② 虽然读者从接受的角度已经认可了现代派、现代小说技巧，但是，现代小说技巧要想在中国获得合法性，还有艰难的道路要走。在此，本书尝试就这一问题展

---

① 西北师院中文系当代文艺调查组调查，党鸿枢执笔：《新时期文艺与青年——文艺思潮社会调查》，《当代文艺思潮》1982 年第 3 期。

② 茅盾：《夜读偶记》，百花文艺出版社 1958 年版，第 52 页。

开探讨。

一、"进化论" 视野中的小说技巧

1979 年小说创作出现新的变化，一些与《班主任》《伤痕》《乔厂长上任记》写法完全不一样的小说开始出现。例如，赵振开的《波动》（1979 年《今天》第四期、第五期、第六期连载）、茹志鹃的《剪辑错了的故事》、王蒙《夜的眼》等接连问世。这些小说不再把表现的焦点对准外在的客观社会生活，相反，人物的内心活动成为小说叙写的重要内容。《波动》《剪辑错了的故事》《夜的眼》等不再遵循故事发生的时间顺序来安排小说的情节，小说情节的推进更多地依赖小说人物的内心活动。《波动》《剪辑错了的故事》等小说所采用的主要创作手法，被认定为"意识流"。同年，宗璞的《我是谁》发表，它所采用的创作手法被看作"荒诞"的艺术手法。总而言之，1979 年这一年，上述小说的发表，使中国当代文学史出现了前所未有的崭新面目。之所以说这些小说给中国当代文学带来了新的气象，是因为这些小说被认为是采用了崭新的创作技巧——"意识流""荒诞"等。此后，象征主义、抽象等创作手法也在新时期初期的小说创作中纷纷出现。

不再遵循现实主义创作规范，采用不同于现实主义的表现方法，是新时期初期小说创作最重要的新气象。对此，李陀曾有一个精辟的评价："小说固然'有一定的写法'，但写法却不必定于一，不一定非要写得像巴尔扎克或契诃夫的作品那样。"[1] 李陀认为，很长一段时间以来，由于以巴尔扎克为代表的小说创作给后世带来深广的影响，人们便日渐把巴尔扎克所代表的小说创作模式看作小说的"正宗"。何为"巴尔扎克所代表的小说创作模式"？主要指：叙述曲折、完整的故事，塑造独特的人物性格来典型地概括时代内容，准确、客观地描写社会环境，"对一个时代或一个社会进行记录、概括、分析、研究，表现具有历史认识或道德伦理价值的重大主题——而作

---

[1] 李陀：《论"各式各样的小说"》，《十月》1982 年第 6 期。

家做这一切的时候，显得无所不知，无所不能，洞察社会生活中各种秘密，预先知道人物的命运，精心安排故事的结局……"①。

"像巴尔扎克或契诃夫的作品那样"的小说，自是小说创作的一种类型。这种类型的小说为何在新时期初期被看作应该抛弃的小说规范呢？其原因在于，"像巴尔扎克或契诃夫的作品那样"的小说曾在中华人民共和国成立后被奉为圭臬，不幸地陷入教条主义的桎梏之中。随着时代的发展，"像巴尔扎克或契诃夫的作品那样"的小说，被看作僵化的、保守的、落后的小说。因此，王蒙、张洁、宗璞、陈建功、谌容等开始锐意开拓。幸运的是，他们的创作适逢其时，得到了广泛的认可。

人们从小说阅读的实际感受中，认可了王蒙、张洁、宗璞、陈建功、谌容等小说家的创作。然而，在小说理论层面上，从"像巴尔扎克或契诃夫的作品那样"的小说，到王蒙、谌容、宗璞等小说家采用"意识流""荒诞"等现代小说创作技巧之间，体现了"进化论"的价值诉求。

达尔文发明了"进化论"，马克思合理吸收了"进化论"的有益成分，提出了人类社会是由低级阶段向高级阶段发展的客观规律。"进化论"不再局限于自然界、生物界，而是起到揭示人类社会客观规律的重要作用。在传统中国迈入现代中国的过程中，"进化论"曾提供了强大的思想支持。康有为曾提出"公羊三世说"，严复坚信"世道必进，后胜于今"。他们为拯救衰败的帝国，寻找思想资源。革命者孙中山、邹容、陈天华，包括早期中国共产党人陈独秀和李大钊，都把"进化论"和中国革命有机结合起来，开创了中国现代思想与"进化论"的有机结合。"进化论"在中国不仅是一种思想与学说，也深刻地影响了中国人的文化心理。在新时期初期现代小说技巧合法性建构的历程中，"进化论"也起到了重要的促进作用。

由现实主义小说理论演进到现代小说理论，是社会发展的必然要求。这是"进化论"为现代小说技巧提供合法性的重要表现。叶君健认为，代表传

---

① 李陀：《论"各式各样的小说"》，《十月》1982 年第 6 期。

统中国的是《三国演义》《水浒传》等古典小说。而进入现代社会后，鲁迅、茅盾、巴金等小说家的创作，代替了《三国演义》《水浒传》等古典小说。而鲁迅、茅盾、巴金的小说是欧洲蒸汽机时代的文学馈赠给中国文学的礼物。但是，在叶君健看来，"人类的历史现在已经又跨进了一个新的历史时代——电子和原子时代。机械手已经代替了'流血流汗'的体力劳动，自动化成为了我们时代生产方式的特征"①。"电子和原子时代"相较于蒸汽机时代，是历史的进步。同样，代表"电子和原子时代"的现代小说技巧，相较于代表蒸汽机时代的现实主义小说理论而言，也是历史的进步。因此，现代小说技巧比现实主义小说理论更有利于表现社会日新月异的发展，也是历史发展的趋势，是社会进步的必然要求。叶君健的观点得到了广泛的认同。徐迟在《现代化与现代派》一文中说："我们将实现社会主义的四个现代化，并且到时候将出现我们现代派的文学艺术。"②"新的社会生活要求文学家艺术家探索新的表现形式，我们应该去寻找那些最适合于表现今天迅疾而深刻地变化着的社会生活新内容的相连的新的形式，逐步形成于中国四化建设历史时期相适应的文学艺术的新时期、新阶段。"③ 叶君健、徐迟基于"进化论"的思想，认为现代小说技巧更适合表现中国的现代化，从而为现代小说技巧寻求合法性。

高行健还从小说技巧"进化"的角度支持叶君健、徐迟的观点。高行健认为，小说最初的形式是寓言，其体现形式可能是故事或者是历史传说。到了小说发展的"青年时代"，开始重视情节，接着又出现了重视性格的历史阶段，随后出现了既没有情节也不刻画性格的阶段。高行健认为，小说发展到西方现代派小说阶段，开始进入"中年"。高行健勾勒的小说从最初的萌芽阶段—青年时代—中年时代的"进化"路线图，也是小说技巧"进化"的路线图。从高行健的路线图来看，现实主义小说还停留在重视情节、重视

---

① 叶君健：《现代小说技巧初探·序言》，花城出版社 1981 年版。
② 徐迟：《现代化与现代派》，《外国文学研究》1982 年第 1 期。
③ 李陀：《打破传统手法》，《文艺报》1980 年第 9 期。

性格刻画的"青年阶段",而代表小说最高成就的"中年阶段"的则是西方现代派小说。小说成长的"青年阶段",必然会被"中年阶段"所代替,西方现代派小说代替现实主义小说,也是必然要出现的历史趋势。因此,现代小说技巧被引入中国,在中国落地生根,符合"进化"的历史规律。

二、政治祛魅与现代小说技巧的演化

从小说发展的逻辑来看,现代派文学得到认同,现代小说技巧被广泛应用,已经是不争的事实,但是,现代小说技巧能被认可,还得获得意识性形态的认同。作为和此前中国当代文学完全异质的西方现代派文学如何在中国得以"落地生根"?和现实主义文学规范完全不一样的现代派小说理论,如何能获得合法性?这是中国当代小说理论面临新变过程中,不得不面对的问题。

在中国当代文学史上西方现代派文学被认为是腐朽与没落的文学,"相当长时期以来,现当代资产阶级文学对我们来说似乎是一个陌生的可怕的领域。在一般人看来,它在政治上是反动的,思想内容上是颓废的,表现方式上是违反艺术创作规律的,甚至根本谈不上艺术性的"[1]。如何让西方现代派文学在中国获得合法性,是西方现代派小说创作技巧在中国获得合法性的重要一环。由于中华人民共和国成立后文学政策与文学观念深受苏联的影响,中国对于西方现代派文学的态度也自然和苏联的影响分不开。于是,柳鸣九从中国现代派文学的认知观入手,找到了"偏见"产生的根本原因:"日丹诺夫把现当代资产阶级文学说成一片反动腐朽,在理论上找了一个根据,就是把列宁关于帝国主义的论断搬用在文学问题上,逻辑似乎是这样的。既然帝国主义阶段是腐朽、没落、垂死的,那么这个时期的资产阶级文学必然是反动、腐朽、没落的。用日丹诺夫的话来说,就是'由于资本主义

---

[1] 柳鸣九:《现当代资产阶级文学评价的几个问题》,《外国文学研究》1979 年第 1 期。

制度的衰颓与腐朽而产生的资产阶级文学的衰颓与腐朽'。"① 在柳鸣九看来，中国之所以对西方现代派文学产生种种歧义，是机械套用列宁的观点造成的。柳鸣九釜底抽薪，找到了问题的"根源"，也就为现代派小说理论在中国落地找到了合法性。

既然对西方现代派文学的认识带有偏见，是"错误"的，那么西方现代派文学的价值也还是存在的。按照这个思路，西方现代派小说技巧自然也有意义、有价值。柳鸣九认为，西方现代派文学的创作技巧有艺术性，具有重要价值。为此，他专门列出了西方现代派文学四种具有重要价值的创作技巧。其一，"荒诞派戏剧的表现方法"，"形象地表现了恶习对人的控制以及人的理性的丧失。这种手法看来违反真实，实际上抓住了现实的某些本质、加以集中的、夸张的表现，不仅没有违反艺术创作的规律，而且，利用了艺术创作的特点，更足以造成深刻的印象，引起强烈的效果。这种手法也可以有不同程度的运用，也可以与现实主义手法结合起来"。"其二，意识流手法的合理运用"，"如果既承认意识流、潜意识这一类心理活动，又在艺术的创作中，对杂乱的意识流、潜意识加以分析、区别、取舍，也就是说对意识流的手法合理地加以运用，作家是能够扩大心理描写的领域并取得良好的结果的"。其三，象征主义对形象的强调，象征主义的"神秘主义当然是不可取的"，但优点是"形象的丰富，而甚少抽象的观念和感情"。"其四，表现主义形象化的表现手法"。②

柳鸣九对现代小说技巧的介绍，显然不是仅仅基于一种知识，而是针对中国小说创作的实际情况。上述四种小说技巧，显然是中国 20 世纪 80 年代初期小说创作常用的创作技巧。意识流自然不必说，王蒙、茹志鹃的小说中常常用到。象征主义、表现主义形象化的表现手法，新时期之初小说创作也

---

① 柳鸣九：《现当代资产阶级文学评价的几个问题》，《外国文学研究》1979 年第 1 期。
② 柳鸣九：《西方现当代资产阶级文学评价的几个问题（续）》，《外国文学研究》1979 年第 2 期。

是屡屡被运用。有些创作技巧，小说家在使用时，换了一下名称。例如，荒诞派戏剧表现手法，宗璞称之为"内观手法"，"即透过现实的外壳去写本质虽然荒诞不经却求神似"。① 柳鸣九针对中国小说创作的实际情况，为现代小说技巧剔除了政治上的风险。

在中国当代文学史上表现方法、创作技巧并不具备独立性，总是和一定的意识形态、思想倾向相联系在一起，"任何表现手法（包括纯技术性的技法，如格律、结构、章法、句法等等）都是服从于思想方法的"②。因而，现代小说技巧也就必然具有思想性、倾向性，与一定的意识形态相联系。因此，现代小说技巧要获得合法性，就必然要从意识形态的束缚中挣脱，剥离现代小说技巧和西方资产阶级意识形态之间的联系。因此，就产生了赋予现代小说技巧独立性的策略：剥离现代小说技巧与现代派文学之间的关联，赋予现代小说技巧独立性。"现代小说技巧（不是整个形式本身）也应当看作没有阶级性的，因而对于任何一个国家、民族的任何政治信仰和美学趣味的作家来说，他都无妨懂得更多的现代技巧，从而在储藏最丰富的武器库中从容选择最新的优良武器，去丰富和发展他征服读者的魅力。"③

相比较刘心武，高行健走得更远，他在《现代小说技巧初探》中对小说技巧与政治之间的关系做了彻底的切割。高行健认为小说技巧不等同于政治："某一文学流派的艺术方法和技巧固然同文学主张密切相关，然而同该流派的作家的政治观点经常是两回事。对文学流派的研究不能等同于对政党和政治派别的研究，而马克思主义的政治学也不比文学研究来得简单。但愿对文学流派和艺术技巧的评价也从政治标签的幼稚的办法中解脱出来。"④

不仅如此，高行健还认为，创作技巧不仅仅不等同于政治，还具有相对的独立性：

---

① 宗璞：《小说和我》，《文学评论》1984 年第 3 期。
② 茅盾：《夜读偶记》，百花文艺出版社 1979 年版，第 61—62 页。
③ 刘心武：《需要冷静地思考——刘心武给冯骥才的信》，《上海文学》1982 年第 8 期。
④ 高行健：《现代小说技巧初探》，花城出版社 1981 年版，第 106 页。

凡是有重大影响的文学流派大都有成文的美学主张，或是在发展过程中逐渐形成的一套美学思想，这种美学纲领或美学思想中又往往包含着一定的政治倾向、哲学观、艺术观以及对某些独特的艺术技法的强调。在不赞同该流派的政治观点、哲学观乃至艺术观的时候，不必把某种艺术技法也一棍子砸烂，正如资产阶级产生的罪恶不必牵罪于机器。艺术技巧虽然派生于文学流派的美学思想，一旦出世，便具有相当大的独立性，可以为后世持全然不同的政治观点和美学见解的作家使用。①

小说创作技巧到底在哪一个层面上和意识形态没有关系？什么样的小说技巧在哪一个层面上有独立性？这些问题刘心武和高行健没有去探讨。事实上，不同的创作技巧包含有不同的"含义"。就拿描写和叙述来说吧。任何叙事文学都涉及描写和叙述这两类表现技巧，但是，到底是描写作为叙事文学的主体地位，还是叙述作为主体地位，在卢卡契看来是有差别的。卢卡契认为无论是描写还是叙事，都和意识形态脱离不开关系。刘心武和高行健致力于小说技巧的独立性的呼吁，其目的更多地是为现代小说技巧在中国生根找到合法性的理由。事实上，就连刘心武自己，也对小说创作技巧的独立性深表怀疑："小说的形式美在多大程度上与内容相联系，这形式美应'拆卸'为多少种'技巧元素'，'拆卸'到什么程度这'技巧元素'方具有一种超意识形态的功能，等等，都还有待于进一步研讨。"② 李陀也认为"西方现代派文学的表现技巧是很复杂的一个体系""形式和内容往往有密切的联系，一定的形式又是为一定的内容服务的。这些表现技巧中哪些因素有可能和它们特定的内容分离开来，成为我们吸收、借鉴的营养呢？这不能不是一个需要谨慎对待的问题"。③ 高行健孜孜以求地"剥离"现代小说技巧和

① 高行健：《现代小说技巧初探》，花城出版社 1981 年版，第 106 页。
② 刘心武：《需要冷静地思考——刘心武给冯骥才的信》，《上海文学》1982 年第 8 期。
③ 李陀：《"现代小说"不等于"现代派"！——李陀给刘心武的信》，《上海文学》1982 年第 8 期。

现代派文学之间的联系，可谓用心良苦。

还有一种为现代小说技巧寻求意识形态上的合法性的路径。即在既定的现实主义文学规范框架下，突出现代小说技巧与现实主义的兼容性。1980 年袁可嘉在《外国现代派作品选（第一册）》前言中说："三十年代西方许多现实主义作家在倾向上和现代派很不一致，但却是采用现代派的某些写作技巧，得到了好的效果。这个事实说明，现代主义与现实主义，作为两种不同的创作方法，并不总是对立的，它们也有相通的一面，也有取长补短的余地。"①

在中国现实主义是文学创作方法的正途，是具有合法性的文学规范。中国当代文学秉持现实主义的创作方法，把能否反映现实作为文学作品的终极价值。因此，判断一部作品价值的高低就在于这部作品反映现实程度的深浅。反映现实，是现实主义文学的根本性价值尺度，也是现实主义文学的根本之所在。不过，反映现实和如何反映现实，却是两个不同层次的问题："反映不反映现实是一个文学的本质的问题，怎么反映不过是表现方法问题。如果把现实主义和反映现实等同起来，那岂不是把文学的本质和文学的表现方法混淆了吗？如果你承认文学的本质是要反映生活的真实，那么各种形式的文学，不论它是什么主义，只要符合这个文学的基本的本质，就应该有生存的权利。"② 陈焜显然没有否定现实主义的合法性，在他看来现实主义仍然是文学的正途。只不过，他更宽泛地理解现实主义，把是否反映现实作为现实主义文学的根本属性。然而，文学反映现实仅是一般性的理解，无论什么样的文学创作，从根本上看，都是现实的反映。

陈焜"无边的现实主义"式的思路，不否定现实主义，不冲击既有文学规范，在既定的规范里去突破，从而为现代派文学和现代小说技巧找到一席之地。叶君健肯定"政治第一性，艺术第二性"的文学规范，并在其中寻

---

① 袁可嘉：《外国现代派作品选（第一册）·前言》，上海文艺出版社 1980 年版，第25—26 页。

② 陈焜：《漫评西方现代派文学》，《春风译丛》1981 年第 4 期。

找突破口："我们实际所遵循的原则是'政治第一性,艺术第二性'。上述的这些说法都是无可争辩的道理,大家都接受。但就一个作家而言,在他的写作实践中,主题思想确定以后,他一提起笔来写作,艺术第二性的问题恐怕就要提到第一位了。这时他便成了一个工匠,正如一个制作手工艺品的艺人一样,他所要努力做到的是如何创造新鲜活泼的形式和与众不同的风格,把他的手艺和艺术观充分地表现出来,使他所要写的生活内容和主题思想能成为真正的艺术品。"① 叶君健的这一番话,同样是在肯定现实主义文学规范的前提下,强调了艺术性的重要性。

经过 20 世纪 80 年代初期的理论研讨,现代小说创作技巧超越政治的观点慢慢形成,现代小说创作技巧与政治意识形态是可以剥离的观点出现了。这种观点的出现,最终为推动 80 年代小说理论的发展提供了重要的思想保障。

三、作为形式的小说技巧

很长一段时间,中国当代小说并不重视小说形式。小说的主题、题材、人物形象、真实性、倾向性等,才是小说创作最被重视的要素。相反,对形式的强调很容易被贴上"形式主义"的标签。因此,中华人民共和国成立后较长一段时间以来,小说形式层面并没有得到应有的关注。这种局面在 1980 年前后发生了重要的变化。王蒙、茹志鹃、谌容等作家,打破了以往的小说规范,写出了让人耳目一新的小说,吸引评论家注意到小说形式的重要性。评论家不再简单地聚焦于小说的主题、题材等层面,而是更关注小说形式与技巧:"王蒙同志在《布礼》《夜的眼》《风筝飘带》《春之声》《海的梦》等作品中,采用了一些西方文坛十分风行的'意识流'手法,着重揭示人物的内心世界,没有什么完整的故事情节,似乎小说随着人物'意识'的流动

---

① 叶君健:《现代小说技巧初探·序》,花城出版社 1981 年版,第 3—4 页。

而展开。"① 王蒙的艺术探索也被认为"是符合艺术创作的规律的"②。

对王蒙小说关注点和评价尺度的变化，反映了 20 世纪 80 年代初期小说探索实绩获得了认可。"小说的形式变化最大"③，小说形式的变化，被看作适应了中国社会发展的需要："目前，我国文艺领域争论的焦点集中在艺术形式上。……文学界关于王蒙小说看得懂看不懂的争论，等等，都是形式问题。这不是偶然的，它的合理性在于新的社会生活要求文学艺术家探索新的表现形式。我们应该寻找那些最适合表现今天迅激而深刻地变化着的社会生活新的内容的新的形式，以逐步形成与中国四化建设历史时期相适应的文学的新时期、新阶段。"④

因此，我们可以发现，对小说形式的重视成为当时的理论焦点，"如果一部小说有十篇文学评论，这十篇都以十分之八、九的篇幅来谈论作品的思想性，余下之一二，笼统地提一提艺术技巧之得失，还不如用八、九篇来谈思想性，一两篇来谈其艺术"⑤。李陀也宣称，小说形式已经成为小说理论不得不关注的问题："记得我在几次会议上都呼吁过，我们能不能在这么多讨论文艺问题的会议中有一次专门来研究、探讨一下艺术问题，特别是艺术技巧问题。"⑥

小说形式已经不再被看作小说内容的附属，也不再是小说的第二存在了。冯骥才认识到"在文学艺术中，人们总是通过形式接受内容的"⑦。他指出了小说形式的重要性：小说形式是小说的第一性的存在，没有形式何来

① 袁良俊：《"失望"为时过早》，《北京晚报》1980 年 7 月 30 日。
② 袁良俊：《"失望"为时过早》，《北京晚报》1980 年 7 月 30 日。
③ 冯骥才：《中国文学需要"现代派"！——冯骥才给李陀的信》，《上海文学》1982 年第 8 期。
④ 李陀：《打破传统手法》，《文艺报》1980 年第 9 期。
⑤ 高行健：《现代小说技巧初探》，花城出版社 1981 年版，第 10 页。
⑥ 李陀：《"现代小说"不等于"现代派"！——李陀给刘心武的信》，《上海文学》1982 年第 8 期。
⑦ 冯骥才：《中国文学需要"现代派"！——冯骥才给李陀的信》，《上海文学》1982 年第 8 期。

内容？高行健则从创作实践的角度认识到小说形式和内容是不可分割的。"关于形式和内容的关系，可以讲出种种道理来，这是逻辑学家和哲学家的课题。在艺术实践中，作品的主题则是同作品的艺术形式同时萌发，同时生长，同时成熟的，就像一个生命，尚孕育在母体中就已经同这个幼小的生命的性别、肤色、美与丑无法分割得开了。并不是只有一个好的主题，就可以生出美丽的孩子来。人们往往只讨论作品的内容，而忽略了作品的艺术形式。其实，一部好的作品出现，不是仅仅找到了一个良好的赤裸裸的主题，同时也还因为作品在艺术上，也就是说在塑造人物、安排情节、作品的结构和叙述语言上，出色地体现了这个主题。"①

如此强调小说形式的重要性，其目的在于为推出现代小说技巧创造条件，并不是像 20 世纪 80 年代中期那样，要建立具有本体意义的小说形式。刘心武就"看穿"了高行健的"策略"："高行健等所认为的小说形式，其实是可以拆卸为小说技巧的。尽量把那形式美拆卸为诸种技巧元素。"② 无论是创作界对于西方小说的借鉴，抑或是理论界对西方现代派小说的推崇，无不是因为小说技巧造就了现代派小说重视形式的特点。也正是这个原因，高行健才大力推介现代派小说。他曾这样认为："现代小说创作中普遍采用的许多手法，诸如叙述角度的选择和多重的叙述角度的运用、意识流、怪诞与非逻辑、象征、艺术的抽象、对语言规范必要的突破和新的语言手段的创造、造成真实感和距离感的种种手段、结构和时间与空间的有机组合，等等。"③

表面上是重视小说形式，真正的意图是为现代小说技巧提供合法性。有论者"看穿"了新时期初期的这种"把戏"："有人把形式看作表现手法、技巧，这是一种误解，尽管形式离不开表现手法、技巧。……任何表现手法、技巧如不转化为小说形式，那么仅仅是一种表现手法、技巧，甚至很有

---

① 高行健：《现代小说技巧初探》，花城出版社 1981 年版，第 3 页。
② 刘心武：《需要冷静地思考——刘心武给冯骥才的信》，《上海文学》1982 年第 8 期。
③ 高行健：《现代小说技巧初探》，花城出版社 1981 年版，第 118 页。

可能成为'雕虫小技'。意识流、内心独白、意象、感觉、幽默、夸张、变形、象征、荒诞等表现手法，古已有之，然而现代小说却把它们升华到各种小说形式，于是它们的地位、性质遂引起根本性的变化。"① 毋庸置疑，20世纪80年代初期这场通过强调小说形式的重要性来强调小说技巧的思维方法，也许是有问题的。但是，这样强调现代小说"技巧"，还是值得我们用历史的眼光来肯定。

现代小说技巧在新时期初期落地生根，是中国当代小说理论发展的重要一环，充分体现了新时期小说理论开始走向开放，契合了新时期改革开放的总体趋势。

第二节　意识流与小说理论的转型

20世纪80年代前后，由于王蒙、茹志鹃、谌容等作家的小说创作实践，中国产生了被广大小说家、批评家认为是"意识流"的小说。随后，围绕关于意识流的含义、价值等问题，产生了广泛的论争。今天回过头来看这场论争，我们可以超越时代的局限性，对其做出客观的评价。中国是否产生了真正意义上的意识流小说？意识流小说到底给中国文学创作带来了什么？这是曾经引起过争论的主要话题。对于这些问题，我们应该有一个比较清晰的认识："有人认为，在我国出现了不少意识流小说和意识流小说家，并且为此创造了'东方意识流'这样一个专门术语。我不同意这种见解。……意识流小说不是孤立现象，它与西方现代的文艺思潮、社会思潮结下了不解之缘。而任何文艺思潮、社会思潮都是社会历史现象，都存在于特定的时空之中。在七八十年代的中国进行小说创作的小说家，是置身于中国七八十年代的文艺——社会思潮之内，而不是挟裹于二三十年代的西方文艺——社会思潮之中。……意识流小说包含小说技巧、文学观念和哲学思维三个层次。我的确

---

① 钟本康：《论小说形式对内容的超越》，《探索》1987年第1期。

看到不少中国现、当代小说家借鉴意识流小说的某些形式技巧，但我并未看到哪一位中国小说家的文学观念、哲学思维和西方意识流小说家完全相同。技巧是外表因素，并非内在实质。现在有不少中国人爱穿西服，他们穿上了西服，外观仪表虽然有所改变，骨子里还是地地道道的中国人。中国人并不因为穿了西服就变成西方人。中国现代小说也决不会因为借鉴了意识流小说的形式技巧而变成意识流小说。意识流作为一种文学技巧，与意识流作为一种文学体裁，是不同的概念。……因此，在中国显然只有借鉴了一部分意识流形式技巧的小说，而没有真正的意识流小说。"① 不过，这种着眼于知识层面的认知，并不能有效地解释这场论争的真正价值和意义。"意识流"作为重要的现代文学流派，对中国小说创作和小说理论建构都产生了深远的影响。

"意识流"对于20世纪80年代中国文学有极其重要的价值和意义，也和中国当代文学发展的历史和现实有紧密的关系。中华人民共和国成立后，中国文学创作独尊现实主义，客观再现现实社会生活成为文学创作的圭臬。然而，当现实主义发展到80年代初期，中国文学创作日渐出现变革的迹象。在现实主义文学变革的时代大潮中，现代派文学，尤其是意识流给中国小说创作包括小说理论，提供了有益的借鉴，从而给80年代的小说理论发展带来了重大的影响。这种影响是多方面的，涉及小说的表现对象、小说的情节与结构、小说语言等方面。

一、小说要写内心、情绪、生命

"内心独白"是意识流的重要特征之一，是"某个人物在某种场合下所说的话，说话的目的是要直接把那个人的内心生活呈现在我们面前而无须作者介入其间去做解释或进行评论。……它不同于传统的独白，这主要表现在

① 瞿世镜：《音乐·美术·文学——意识流小说比较研究》，学林出版社1991年版，第171—172页。

以下几点：在内容上，它表现的是最接近于无意识的内心深处的思想；在形式上，它由人物的直接话语构成，这些直接话语在句法上已被分割成最小的单位。因此，它基本上符合我们今天对诗歌所持的概念"①。接近于内心无意识的最深处，表现为直接话语，这是"内心独白"最重要的特征。对"内心独白"的钟爱，是意识流小说与现实主义小说的区别性特征。1949—1976年现实主义小说的重要使命之一，就是要对外在的社会生活做出客观的表现，而描写内心世界，也被看作资产阶级趣味。因此，小说创作鲜有深入人物内心的描写。即使小说有对人物内心世界的刻画，也被看作资产阶级趣味而受到批判。比如，路翎小说的心理活动描写就曾饱受批评。路翎小说的心理活动描写，被看作"以主观的错误幻想代替现实生活发展规律的倾向"②。在当时历史条件下，小说创作只能描写客观的社会生活，而不敢触及人物的内心世界。然而，在20世纪80年代中国理论家眼里，意识流最突出的特点就是深入人物内心世界，书写人物的内心情感世界："这个流派（意识流小说——引者注）的小说家主张突破现实主义小说的框框，深入到人物意识的奥秘中去，用内心独白，自由联想等手段真实地显示了人物意识流动的轨迹。"③ 即使观照客观世界，意识流也被看作把外在的客观世界和内心世界交融在一起："（普鲁斯特——引者注）对人物的内心世界即意识活动做了细腻的剖析，在不连贯的意识活动中间发现了真正的现实，把内心世界和现实世界融合为一。"④

我们姑且悬置中国小说理论家对意识流的理解是否贴近意识流本来的含义。中国学者之所以如此理解意识流，显然有特殊的语境。这语境就是，中

---

① ［法］艾杜阿·杜夏丹：《内心独白：它的出现、起源及在詹姆斯·乔伊斯作品中的地位》，载［美］罗伯特·汉弗莱：《现代小说中的意识流》，程爱民、王正文译，湖南人民出版社1987年版，第30页。
② 侯金镜：《评路翎的三篇小说》，《文艺报》1954年第12期。
③ 袁可嘉：《欧美现代派文学概述》，《百科知识》1980年第1期。
④ 冯汉津：《法国意识流小说作家普鲁斯特及其〈追忆往昔〉》，《外国文学报道》1982年第5期。

国小说创作迫切需要突破对外在客观世界的再现，需要发掘人物的内心世界。"强调通过表现人的内心生活来反映客观现实的写作方法，是当今世界小说发展中的一个值得注意的趋势。"① 无独有偶，刘再复也是从小说发展趋势的角度，认为聚焦人物的内心世界，是小说发展的必由之路。刘再复对中国和世界小说的发展道路做了一个总结。他认为，无论是中国还是世界小说的发展，都经历了三个历史阶段："这三个阶段大体上可以作这样的概括：（1）生活故事化的展示阶段；（2）人物性格化的展示阶段；（3）以人物内心世界审美化为主要特征的多元化展示阶段。"② 20 世纪 80 年代前期，小说应该关注人的内心世界，成为小说创作的必然性趋势。这个观点也是这一阶段中国接受意识流的"期待视野"。

值得注意的是，虽然意识流启迪中国小说创作对内心世界的关注。但是，由于特殊的语境，中国小说所看重的"内心世界"和意识流所推崇的"内心世界"有本质的区别。意识流和西方非理性哲学诞生有紧密的关联，尤其是弗洛伊德的精神分析学对意识流的发展起到了决定性的作用。在非理性哲学那里，内心世界和外在世界完全不一样，和外在客观世界完全不相关。正是对外在客观世界的抗拒、不信任，才有意识流产生。而在中国，意识流所启发的内心世界、内心意识，显然具有中国独特的历史背景。例如，有论者对王蒙小说意识流做出如下解读："王蒙小说中被称为'意识流'的东西，首先应当理解为生活的内容，或理解为通过艺术手法表现出来的作品的内容。对王蒙'意识流'手法的出现，必须到我国现实生活中找原因。它的产生有深刻的社会的政治的根源。相当长的时期内不合理的政治运动使中国人在精神上受到沉重的打击，人们的思想被打乱了，粉碎了，形成各种'意识流'……由于人们在精神上受到强压冲击和扭曲，因而人们的思想充满着矛盾和冲突、苦闷和不安、病态和畸形、颠倒和混乱、迷狂和呆痴、梦

---

① 李陀：《论"各式各样的小说"》，《十月》1982 年第 6 期。

② 刘再复：《性格组合论》，安徽文艺出版社 1986 年版，第 33 页。

呓和幻想，也产生了新的沉思和觉醒……表现各种意识的旋涡和湍流，它们纵横交错而又相互裹带、彼此冲撞。"① "必须到我国现实生活中找原因"，这是理解 20 世纪 80 年代中国小说运用意识流的关键。特定的政治与社会生活，使人们的精神受到冲击与扭曲，被看作中国意识流产生的内在原因。王蒙也深入特定的历史情境之中为意识流反应内心世界寻找历史合理性和历史依据："林彪和'四人帮'千方百计地亵渎人的尊严，抹杀人的价值，根本不准人们有什么心理活动，不准人有什么感觉、趣味、想象、憧憬……，使人变得粗暴、呆钝、麻木，在这种情况下，我们的文学作品注意下写人的心理活动——情操、意境、精神世界，对于培养社会主义的新人，对于提高精神文明，对于完成崇高而又艰巨的'灵魂工程师'的使命，当是有意义的。"② 无论是中国批评家还是小说家，都把内心世界的描写看作表现现实社会生活的有效途径，这也是意识流获得合法性的基本路径。

为了让内心世界的书写能得到认可，中国小说家和批评家所推崇的意识流并不和现实客观世界相对立，反而是对现实世界做出反应的一种独特方式。中国作家、批评家之所以推崇意识流，也是因为意识流反映现实社会有其独特性：意识流能"折光"现实社会生活，能更艺术地反映现实社会生活，"我们搞一点'意识流'，不是为了发神经，不是为了发泄世纪末的悲哀，而是为了塑造一种更深沉、更美丽、更丰实也更文明的灵魂。我们还不同意把心理与生活与社会对立起来，我们写心理、感觉、意识的时候并没有忘记它们是生活的折光，没有忘记它们的社会意义，只不过我们希望能写得'独具慧眼'，更有深度，更有特色，更有'味儿'。因此，我们的'意识流'不是一种叫人们逃避现实走向内心的意识流，而是一种叫人们既面向客观世界也面向主观世界，既爱生活也爱人的心灵的健康而又充实的自我感觉"。③ 和西方意识流仅仅关注内心世界，看重人物内心的非理性活动不同

---

① 陆贵山：《谈王蒙小说创作的创新》，《北京师院学报》（社会科学版）1980 年第 4 期。
② 王蒙：《关于"意识流"的通信》，《鸭绿江》1980 年第 2 期。
③ 王蒙：《关于"意识流"的通信》，《鸭绿江》1980 年第 2 期。

的是，中国推动意识流的主要目的，还是为了破除现实主义文学单一、僵化地反映现实生活的模式。在王蒙看来，中国作家的意识流所关注的心理、感觉、意识，只不过是现实社会的"折光"，而不是一个独立存在的王国，其最终的目的还是使小说更具有艺术性："这种小说（意识流小说——引者注）把人的意识和潜意识，人的内心活动和外部活动，人的精神生活和社会生活，人的过去经验和现实经验，都放在相互矛盾又相互联系的关系中去表现，从而在对人和世界的理解和表现上显示出复杂的层次。这些尝试和实验使得小说的立意和结构变得相当复杂，给人一种立体化、交响化的印象。"①

中国作家引进、推崇意识流的目的，是打破现实主义文学规范的束缚，"现实主义的方法——按照生活的原来样子去反映生活，当然是表现作家对生活的认识和态度的一种方法。但是绝对不是唯一的方法，甚至也不是最好的方法"②。李陀作为在那个时期最有影响的理论家，更为激进地认为小说的写法应该多种多样，应该超越现实主义固有的写作模式。他认为："小说固然'有一定的写法'，但写法却不必定于一，不一定非要'写得像巴尔扎克或契诃夫的作品那样'。"③ 在这样的思想推动下，意识流作为和现实主义仅仅关注外在社会现实的艺术规范相对立的艺术表现方式，为中国作家、批评家所推崇。

不过，在意识流的推动下中国小说理论除了发现内心世界这块"荒芜地"之外，还把情绪、感觉带入小说理论，使之成为小说理论的重要内容：

> 支配小说创作的不再是一些观念，而是感觉，感觉或者说艺术感觉在创作的这个过程中处于支配地位。作家通过写人的感觉来唤起读者的共鸣。小说毕竟不是论文，也不同于电影，它不能真正如实地把人物摆在你的面前。小说要通过对人物的感觉的描写，能够

---

① 李陀：《论"各式各样的小说"》，《十月》1982年第6期。
② 戴厚英：《人啊！人！·后记》，广东人民出版社1980年版，第356页。
③ 李陀：《论"各式各样的小说"》，《十月》1982年第6期。

使人有一种认同感。我以为,写小说费脑子是不成问题的,但除此之外,还要费鼻子、费眼睛、费耳朵、费舌头……。你写到白糖时,如果你的舌头上不能再现一点滋味的话,你这个白糖是一定写不好的。你写到黑夜时,如果你的眼睛不能再现在黑夜的各种感觉,你的夜色一定是写不好的。你写同一个人握手,可能同你最亲爱的握手,可能同你的一个口蜜腹剑的"朋友"不得不在那里握手,那时你从手心到手背一直到胳臂这段神经是个什么感觉,如果分不清的话,也决不会感动人。要把一个环境的特殊气味写出来,你的鼻子要灵,否则肯定也写不好。如果你能把色彩阴暗、声音节奏、气味、触觉……都写得很好,就会给人一种如临其境的感觉,感到你写到它的灵魂里去了,写到他的每一根神经上去了。所以,一个作者对生活,对客观世界,对风、霜、雨、雾,对高山大河,对不同的地理环境、气候……都要有敏锐的感觉,同时还要善于把人物的精微的感觉表达出来,这样的话,才能写出人的精神世界,同时也才能影响人的精神世界。[1]

小说家们的切身体会也许更有说服力。何立伟说:"我不擅思辩,乃重感觉与情愫。"[2] 张抗抗也说:"艺术感觉在文学作品中占有如此重要和特殊的位置,这是我在写过许多小说之后,才逐渐领悟到的。"[3] 郑万隆也认为感觉在他创作中的重要地位,他说小说创作"重要的是感觉。它比理性的理解在记忆中留下更深刻的刻印"[4]。在处理题材时,他凭借的就是对故乡"遥远、朦胧甚至神秘的感觉来写"[5]。小说家对感觉的重视和依凭,把感觉带进小说,显示了对生命的重视,也显示了小说理论关注点由外在的社会政

① 王蒙:《漫谈短篇小说的创作》,《青春》1982 年第 4 期。
② 何立伟:《关于〈白色鸟〉》,《小说选刊》1985 年第 6 期。
③ 张抗抗:《小说创作与艺术感觉》,百花文艺出版社 1985 年版,第 72 页。
④ 郑万隆:《我的根》,《上海文学》1985 年第 5 期。
⑤ 郑万隆:《我的根》,《上海文学》1985 年第 5 期。

治理念转移到对人的生命的凝视。郑万隆自觉地意识到了这一点,因而他对"感觉的生命意识"理解也很深刻:"这些感觉在我的记忆中是有生命的。在我的小说中,我竭力保持着这些有生命的感觉。我以为有生命的感觉是整体性的感觉。这种整体不是以机械的逻辑分析来进行把握,而是把客体视为有生命的有机整体来进行审美观照,是一种直觉与理解。这种思维方式,从整体上把握对象,也需要系统的分解和综合,但它不是把事物看作孤立和分离的,也不是把整体理解为各个部分或各种因素相加的总和,而是视为一种生命现象,视为一个历史运动过程,视为一种文化形态。"① 当小说聚焦于生命时,"小说愈来愈变成人类情绪的容器,故事、人物、语言都是造成这容器的材料"。②

对内心世界的关注,包括对情感、情绪的推崇,使小说理论日益把生命意识作为小说书写的焦点和价值评判标准,使小说创作聚焦生命意识。因此,小说的内在结构也和生命结构之间建立对应关系:"你愈是深入地研究艺术品的结构,你就愈加清楚地发现艺术结构和生命结构的相似之处……正是由于这两种结构之间的相似性,才使得一幅画、一支歌或一首诗与一件普通的事物区别开来——使它们看上去像是一种生命的形式。"③ 由此开始,生命意识的表现成为小说的内在属性。理论家们意识到:"文学创作视为一种生命活动,一种生命的投影和外射。""小说的内容,就是创作主体的生命内容;小说的形式就是创作主体的生命形式。基于此,小说的真实性,也即创作主体的生命真实;小说的美感和韵味,也即创作主体的生命所焕发的美感和韵味。一句话,所谓小说创作,不过就是创作主体的生命的外化。但我不想再局限于对这些观点的抽象确立。对这些观点,人们可以赞同,也可以不赞同。文学理论研究与文艺批评的标准,其实本来就是多元与多向的,不

---

① 郑万隆:《我的根》,《上海文学》1985 年第 5 期。
② 莫言:《黔驴之鸣》,《青年文学》1986 年第 2 期。
③ [美] 苏珊·朗格:《艺术问题》,滕守尧、朱疆源译,中国社会科学出版社 1983 年版,第 55 页。

存在一元决定和整齐的划一。"①

总体来看，在意识流的催发下中国小说理论日渐关注生命、内心世界、情绪、感觉等和生命相关的内容。虽然，从这些角度去理解意识流明显带有误读的成分，但是不可否认的是，这种误读的方式，把中国小说理论的发展带到了新的境界。

二、重新"发现" 中国小说传统

随着讨论的深入，中国作家和批评家们发现，"意识流"并非是西方的舶来品，而是中国自身文学传统的一部分。至于从知识论上来判断，此论断是否正确并不重要。重要的是，随着意识流小说、意识流小说理论在中国的深入传播，对中国文学传统的"指认"已经成为中国文学批评的重要任务。在构建小说理论过程中，中国文学传统开始成为不可忽视的力量。当然，从学理的角度来看，意识流是西方社会、科技、哲学、文学发展到一定地步的产物，具有历史特定性。而中国 20 世纪 80 年代出现的意识流小说，当然是和中国特定历史和特定社会语境联系在一起的，不可能照搬西方意识流小说。正如有论者所言："意识流小说包含小说技巧、文学观念和哲学思维三个层次。我的确看到不少中国现当代小说家借鉴意识流小说的某些形式技巧，但我并未看到哪一位中国小说家的文学观念、哲学思维和西方意识流小说家完全相同。技巧是外表因素，并非内在实质。""因此，在中国显然只有借鉴了一部分意识流形式技巧的小说，而没有真正的意识流小说。"②

讨论中国是不是有意识流小说，并不是笔者的目标。对照意识流小说理论，讨论中国当代小说理论发现和发掘了哪些文学传统，才是目的。

首先，通过对意识流小说特征的认识，我们发现了中国文学的最大特征

---

① 纪众：《小说的审美生命形式问题》，《文艺争鸣》1989 年第 2 期。
② 瞿世镜：《音乐·美术·文学——意识流小说比较研究》，学林出版社 1991 年版，第 171—172 页。

是抒情性。有论者认为，西方文学传统更多地偏向叙事文学，意识流具有鲜明的抒情性，因此，意识流的源头应该在中国："意识流作为一种创作手法，它最早产生于我国的古典文学还是古希腊的文化，尚无可靠的考证，只能推断臆想。以《荷马史诗》为典范的古希腊文化的正宗，无疑是叙事文学。以《诗经》、楚辞、唐诗宋词等为典范的中国传统文学，又无疑是以抒情文学为正宗的。抒情文学侧重主观精神、主观情绪、主观想象等的抒发。由此臆想，也由此推断，意识流完全有可能最早孕育于中国古典的抒情文学。"① 基于对意识流抒情性的认知，很多批评家、作家，都从中国古典诗歌里"发现"了意识流的因素。"从中国古代唐朝诗人李白、李贺、李商隐的诗歌到鲁迅的《狂人日记》等作品，都含有'意识流'的某种成分。"② 有论者还认为："在中国文学传统中，不是没有意识流因素的。例如，某些抒情诗、抒情散文、某些小说中的复杂的心理描写，鲁迅的《雪》《秋夜》，叶圣陶的《夜》中，不就有点'意识流'的味道吗？"③ 很长一段时间以来中国当代小说理论更多地聚焦在中国叙事传统的吸收，比如，叙事首尾一致、叙事连贯、人物的动作描写和语言描写等。而抒情传统在前期小说理论那里没有一席之地。当意识流理论被介绍到中国后，由意识流偏重主观性的特性入手，发现了中国古代抒情传统。由此，汪曾祺、阿城以及莫言强调小说可以抒情的理论主张，才得以获得广泛认可。

　　中国当代小说理论此前更多地是要表现外在的社会生活，因此，对人物主观意识与心理活动关注不多。中国小说的文法传统包括对话描写、动作描写。因此，中国小说表现技巧的民族化，被局限于对话描写、动作描写。由于意识流的传播，心理活动描写也被看作中国文学传统之一，"请别以为写心理活动是属于外国人的专利，中国的诗歌特别善于写心理活动，《红楼梦》

---

① 黄全愈：《得而复失 失而复得——"意识流"纵横谈》，《广西民族大学学报》（哲学社会科学版）1983 年第 2 期。

② 陆贵山：《谈王蒙小说创作的创新》，《北京师院学报》（社会科学版）1980 年第 4 期。

③ 潘友林：《"意识流"漫谈》，《山东师院学报》（哲学社会科学版）1981 年第 2 期。

有别于中国传统小说的恰恰在于它的心理描写"①。心理活动描写，被认为是"形在江海之上，心存魏阙之下""寂然凝虑，思接千载；悄焉动容，视通万里"。还有论者从中国古代文学理论中去寻找心理描写传统："中国古代的《文心雕龙》，已经涉及了这个根本原理。在小说叙述中，本可有把时间顺序颠倒错乱的方式。过去古典小说中的倒叙、插叙，也是对故事情节的时间顺序在叙述中重新安排调整之一法。"②

杨绛还对中国古代小说的心理活动描写，做了比较系统的论述：

> 早有人把莎士比亚的独白看作"意识流"的祖宗。小说里相当于独白的内心思维，一般用"心上寻思道……"的方式来表达。例如，《水浒传》第十一回王伦不愿收留林冲。蓦地寻思道"我却是个不第的秀才……他是京师禁军教头……不若只是一怪，推却事故打发他下山去便了……只是柴进面上却不好看……"。《西游记》第三十二回猪八戒巡山时的心思表达得更妙，可以不用"寻思道"的方式。八戒喃喃自语，习演撒谎，行者变作蟭蟟虫儿钉在他耳后。八戒心上想的话，嘴里喃喃道出，行者句句听见。近代小说家所谓"意识流"，就是要读者变作蟭蟟虫儿，钻入人物内心去听他寻思的话。③

上述观点，再次明确了中国小说理论传统应该包括心理活动描写。1949—1976 年小说理论排斥心理活动描写，把中国小说叙事传统限定为语言描写、动作描写。这种"盲视"忽略了中国小说传统的复杂性。其实，中国小说存在两大传统，一是文言小说传统，二是白话小说传统。由于白话小说更多地是为了便于讲述，所以更看重语言描写和动作描写。事实上，即使白话小说也有心理描写，只不过心理描写不被看重，被忽视而已。由于意识流

---

① 王蒙：《关于〈春之声〉的通信》，《小说选刊》1980 年第 1 期。
② 石天河：《〈蝴蝶〉与"东方意识流"》，《当代文艺思潮》1985 年第 1 期。
③ 杨绛：《旧书新解——读小说漫论之二》，《文学评论》1981 年第 4 期。

的传播，中国批评家再次注意到了中国小说传统，从而把心理描写也看作中国小说传统。

自由联想被看作意识流的一个重要特征，但是，自由联想并不被认为是意识流仅有的专利。中国文学重视自由联想的传统也被发现。"更早的不说，至少在战国时代，屈原创作《离骚》等著名楚辞时，所穿插运用的打破时空界限的自由联想，奇幻多姿的神话传说，不按时序的主观想象的表现方法，即已是最初级的意识流基因，后来的唐诗宋词、传奇志怪、南戏杂曲对意识流技巧的运用，就更不用说了，有的还因此成为不朽之作。可是，令人遗憾的，是事隔两千年后，到 1884 年，才由美国人威廉·詹姆士给这种手法取了一个名称叫'意识流'。"①　中国文学传统本来就包含自由联想，这个传统被认为是涵盖了诗词、小说、戏曲等文学门类："'意识流'热衷于表现人的联想、梦幻等等，传统文学何尝不写这些呢？在我国，庄周写过蝴蝶梦，唐人传奇《南柯太守传》整篇就是写一场梦，汤显祖写过著名的临川四梦，《水浒传》写宋江梦见九天玄女，《红楼梦》写贾宝玉梦入太虚幻境。……历史上的文学作品写梦幻、写人的心理活动的，多不胜数。"②　只不过，在中国当代文学史上一段比较长的时期里，文学作品更多地是为了再现社会生活，个人思想情感在文学作品里并不占据重要位置。从某种意义上讲，中国当代文学在一定时间里偏离了重视自由联想的传统。对此，王蒙有很深的感受："中国文学一贯很重视联想，'赋、比、兴'中的'兴'，就是联想。'兴'和'比'大有不同，'比'是主题先行，用形象来说明主题，旧称'意中之象'。而'兴'是'象中之意'，即形象先行，从形象中琢磨意义。对我们深受主题先行之苦的创作，强调一下'兴'的手法，恐怕是大有好处的。"③

---

① 黄全愈：《得而复失 失而复得——"意识流"纵横谈》，《广西民族大学学报》（哲学社会科学版）1983 年第 2 期。

② 郑伯农：《心理描写和意识流的引进》，《文学评论》1981 年第 3 期。

③ 王蒙：《关于"意识流"的通信》，《鸭绿江》1980 年第 2 期。

对于中国文学来说，确认意识流是不是中国自古以来就有的传统并不重要。重要的是，1949—1976 年确立的文学规范得到反思。重新清理中国文学传统，这是意识流被引进中国后重要的成绩。

第三节　结构主义与小说理论的转向

结构主义文学理论是 20 世纪西方重要的文学理论流派，它滥觞于 20 世纪初索绪尔的语言学理论，到 60 年代发展壮大，成为影响巨大的理论潮流。结构主义不关注文学作品的社会历史情绪，而热衷探索深藏在封闭的语言系统中的形式与结构。结构主义文学理论从 20 世纪 70 年代开始在中国传播。1975 年《哲学社会科学动态》第 4 期刊出了一篇《近年来欧洲结构主义思潮》的文章，这是中国最早接触结构主义的文字。1979 年袁可嘉发表了《结构主义文学理论述评》（《文学世界》1979 年第 2 期），它是国内最早介绍结构主义文学理论的文章。到了 20 世纪 80 年代，结构主义文学理论的经典著述陆续在国内被译介。许多学人从事结构主义文学理论研究，并把它应用在具体的文学理论实践中，对中国当代文学理论产生了极大的影响。

在结构主义文学理论的冲击下，中国当代小说理论发生了重要的转型。在此之前，中国当代小说理论基本上延续了实证主义的哲学理念，注重小说与社会历史及创作主体之间的对应关系。小说理论的核心要素是题材、主题、生活、主体等，而小说的另一个重要层面——形式却被忽视。小说的形式成为小说理论最薄弱的领域，也常常沦落为小说批评的附庸部分。西方结构主义文学理论在当代中国的传播，有力地改变了这一局面。

结构主义文学理论阵营庞大，理论观点纷繁复杂，不过总体精神却很鲜明。特伦斯·霍克斯说："当我们把注意力直接转向文学的时候，就可以看到，对形式的关注是'结构主义者'的首要任务。"① 对形式的关注，"诱使"中国当代小说理论发生质的变化。中国当代小说理论开始关注小说的形式系统，并形成了较为系统的形式论小说理论。

一、小说表层结构和深层结构的发现

20 世纪中国近百年的小说理论观念中，小说的基本要素是人物、环境、情节，但是小说的人物、环境、情节又是以什么样的原则结合在一起的？小说情节的展开、小说所表现的社会生活、小说家的主体意识三者之间又是如何统一在一起的？传统小说理论不能回答这些理论话题。结构主义文学理论关于文学作品的深层结构和表层结构的阐发，有助于我们思考上述小说理论话题。在结构主义文学理论那里，任何文学作品都有外结构和内结构之分。外结构指文学作品由语言组成形式所构成的结构状态，是读者在阅读文学作品时所能感知到的表层结构。而内结构指蕴藏在作品或作品群中的某种结构模式，它从一系列作品的内在系统中显示着支配作品、影响作品全体形式的功能，它是文学作品的深层结构。

在结构主义的启迪下当代小说理论对小说的理解渐渐地深入小说作品深藏的内在结构及其功能上，抛开了由情节演绎社会历史性主题的批评路径，开始寻找小说内部各种要素的结构关系与功能。

张世君的《〈巴黎圣母院〉人物形象的圆心结构和描写的多层次对照》②是较早涉及小说的表层结构和深层结构的论文。《巴黎圣母院》是一篇人物众多的小说。小说的故事、场景也比较复杂，出现了数百个属于各个阶层的人物，如国王、贵族、僧侣、军人、警察、法官、刽子手、商人、市民、学生、小偷和妓女等，人物关系复杂。《〈巴黎圣母院〉人物形象的圆心结构

---

① ［英］特伦斯·霍克斯：《结构主义和符号学》，瞿铁鹏译，上海译文出版社 1987 年版，第 58 页。

② 张世君：《〈巴黎圣母院〉人物形象的圆心结构和描写的多层次对照》，《外国文学研究》1981 年第 4 期。

和描写的多层次对照》认为，在小说繁杂的背后，隐藏着隐秘的深层结构。主要人物如加西莫多、孚罗诺、法比、甘果瓦、女修士、国王等都与爱斯梅哈尔达有千丝万缕的关系，他们围绕爱斯梅哈尔达形成了一个"圆心结构"。这个圆心结构的运动，构成了整个小说的情节与场景的发展。论者还发现，爱斯梅哈尔达在格雷勿方场跳舞，使圆心结构首次出现，形成了故事的开端；爱斯梅哈尔达遭受劫难，以及加西莫多的受罚和营救，使圆心结构继续出现，推动了故事进一步发展；爱斯梅哈尔达服刑，使圆心结构连续出现，形成了故事的结局。圆心结构的人物关系不仅是纷繁复杂的人物关系的深层结构，也构成了小说情节发展的深层结构，它是整个小说的核心所在。

与张世君的《〈巴黎圣母院〉人物形象的圆心结构和描写的多层次对照》不同，季红真的《文学批评中的系统方法与结构原则》则发现了在小说的故事情节与故事情节之间隐藏着的深层结构。

季红真认为，鲁迅的《药》是一篇具有明显特征的表层结构和深层结构的小说。她认为，由烈士就义的刑场—病人吃药的茶馆—死者安息的墓地，这一时间序列构成情节和场景，形成了小说的表层结构。在这个表层结构中，可以发现辛亥革命前后的一般社会状况，而在表层结构中潜藏着的深层结构，是一个中心对称的基本结构框架。它表现为：以人血馒头所暗示的封建黑暗势力为中心，烈士的死与弱小者的病痛相对称；夏瑜的自觉反抗与华老栓及茶客们的恭顺，以康大叔的骄横为中心形成对称；夏瑜的母亲因儿子坟上的花圈而产生的欣慰，与华大妈由此而产生的隐隐嫉妒，以母亲共同的绝望为中心，形成一个心理的对称。就这样，小说表面复杂的情节其实都围绕着深层的一个中心对称的基本框架来展开。不仅如此，季红真还发现："其中核心的对称结构，是以残酷的压迫为中心，处于对称轴两极的是觉醒的反抗者和蒙昧的奴隶。"①

孟悦是在结构主义文学理论的启发下，对小说的表层结构和深层结构理

---

① 季红真：《文学批评中的系统方法与结构原则》，《文艺理论研究》1984 年第 3 期。

解最深刻、运用最自如的批评家，她对林斤澜《矮凳桥风情》的分析尤见深刻。《矮凳桥风情》是林斤澜的短篇小说集，内收二十余篇小说，这些小说各有人物、各具情节，也没有贯穿首尾的时间。但是，孟悦却发现了这些表面上毫无干系的小说之间存在着浑然一体的血肉联系："我认为这种浑然一体的整一性来源于一个共同的规定情境——矮凳桥的特定时空。一方面，在我们社会历史的语义关联域中，矮凳桥这个普通地名已经可以看作新型乡镇的代称，它暗示着一种别样的生产方式、别样的生活方式、人称关系和价值系统，一个别样的世界……另一方面，从本文的内在语义结构来看，矮凳桥的特定时空又发挥着一种超常的作用，它不仅是一个现实意义上的自然地域，而且是一个象喻性的戏剧时空，空间各部分组合的结果不是构筑一个中性的框架，而是构筑一个'布置好'的舞台，构筑剧情本身。"①

"矮凳桥的特定时空"在小说中的标记是一道十字街、一座石头桥、一条时窄时宽的溪流。"矮凳桥的特定时空"在小说中是一枚纽扣，把小说的表层结构——具体的、物理的时空结构和深层结构——小说的象征性的时空结构——耦合在一起，完成了小说的表层结构和深层结构的缝合。

小说的表层结构和深层结构的发现，使小说关注的中心从小说所投射的社会历史性主题、创作主体精神映射的情绪方面，转移到对小说自身的关注，小说自身的形式因素被发现。这种发现意味着，小说不再只是他涉的，而具有自我指涉的特征。这应该是当代小说理论的重要进步。由此，小说理论向形式化方向迈出了重要的一步。

二、小说语言自主性的认识

结构主义文学理论本身就是脱胎于索绪尔的语言学的思想，因此，它具有丰富的语言学理论观点。结构主义主张语言在文学中的本体地位，"语言

---

① 孟悦：《一个不可多得的寓言——〈矮凳桥风情〉试析》，《当代作家评论》1987年第6期。

是文学的生命，是文学生存的世界"①。在结构主义文学理论看来，语言具有自足性，是文学的本体所在。这一理论观点，扫除了传统的语言工具论的观点。在结构主义的语言论影响下，中国当代小说理论也反思了小说语言的特性、功能，推动了对当代小说语言的思考。20世纪80年代中期以后的小说语言的理论探索，沿着如下的思路展开：从反思语言同世界、作家的关系开始，认识到了语言的自足性。在探讨这种自足性如何在小说中发挥效能的基础上，批评家进而提出了小说语言是小说本体的理论主张。

在结构主义的语言学理论的指导下，较早对传统的工具论语言观展开系统反思的是程德培。他的著作《叙述语言的功能及局限》接受了结构主义关于语言是自足性实体的观点，从三个方面反思了传统的工具论语言观。首先，他质疑了语言与作家创作意义之间的一一对应关系，认为语言并不只是简单地传达作家的意义，它常常在不知不觉中改变作家所设想的意义。其次，语言与实在之间也并非是简单的对应关系，而且语言的属性并不只是指示世界，语言的属性还体现在自身的联系和组合上。因此，语言的内部关系，并不是语言所暗示的世界与事物之间关系的表现。程德培说："词其实不是一堆固定不变的符号放在那里供作家选择，它除了具有音像形象的特征外，远在作家选择前就带着历史的沿袭与社会发生了广泛的联系。一个词不仅具有和无数其他词相联系和相组合的功能，就是对本词的理解也是不乏多种可能，甚至包括歧义。何况，中国字的歧义和组合的复杂比其他文字，从来就是有过之而无不及。"② 最后，语言的特性在本质上并不构成对实在世界的简单反映，语言的种种属性决定了语言和现实世界之间的背离、和谐。他认为："不仅作家作为人的复杂性所构成的矛盾冲突决定着本文的审美层次，影响着作品的感染力，而且语言自身的活力也同时创造着本文的。"③

---

① ［法］R. 巴特：《符号学美学》，董学文、王葵译，辽宁人民出版社1987年版，第4页。

② 程德培：《小说本体思考录》，上海文艺出版社1987年版，第107页。

③ 程德培：《小说本体思考录》，上海文艺出版社1987年版，第107页。

　　既然语言和实在客观之间并不能形成可信赖的对应关系，既然从语言那里并不能实现对世界的客观表现，那么我们长期信赖的、遵行的现实主义的"真实"是来自何方？它是有效的吗？《语言现实主义》①《"再现真实"：一个结构语言学的反诘》等文章分析了其中的奥秘：如果把语言的复杂性成分考虑到了，我们就不得不承认，"真实"并不是来自小说和客观世界之间、小说和实在之间，而是来自语言效果，是语言造成的"真实"效果。《"再现真实"：一个结构语言学的反诘》认为："艺术中所谓的真实，实际只意味着真实被置于一定规则与结构（归根结底即是艺术的语言或符号结构）加以叙述而已，一件作品的实在性最终亦只是它叙述方式的实在性。"同样，对于小说而言，长期以来我们所津津乐道的"再现"现实的审美效果也是来源于语言、语言结构，因为："叙事行为的现实基础——语言，其功能并不仅仅是表达自身之外的'被表达之物'，并不仅仅是'述它'，与此同时，在更隐秘的或更实质的意义上，语言还具有'自述'的潜在机制。语言，就其作为一个独立而完整的文化结构而言，它不单是工具、载体，而且是实体，是一执拗的意志。"② 在结构主义文学理论的观照下，传统小说所标榜的艺术准则被摧毁，新的小说艺术准则在建立。

　　结构主义文学理论所说的语言本体，其实是超越了具体作品的语言构成形式，它更多地是指隐藏在所有文学作品之中的普遍语言结构形式，而具体作品不过是这种普遍结构的种种变体和不同的体现。"语言结构象是一种抽象的真实领域，只是在它之外个别语言的厚质才开始沉淀下来。语言结构含括着全部文学创作，差不多就象天空、大地、天地交接线为人类构成了一个熟悉的生态环境一样。"③ 因此，语言结构就成为文学的本体，而文学就成为语言结构的呈现和显身。

---

　　①　南帆：《语言现实主义》，《上海文学》1993 年第 3 期。

　　②　李洁非、张陵：《"再现真实"：一个结构语言学的反诘》，《上海文学》1988 年第 2 期。

　　③　［法］罗兰·巴尔特：《写作的零度》，载《符号学原理——结构主义文学理论文选》，三联书店 1988 年版，第 67 页。

对结构主义文学理论的这一精髓领悟较深刻的是李劼。在结构主义文学理论的影响下，他的《论小说语言的故事功能》和《论中国当代新潮小说的语言结构》最接近结构主义文学理论本身。

李劼在《论小说语言的故事功能》中认为，小说语言在语句的组合上虽然也遵循常规语言学的语法规则，但是它的话语整合效应却远远超过了常规语言的指称性："它一方面以整个故事作为自己的语境，一方面又在这样的语境中生成着故事。……这是一种奇妙的语言自足系统，它的全部先验性就在于它的故事性。"[①]

同时，李劼借用巴尔特《叙事作品结构分析导论》关于小说语言具有生成故事的功能、故事催化功能的观点。在李劼这里，生成故事的功能对应巴尔特的功能层，故事催化功能则对应巴尔特的叙述层。小说语言的故事生成功能，主要是指小说语言作为能指符号的组合功能，这种组合功能主要表现为语言经过句段层次和故事层次的整合变成小说语言。小说语言的故事催化功能，则是在小说语言的言语活动过程中实现的，它主要体现在小说的话语层次和故事层次上，也即是小说言语活动的话语整合和故事整合过程。李劼进一步借用罗曼·雅各布森对隐喻和转喻的区分，探讨了小说语言的隐喻功能。李劼认为，小说语言不仅是叙事的，而且是意象的，在文本生成的过程中，尽管语言也遵循相邻原则，但是它们却往往作为一种叙述效应呈现出相似原则。只不过与诗歌语言意象隐喻不同，小说语言的隐喻功能由故事性的语言结构呈现。李劼认为，如果我们反过来，从小说语言自身的层面来看，小说语言的故事生成功能、催化功能、隐喻功能是小说语言的三个层面："其生成功能是小说语法学层面，催化功能是小说修辞学层面，而隐喻功能则是小说语文学层面。所谓小说语言学可以说是这三个层面的综合，而小说语言的故事性则是联接这三个层面的内通道。"[②]

---

① 李劼：《论小说语言的故事功能》，《上海文论》1988 年第 5 期。
② 李劼：《论小说语言的故事功能》，《上海文论》1988 年第 5 期。

　　从小说语言的形态来看，小说语言的句法结构和小说叙事结构具有对称性，也就是说，小说的叙事结构只不过是小说语言的句法结构的重现。李劼在《论中国当代新潮小说的语言结构》一文中对这个问题展开了详细的论述。他选取了四篇具有典型意义的新潮小说——刘索拉的《蓝天绿海》、阿城的《棋王》、孙甘露的《访问梦境》、马原的《虚构》，来分析它们的语言结构和叙事结构，发现了小说语言和小说叙事之间的对称性。他说这些例证在向我们显示："小说语言在句式结构和叙事结构上的对称性，看到句法结构中的主语和宾语系统如何在叙事结构中分别展开为作者、叙述者和人物，看到小说的句法结构如何蕴含了整个小说的叙事信息，以及叙事结构又是如何以小说的基本句型作为自己的原型；一方面又可以看到小说的语言形象是如何在四个作家笔下以各不相同的方式作有层次的呈现的。小说的语言形象在刘索拉的作品中，主要体现为语音层面上的音乐形象，在阿城的作品中主要呈现为修辞层面上的意象形象，在孙甘露的作品中主要呈现为语文层面上的语文形象，而在马原的作品中则主要呈现为语法层面上的逻辑形象。"[1]在对具体作品的分析阐释后的结论中，李劼推演出了一个具有理论意义的话题："小说语言作为第一性的文学形象，登上了当代中国的小说舞台。而人物形象以及小说中的各种景象和物象，则都是小说语言这一基本形象的衍化和发展。"[2]

　　结构主义文学理论不仅启发了中国当代小说理论对小说语言的认识，而且在此基础上反思了传统小说理论所信奉的美学原则。更重要的是，中国当代小说理论开始深入地探讨了小说语言与小说叙事之间的同构性，建构了具有本体意义的小说语言观。

　　结构主义文学理论对中国当代小说理论产生了很大的影响，它使中国小说理论开始注意到小说形式的重要性，小说的结构、形式、语言等成为小说

---

　　① 李劼：《论小说语言的故事功能》，《上海文论》1988 年第 5 期。
　　② 李劼：《论中国当代新潮小说的语言结构》，《文学评论》1988 年第 5 期。

理论的核心，并初步建立了形式本体论小说理论框架。令人欣喜的是，由结构主义文学理论催生的中国当代小说理论并没有停留在形式分析的层面上，传统的主题学、文化学的小说理论，并没有被粗暴地抛弃，而是被整合进来，形成了具有特色的形式理论，并成为中国当代小说理论的新的生长点。这一问题本书暂不讨论。

第六章　面向主体的多维转向

随着 20 世纪 80 年代启蒙价值观的确立，中国当代小说理论在价值观上出现新的变化。"人"的价值的确立，成为 80 年代小说理论的重要表征。随之，确证主体、推崇主体的小说理论形成。于是，小说的语言、结构以及表现手法，也出现了重要调整。事实上，面向主体的小说理论，作为 80 年代小说的重要理论形态，它和 80 年代的现实主义小说理论之间的界限并不是那么泾渭分明，二者之间有千丝万缕的关联。但是，作为鲜明体现 80 年代价值观的小说理论形态，它又是可以独立出来的。为此，笔者打算做专门的论述。

第一节　小说语言论：转向主体的双层结构

现实主义小说语言的功能是叙述故事、描摹社会生活、传达作家对社会和生活的认识。因此，现实主义小说语言的基本规范是准确、形象和生动。小说语言的功能也因此被局限在语义上，它的指示功能被发挥到极致。因此，从一定意义上看，传统小说语言是线形的，也是一维的，小说语言在时间绵延过程中单向度地延伸。但是，新时期小说语言却突破了传统小说语言的这一特征。新时期小说语言理论的探究，主要集中在小说表现功能的开掘上。小说语言理论主要关注小说语言的表现功能，聚焦传达体验、渲染主观情绪、体现个体的生命意识、传达人类的文化精神等诸多方面。因此，小说语言就不再仅是单一的、线形的、平面化的，而是在线形的时间序列中指向情绪、生命意识、文化意识，形成了双层结构。

一、体验与语义并置

到了 20 世纪 80 年代，小说语言的重要性得到极大的关注，人们已经不再把它看作小说内容的附属部分，而把它当作是小说的重要成分，甚至是和小说内容一样重要。汪曾祺对小说语言做出过这样的论断："语言不只是技巧，不只是形式。小说的语言不是纯粹外部的东西。语言和内容是同时存在的，不可剥离的。"① 对小说语言的这种认识，反映了新时期小说语言观念的突破。无法否认的事实是，新时期小说语言理论的探讨落后于小说家在创作上的探索。正是小说创作的推动，才使小说语言理论获得新发展。

新时期伊始，小说语言和小说观念一样，并没有太大的变化，恢复现实主义传统成为这一时期文学创作的主调。王蒙的《春之声》等小说开始把小说语言看作小说的一个重要因素来考虑。《春之声》带给我们的不仅是意识流小说的表现技巧，同时也给我们带来新的语言——一种具有个性，不拘泥于对外在客观事物和社会生活客观反映的语言。对创作主体的主观心理投射和主观意识的表现成为《春之声》语言的核心内容。王蒙之后，我们可以看到汪曾祺、阿城、贾平凹等小说家，也加入小说语言的探索中。小说创作上语言的变化刺激理论家开始自觉地探讨小说语言。

新时期的小说理论最初关于小说语言的探讨，主要聚焦于小说语言与主观情感之间的关系上。在传统小说语言和对象之间的指示功能之外，新时期小说语言还被赋予传达小说创作主体的思想和情感的功能：在对象传达之外，创作主体的主观情感和情绪也被凸现出来。

---

① 汪曾祺：《关于小说语言（札记）》，《北京晚报》1986 年 4 月 19 日。

在中国现当代小说理论发展较长的一段历史时期，小说创作的动因大都是对生活的再现，小说承担教育和组织社会民众的功能。进入 20 世纪 80 年代后，一些小说家开始打破这一规范，小说创作的动因也出现了裂变。王蒙的《布礼》《夜的眼》等小说的语言具有非常强烈的主观情感色彩。这种小说语言的生成是和作家在创作构思时的动因紧密联系在一起的。王蒙在谈到《布礼》《夜的眼》的最初构思时，曾非常明确地谈到这一点。王蒙这样说道："那么《布礼》是什么先行呢？在我脑子里的胚胎是什么？就是那个场面、感觉先行。""《夜的眼》是什么先行呢？是感觉先行、感受先行，是对城市夜景的感受先行。"[1] 小说语言也不再被局限于对外在客观世界的传达了，创作主体的主观精神已经强烈地投射到语言上。

王蒙在新时期小说创作上起到了示范性的作用。在他带头示范下，小说艺术出现了许多令人惊艳的变化。其中"强调表现的小说语言的方式"最是让人惊奇。"强调表现的小说语言""侧重于表达主体对于现实的独特的感觉和体验，因而所注重的首先是为这种感觉和体验找到一种直接对应的语言形式，而不必通过对于某种外在对象的精确描写作为传达的中间形式和媒介。甚至连那些在再现性小说中被特别强调的客观对象'本来有的样子'和'可能有的样子'，在这种语境中，也是被充分地感觉化和情绪化了的"。[2] 小说创作的变化，引起了理论家们的思考。自新时期伊始，就有不少小说理论家开始探究小说语言，扩展小说语言的表现能力。高行健较早关注小说语言的表现功能。他认为对主观情感的表现在小说创作中物化为小说的调子，成为小说语言追求的最高境界。他以鲁迅的小说《故乡》为例，论述了小说语言的美学特征：

　　一加上主观感受的点染，景物便写活了。《故乡》这篇小说并

---

　　① 王蒙：《在探索的道路上》，《当代文学研究参考资料》1980 年第 2、3 期。
　　② 於可训：《小说文体的变迁与语言》，中国社会科学出版社文学编辑室编：《小说文体研究》，中国社会科学出版社 1988 年版，第 258—259 页。

不靠故事去打动人，作者也根本无意去讲故事，更无情节可言，与其说塑造了闰土这个人物，不如说着意于这个人物在叙述人"我"心中唤起的感受。作者把儿时的美好的回忆与冷漠的现实给予叙述者"我"的双重感受反复组合在一起，形成了一种深沉的调子，就连人物的对话也融合在其中，感人至深。这就是现代小说的语言应该追求的更高的境界。①

1985 年是中国当代小说艺术发展的分水岭，同样也是小说语言观念探索的一个新的起点。《你别无选择》的发表标志着小说语言探索的崭新历史阶段来临。《你别无选择》的音乐结构和小说的故事结构并存，刘索拉用音乐结构去演绎故事的情调和情绪。虽然故事结构仍是《你别无选择》的重要组成部分，但是，音乐结构已经越过、掩盖了故事结构，主观情感的书写成为小说的中心。到了莫言的《透明的红萝卜》，小说语言挥洒着感觉等主观情绪。"小说愈来愈变为人类情绪的容器，故事、人物、语言都是造成这容器的材料。"② 小说语言对客观世界的指示功能越来越退居次位，而创作主体的主观世界的宣泄则成为小说语言首要的关注点。徐星、残雪、张承志等在小说语言探索的道路上进一步发力。

李劼从小说创作论的角度出发开启小说语言探求之门，他认为："文学创作的一个基本动因也许就是作家或诗人的语感。而文学家们也往往是因为他们对语言有一种特殊的感觉才成为文学家的。……文学家的成因在于他们对语言的超常的敏感，而每一个作家或诗人的语感的独特性则构成了各自的创作个性。"而语感"主要是指文学家们对文学语言的敏感"。③ 李劼把文学创作根源于语感，把文学家的成因归结为语感，对语言的感知能力也因此成为小说家必备的素质。语感也因此成为文学创作的根本出发点，因而李劼将

---

① 高行健：《现代小说技巧初探》，花城出版社 1981 年版，第 11—12 页。
② 莫言：《黔驴之鸣》，《青年文学》1986 年第 2 期。
③ 李劼：《试论文学形式的本体意味》，《上海文学》1987 年第 3 期。

文学创作的过程认定为语感的外化过程。于是，语感成为文学创作的首要因素，在小说创作中的作用提高到首要位置。小说语言不再仅是指向外在的客观世界，还指向创作主体，成为小说家主体精神的外化。再现功能之外，表现功能也成为小说语言格外突出的特征。这是小说语言理论发展历史上的一个重大突破。

小说理论对小说语言表现情绪与主观意识的功能的发现，构成了这一阶段小说语言理论最集中的论述。由单个汉字和语法构成的小说语言如何体现主观色彩，包括小说语言作为艺术形式本身所具有的主观倾向，都在新时期小说理论中得到了肯定。

从小说语言的构成——单一汉字来讲，小说语言本身充满了主观的色彩和情感。"汉字所代表的语言，作为符号个体、作为静态的语言备用单位，其间投射着创造主体的情绪。同样，小说语言，作为符号的集合、作为动态的语言使用单位，其间也充溢着使用者的主观情绪。这里体现出不同层次上的一个共同的道理：人类在从感知客观世界到表现客观世界的过程中，溶入了个体的整个身心。或者说，情绪贯注，本是人类艺术地把握世界的原始思维模式。"[①]

何立伟也认为，小说语言的词语本身也充满了主观情绪。他说："实词的推敲可以鲜人耳目，虚词的布设又添了荡气回肠；忽张忽弛的音乐节奏，使情绪的流泻如溪溅石；妙用的断句，就叫语言有了抑扬顿挫；而某种对语法规范的冲决，便得了感觉的芬芳的释放。"[②]

另外，小说语言的语法关系之间也充满了主观认识："真正小说的语言是感觉化了的语言，小说的创作主体不仅将语言建构他心目中的形象体系，而且关涉到词语如何前后相续、如何左右接邻、如何变化位置，在长短起伏、轻重高低、抑扬顿挫的语言构造中濡染着作家的情感色彩，这就是为什

---

① 谭学纯、唐跃：《语言情绪：小说艺术世界的一个层面》，《文艺研究》1986年第6期。
② 何立伟：《美的语言与情调》，《文艺研究》1986年第3期。

么艺术语言与其他文本语言大相径庭的原因。这就是感觉化了的艺术语言能够通向隐义追索的妙不可言的诱力和魅力。"①

上述论述也许显得有些零碎，但是它们都非常清晰地肯定了小说语言表现主观情感的功能，更多理论家对小说语言的表现功能展开了更为理性的论述。

语言对事物的指示和对概念的表达，最终都和文学语言的艺术表现功能大相径庭，甚至和艺术语言格格不入。对此，王晓明在《在语言的挑战面前》一文中有明确的论述。他对语言的表现功能和指示功能做了明晰的界定，认为表现功能是小说语言的根本，而作为逻辑和概念的指示性的语言则妨碍了小说的表现力，压制了小说语言的表现功能。王晓明对此做了充分而有力度的论述：

> 在我看来，正是语言的这种构造世界的功能，决定了它身上势必会具有那种与艺术格格不入的东西。人们常说语言是人类思维的基本形式，可在严格的意义上，它其实只构成我们逻辑思维的基本形式。它是为了适应人类整理自己主观感受的需要而产生，并以概括和抽象的方法作为自己的接生婆的。这就决定了它势必要以逻辑上的普遍性作为自己的基本成分。在现代语言中，每一个实词都代表一个类，它本能地就要从自己的含义中排除那些复杂多变，因而模糊不清的个别性差异。从这个意义上说，每一个新词的建立都意味着人类无限多样化的感性领域又丧失了一寸处女地，而那崇尚共性的理性逻辑又扩大了一分版图。为了交流的广泛性，语言不得不牺牲我们意识当中的大部分原始的个性因素；为了表达的清晰度，它也不得不滤去思维过程中必然要产生的种种朦胧含蓄的情感意味；而为了理解的便利和可靠，它更不得不对自己做严格的限制，不惜舍弃大量富于弹性的形象成分。打个不恰当的比方，语言就像

---

① 龙渊：《修辞法则——当代小说的语言形态》，《小说评论》1988 年第 1 期。

是一道严格的关卡，无论你随身携带什么私货，最终都难免会被它逐一查获和没收。这就是语言的真实面目，它不仅是一个马马虎虎的传话者，经常会在传送的中途遗漏许多重要的意思；它首先还是一名刻板粗暴的誊写工，它会完全不顾你口述的本来意思，而将你的话先按它的统一格式重新组合过。①

王晓明发现，小说语言的表现功能曾倍受压抑。他认为，语言是审美意识的天敌，为了表现创作主体的审美情趣，作家没必要遵从语言的一般化逻辑；相反，小说家应该从自己的审美情趣出发，寻找具有生命意味的小说语言。

小说语言不仅应该具有一般语言意义上的特色，还应该具有艺术语言本身的特点。作为文学语言的小说语言与非文学语言有本质性的区别。一般性的日常性生活用语和科学语言的最大的功能是传达意义。而作为文学语言的小说语言除了传达意义外，还要表达感情，呈现生活画面。小说语言具有形象性和情感性，这应该是小说语言的基本特征。但是，小说语言的特征还不仅仅如此。在句法与用法上，小说语言还具有日常生活用语和科学语言所不具备的特点。小说语言的音响、节奏感、意象性等特征都得到突出的强调。与一般性日常用语和科学语言相比，文学语言还具有陌生化的特点。综合小说语言的上述特性，有人提出了小说语言的独特性特征："小说语言（文学语言）实际上是一种'双层'语言体系。一方面，小说必须以自然语言为媒介，字只能一个个写，话只能一句句说，尽管可以有比普通语言自由得多的遣词造句的权力，但基本叙述则要符合语法规范。但是，这只是小说语言的表层语言体系。另一方面，小说语言又具有隐匿在这一语言体系之中的另一个深层的语言结构，即小说的叙事语言结构，它的基本词汇—意义单位是情节段，它依附于表层的语言结构又独立于它，和它形成一个富有张力的小说语义空间。从形态学的角度说，小说语言层面实际上是由一个个情节段按

---

① 王晓明：《在语言的挑战面前》，《当代作家评论》1986 年第 5 期。

照一定的'情节段语法'结构而成的……"在这里，"情节段"是"具有相对独立意义和叙事功能的语象"。①

这段对小说语言的"'双层'语言体系"的阐释，实际上揭示了小说语言的空间性特点：小说语言不再只是对社会生活的直接描述和反映，它是创作主体的思想和情感的流露。

当小说理论沿着小说语言与创作主体关系推进时，小说语言与生命意识的并置关系得到了确认。小说语言和主观情绪、情感之间的并置衍生为小说语言和生命体验之间的并置。

新时期小说理论也对小说语言和生命意识之间的关联有深刻的认识：语言与生命的同一。语言既是个体的精神与生命的表征，也是个体生命的精神寄托。"小说以符号的形式表现为生命的原初感受，当生命的原初感受化作情绪波流涌进文本，或者说当小说接近了生命本体，赋予情绪感受以与生命形式相关合的艺术形式时，对小说的审美观照便化作对生命的自我认同，小说因此成为人类自我观照的对象，它不再从外部规定我们，而在自身实现我们。"②

20世纪90年代以来中国作家更强烈地、更自觉地表达他们的"语言生命观"。李锐曾经指出："语言和生命缠绕之深，是和我们的头脑、四肢、内脏同等重要的。"所以，他将自己的语言自觉以及关于语言自觉的理论倡导视为其"精神存活、生命扎根的最后土壤"，认为"在当今中国大陆，体制强权的语言，商品神话的语言，借着权力和市场的加速器，借着现代传媒铺天盖地的能量，无孔不入，无坚不摧"，在这样的"几乎令人窒息的语言气氛中"，"尤其感到'语言自觉'对于我的重要，对于我的生死攸关"，因此，他对现代汉语的反省并"不是出于理论的热情，而是出于生命的抗

---

① 盛子潮：《小说形态学》，海峡文艺出版社1993年版，第22页。
② 谭学纯、唐跃：《新时期小说语言变异现象描述（上）》，《小说评论》1988年第4期，第70页。

争"。① 贾平凹也持有相似的看法："语言与生命有着直接的联系。""晚生
代"作家毕飞宇和李洱，也都持有这样的"语言生命观"。毕飞宇认为：
"语言说到底，是你精神的体现，是你的精神处于创作状态时的对于万物乃
至于对于自我的一种观照。"② 正是出于这样的语言观念，所以他对"你的
生命形态决定你的语言形态，有什么样的生命就有什么样的语言"的提问与
概括表示了赞同。③ 李洱将他的写作和语言视为出自个体的精神生命与成熟
心智。而在女性主义作家林白那里，虽然语言自身就有其"独立的生命"，
但是，"它们最终是要来自生命，从生命的深处涌流出来，表达生命本身"，
"在家园逐渐丧失的时代，语言就是我们的家园"④。小说语言的生命观得到
了作家们的普遍认可。

二、语言与文化并置

小说语言的并置，一方面体现为小说语言与主体情绪、生命意识的并
置；另一方面表现为小说语言与民族文化的并置。前者表现为小说语言和个
体生命世界的并置，后者表现为小说语言与作为人类群体的生命形态的
并置。

进入新时期以来，作家们不再满足于语言单纯的指示功能，在此基础之
上进一步寻求语言丰富的表现力：对民族文化心理的表达。这种语言上的努
力首先源于作家在创作上的主观追求。例如，李杭育就把寻找具有地域文化
的语言作为小说创作的一个重要目的。他说："我一直在寻求某种语言，以
便用来表达我所意识到的吴越文化及当代内容。语言最终就包囊了小说的全

---

① 李锐：《我对现代汉语的理解》，《当代作家评论》1998 年第 3 期。
② 张钧：《历史缅怀与城市感伤——毕飞宇访谈录》，《小说的立场——新生代作家访谈
录》，广西师范大学出版社 2002 年版，第 141 页。
③ 张钧：《历史缅怀与城市感伤——毕飞宇访谈录》，《小说的立场——新生代作家访谈
录》，广西师范大学出版社 2002 年版，第 141 页。
④ 张钧：《生命的激情来自于自由的灵魂——林白访谈录》，《小说的立场——新生代作
家访谈录》，第 274—290 页。

部形式和技巧。一个作家的最终出息，就在于找到最合他的脾胃，同时也最适宜表现他的具有特定文化背景之韵味的题材的那种语言。"① 小说语言就是文化，是文化中受到极大关注的一个方面。语言于是就不再是简单的对客观世界的再现，它本身就是客观世界精神化的一种表现形式；它不仅是文化的载体，而且本身就是文化的一个组成部分。对此，阿城对语言是文化的见解十分深刻，在"寻根文学"的宣言《文化制约着人类》一文中，他做了非常清晰的论述：

> 用世界语写人性，应该是多快好省的捷径，可偏偏各语种都在讲自己语种的妙处。语言是什么？当然是文化。英语以其使用地域来说，超种族，超国家，但应用在文学中仍然是在传达不同的文化。常听有作者说，在语言上学海明威，学福克纳，我不免怀疑。仔细去读这些作者的作品，发现他们学的是海明威、福克纳作品的中文译者的语言。好的翻译家其实是文豪，傅雷先生讲过翻译的苦处。我想，苦就苦在语言已是文化，极难传达，非要创造一下，才有些像。这种像，我总以为是此文字所传达的彼文化的幻觉。②

在这段文字中，阿城把语言和文化视为一体。阿城认为，语言不是简单地对客观世界的再现，而是文化本身的表现形式。正是在这样的语言观的推动下，20世纪80年代小说创作出现了一股语言与文化并置的理论思潮。

语言和文化并置现象首先体现为对中国传统汉语言文字特性的挖掘，对汉语言文字表现力的认知。于是，汉语言文字的抒情特征被重新发现。汉语言孕育了诗歌这一抒情文体的繁荣，在汉民族的抒情文体的极大发达的背后，隐藏着汉文字具有丰富表现力的巨大能量。在新时期文学发展过程中，人们认识到要解决小说语言表现力匮乏的问题，必须从民族语言中寻求途径。何立伟在小说创作中，借鉴诗歌的炼字艺术，来增强小说的表现力。同

---

① 李杭育：《从文化背景上寻找语言》，《文艺报》1985年9月。
② 阿城：《文化制约着人类》，《文艺报》1985年7月6日。

时，他也在理论上自觉地建构小说语言的表现力。他说："汉文字在文学的绘事绘物传情传神上，它所潜在的无限的表现的可能，则尚未得以应有的发现与发掘，而似乎仅只停留和满足在它最初级的功能——表意的翻译作用上，这就实在是叫人遗憾的事情。文学既作为语言的艺术，从大量作品无艺术的语言而言，从即或是一些内容上很好的小说因语言的平庸而但见其工不见其雅而言，从大量的文学批评忽视语言批评而言；从语言即艺术个性，即风格，即思维，即内容，即文化，即文气，即……非同小可而言，提倡汉语表现层的垦拓，促成文学作品琅琅一派民族气派的美的语言，这大约不能说是没有道理的。"①

何立伟在不同的场合反复强调汉文字的表现功能。他认为表现功能是汉民族语言的独特性。他说："我常常为自己民族语言的涨满着感情内容与丰富的表现力而深深陶醉和自豪。实话说，也常常为不少作家将它的作用忽略而扼腕太息。抑或这些作家太受一些翻译作品的影响，但求文字的表意和流畅便满足了吧。殊未知中国的文学语言与西方作品的讲究语法的叙述序列是大有差别的。它的一些特殊的用法，譬如名词或形容词作动词用，譬如句式或词序的音韵与节奏上的错列，皆成就着一种独有的音乐韵律与画面联想的美感，且赖此以完成形象的传神勾勒和意境的苦心营造。前辈大师如鲁迅、沈从文、老舍、郁达夫等等，同样一层意思，经我们的口出和经他们的妙笔，则就有了完全不同的效果。这说明语言不特是信息转换的媒介，而更是艺术形象及其魅力的主要构成部分。打个蹩脚的比喻，状情况物，语言上讲究与否，其结局如同看一幅铅印的《静夜思》和一幅书法的《静夜思》。这恐怕也就是高尔基何以要称语言为文学的'第一要素'的道理所在吧。"②因此，当人们称赞《白色鸟》在语言上独特而出色的表现时，何立伟道出其中的缘由："（我）企图打破一点叙述语言的常规（包括语法），且试将五官

---

① 何立伟：《美的语言与情调》，《文艺研究》1986 年第 3 期。
② 何立伟：《关于〈白色鸟〉》，《小说选刊》1985 年第 6 期。

感官在文字里有密度和有弹性张力的表现，又使之尽量具有可触性、'墨趣'和反刍意味。"①

小说语言与文化的并置除了体现汉民族的文化特征外，还体现出原始化的倾向。小说语言原始化特征主要体现在语象呈现方式和语义转换方式上。新时期小说语言在语象呈现方式上的特点是语象偏于稚拙，排斥典雅工丽的遣词。贾平凹在一次接受访谈时谈到了自己的语言感觉："我的小说名字多为两个字，小说中的人物也是这样。我不喜欢作品的名字太花哨、太表面的诗意和刺激，我喜欢笨、憨，但有嚼头的命名。一切的比喻再好，却不如不比喻。"② 这种讲究质朴，崇尚"拙巧"与"随物赋形"的语言思维从根本上说都是与道家文化精神相契合的，体现了道家的"大智若愚，大巧若拙"的精神风范和顺其自然的艺术态度。

20世纪80年代以来，小说语言的表现功能备受推崇，小说语言的主观色彩也受到重视。以此为起点，小说语言与个体生命意识、人类的文化意识之间的联系被发掘出来了。这是80年代以来小说理论的重要收获。

第二节　小说结构理论：召唤空间结构

进入新时期以来，小说理论对结构的关注成为一个重要的聚焦点。小说结构作为小说形式的重要组成部分，受到关注似乎理所当然。但是，小说结构自身的裂变，引起小说理论家的兴趣才是其根本原因。

新时期之前小说理论认为小说结构和小说情节并没有差异，小说的情节就是小说的结构。因此，小说的结构是寄生在小说的情节中的，小说的结构多为单一的时间结构。

---

① 何立伟：《关于〈白色鸟〉》，《小说选刊》1985年第6期。
② 贾平凹：《写作与女性——与穆涛一席谈》，沈苇、武红编：《中国作家访谈录》，新疆青少年出版社1997年版，第20页。

　　新时期以来小说结构从情节中脱离出来。这得益于小说中戏剧性情节的解体："小说对戏剧的排斥，表现在情节上是不一定组织矛盾冲突，即使有矛盾冲突也不一定人为地激化它；情节之间可能是平行的、并列的、层叠的，甚至跳跃性很大，甚至两者之间在表层和静态上毫无关系，造成一种反差、比照和对立，形成内在的情绪上或心理上的'张力'与'危机'。"① 戏剧性情节的解体，带来的结果是小说空间结构的形成。

　　不同于此前独尊时间形式结构，20 世纪 80 年代小说空间结构开始大量出现。这种现象为小说理论家们所注意到："随着现代各种文学流派的不断涌现，随着各种文学流派在小说创作上的不断探索和突破，现代小说的结构形式越来越趋向于多线索、多角度、平行的、交叉的、散状的、环状的、立体的方向发展，从而使小说的结构已不仅仅只是建筑在按时间顺序叙述的事件——故事时钟上，而是，更多地建筑在有关人物因果关联的情节上，建筑在人物的意识流动状态上，建筑在人物的几种不相混合的意识的排列组合或几种有同等价值的主题思想的共存、并列、对位和相互作用的复调现象上；甚至有些小说结构还建筑在超越故事时间，超越作者叙述的，具有空间移动、想象便利的读者思维的理解和重新排列组合上，从而使现代小说的结构形式打破了传统小说的直线、纵向发展的单一化，而进入多层次、多方向、多故事、多结构的新世界。"② "多层次、多方向、多故事、多结构的新世界"的小说结构，就是空间结构形式。

　　小说结构的空间形式是新时期小说结构形式的重要表现，小说结构的空间形式，从形态上讲，被小说理论家归纳为心理结构、块状结构、意象结构、复调结构、组构结构等。

　　心理结构是新时期小说结构中重要的结构形式，它通过人物的心理活动流程来组织小说情节，呈现人物性格，表现作家对社会生活的看法。对于心

---

① 郑万隆：《立体构思和开放性结构》，《福建文学》1985 年第 6 期。
② 朱小如：《现代小说结构现象与本质的变化》，《当代文艺探索》1986 年第 5 期。

理结构的特点，王蒙认为最重要的一点是："打破常规，通过主人公的联想，突破时间和空间的限制，把笔触伸向过去和现在，外国和中国，城市和乡村。满天开花，放射性线索。一方面是尽情联想，闪电般地变化，相互切入，无边无际；一方面，却又是万变不离其宗，放出去的又能收回来。所有的射线都有一个共同的端点，那就是……我们主人公的心灵。"①

新时期小说心理活动结构具有重要意义。小说理论家们首先是将它作为向传统情节结构发难的武器。人们津津乐道的是，心理活动结构破坏了情节结构的时间顺序。心理活动和客观物质世界是不同的，它不是按照时间顺序来发展的。心理活动结构依赖小说中人物的内心活动，扰乱了情节小说的线性叙述。心理结构给中国小说结构带来新的变化，小说理论家和作家对此都有清晰的认识："放射性的结构形式的出现带来了新时期小说形式的一个重大变化。……中国的传统小说结构往往以事件推进的时间顺序为线索，事件本身的逻辑性强，因而中国小说艺术常被称为时间艺术。但放射性的结构的形式线索是心理流程，有时呈圆圈型，互不连续的镜头闪动式地跳跃着，间之以流线型的往返，还有交叉的现象，如同一些放射性的焰火"。② 在王蒙看来，其小说中的心理结构也是以空间分布的形式存在的——以"印象的强弱"而非时间的次序存在于小说中："（心理活动——引者注）根据他印象的强弱，深浅，往往强的在前头，弱的在后头，浅的在前头，深的在后头。"③ 无论是呈现出焰火状的特征，还是以印象强弱为排列秩序，都将心理结构定位为空间形式。

块状结构是继心理结构之后重要的空间结构形式。如果说在心理结构中人物心理流动的内容的可视化存在方式，决定了心理结构的空间形式，那么在块状结构中，小说则没有集中的故事情节，也缺乏主要人物，小说在多条叙述线索、多种叙述层次上展开。

---

① 王蒙：《关于〈春之声〉的通信》，《小说选刊》1980 年第 1 期。
② 吴功正：《新时期小说形式美的演化》，《当代文艺探索》1986 年第 1 期。
③ 王蒙：《漫话小说创作》，上海文艺出版社 1983 年版，第 39 页。

新时期小说不乏成功运用块状结构的作品。《小鲍庄》《花非花》《商州初录》就是典型之作。《小鲍庄》没有中心人物、中心事件，也缺乏贯穿全文的核心线索。它共四十节，这四十节也可以看作四十个板块。在小说中人物与人物、事件与事件整体、共同推进。

板块结构首先表现为刘心武所提出的"橘瓣"式结构。刘心武说："整个长篇的结构不是'穿珠式''阶梯式'，而是'花瓣式'，即从一个'花心'出发，生出五个花瓣，再在五个外面生出十个花瓣……或者又可比喻为'剥橘式'，即将一只橘子（生活）剥开，解剖为一瓣又一瓣的橘肉（个体及个体的生活史），貌似各自离分，却又能吻合为一个整体。"① 很明显，在刘心武形象的比喻中，小说的每一部分就是一个"橘瓣"。毫无疑问，"橘瓣"与"橘瓣"是以空间形式存在的，这种结构是一种很明显的空间结构形式。

更典型的块状结构是王安忆提出的。她认为块状结构是对传统线形情节结构的反叛，是对现代生活的反映。王安忆认为，传统的线形结构方式和传统的农业文化是紧密联系在一起的，而现在在上海这样的大城市里，"耳边同时可以响起几十种声音，眼里同时可以映入几十种印象，前后左右可以同时发生几十个故事，不分主次地纠缠在一起。随着近几年经济比较迅速发展，这种多印象，多声响立体交叉的包裹更加复杂，层次增多，头上，脚下，四面八方围拢过来……"②。

很显然，王安忆认为生活本身是共时态的，是空间化存在的。而当代小说要反映现实生活就必须从现实生活中提炼思想。"有时，我站到一个高处，俯瞰街景：马路纵横交错，楼房鳞次栉比，车辆走通了马路，灯光照亮了楼房，不由得看愣了。一个更集中、更凝练，因而更复杂的自然，那确不是能够用一笔一划来构完的。不知从什么时候起，我开始在寻找一种与过去所看

①　刘心武：《〈钟鼓楼〉的结构与叙述语言的选择》，《北京师院学报》（社会科学版）1986 年第 2 期。

②　王安忆：《关于〈小鲍庄〉的对话》，《上海文学》1985 年第 9 期。

惯也写惯的绝然不同的结构方法，寻找我们自己的叙述方法。……写《小鲍庄》的时候，最明确的念头便是这一点了。"① 王安忆突破了单线条的时间形式，追求共时的空间形式。

复调结构是中国当代文学批评误读巴赫金复调理论的结果。复调，原是音乐中多声部并列的一种"对位法"，它的每个声部既具有独立性又彼此和谐。巴赫金用它来形容陀思妥耶夫斯基小说的独特形式。巴赫金认为小说结构的不同成分之间贯穿着一种对话关系，这种对话关系犹如音乐中的"对位法"。"对位"表现为"不同的声音各自不同地唱着同一题目"，形成"多声部"性，即"复调"。② 1981 年是陀思妥耶夫斯基诞辰一百周年纪念，以此为契机，国内对陀思妥耶夫斯基的介绍、研究出现了一个小高潮。《苏联文学》推出纪念专辑。1982 年，《世界文学》第 4 期推出了一组文章：陀思妥耶夫斯基的《地下室手记》、夏仲翼的《陀思妥耶夫斯基的〈地下室手记〉和小说复调结构问题》及夏仲翼翻译的巴赫金《陀思妥耶夫斯基诗学问题》中的第 1 章"陀思妥耶夫斯基的复调小说和评论界对它的阐述"。其中《陀思妥耶夫斯基的〈地下室手记〉和小说复调结构的问题》一文介绍了陀思妥耶夫斯基的《地下室手记》结构的三个部分各自独立的特征，并指出了复调结构的基本特点。这是国内最早接受巴赫金复调理论的文字。

但是，在中国当代小说理论发展过程中复调往往被简单理解为多重结构和情节，被理解为一种表现手法和思维方式，未抓住复调的核心——多元价值观、多重独立思想的平等并存。因而，离巴赫金提出的复调理论的真实内涵相去甚远。这样的误读发源于中国当代小说理论要抛弃原来的小说情节结构的冲动。正是在这个意义上，复调结构才被中国小说理论所接受："小说中的不同情节，乃至人物的不同思想甚至是绝然相反的思想都是建立在对位法上的，具有共存、并列、对立和相互作用的复调结构形式，究其根本，复

---

① 王安忆：《关于〈小鲍庄〉的对话》，《上海文学》1985 年第 9 期。
② 参见巴赫金的《陀思妥耶夫斯基诗学问题·第 1 章》，《世界文学》1982 年第 4 期。

调结构的意义在于可以使几个相对完整的故事、情节、主题，以及人物的不同思想都可以在一部作品———一篇小说中得以同时共存、并列、对立和互相作用，实际上也就打破了传统小说只有一个有始有终的完整的故事……"①有论者在总结中国小说理论接受巴赫金的复调理论时说："在笔者看来，复调在小说布局的情节结构上，表现为一种对位的结构。因此，情节的平行结构，几个中篇（短篇）组成的长篇小说（роман в повестях），还有在时间上表现为'共时''并存'或称作空间化表现方式，都可以看作复调。"② 即使在外国文学研究领域，也是这样来接受巴赫金复调理论的："复调在结构上表现为情节发展的平行性。陀思妥耶夫斯基在谈及《白痴》的时候写道：'总的来说，故事和情节……应该选定并在整部小说中整齐地平行进行。'在《罪与罚》中，拉斯柯尔尼科夫犯罪后的情节线索发展，也是一种平行结构。小说结构中的这种'复调''对位'法，后来被发展为多主题结构，即一部小说中有几条情节线索，它们各自独立，相互交织，或曲折交叉，在组成巨幅社会生活图景时又有密切联系。同时在小说末尾，由于这种结构在起作用，往往表现为意犹未尽，故事似乎没有结束。"③

　　较早运用复调结构理论来开展小说批评的是吴方。他在《〈冈底斯的诱惑〉与复调世界的展开》一文分析了小说《冈底斯的诱惑》的复调结构。他认为，从表面上看《冈底斯的诱惑》是由几个不相干的片段组成的，但是，这些片段却构成了对应的关系。这种对应关系就是小说复调结构的表现。④ 陈晓明则把复调结构分析得更加细致，他认为："《金牧场》里的双向叙述结构呈示出并置参照的时空，它们各自有自己的主题、形态、展开速度和方式，二者平行地进行。它们在叙述模式、叙述语义上互不相干，但它们

---

①　朱小如：《现代小说结构现象与本质的变化》，《当代文艺探索》1986 年第 5 期。
②　晓河：《巴赫金研究在中国》，《文艺理论与批评》1998 年第 6 期。
③　钱中文：《"复调小说"及其理论问题———巴赫金的叙述理论之一》，《文艺理论研究》1983 年第 4 期。
④　吴方：《〈冈底斯的诱惑〉与复调世界的展开》，《文艺研究》1985 年第 6 期。

在叙述意念制导下，共同创造特定的'叙述语境'，它们的本质关系就是'互为语境'。这样的双向结构有如'复调音乐'：一种多声部音乐，其中由二个或更多的不同旋律同时进行而组成相互关连的有机整体。"① 从小说艺术来说，复调结构在中国小说理论史上具有重要意义："从单一的故事情节发展为多主题、多层次、多笔调的复调和声，是小说结构以历时性到共时性的一个带有根本性质的巨大变革，说这种'变革'带有根本性质，是因为它是现代小说区别于古典小说的一个艺术标志。"②

小说结构的空间生成仅是小说结构空间形式中的一种。除了这种形态上的表现外，小说结构的空间生成还表现在小说结构自身的构成被看作空间分布的存在方式。这种小说结构的空间构成把小说结构看作结构层次的叠合化，也把其看作表层结构和深层结构的组合。

结构层次的叠合是小说结构空间生成的重要方式。层次叠合的结构打破了单一的平面、线形结构，显示出空间分布态势。魏丁在《小说结构形态的变异》一文中对这种层次叠合的结构做了初步的描述："层次叠合的结构形态在近几年的小说中出现得非常普遍，而且形式也各种各样，像不同时空内容的叠合，现实的活动与意识活动的叠合，写实性描绘与象征性抒写的叠合，等等。"③ 这虽然是对小说结构层次的一种初步的、感性的认识。但是，小说结构的空间形态已经表现出来了。这种结构层次叠合的小说形态被人们所注意。周政保在《走向开放的中篇小说结构形态》中也注意到了小说结构的叠合状况："结构层次的叠合也具有多样性的形态，如不同时空内容的叠合，具象的展现与意识活动（心态揭示）的叠合，写实性描绘与象征性抒写

---

① 陈晓明：《复调和声里的二维生命进向——评张承志的〈金牧场〉》，《当代作家评论》1987年第5期。

② 皇甫修文：《巴赫金复调理论对小说艺术发展的意义》，《延边大学学报》（哲学社会科学版）1991年第3期。

③ 魏丁：《小说结构形态的变异》，赵增锴：《当代小说结构探索》，广西人民出版社1990年版，第65页。

的叠合，等等。"① 当然，小说结构的空间生成更多地、更典型地是对小说的深层结构和表层结构的发现。

较早涉及小说的深层结构和表层结构论述的是张德祥。他把小说的情节看作小说的表层结构，而把"按照作家创作心理活动特征的以意蕴、情致、思想内容为轴心"的对象称为"深层结构"。② 这种认识体现了小说理论开始把目光由小说的情节转向小说更加深层的内容，也表明小说的结构除了情节之外还有更加深刻的内涵。

但是，这只是对小说结构的初浅认识，还没有脱离小说的情节来谈小说的结构。此后的小说理论对小说结构的认识显然走得更远。小说情节渐渐被抛弃在小说结构应有的范畴之外。李国涛在《小说文体的深层与表层》中对小说表层结构和深层结构区分就显得更成熟。他认为："我们在小说中所见到的文体本身，也即笔调——用词造句、象征隐喻，等等，就是文体的表层。"③ 而小说的深层结构则是"情调——作者对所叙述的事件人物的态度、感情、看法——就是小说文体的深层"。④ 对小说结构的深层结构和表层结构的认识和发现，显然得益于结构主义文学理论的传入，是结构主义文学理论影响的结果。小说表层结构和深层结构的发现，使对小说的关注重心从小说所投射的社会历史性主题、创作主体精神映射的情绪等方面，转移到对小说自身形式的关注，小说自身形式因素也因此被发现。这种发现意味着，小说不再只是他涉的，而具有自我指涉的特征。这应该是当代小说理论的重要进步。由此，小说理论向形式化方向迈出了重要的一步。

新时期小说结构理论的关注点在于空间结构。空间结构不同于线形结构，更多关注的是主体的情绪、情感、价值等多方面的问题。空间结构理论的出现、形成，是新时期小说理论发展过程中面向主体的一种表现。

---

① 周政保：《走向开放的中篇小说结构形态》，《文学评论》1984 年第 6 期。
② 张德祥：《论近年来小说视野的拓展与结构变化》，《小说评论》1986 年第 1 期。
③ 李国涛：《小说文体的深层与表层》，《文艺研究》1987 年第 6 期。
④ 李国涛：《小说文体的深层与表层》，《文艺研究》1987 年第 6 期。

第三节　象征理论的探究

象征较为确切的含义是"甲事物暗示了乙事物，但甲事物本身作为一种表现手段，也要求给予充分的注意"①。象征是一种历史悠久的文学表现手法，中国古代文学理论对象征早就有论述。黑格尔认为："象征首先是一种符号……这里的表现，即感性事物或形象，很少让人只就它本身来看，而更多地使人想起一种本来外在于它的内容意义。"② 随着小说艺术的发展，象征日渐成为现代小说的重要表现手段。其根本性原因在于，传统小说往往用直接议论或者抒情的方式，来表现作者对事物的看法，从而彰显主题，起到介入叙述的目的。现代小说则大都不主张直接介入叙述，反而追求客观的叙述效果，因而普遍采用象征来代替议论的介入方式。布斯曾说："现代小说中用来代替议论的许多象征，其实和最直接的议论一样，是充分介入的。"③

早在"五四"时期，现代小说理论家就把象征作为小说批评的重要概念。较早把象征实际应用在小说批评中的是罗家伦。他谈到沈尹默的《月夜》"颇是代表'象征主义'（symbolism）"④ 的。沈雁冰认为鲁迅的《狂人日记》有"淡淡的象征主义色彩"⑤。1921 年，洪瑞钊认为，象征主义已经在中国小说中兴起了，一些小说如冰心的《超人》《月光》，叶圣陶的《低能儿》，许地山的《命命鸟》都是运用了象征的表现手法⑥。20 世纪三四十年代在刘西渭、沈从文等人的推动下，象征成为小说理论常用的批评术

---

① ［美］R. 韦勒克、A. 沃尔伦：《文学理论》，刘象愚、刑培明等译，三联书店 1984 年版，第 203 页。

② ［德］黑格尔：《美学》第二卷，朱光潜译，商务印书馆 1996 年版，第 10 页。

③ ［美］韦恩·布斯：《小说修辞学》，付礼军译，广西人民出版社 1987 年版，第 219 页。

④ 罗家伦：《驳胡先骕君的〈中国文学改良论〉》，《新潮》第 1 卷第 5 号，1919 年 5 月 1 日。

⑤ 沈雁冰：《读〈呐喊〉》，《文学周报》1923 年 91 期，1923 年 10 月 8 日。

⑥ 洪瑞钊：《中国新兴的象征主义文学》，《时事新报·学灯》1921 年 7 月 9 日。

语，对象征的理解和运用达到了一个新的水平。

在当代小说理论史前期（1949—1976 年），象征被看作资产阶级的艺术表现手法，受到了排挤。新时期象征经历了一个政治意识形态"祛魅"的过程。

新时期早期象征还只是被当作小说局部的表现技巧。何新的《他们象征着未来——试析王蒙短篇新作〈风筝飘带〉》就是把象征当作小说的表现技巧的代表。他认为："（《风筝飘带》——引者注）则一反我国小说重叙述（讲故事）、轻描写的传统表现方式，大胆地运用了象征主义的暗示、隐喻、微讽的间接表现技巧，使小说意境幽深，含蓄而微妙。"[1] 何新还对王蒙小说中象征手法的运用做了细致的分析："在这段描写中，作家用'红色'象征狂热和幻想，用'绿色'象征现实，同时暗示青年的上山下乡；最后用'黄色'和'黑色'象征浩劫之后万花凋谢及各种梦幻逐步破灭。"[2]

随着文学创作实践的深入发展和思想的进一步解放，象征作为独立的创作方法被确立下来。有人认为，除了现实主义、浪漫主义的创作方法外，象征主义也是独立的创作方法。象征主义的创作方法的特点也被确认："如果对本来要反映的主观世界与客观世界都重在间接表现，而另外创造一个能从差异中见同一的双关性形象，去暗示所要着重表现的事物、情志，那就是象征主义了。"[3] 象征主义作为独立的创作方法的地位、性质确立之后，象征主义的创作方法也从政治的束缚中解放出来。"象征主义作为一种基本的创作方法，它可以为思想进步的创作者所掌握，也可以为思想保守、落后甚至反动的创作者所采用。"[4] 于是，象征主义的创作手法自身并不具有政治色彩，而成为一种可以广泛运用的独立的创作方法的观点被普遍认可。

---

[1] 何新：《他们象征着未来——试析王蒙短篇新作〈风筝飘带〉》，《北京文艺》1980 年第 7 期。
[2] 吕永、周森甲：《象征主义也是一种基本创作方法》，《文艺研究》1985 年第 4 期。
[3] 何新：《他们象征着未来——试析王蒙短篇新作〈风筝飘带〉》，《北京文艺》1980 年第 7 期。
[4] 吕永、周森甲：《象征主义也是一种基本创作方法》，《文艺研究》1985 年第 4 期。

小说创作中大量的象征应用，为小说理论提供了研究象征的基础。有论者认为："传统的象征手法，大都只是作为叙事、抒情和塑造人物形象的一种辅助的方法，因而它通常只是出现于作品的个别情节或部分描绘之中。当代小说创作中的新象征主义思潮则不同，在这些小说中，象征已不再是一种辅助方法，而是越来越被视为一种独立的、主要的（或基本的）表现方法。因而它运用范围扩大了，即不再是个别的存在，而是普遍的存在，甚至连作品的总体构思和人物形象本身，也都具有象征意义；它的作用也加强了，即在衡量作品的艺术性时，越来越起着重要的乃至关键性的作用，或者说，那些象征意味最浓的笔墨，也就是作品在艺术构思上最见功力、在艺术描写上最有光彩和在意境上最耐人寻味的地方。"①

当象征不再是小说的局部技术手段，也不再负载政治意味时，象征就向更高一个层次飞跃，区别于传统情节小说模式的象征小说模式就出现了。

一、象征：形态丰富

象征在小说理论中得到广泛研究的一个重要表现是，象征的类型理论探讨得以广泛展开。小说理论家从各个方面来分析象征的类型。

首先从象征的来源来看，大致上可以分为以下四种类型："第一，物象，即以某种客观存在的实物（包括社会物与自然物）去加以象征……第二，景象，即以某种客观存在的景色（自然的、社会的）去加以象征……第三，事象，即用作品中的人物所做的事（或称情节与细节）去加以象征……第四，人象，即以作品中人物去加以象征。"② 这种分析虽然揭示了象征的最初来源，但是并没有揭示出象征的根本来源。究其原因，是这种分析只是说明了象征的源头是生活事实，但是，生活中物、景、事、人是怎样影响象征最终

① 盛子潮、朱水涌：《新时期小说中象征的破译和审美意义》，《当代文艺思潮》1985 年第 6 期。

② 傅正谷：《当代小说创作中的新象征主义思潮》，《天津社会科学》1986 年第 3 期。

产生的，并没有加以充分的论述。这种象征理论类型划分的不成功，意味着从象征的来源来划分象征的类型并不恰当。因为一切艺术的表现方法和艺术本身一样，都是从生活中来的，都能在生活中找到来源。

因此，对象征类型的划分，更多地是从小说中象征手法运用的效果来讲的。任万诚认为，象征可以分为情节象征、氛围象征、细节象征三种。情节象征的意义"是建立在通过作品整体把握方能获得"，"而不是建立在意象或细节上的"。氛围象征与情节象征所不同的是："这类作品始终贯穿着一种象征的氛围，整个作品就在这种氛围中进行。作者往往通过对背景的淡化，设置有象征意味的背景、人物来建立这种氛围。细节象征是通过作品中设置具有理解整个作品、能够透视出作品深层意蕴的细节。"① 情节象征、氛围象征、细节象征是对小说运用象征的效果而言的。这种划分象征的方法已经注意到小说艺术自身的属性。

对象征类型的研究更加深入的是周政保。他在《象征：小说艺术的诗化倾向》一文中，从小说的深层次结构出发，探究了象征的类型。周政保认为，小说的象征有整体性的象征方式、贯穿性的象征方式和局部的象征方式等三种方式。对于整体性的象征方式，"这种方式的特点是：小说的全部描写内容依仗自己的结构，融铸成一个定向而不定量的象征实体，或者说，作品的整体寓意是经由一个象征性的形象体系而获得实现的"；贯穿性的象征方式是"那种镶嵌在整体性与局部性象征体系中的、并对整体性象征与贯穿性象征的描写意义的凸现起到点醒的零星象征方式"；对于局部的象征方式，"持这种方式的象征性描写，往往以叠合与扭结的形态贯穿于作品的始终，它象一条望不到尽头的、蒸腾着思索与寓意的河流，有机地牵织着小说的题旨与美学价值的实现"②。

从象征和小说的结构关系入手来划分象征的类型，显然更加突出了小说

---

① 任万诚：《新时期小说对现代文学象征手法的借鉴》，《艺术广角》1989 年第 5 期。
② 周政保：《象征：小说艺术的诗化倾向》，《上海文学》1985 年第 3 期。

象征的艺术效果。这种探究象征的方法，把象征类型的研究推向一个新的高度，也深化了象征的特点：象征并不是简单地出现在小说中的一个表现手法，而是深入到小说艺术的深层次，对小说艺术的影响更深，更具有意义。

沿着象征对小说的影响和突出象征特点的思路，南帆把象征上升为小说的艺术模式。南帆在他的系列论文中，系统地阐释了象征小说模式的特点。他谈道："小说的象征模式并非形象演进行程中即兴出现的。在某些意象或整个形象体系中包孕着深远的第二项含义——这个原理一开始就处心积虑地控制着作家的感觉，继而融入整个小说构思过程，左右着作家范围、截取、删削和发展素材。……这时，小说中的象征意象……象骨骼一样自上而下地贯穿于形象体系之间，强有力地影响着小说的结构方式和叙述角度。"[1] 南帆把象征小说艺术模式中的象征分为"意象的象征"和"整体的象征"两种。"意象的象征""顾名思义，这种象征形态乃是借助特定的意象以组织小说的形象体系""这些象征意象将一种特殊的力量贯注于小说整体之中。一方面，它们既可能明显地介入了小说的结构，从而直接改变了形象体系构成的外观；另一方面，它们也可能仅仅作为一种潜在的旋涡暗中吸引着各种场面、人物。"[2] 另外一种象征是"整体的象征"："我们有理由将另一类型的象征模式称之为'整体的象征'。这些小说中的象征涵义并非来自特定的意象，而是来自形象体系的整体。从一系列分析中可以见到如下特征：这些小说通常拥有一个圆满自足的形象体系，形象自身的内在逻辑规范着形象的演进。但是，由于形象体系后面所拖拽的象征涵义，这些小说因之不同于情节化小说而具有了双重意义。"[3]

象征类型理论多角度的探究，充分说明了新时期小说象征运用的丰富性与复杂性。

---

① 南帆：《论小说的象征模式》上，《小说评论》1987 年第 1 期。
② 南帆：《论小说的象征模式》中，《小说评论》1987 年第 2 期。
③ 南帆：《论小说的象征模式》下，《小说评论》1987 年第 3 期。

二、象征：　空间形式的塑造

如果说 20 世纪 50 年代—70 年代，小说的主要表现手法是叙述。那么，从 80 年代开始，描写则是小说的主要表现手法。在描写的种种艺术手法中，象征又是最主要的，最能体现出小说空间化形式建构特点的表现手法。象征对于小说空间形式的塑造主要是由象征本身的艺术特点决定的。

象征为什么会在 20 世纪 80 年代以来的文学中占据着绝对的地位呢？有论者认为："当代小说创作中的新象征主义的兴起是有原因的。概括地说，一是我们时代生活的现代化和复杂化，要求作家对生活作多方位、多层次、多角度的表现，与之相适应，则要求多样化的艺术手法，而象征作为一种方法或手法，在这方面是很有表现力的。"① 象征成为小说主要的表现手法的原因是"多方位、多层次、多角度"的生活的需要，"而象征作为一种方法或手法，在这方面是很有表现力的"，这意味着，象征自身也具有"多方位、多层次、多角度"的特点。象征这一表现手法自身便具有空间形式的特点被发现。

20 世纪 80 年代以来的小说理论对象征具有空间形式的特点做了多维度的分析。这种空间形式源于象征一方面是具象的，另一方面又超越具象。这是象征的本质特点："象征是运用某一含有奥秘性的具体感性形象作为标志或支点，通过它与题旨相关联的特征，微妙、婉曲地暗示或指向某种不脱离形象本体的、具有超越性的意念与情绪的艺术表现方式。"② "一旦在小说中赋予了象征意义也就有了双重形象——一方面它保留了本身形象，另一方面又增添了一种不属于形象本身的意义，这样的双重形象给予读者的是若真若

---

① 傅正谷：《当代小说创作中的新象征主义思潮》，《天津社会科学》1986 年第 3 期。
② 俞兆平：《象征论析》，《上海文学》1987 年第 7 期。

假、似即似离，既熟悉又陌生的感觉，对于读者的想象、联想有极大的刺激作用。"①

象征的这种既保留自身的感性形象又具有超越感性形象的特征，使象征具有空间形式结构的可能性。周政保认为，象征的空间特点体现为象征具有"双重层次的艺术世界"，"重要的是，这些小说没有停留在一般的栩栩如生的形象描绘之上，而是紧紧依靠象征的容涵性与驱力——那种结构行程中的暗示意识，使作品的总体题旨不断产生飞跃与升腾，从而获得一个超越了表层描写本身意义的审美空间。……（象征）给小说造成了双重层次的艺术世界：一个是写实的具象世界，另一个是象征的诗的世界，前者是形象性的，后者是意会性的"②。"写实的具象世界"和"诗的世界"构成象征空间形式特点。因此，"象征的意蕴和精神是含蓄、多义、多层次的，它的含义往往大于其本身，但又不能外加，必须从象征体本身来显示。象征是种深层结构"③。当然这种深层结构，体现为双层空间结构的产生：感性的具象世界和超越具象的意义世界二者同时出现。

南帆所建构的小说象征模式所言及的象征也具有空间形式特征。这种空间形式的产生也是由象征自身的特点决定的。"象征的意象总是以其两重的意义控制着整个形象体系。一方面，形象的自然性质已经足以推动形象体系的演进。……另一方面，意象本身的象征性涵义又使形象有了意蕴上的深邃，就象通幽的曲径形成了园林的纵深一样。"④ 整体象征中的形象体系同时具备了小说的表层含义与象征含义："……整体的象征也竭力维持形象体系本身所特有的色泽、光亮与气息。在尽量赋予形象体系以深刻的象征含义时，作家依然将形象的生动圆满作为不可放弃的最后界限，而不是由于某种

---

① 盛子潮、朱水涌：《新时期小说中象征的破译和审美意义》，《当代文艺思潮》1985 年第 6 期。

② 周政保：《象征：小说艺术的诗化倾向》，《上海文学》1985 年第 3 期。

③ 张德林：《象征艺术规律探索》，《上海文学》1986 年第 7 期。

④ 南帆：《论小说的象征模式》中，《小说评论》1987 年第 2 期。

哲理、观念而图解形象。这使小说保持着象征的根本特征：不是以哲理或观念支配着形象体系，而是以形象体系暗示着哲理或观念。而且，这种暗示也同样不是一种单义的确指，而是在同一走向上允许多义的解释。"①

从诗集《恶之花》开始到"在 1925 年左右，象征的概念开始成为人们注意的中心。对艺术是直觉表现或艺术是想象这种定义的讨论，或对美是客观化的快感这种定义的讨论，让位于人们以独特和奇异的力量来确立象征和符号的艺术意义的讨论"②，象征主义成为蔚为大观的艺术思潮。象征是 20世纪文学中最重要的表现手法。新时期小说理论充分探讨了象征的含义、类型，更重要的是挖掘了象征的空间形式特点。象征也因此成为新时期建构小说的空间形式最重要的艺术手段。

---

① 南帆：《论小说的象征模式》下，《小说评论》1987 年第 3 期。
② ［美］吉尔伯特、［德］库恩：《二十世纪的美学方向》，夏乾丰译。蒋孔阳主编：《美学与艺术评论（一）》，复旦大学出版社 1984 年版，第 361 页。

第七章　形式主义小说理论的多维生成

　　20 世纪 80 年代西方哲学思想、文学理论大量引入中国，对中国文学创作、小说理论建设产生了深入的影响。80 年代初期西方文学理论对中国当代小说理论的影响主要体现在创作技巧层面上。到了 80 年代中期，小说理论不再仅从创作技巧层面接受西方文学理论的影响，而是尝试构建形式本体论。总体上看，在西方文学理论的影响下，80 年代中期至 90 年代初期中国产生了语言形式本体论、叙事形式本体论、符号学本体论三种小说形式本体理论。由于中国文化传统并没有给文学形式本体论提供合适的土壤，对形式主义小说理论的影响有限。但是，无论怎么说，形式主义小说理论是八九十年代初期重要的小说理论形态，也是中国当代小说理论史上无法回避的重要存在。

第一节　语言形式本体论的建设

　　20 世纪西方的思想界是一个分析的世界，语言哲学在西方思想世界中掀起了语言学的革命，哲学也开始了语言学转向。80 年代西方思想大量涌入我国国门。随着对西方思想的熟悉，西方思想的最新发展态势也逐渐吸引了中国学者的眼球。维特根斯坦、海德格尔、伽达默尔等西方思想家的学说被翻译、介绍到中国，开始影响中国的思想界与文学界。维特根斯坦提出"想象一种语言就意味着想象一种生活形式"①、海德格尔宣扬"语言乃是存在的家园"②、伽达默尔认为"我们的整个世界经验以及特别是诠释学经验都是从语言这个中心出发展开的"③。这些见解被中国的哲学界所认同和接受。思想界的语言学转向，为文学、小说理论观念的变革提供了理论资源。

一、小说理论的语言学转向

在思想界语言转向的刺激下，小说理论领域语言学转向也发生了。特别是特里·伊格尔顿的《文学原理引论》的介绍和出版、法国"新小说派"的小说观念的介绍，为小说理论的语言学转向提供了直接的思想支撑。

传统现实主义小说语言的功能是准确、清晰地传达对象。这种语言观实质上就是相信小说语言和其表达的对象世界之间存在着某种意义上的对应关系。它认为，作家的首要任务就是要找出和表达对象相对应的词汇。莫泊桑的语言观鲜明地体现出了这种思想。他说："不论一个作家所要描写的东西是什么，只有一个词可供他使用，用一个动词要使对象生动，一个形容词使对象的性质鲜明。因此就得去寻找，直到找到了这个词，这个动词和形容词，而决不要满足'差不多'，决不要利用蒙混的手法，即使是高明的蒙混手法，不要利用语言上的诙谐来避免上述困难。"④ 莫泊桑的语言观强调的是语言和事物之间的对应关系。现实主义小说家们常常把莫泊桑的教诲奉为圭臬。

随着语言哲学的发展，以莫泊桑为代表的实证主义小说语言观渐渐被新的语言观所取代，语言本体论的思想日趋成为小说理论的核心。法国作家克

① ［英］维特根斯坦：《哲学研究》，汤潮、范光棣译，三联书店1992年版，第15页。
② ［德］海德格尔：《诗·语言·思》，彭富春译，文化艺术出版社1991年版，第120页。
③ ［德］汉斯-格奥尔格·伽达默尔：《真理与方法 哲学诠释学的基本特征》下卷，洪汉鼎译，上海译文出版社2004年版，第593页。
④ ［法］莫泊桑：《谈"小说"》，石尔编：《外国名作家创作经验谈》，浙江人民出版社1981年版，第84—85页。

洛德·西蒙关于语言和现实关系的思考成为小说理论家们思考现实的重要思想依据。克洛德·西蒙说："词本身就是现实。如果词自然地表达它所命名的物体的形象或概念，那么它同时也使人想到许多其他的概念和形象。这些概念和形象在'真实'物体的可计算的时间和空间里相距甚远，但是词把它们顷刻联系在一起。因此在写作时会出现大量供选择的概念，当考虑这些概念时，它们会严重地歪曲作者的原意。甚至可以这么说，那些使用语言的人同时也被语言所使用。这样，很自然就有大量意思不像传统的规则那样被'表达'出来，而是被创造出来了。"① 特里·伊格尔顿对语言和意义关系的思辩也经常被中国学者引用，他说："从索绪尔和维特根斯坦到当代文学的二十世纪'语言革命'之标志，是承认意义不只是用语言'表达'和'反映'的东西，它实际上是被语言所创造的东西。并不是好象我们有了意义，或者经验，然后我们进一步替它穿上词汇的外衣，首先我们之所以有意义和经验是因为我们有一种语言使两者可以置于其中。"②

20 世纪 80 年代后期，中国小说理论家们对小说语言的本体展开了思考。程德培在《叙述语言的功能及局限》中对小说语言本体意义的思考，昭示了小说语言本体观念开始在中国小说理论中生长。程德培对小说语言的本体意义的认识，体现在以下三个方面。首先，他质疑了语言与作家创作意义之间的一一对应关系。他认为，语言并不只是简单传达作家的想法，它常常在不知不觉中改变了作家所设想的意义。程德培认为："……长期以来，作家写的创作谈，对我们理解创作的有限性和所起的迷惑作用，除了心理学所认为那种人不可避免具有伪饰自身的根本弱点与人的意识层次对无意识层次无能为力外，还包括了语言在可供选择的时候，也大量地歪曲与再生了许多作者

---

① ［法］克洛德·西蒙：《谈小说》，宋兆霖主编，雨林编：《诺贝尔文学奖文库 创作谈卷 6》，浙江文艺出版社 1998 年版，第 381 页。

② ［英］伊格尔顿：《结构主义与符号学》，裴小龙、杨自伍译，《外国文学报道》1986年第 2 期。

原本没有的含义。"① 作家创作和语言意义之间的对应关系被瓦解，批评家们在探讨小说语言本体意义的道路上迈出了关键性的第一步。于是，语言暴露出了非工具性的面目。

其次，程德培还发现语言与现实之间并非是简单的对应关系。他认为语言的属性并不只是指示世界，语言的属性还体现在自身的联系和组合上。因此，语言的内部关系，并不是语言和其暗示世界事物之间关系的表现。程德培说："词并不是一堆固定不变的符号放在那里供作家选择，它除了具有音象形象的特征外，远在作家选择前就带着历史的沿袭与社会发生广泛的联系。一个词不仅具有和无数其他词相联系和相组合的功能，就是对本词的理解也是不乏多种可能，甚至包括歧义。何况，中国字的歧义和组合的复杂比其他文字，从来都是有过之而无不及。"②

语言的特性在本质上并不构成对现实世界的直接反映，语言自身的属性决定了语言和现实世界之间的背离或和谐。由此出发，程德培最终发现了语言和现实之间的复杂性。他说："不仅作家作为人的复杂性所构成的矛盾冲突决定着本文的审美层次，影响着作品的感染力，而且语言自身的活力也同时创造着本文的。这种活力一方面表现在语言作为作者表意的工具出现，另一方面它又以自身的含义及歧义的扩散传播反过来支配着作者；一方面语言是有秩序的，按照一定规律排列组合的，而另一方面作为它反映的对象则又是混沌的；一方面语言的记录与书写是稳定的，而另一方面它的对象则在瞬间都发生着千变万化，包括选择语言的主体都无时无刻不在流动着；一方面语言作为可供使用的符号放在那里，选择的人是有充分自由的，而另一方面，作为代代相传的语言符号，又是任何单个自由意志非接受不可的……所

---

① 程德培：《叙述语言的功能及局限》，《小说本体思考录》，上海文艺出版社 1987 年版，第 107 页。

② 程德培：《叙述语言的功能及局限》，《小说本体思考录》，上海文艺出版社 1987 年版，第 107 页。

有这些给予作品的影响，决不会低于人本冲突所起的作用。"①

最后，语言和"真实"客观之间并不能形成可信赖的一一对应关系，我们长期信赖的、遵行的现实主义的"真实"其实来自语言效果："对于文学而言，语言的运作乃是真实的基本结构。"② 小说所体现的"真实"，其实只意味着人们对小说语言制造的效果的一种评价。"艺术中所谓的真实，实际只意味着真实被置于一定规则与结构（归根结底即是艺术的语言或符号结构）加以叙述而已。"③ 同样，长期以来我们所津津乐道的"再现"现实的审美效果也是来源于语言和语言结构，因为，"语言，就其作为一个独立而完整的文化结构而言，它不单是工具、载体，而且是实体，是一执拗的意志"。④

上述种种观念表明，小说中的"真实"，无非是一种"文化结构"的产物，实质上是被一种看似"自然化"的运作方式建构出来的。乔纳森·卡勒在《结构主义诗学》中就抽丝剥茧式地析离出了"自然化"的种种方式，印证了上述诸种论断。"自然化"方式的剥离不啻于让人们看看，语言如何为"真实"的舞台搭起布景并配置好灯光。在概括小说"真实"的"自然化"方式的时候，卡勒进一步说明："使一部文本归化，就是让它与某种话语或模式建立关系，而这种话语或模式，从某种意义上说，本身已被认为是自然的和可读的。这些模式中，有的并不特别具有文学性，而仅仅是已知逼真性的化身；另一些则是用于归化文学作品的程序。"⑤ 卡勒将造成逼真效果的方式划分为五个层次，即"真实"（the "real"）、"文化逼真性"（cultural Vraisemblance）、"体裁模式"（models of a genre）、"约定俗成的自然"（the conventionally natural）、"扭曲模仿与反讽"（parody and irony）。"真

---

① 程德培：《叙述语言的功能及局限》，《小说本体思考录》，上海文艺出版社 1987 年版，第 107—108 页。
② 南帆：《语言现实主义》，《上海文学》1993 年第 3 期。
③ 李洁非、张陵：《"再现真实"：一个结构语言学的反诘》，《上海文学》1988 年第2 期。
④ 李洁非、张陵：《"再现真实"：一个结构语言学的反诘》，《上海文学》1988 年第2 期。
⑤ 南帆：《语言现实主义》，《上海文学》1993 年第 3 期。

实"，或者说是实在材料，卡勒借助 S. 希思在《小说文本的结构》中"一
个社会中被认为是符合自然的态度这个文本（'习惯'的文本），人们对这
一文本习以为常，已经不觉察它就是文本"的观点，试图说明'这种文本最
好界定为无需证明的话语，因为它似乎直接来自世界的结构'"①。卡勒阐
述的"文化逼真性"，是第二种逼真性。它并没有像第一类那样毋庸置疑。
在卡勒看来，"文化逼真性"可以理解为"一系列的文化范式或公认的常
识"②。它包含了谚语、格言以及道德缄言等文化通则。而当我们推移到第
三层次，就来到想象世界的文学性"逼真"——"体裁模式"。无论是悲
剧、喜剧、史诗还是传奇、童话、十九世纪现实主义小说，每一种体裁都拥
有自己独特的逼真性。特定的体裁已事先为人们带来种种不同的阅读期待。
卡勒说："我们允许作品构成一个半自足的世界，其内在规律与我们周围世
界的规律不尽相同，然而它的内在规律却使该范畴以内的行为和事件具有可
理解性和逼真性。"③ 卡勒提到的第四个层次"约定俗成的自然"与第三层
"体裁模式"犹如硬币的两面。"约定俗成的自然"主张"作者可以不遵循
文学程式，或创作不按体裁逼真性层次理解的文本。"在此"将偏离文学规
范作为衡量逼真性的准绳"。卡勒所说的第四层的"逼真"犹如是对第三层
"逼真"的一个补充。在这个层次里作家可以通过反对体裁模式的成规而显
示事件的真实。例如，通过叙述者交代故事的可靠性，这是许多作家常用的
手段。……被卡勒命名为"扭曲模仿与反讽"的第五层次的"逼真"，其归
化过程"可以看作第四层次作了局部和特别调整之后的变体""扭曲模仿在
于揭露某种文化程式的故作庄重，使之在滑稽的效果中显示出其虚伪的一

---

① ［美］乔纳森·卡勒：《结构主义诗学》，盛宁译，中国社会科学出版社 1991 年版，第
210—211 页
② ［美］乔纳森·卡勒：《结构主义诗学》，盛宁译，中国社会科学出版社 1991 年版，第
212 页。
③ ［美］乔纳森·卡勒：《结构主义诗学》，盛宁译，中国社会科学出版社 1991 年版，第
216 页。

面。如同第四层'逼真'一样，揭露本身即意味着向现实复归"①。

小说理论家们认识到，传统小说所宣称的真实性的美学原则，不仅仅是语言自身的效果，还是文化效果。于是，建立在语言和现实、意义之间的对应关系彻底土崩瓦解了。

二、语言本体与小说叙事的关联

茵加登曾区分了文学语言的四个层面。第一个层面是声音的组合层面，它是小说最基本的层面，它直接决定了文学作品的第二个层面——意义层面。在意义层面上，有意义的句子和句子系列展现出具体生活情景中的人、物等。第三个层面是观点层面，它是由第二个层面发展出的一个有机的、有意义的综合体，一个特定的世界，并在此基础上生成观点。第四个层面是"形而上性质"的层面。在第三个层面上，由于读者的"意向性经验"的介入，就产生了"哲学意义"。黄子平的《得意莫忘言》一文就借鉴了茵加登的理论来分析小说语言的本体意义。不过，黄子平在茵加登论述的基础上，引入中国古代文论的"言""象""意""道"等概念来探讨小说语言的本体意义。为了更好地理解他的观点，我们不妨把他的论述直接引用：

> 文学作品语言结构的有机性，体现为这四个层面"不可还原"的递进关系之中。我们从前在各个层面上分别进行的零星研究，进入到文学语言学的总体理论框架之中，就被重新界定而获得全新的理解。在"言"的层面，音韵学、格律学被置于审美价值实现的角度重新加以考察，如动态的"节奏性冲动"如何组织了文学作品的节拍，也组织了所有其他因素，因而影响了文字、句型的选择，也就影响了一首诗的整个意义。在"象"的层面，隐喻、意象、象征不再仅仅是修辞和装饰的手段，作品的意义和功能被认为主要呈现

---

① ［美］乔纳森·卡勒：《结构主义诗学》，盛宁译，中国社会科学出版社 1991 年版，第208 页。

在它们之中。"神话"这一分析范畴（在现代，特指人们赖以与社会、历史、文化传统相沟通的一个"意义范围"）的引进，将深化分析这一层面时的整体感，使作品的"世界"有机地呈现。"人物""情节""背景"这些习用的"要素"被作为某种"语言造型"而重新加以研究，"技巧"则被揭示为一种带根本性的程序。在"意"的层面，情绪、态度、观点和感染力，紧张性、强度、流动或跳跃的状态都将得到准确的描述，并指出它们如何呈现在语言的张力之中。①

小说是在事件中展开的，因此，故事性是小说的重要特性。当把小说语言提高到本体位置之后，我们就不得不思考这样的一个问题，小说的语言和小说的故事之间是一个什么样的关系？小说语言难道不是小说故事的载体吗？

李劼借用巴尔特《叙事作品结构分析导论》的理论观点指出小说语言具有故事生成功能和故事催化功能。他以为，小说语言故事生成功能对应巴尔特《叙事作品结构分析导论》中的功能层，故事催化功能则对应巴尔特《叙事作品结构分析导论》中的叙述层。李认为，小说语言的故事生成功能，主要是指小说语言作为能指符号的组合功能，这种组合功能主要表现为语言经过句段层次和故事层次的整合变成小说语言。小说语言的故事催化功能，则是小说语言在言语活动过程中实现的，它主要体现在小说的话语层次和故事层次上。在李劼看来，小说语言的故事催化功能覆盖小说言语活动的话语整合和故事整合全过程。李劼进一步借用罗曼·雅各布森对隐喻和转喻的区分，探讨了小说语言的隐喻功能。他认为，小说语言不仅是叙事的，而且是意象的。在文本生成的过程中，尽管语言也遵循相邻原则，但是它们却往往作为一种叙述效应呈现出相似原则。只不过与诗歌语言意象隐喻不同，小说语言的隐喻功能是由故事性的语言结构来呈现的。李劼强调，如果我们反过

---

① 黄子平：《得意莫忘言》，《上海文学》1985 年第 11 期。

来，从小说语言自身的层面来看，小说语言具有故事生成功能、催化功能和隐喻功能。

当小说语言被提高到本体位置之后，小说语言和小说故事之间的关系的确面临着新的考量。在小说语言和小说故事之间关系的理论探讨中，我们可以看到，从功能上看，小说语言具有故事生成功能。从形态上看，小说语言和小说故事之间存在对称性。从小说故事本性来看，小说语言是故事性语言。这些观点被看作是具有故事性属性的小说应该具备的特征。

李劼认为，小说语言是故事性语言包括了两层含义："其一，小说语言具有故事机制的话语系统，这是就小说语言的言语活动而言的；其二，小说语言是叙述故事的语言艺术形式，这是就小说语言的语言属性而言的。故事在小说语言中扮演了一个十分重要的角色。它使小说语言与其他所有的语言存在和语言形式区分开来。"① 认为小说语言是故事语言的观点，是从小说的本体论角度来理解小说语言的。它指出了小说语言的存在方式：小说语言是存在于小说故事之中的，而不是游离在故事之外沦为小说故事的载体的。

小说语言是故事语言的论断，同时也指出了小说语言存在的功能：故事的生成功能、催化功能和隐喻功能。小说语言的故事生成功能，主要是指小说语言作为能指符号的组合功能。这种组合功能主要表现为"语言经过两个层次的整合变成小说语言。其一是句段层次上的蓄含着故事机制的话语整合，其二是整个故事层次上的充分展开了的故事叙述语言的总体整合。这两种整合又都可以称之为语言的故事性的有序化。"② 小说语言的故事功能还可以体现为故事的催化功能。"如果说，小说语言的故事生成功能是小说语言的本质属性的话，那么，小说语言的故事催化功能则是在小说语言的言语活动过程中实现的。它虽然也是小说语言的一种功能，但它更多地接近小说

---

① 李劼：《论小说语言的故事功能》，《个性·自我·创造》，浙江文艺出版社 1989 年版，第 379—380 页。

② 李劼：《论小说语言的故事功能》，《个性·自我·创造》，浙江文艺出版社 1989 年版，第 383 页。

修辞学而不是接近小说叙事学。若作具体分析，它主要体现在小说的话语层次和故事层次上，也即是小说言语活动的话语整合和故事整合过程。"①

小说语言故事功能的第三个功能是小说语言的故事性隐喻功能。"所谓故事性隐喻意谓两个涵义。其一，是指小说语言经由叙述一个完整的故事，然后由其故事呈现隐喻性。……其二，是指小说语言所独具的故事性所蕴含的某种隐喻性。"② 从小说语言自身的层面来看，小说语言具有故事生成功能、催化功能和隐喻功能。小说语言的生成功能，构成了小说语言的语法学层面，"催化功能是小说修辞学层面，而隐喻功能则是小说语文学层面。所谓小说语言学可以说是这三个层面的综合，而小说语言的故事性则是联接这三个层面的内通道"③。

李劼认为，从小说语言的句法结构来看，小说语言和小说叙事结构具有对称性。他在《论中国当代新潮小说的语言结构》一文中对这个问题展开了详细的论述。他选取了四篇具有典型意义的新潮小说——刘索拉的《蓝天绿海》、阿城的《棋王》、孙甘露的《访问梦境》、马原的《虚构》，分析它们的语言结构和叙事结构，发现了小说语言和小说叙事之间的对称性。李劼通过对四篇小说的分析向我们表明："小说语言在句式结构和叙事结构上的对称性，看到句法结构中的主语和宾语系统如何在叙事结构中分别展开为作者、叙述者和人物，看到小说的句法结构如何蕴含了整个小说的叙事信息，以及叙事结构又是如何以小说的基本句型作为自己的原型；一方面又可以看到小说的语言形象是如何在四个作家笔下以各不相同的方式作有层次的呈现的。小说的语言形象在刘索拉的作品中，主要体现为语音层面上的音乐形象，在阿城的作品中主要呈现为修辞层面上的意象形象，在孙甘露的作品中

---

① 李劼：《论小说语言的故事功能》，《个性·自我·创造》，浙江文艺出版社1989年版，第386页。

② 李劼：《论小说语言的故事功能》，《个性·自我·创造》，浙江文艺出版社1989年版，第396—397页。

③ 李劼：《论小说语言的故事功能》，《个性·自我·创造》，浙江文艺出版社1989年版，第397页。

主要呈现为语文层面上的语文形象，而在马原的作品中则主要呈现为语法层面上的逻辑形象。"① 在此基础上，李劼还推演出了一个具有理论意义的话题："小说语言作为第一性的文学形象，登上了当代中国的小说舞台。而人物形象以及小说中的各种景象和物象，则都是小说这一基本形象的衍化和发展。"②

从小说语言和小说叙事之间的关系来看，小说语言具有生成故事的功能，同时，小说语言的句法结构和小说的叙事结构之间还存在对称性。因此，小说的故事和叙事就不再是脱离小说语言的存在物。同时，小说语言的存在也不仅是小说故事和叙事的载体。作为小说的语言，它包含小说的故事和叙事，它存在的本身就是小说的故事存在和小说的叙事存在。于是，传统小说的语言观就此瓦解，小说语言走上小说的前台，成为小说第一性的存在，同时，也成为小说的本体。

20 世纪 80 年代以来小说语言本体论的探索，是建立在"小说是现实生活的反映"这一理论命题的反动基础上的。经过对小说语言自身属性的确立从而得到初步的证明。小说语言自身的语言结构和小说文本的自身叙事之间的同构性，让小说语言的本体特征得到进一步的确证。

第二节　叙事形式本体论的探究

"叙事学"（Narratology）一词在 1969 年由托多罗夫（T. Todorov）正式提出。在其论著中，他对叙事学下了这样的一个定义："叙事学：关于叙事结构的理论。为了发现或描写结构，叙事学研究者将叙事现象分解成组件，然后努力确定它们的功能和相互关系。"③ 但是，叙事学理论的诞生，则远

---

① 李劼：《论中国当代新潮小说的语言结构》，《文学评论》1988 年第 5 期。
② 李劼：《论中国当代新潮小说的语言结构》，《文学评论》1988 年第 5 期。
③ Todorov, T. *Grammaire du Décameron*. Mouton：The Hague, 1969. p. 69。

在托多罗夫命名之前。亚里士多德在其《诗学》中关于情节等的一些概念的提法，被认为是叙事学的萌芽。19 世纪西方一些批评家开始注重从叙事学的一些基础理念出发去评价叙事作品。真正意义上的叙事学理论的建立是在 1928 年。1928 年俄国民俗学家弗拉基米尔·普罗普出版了《民间故事形态学》。《民间故事形态学》被认为是叙事学的奠基之作。叙事学另一个重要的源头是索绪尔的语言学思想。在《普通语言学教程》中索绪尔对传统的语言学研究对象和研究方法做了改造。他的改造被称为社会科学的哥白尼式的革命。索绪尔把人类的言语活动分成两大类：语言和言语。这一思想直接影响到了结构主义思想的诞生。叙事学理论取得突破性的进展是在 1966 年。法国巴黎《交际》杂志第 8 期的《符号学研究——叙事作品结构分析》专号，比较集中地展示了结构主义叙事学的基本理论与方法。结构主义叙事学的代表人物有列维·斯特劳斯、巴尔特、托多洛夫、格雷玛斯、布雷蒙、热拉尔·热奈特等。与结构主义相继出现的后结构主义和接受美学理论从阅读理论方面丰富了叙事学理论，代表作有巴特的《S/Z》，伊瑟尔的《阅读活动》。

西方叙事学理论在 20 世纪 80 年代传到中国，对中国的文学理论产生了巨大的影响。最早把叙事学理论带到中国大陆的是 1985 年来北京大学演讲西方文学理论的杰姆逊。杰姆逊运用格雷玛斯的语义方阵理论分析了《聊斋志异》。此后，叙事学理论开始在中国受到重视。1987 年王泰来组织翻译出版了《叙事美学》。这本译文集选译了法、德、英三国的叙事学论文，让人们对西方叙事学有了一个大致的了解。同年，张寅德编选的《叙事学研究》出版。这个选本收集了法国六七十年代有影响的叙事学成果。因此，它的出版极大地推动了我国叙事学的研究。1991 年雷蒙-凯南编选的《叙事虚构作品：当代诗学》（厦门大学出版社 1991 年）出版，这是第一本向国人系统介绍叙事学理论的著作。进入 90 年代后，叙事学著作的翻译和介绍热潮仍在继续。华莱士·马丁的《当代叙事学》（北京大学出版社 1990 年）、热拉尔·热奈特的《叙事话语 新叙事话语》（中国社会科学出版社 1990 年）、卡勒的《结构主义诗学》（中国社会科学出版社 1991 年）、米克·巴尔的《叙述学：叙事理论导论》（中国社会科学出版社 1995 年）等陆续出版，为中国的叙事学研究提供了大量一手材料。进入 21 世纪后，叙事学理论的翻译和介绍仍在继续。2002 年申丹主编的"新叙事理论译丛"开始出版，到 2003 年这套书出齐。包括 J. 希利斯·米勒的《解读叙事》，戴卫·赫尔曼主编的《新叙事学》，《作为修辞的叙事——技巧、读者、伦理、意识形态》，苏珊·S. 兰瑟的《虚构的权威——女性作家与叙述声音》，马克·柯里的《后现代叙事理论》。这几本代表西方最新叙事学理论成果的著作的出版，为中国的叙事学研究提供了更新的理论资源。

翻译和介绍西方叙事学理论的同时，国内也在开展叙事学研究。对叙事学阐释和评论较早的当推张隆溪的《二十世纪西方文论述评》（1986 年）和胡经之、张首映的《西方二十世纪文论史》（1988 年），两本著作都评述了叙事学的基本理论。而叙事学理论在中国文学研究中被应用始于 1988 年陈平原的博士论文《中国小说叙事模式的转变》。陈平原借用叙事学的一些基本概念（如叙事时间、叙事角度、叙事结构等），深入地分析了从晚清到"五四"小说创作的历史性变迁。陈平原把叙事学的形式分析方法加以文化上的改造，深入地分析了"五四"小说的崭新形式和文化面貌。这本论著体现了中国叙事学研究较高的起点，也预示着中国叙事学研究的特色：叙事形式和文化分析相结合。这一特点在中国叙事学后续的研究中还会被确证。

1989 年孟繁华出版了介绍叙事学理论的小册子——《叙事的艺术》，这本书是国内较早介绍叙事学理论的著作。该书主要介绍了叙事视角、叙事时间、叙事语言等叙事学重要的理论问题。但是，从总体上来看该书的介绍略显简单，一些重要的叙事学理论问题没有被提及。该书在介绍叙事学理论时，用中国文学作为例证，力求把叙事学这一西方理论中国化。孟悦的《历史与叙事》是较早运用叙事学理论来解读中国现当代文学的著作。该书对叙事学理论的运用达到了一个相当的高度。徐岱的《小说叙事学》（中国社会科学出版社 1991 年）则是国内较系统、完整地介绍叙事学理论的著作。该书分为六章：第一章"叙事的理论发展"、第二章"叙事的本体结构"、第三章"叙事的构成要素"、第四章"叙事的基本模式"、第五章"叙事的控制机制"、第六章"叙事的修辞方面"。《小说叙事学》虽然体系完备，但是一些章节的安排还稍显科学性不足。这可能是与那时候人们对叙事学理论认识不深刻有关。而完备、准确、全面地介绍叙事学理论的著作当推胡亚敏的《叙事学》（华中师范大学出版社 1994 年）。《叙事学》紧扣叙事学的基本理论范畴，从三个方面来描述叙事学理论，每一个方面就是著作的一章。全书共分为三章，第一章"叙述"，包括视角、叙述者、叙述接受者、叙事时间、话语模式、非叙事性话语六节。第二章"故事"，包括情节、人物、环境、叙事语法四节。第三章"阅读"，包括文本类型、理想读者、叙述阅读、符号阅读、结构阅读五节。从其章节安排来看，该著作体例安排和所讨论的问题都非常周密和科学，和西方叙事学所讨论的几个重要问题基本吻合。因此，我们可以说它是对西方叙事学理论介绍最完备的著作。同年，罗钢的《叙事学导论》（云南人民出版社 1994 年）出版，其不以体例完备、介绍全面为要点，而是侧重介绍叙事学中的重要理论问题。全书分为"叙事文本""叙事功能""叙事语法""叙事时间""叙事情境""叙事声音""叙事作品的接受"七章。从全书的安排来看，叙事学理论中的"故事"和"接受"两大范畴并不是全书的重点，其核心是叙事话语。罗钢的《叙事学说》集中分析了叙事时间、叙事情境、叙事声音等叙事话语中的重要问题。

1994 年后，对叙事学理论的总体性介绍告一段落，一些针对叙事学具体理论问题的专门性研究著作开始出版。赵毅衡的《苦恼的叙述者——中国小说的叙述形式与中国文化》（十月文艺出版社 1994 年）是以叙事学中重要理论范畴——叙事者为研究对象。作者力求把叙事者这一概念和中国文化、中国文学的创作实际紧密地结合在一起。1998 年赵毅衡的《当说者被说的时候：比较叙述学导论》（中国人民大学出版社）出版，这是一部专门研究叙事者的著作。作者力图阐释一个叙事学公理："不仅叙述文本，是被叙述者叙述出来的，叙述者自己，也是被叙述出来的——不是常识认为的作者创造叙述者，而是叙述者讲述自身，在叙述中，说者先要被说，然后才能说。"
赵毅衡认为："说者/被说者的双重人格，是理解绝大部分叙述学问题的钥匙
——主体要靠主体意识回向自身才得以完成。"① 申丹的《叙述学与小说文
体学研究》（北京大学出版社 1998 年）是一部深入研究叙述学与小说文体学
的专著。申丹在前言中阐释了她的研究目的："在本书中我们试图对当代西
方叙述学和小说文体学的一些主要理论进行较为深入系统的评析，以澄清有
关概念，并通过实例分析来修正、补充有关理论和分析模式。更为重要的
是，我们特别对这两个学派之间的关系进行了梳理与探讨。"② 作者凭借良
好的西方文学理论知识素养，深入地辨析了叙述学和小说文体学的主要概
念，对长期引起混乱和模糊不清的观点、用法做了修正，在小说叙述学和小
说文体学相重合的层面进行了深入的探讨和分析。应该说这部著作是研究叙
述学较为深入的论著，它不同于那些只是介绍西方叙述学基础理论的著作，
在叙述学基本理论的深入研究和细致的分析上，它远远超出了同类著作。

杨义的《中国叙事学》（人民出版社 1997 年）的出版标志着中国叙事
学理论研究达到了一个崭新的水平。与此前中国研究叙事学的论著相比，
《中国叙事学》最大的特色是，力求建构出与西方叙事学相提并论的具有中
国特色的叙事学理论框架。《中国叙事学》在建构中国叙事学理论时，并不
是照搬西方的叙事学理论体系。我们知道西方的叙事学理论是建立在西方语
言学理论基础之上的，杨义立志建立具有中国特色的叙事学理论体系，自然
要另辟蹊径。《中国叙事学》的理论出发点是中国文化的原点。如何抵达中
国文化的原点，杨义认为主要有三种途径和方法："一种是深刻把握《易
经》《道德经》一类儒家、道家经典和先秦诸子的深层文化内涵，以期洞察
古老的中国文化心理结构。二是广泛掌握从甲骨文、金文、先秦经籍以来的
丰富的历史文献，对后来的一些现象和观念进行探源溯流的梳理。三是从语

---

① 赵毅衡：《当说者被说的时候：比较叙述学导论》，中国人民大学出版社 1998 年版，
第 1—2 页。

② 申丹：《叙述学与小说文体学研究》，北京大学出版社 1998 年版，第 9 页。

源学或语义学入手，揭开中国文字以象形为最初的出发点而渐次具有的含义。"① 这三种抵达中国文化原点的路径，显示了中国叙事学理论体系与西方叙事学理论体系的根本不同。由此为基础，杨义提出了建构中国叙事学理论体系的思路："还原——参照——贯通——融合"，最终达到建立与"现代世界进行充实的、有深度的对话"②。在这样的思维理路中展开的中国叙事学理论自然具有中国的文化特质。杨义的《中国叙事学》的主体部分包括结构篇、时间篇、视角篇、意象篇、评点家篇。我们可以看出，在杨义的视野中中国与西方的叙事学理论体系有根本性的差异。

一、叙事形式构造论

叙事学关注叙事文体的叙事方式和叙述，并把它看作叙事文学的本体性存在。叙事学（叙述学）对中国小说理论的影响主要体现为，它催生了中国当代小说理论把叙事形式当作小说本体的形式理论倾向。"叙述"成为中国当代小说理论关注的对象，开始取代传统的小说理论，成为小说理论核心要素。正如有论者在分析小说《红高粱》时认为，小说叙述代替了小说中的事件："小说的中心事件是一次伏击战。但是，由于莫言注重的是叙述的过程，而不关心叙述的结局，所以，这次战争在《红高粱》中就显得若隐若现，无关紧要，只是作为小说叙述的一个契机，而远远小于整个叙述过程。"③ 中国当代小说理论关注的不再是人物、情节、环境，转而专注小说的叙述方式。人们认识到："当代文学创作与文学研究由对文学题材以及人物、情节、环境的重视转向对叙述方式的重视。即使同样的题材，采用不同的叙述方式也可表达不同的意义，产生不同的审美效果。"④

叙述方式对传统小说理论的颠覆不仅是小说要素的变化，叙述方式凸现

---

① 杨义：《中国叙事学》，人民出版社 1997 年版，第 28 页。
② 杨义：《中国叙事学》，中国社会科学出版社 2006 年版，第 33 页。
③ 罗强烈：《小说叙述观念与艺术形象构成的实证分析》，《文学评论》1987 年第 2 期。
④ 罗强烈：《小说叙述观念与艺术形象构成的实证分析》，《文学评论》1987 年第 2 期。

后，小说的含义、构成也发生了变化。"必须抛弃内容与形式的二分法，而以要素与结构的区分取代之。文学形象可以区分为要素与结构。要素具有现实与审美两重性。分解开来，孤立地看，它与现实描述的要素无异，只是特殊的结构把它们组织成不同于现实事物的文学形象。……文学形象的结构即文学特殊的叙述方式。文学叙述方式区别于现实叙述方式，它使现实人物转化成文学角色，使现实事件转化为文学情节，使现实背景转化为文学环境。"①

中国当代小说理论中的"叙事方式""叙事模式""叙述""叙述方式"等概念，虽然名称不同，但是它们都是对小说叙事本体形式的称呼，显示了叙事学理论对当代中国小说理论的影响。这种影响摧毁了原有对小说本性的认识，抛弃了常见的"小说三分法"的艺术思维，扭转了此前小说理论拘泥于主题学的分析方式，基本建立了形式化的小说理论模式。

程德培在《小说本体思考录》中表达的观点集中地显示了"叙述"开始成为小说理论关注的对象，并开始代替传统小说理论的主题学研究。他认为，小说的本质属性不是讲故事，也不是虚构，而是如何讲故事，如何虚构。他说："小说作为艺术的关键则在于'如何做这块料子'。"② 这"加工过程""做料子"的过程，就是小说的叙述。程德培的论点并不孤立。也有论者认为："小说从本质上说是一种叙述的艺术。对于作为间接艺术的小说来说，叙述不仅是一种技巧、一种手段，它实际上也是一种本体的呈现。"③

把叙事形式、叙述作为小说本体存在，在 20 世纪 80 年代中后期渐渐成为新锐小说理论家的选择。中国的当代小说理论建立凸现叙事形式的不同理论模式。孟悦的"叙事方法论"、南帆的"叙述方式论"、陈平原的"叙事模式论"，是其中最突出的构建叙事形式的理论尝试。

---

① 杨春时：《文学的叙述方式》，《文艺评论》1990 年第 2 期。
② 程德培：《小说本体思考录》，上海文艺出版社 1987 年版，第 3 页。
③ 陈剑晖：《形式化了的叙述本体——走向本体的文学之四》，《云南社会科学》1989 年第 1 期。

　　孟悦、季红真的《叙事方法——形式化了的小说审美特性》是较早探讨小说叙述形式的文字，这篇文章显示了中国当代小说理论由关注小说的深层结构转向注重小说的叙事形式。

　　《叙事方法——形式化了的小说审美特性》认为，小说在当代社会发生了巨大的变化，这种变化体现为："①情节与故事的分离，②叙事方式——深入小说结构内部的、对叙事行为的复杂模仿。"[①] 情节与故事分离的观念，只是小说向形式化迈出的第一步。这些情节又是由什么组成的？孟悦、季红真文借鉴叙述学知识，深入研究了这一问题。她说："在各种小说中，又存在各式各样的叙事人，各种叙事角度、各种演述方式和叙事语调。它们以各种关系形式完成小说情节的组织功能、实现认识方面的内涵意义。同时，这些关系形式又是小说的审美特性的重要体现者，我们称它们为叙事方式。"[②]"叙事方式"在这里是整体性存在的一个小说形式概念。

　　孟悦、季红真提出了六个两两相对、直接参与小说情节组织的因素。这六个因素是："作家——叙事人，基本视角——叙事视角，心理个性——叙事语调。"同时，她们认为："这三组概念，在各自两两相对的关系中，又存在同构性。前者是决定性的因素，而且比较稳定；后者是被决定的因素，具有较大的可变动性。因此，我们又可以在两个层次上描述它们的关系形式。作家——基本视角——心理个性，这是先于艺术创作的稳定层次，但对小说的情节组织具有决定的作用，我们称它为深隐层次；叙事人——叙事视角——叙事语调，这是一个直接体现为小说情节叙事形式的层次，它具有更多艺术选择自由，我们称它为表现层次。表现层次与深隐层次具有对应关系，但各自的功能不同。深隐层次把现实世界转化为主体的经验世界；而表

---

　　① 孟悦、季红真：《叙事方法——形式化了的小说审美特性》，《上海文学》1985 年第10 期。

　　② 孟悦、季红真：《叙事方法——形式化了的小说审美特性》，《上海文学》1985 年第10 期。

现层次则把经验世界转化为艺术世界。"①

孟悦、季红真所提出的"叙事方式"体现了早期叙述学理论影响下中国当代小说理论观念的形成。"叙事方式"浮出水面,以作家为核心的小说创作观念在后撤。但是,这仅仅是叙事形式论观点的初步形成。南帆的《小说艺术模式的革命》中提出的"叙述方式论",陈平原的《中国现代小说叙事模式的转变》中提出的"叙事模式论",才是在叙事学理论的刺激下形成的具有典型意义的中国当代小说叙事形式理论。

在叙述学理论的刺激下,南帆的《小说艺术模式的革命》② 把叙述学对中国小说理论的影响推到一个新的高度。长期以来,小说被认为是现实生活的反映或是作家主体意识与情感的表现。小说的要素一般是人物、情节、环境等. 即使在 20 世纪 80 年代初期,小说艺术发生了深刻的变化,人们仍然是用传统的小说观念来评说。而南帆则用"叙述方式"这一新的小说观念,超越了一般化的认识。例如,在人们争先恐后地把王蒙等小说中出现的"意识流"作为小说艺术变革的技巧性因素时,南帆则以一种崭新的眼光来看待这一现象。他认为"意识流"并不仅仅是艺术技巧,而是意味着一种新的叙述方式的诞生。南帆认为,叙述方式的变革是 80 年代小说艺术变革最重要的层面,同时又是 80 年代小说崭新的艺术因素,是区别于传统小说的根本标志。

当南帆不把"意识流"看作小说技巧,而当成一种叙述方式时,叙述方式作为一种新的小说观念取代了传统小说观念。因而,小说要素也随之发生了变化。"叙述方式"包含三个方面的基本要素:叙述结构、叙述语言、叙述角度。叙述结构是小说叙述方式的主体性内容,是小说叙述方式起决定性因素的要素,它表面上是生活秩序的再现,实际上是审美情感秩序的展开。

---

① 孟悦、季红真:《叙事方法——形式化了的小说审美特性》,《上海文学》1985 年第 10 期。

② 南帆:《小说艺术模式的革命》,三联书店上海分店 1987 年版。

叙述语言是小说叙述方式的第二个重要因素，它在小说中的功能不止是交代人物、时间、场景，不是简单地对叙述行为的裸露；它也不是对生活简单的描摹，而是作家审美情感的外化。叙述角度是小说叙述方式的第三个要素，它是叙述结构与叙述语言之间的一个特殊处理环节，叙述角度乃是作家为人们观察形象体系所指定的距离、力度和视力范围。

南帆把叙述方式作为小说存在的本体形式，颠覆了传统小说的观念，从而建立了初步的小说形式本体论。南帆的小说叙述方式是由作家的审美意识向艺术模式升华的中间环节，显示了中国当代小说理论向形式化方向前进的轨迹。

陈平原的叙事形式理论是中国当代小说理论中较为成熟的叙事形式理论。陈平原在叙事学理论的影响下，也提出了小说叙事形式论观点。他在《中国小说叙事模式的转变》中把小说的叙事模式看成是小说形式本体，从叙事角度、叙事结构、叙事时间三个方面建立了中国现代小说叙事模式。他说："我认为，中国小说叙事模式的转变应该包括叙事时间、叙事角度、叙事结构三个层次。其中'叙事时间'参考俄国形式主义学派对'故事'与'情节'的区分，而不取热奈特和托多罗夫对'情节时间'与'演述时间'的更为精致的分析；'叙事角度'约略等于托多罗夫的'叙事语态'与热奈特的'焦点调节'；'叙事结构'则是我根据中国小说发展路向而设计的，着眼于作家创作时的结构意识：在情节、性格、背景三要素中选择何者为结构中心？"① 陈平原认为，中国现代小说叙事形式呈现的面目是："现代中国小说采用连贯叙述、倒装叙述、交错叙述等多种叙事时间；全知叙事、限制叙事（第一人称、第三人称）、纯客观叙事等多种叙事角度；以情节为中心、以性格为中心、以背景为中心等多种叙事结构。"② 陈平原采用这种分析方式，把中国小说现代性进展的形式特征"描写"得细致而又准确。

---

① 陈平原：《中国小说叙事模式的转变》，上海人民出版社1988年版，第4页。
② 陈平原：《中国小说叙事模式的转变》，上海人民出版社1988年版，第5页。

中国古典小说理论对小说形式的关注本来就不够，有限的形式分析也大多停留在感性层面。如何展开小说形式理论分析和研究，如何寻找合适而有效的切入点是最大的理论困惑。叙事学理论的刺激，让中国当代小说理论的形式分析进入理性分析时代，当代小说理论的形式建构也开始进入新的历史阶段。

二、叙述与空间结构形式

叙述的浮出，是中国当代小说理论中的"形式"走向空间形式的重要体现。

叙述催生出空间形式的表现是多方面的。首先，是小说中的时间形式被切断。小说理论发现了小说中的偶然因素、时间形式的断裂和意义的缺失。

不少批评者发现了马原小说中的偶然因素对必然的阻隔，发现他的小说"打破传统小说讲述故事的方法，不拘泥于故事内容的起承转合，可以用偶然性的事件去任意切断必然性的因果链条"①。在发现马原小说的偶然性的基础上，马原小说中的组装形式的发掘，更加鲜明地体现了叙述的空间形式特征。马原小说时间上的连贯性被取消了。时间的连贯性虽然被取消，但是空间形式以"组装"的形式表现出来了。"马原的经验方式是判断性的、拼合的与互不相关的。他许多小说都缺乏在时间上的连贯性和在空间上的完整性。马原的经验非常忠实于事件的日常原状，马原看起来并不刻意追究经验背后的因果，而只是执意显示并组装这些经验。《叠纸鹞的三种方法》《战争故事》，分别组装了几段彼此无因果关系的偶然经历（或道听途说）；《风流倜傥》组装了几段关于大牛的奇闻轶事；《拉萨生活的三种时间》组装了一些神秘未明的日常小事；《错误》组装了故人往事彼此关联又错开难接的记忆；《大师》组装了一连串引人入胜的关于艺术、走私、遗产、命案和性

---

① 秦立德：《叙述的转型——对"后新潮小说"一种写作动机的考察》，《文学评论》1993 年第 6 期。

的悬疑现象。"①

　　时间形式被消解后，小说指涉意义也被取消，"马原对经验的这种非逻辑理解，就必然相应造成了他故事形态的基本特点，既然在经验背后寻找因果是马原所不愿意的。那么在故事背后寻找意义和象征也是马原所怀疑的。马原确实更关心他故事的形式，更关心他如何处理这个故事，而不是想通过故事让人们得到故事以外的某种抽象观念"②。小说由此走向了形式主义的路途，"小说是而且仅仅是小说本身，不去承担政治、伦理和道德的功能"③。这也许是叙述形式要达到的最终效果。

　　更重要的是，当小说的传统要素人物、情节、环境被叙述代替后，叙述的共时特征取代了传统小说的线形特征。叙述的共时特征在小说批评中得到了阐释："为了充分展示一种'行动过程'和'写作过程'，莫言在作品中设置了多重叙述结构。这种叙述结构，我们可以从叙述者的多重组合和变换中感受到。正如已经有人所分析的，《红高粱》至少有三个叙述角度同时对作品的句子以及由句子构成的段落直至通篇'本文'发生作用，使作品的叙述能够组成一种'共时态'结构。一个是纯粹的叙述事件过程的客观清醒的叙述者，另一个是纯粹为了满足心理欲望的叙述者，第三个叙述者则好像调节器，把前两个叙述者所创造的叙述层面和谐地统一起来。在刘索拉的《你别无选择》和乔良的《灵旗》中，我们同样可以看到这种多重叙述结构共同组成一个丰富的叙述过程的情形。"④

　　叙述共时性的空间形式特征也得到了理论上的证明。傅修延借用格里玛斯的理论，认为小说叙述层次藏在语言层次里面，而叙述层次又可以划分为表层叙述结构和深层叙述结构。叙述的深层结构又支配着叙述的表层结构。

---

① 吴亮：《马原的叙述圈套》，《当代作家评论》1987 年第 3 期。
② 吴亮：《马原的叙述圈套》，《当代作家评论》1987 年第 3 期。
③ 秦立德：《叙述的转型——对"后新潮小说"一种写作动机的考察》，《文学评论》1993 年第 6 期。
④ 罗强烈：《小说叙述观念与艺术形象构成的实证分析》，《文学评论》1987 年第 2 期。

"表层叙述结构是历时的，向水平方向展开，受因果与时序关系的制约；而深层叙述结构是共时平面的，其构成要素仅受静态逻辑关系的支配。当深层叙述结构从故事中提取出来时，它本身并不具备叙述的特征（叙述是一种动态的通信）。它像是正在喷发的火山深处的地层结构，提供和解释了火山的运动，然而又不直接参与运动，唯有地质学家根据火山的运动和岩浆的成分，才可以把握其平静的面貌。"①

叙述的空间结构性特征是叙述的重要特征，有批评家论述了叙述的空间形式特征："（叙述系统）可以划分为两个层级。第一个层级是叙述系统的语义结构层级，它受人类思维的基本方式和表意的基本规则的制约，其结构模式是具有普遍性的。这一层级包括两个层面：一是表层叙述结构，它是指故事叙述，遵循的是历史性的横向组合规则，产生出本文的表层意义。一是指深层叙述结构，它是指故事下面的意蕴。第二个层级是叙述系统的表现层级，它涉及文本与读者的交流和文本对故事的表现方式。……这两个层级相互结合，彼此依存，构成了文本有机的叙述系统。"②

叙述形式成为中国当代小说理论的核心要素，以情节为核心的传统小说理论被取代。小说不再关乎情节、人物，小说阅读也不再是追求它所指涉的意义。小说就是叙述，叙述就是小说，小说只关乎于自身。于是，一种新型的小说理论出现了。值得注意的是，由于中西文化的差异性，叙述形式本体论还没有在中国彻底生根，也没有产生持续性的影响。

第三节　符号本体论的草创

现代符号学是 20 世纪后期重要的哲学流派，符号学的创立与语言学家

---

①　傅修延：《讲故事的奥秘 文学叙述论》，二十一世纪出版社 2020 年版，第 83 页。

②　吴文薇：《叙述性——小说本文的特性》，《安徽教育学院学报》（社会科学版）1992 年第 4 期。

索绪尔和美国哲学家皮尔斯分不开。索绪尔在他的著作《普通语言学教程》中提出了创建符号学的构想："我们可以设想有一门研究社会生活中符号生命的科学；它将构成社会心理学的一部分，因而也是普通心理学的一部分，我们管它叫符号学。"①

文艺符号学则在恩斯特·卡西尔及苏珊·朗格、罗兰·巴特那里发扬光大。恩斯特·卡西尔把艺术定义为人的思想、情感的形式符号语言。他说："像所有其他的符号形式一样，艺术并不是对一个现在的给予的实在的单纯复写。它是导向对事物和人类生活得出客观见解的途径之一。它不是对实在的模仿，而是对实在的发现。"② 苏珊·郎格发展了恩斯特·卡西尔的观点，把艺术界定为："人类情感的符号形式的创造。"③ 并认为："所谓艺术品，说到底也就是情感的表现。……这样一种表现，实则是一种处于抽象状态的表现，这种抽象表现也叫符号性的标示，它是艺术品的主要功能，也正是由于这种功能，我才称一件艺术品为一种'表现性的形式'。"④ 罗兰·巴特在阅读中发展了符号学的思想，认为正是阅读创造了文本的意义。文本的内容不仅仅是"能指"指示的，还包括"能指"唤起的。他的后期著作《S/Z》便吸收进了符号学因素。

早在 20 世纪 60 年代，符号学就开始在我国传播，只不过这种传播带有批判目的。1964 年第 10 期的《哲学译丛》上发表的《现代资产阶级哲学家有关符号学问题的著作要目》，是目前发现的在中国大陆最早传播符号学的

---

① ［瑞士］索绪尔：《普通语言学教程》，高名凯译，商务印书馆 1980 年版，第 38 页。
② ［德］恩斯特·卡西尔：《人论》，甘阳译，上海译文出版社 1985 年版，第 176 页。
③ ［美］苏珊·郎格：《情感与形式》，刘大基、傅志强、周发详译，中国社会科学出版社 1986 年版，第 51 页。
④ ［美］苏珊·郎格：《情感与形式》，刘大基、傅志强、周发详译，中国社会科学出版社 1986 年版，第 121 页。

文献。这一期《哲学译丛》选编了 11 篇关于符号学的论文，供批评所用①。

新时期以来，符号学在大陆的传播是和结构主义的传播联系在一起的。1983 年金克木在《读书》第 5 期上发表了《谈符号学》的论文，这是新时期较早发表的关于符号学的论文。在这篇文章中，金克木详细地探讨了符号学的渊源、特点、类型，并着重介绍了文学符号学。其后，国内翻译、介绍了大量关于符号学的文章，如裘小龙、杨自伍翻译的《结构主义与符号学》② 等。从 1985 年起，符号学开始为中国学者广泛接受，并尝试应用。李国涛的《哲学中的"符号论"和艺术中的符号学》③ 一文区分了哲学中的符号学和艺术中的符号学的差异，并详细地介绍了苏珊·朗格关于艺术符号学的思想。苏珊·朗格的《情感与形式》在 1986 年被翻译，并由中国社会科学出版社出版。她关于艺术是"人类的情感的符号形式的创造"④ 的观点逐渐为人们所接受。胡经之、张首映发表在 1986 年第 10 期《文学知识》上的《文艺符号学》，分析了文艺符号学的特征及研究方法。

罗伯特·司格勒斯的《符号学与文学》在 1988 年被翻译出版。这是一本把符号学应用于文学研究的著作。除了理论阐释外，该著作还有具体的小说符号学的分析实例，对符号学在中国小说理论中的应用，起了很好的示范作用。罗兰·巴尔特的《符号学原理·结构主义文学理论文选》也于 1988 年被翻译出版，为符号学理论在小说理论中的具体应用提供了范例。彭立勋

---

① 这 11 篇论文是：［民主德国］G. 克劳斯等：《符号学与唯物主义反映论》、［苏］O. 列兹尼科夫：《符号在认识过程中的作用》、［苏］T. H. 洛姆杰夫：《论语言符号的意义》、［苏］H. 纳尔斯基：《意义问题以及对这一问题的新实证主义解答的批判》、［美］C. 莫里斯：《符号和行为》、［苏］O. 列兹尼科夫：《实用主义的认识论和莫里斯的符号学》、［英］A. N. 怀特海：《符号论，它的意义和效果》、［苏］A. A. 雅库什夫：《怀德海符号论的主观唯心主义含义》、［德］E. 卡西勒：《符号形式的概念与符号形式的体系》、［日］福谦达夫：《现代符号理论与实用主义》、［苏］E. 巴辛：《哲学史中语言符号性问题》。

② ［英］伊格尔顿：《结构主义与符号学》，裘小龙、杨自伍译，《外国文学报道》1986 年第 2 期。

③ 李国涛：《哲学中的"符号论"和艺术中的符号学》，《当代文艺思潮》1985 年第 5 期。

④ ［美］苏珊·朗格：《情感与形式》，刘大基、傅志强等译，中国社会科学出版社 1986 年版，第 51 页。

在《评符号学的艺术本性论》① 中分析了卡西尔、苏珊·朗格的艺术符号美学思想，并提出了卡西尔——朗格的艺术符号美学思想的三个特征。1989 年中国社会科学出版社出版的《叙述学研究》② 收录了菲利普·阿蒙的《人物的符号学模式》。菲利普·阿蒙认为，依据符号学理论，人物可以分为指物的人物范畴、指示性人物范畴、排比人物范畴三种类型。杨春时于 1989 出版的《艺术符号与解释》③，则是中国学者较早把符号学应用于文学研究的著作。

进入 20 世纪 90 年代之后，符号学开始被人们广泛关注，一批符号学理论著作被翻译成中文，一些研究文学符号学的著作也纷纷出版，如赵毅衡的《文学符号学》、吴晓的《意象符号与情感空间——诗学新解》、徐剑艺的《小说符号诗学》、邓齐平的《文字·生命·形式：符号学视野中的沈从文》④ 等。一些硕士、博士学位论文也开始以符号学作为学位论文选题。由此观之，符号学开始成为中国文学研究的重要思想和方法。

中国符号学小说理论的创建大致包括了两个阶段。第一个阶段主要是对主体论小说理论的反拨，使小说理论的目光转移到小说本体形式的建构上；第二个阶段则是尝试建立系统性的符号学论小说理论。

主体被看作语言符号的效果，是中国符号学小说理论率先向主体论小说理论发难的开端。在主体论小说理论那里，主体具有无上的魔力，它是小说产生的根本源泉。但是，符号学继承了新批评的观点，认为主体和小说本身是无关的，"主体只是语言运动临时制作出来的一个幻象，那么，主体所认识的实在立即显得可疑起来。人们完全有理由判定，这些实在同样是语言玩

---

① 彭立勋：《评符号学的艺术本性论》，《文艺研究》1988 年第 2 期。

② 张寅德：《叙述学研究》，中国社会科学出版社 1989 年版。

③ 杨春时：《艺术符号与解释》，人民文学出版社 1989 年版。

④ 吴晓：《意象符号与情感空间——诗学新解》，中国社会科学出版社 1990 年版；徐剑毅：《小说符号诗学》，浙江大学出版社 1991 年版；邓齐平：《文字·生命·形式：符号学视野中的沈从文》，远方出版社 2004 年版。

弄出来的一个把戏"①。如果把小说创作和社会文化联系起来看，那么，关于主体是符号的效果的论断更加令人信服，"社会文化具有多少种符号系统，主体就有多少种异化的方式和可能性，直到你发现，所谓内在统一的、完整独立的、具有绝对纯粹的本质、在宇宙及社会中占有不可替代的稳固位置的'主体观'恐怕是个幻觉。如果这种主体观不复可信，那么与'何为主体'有关的一系列问题势必重新解释"②。

孟悦洞察了主体依赖社会符号的事实，分析了王蒙小说语言主语的漂移所造成的独特语言现象："人称、姓名和主体位置突然由交流表达的工具变成了被观照被表达的对象，它们有如戏剧舞台上占据不同空间位置的人物那样表演和行动着：本来应代表这一位置的人称被转移到那一位置，本该只有一个名称的位置上挤入了一大堆名称，本来不可置换的人称位置互相替代或合并。在这样一场表演中，所有主体位置的空间几何关系都被打破，所有自我、他人、性别乃至类属间的疆界都混杂莫辨、摇摇欲坠。"③ 无论从小说文本自身的存在来看，还是从小说与社会文化之间的关系来看，主体都只能是语言符号或社会文化符号的效果，离开了语言和社会文化符号，主体就不复存在。

主体"沦为"符号后，小说理论关注的重心就不再是小说的叙述主体——作家了。隐藏在小说文本背后反复出现的特征、规则成为小说理论所要考察的对象。于是，"叙述语法"成为最主要的内容。

"叙述语法"的出现意味深远，南帆认为："'叙述语法'的提法显然表明了文学批评对于语言学的崇敬。对于'叙述语法'的概括说明，文学批评不再重视作为叙述主体的作家。一旦'叙述语法'作为故事编织得通则而确

---

① 南帆：《主体与符号》，《文艺争鸣》1991 年第 2 期。
② 孟悦：《语言缝隙造就的叙事——〈致爱丽丝〉〈来劲〉试析》，《当代作家评论》1988 年第 2 期。
③ 孟悦：《语言缝隙造就的叙事——〈致爱丽丝〉〈来劲〉试析》，《当代作家评论》1988 年第 2 期。

立，那么，作家在叙述上的自由创造则被置之不顾。文学批评所强调的无宁说是诸多作家之间的相似之处，这些相似之处恰好证明作家无一例外地受控于语言结构，主体受控于符号。批评家似乎也可以说，实际上是'叙述语法'造就了作家——'叙述语法'所提供的小说话语规范训练出了写作小说的作家。"①

主体"沦为"符号，意味着小说观念的新变，一种崭新的小说理论出现了，小说概念也发生变化。小说被认为是"'符号体系或符号结构'的一种，而且应该是以语言来叙述人物事件与心理为主要内容和主要表现手段的一种审美符号系统"②。在这样全新小说概念的支配下，小说各种要素的观念也发生了根本性的变化。

首先，小说的语言观发生了根本性的变革。此前，无论是追求真实的现实主义小说语言观，还是追求主体化、偏向表现的小说语言观，都认为语言是经验性的，被用来反映、表达客观或主观的对象。但是，在符号学视野中，小说语言观就趋向为"创造"的符号学语言观。"文学语言，作为一种语言符号本体和人类本体存在，它是靠一个个的词来组接的。文学词汇既是语义性的，更是经验与呈现的。所谓经验与呈现，是指作家在进行文学艺术创造的过程中，总是想象性的'虚构'出许多属于自己的独特经验；而且，这种独特经验不是被语言'反映'或'表达'出来的东西，而是被创造出来，'自行呈现'的东西。换言之，所谓经验与呈现，也就是作家以混沌的、整合的、非常态和感性的语言符号方式，表现出人类的活动和存在状态。文学词汇只有在意义、语象、意味等方面经验地呈现出人类的活动和存在状态，它才有资格成为符号，并构成'文本'。"③ 在符号学的视阈中，语言非个体经验呈现，而是具有人类文化的普遍性。新时期以来小说语言告别了对个别优美字句的追求，而是在文本的整体性的符号规则下，创造出符合生活

---

① 南帆：《主体与符号》，《文艺争鸣》1991年第2期。
② 徐剑艺：《人物形象的审美符号化》，《上海文学》1987年第8期。
③ 陈剑晖：《符号化了的小说语言》，《文艺评论》1989年第2期。

原生态和主体生活经验的语序和语态。总体来看，"考察我国1985年以后的小说，可以发现一个有趣的现象：许多小说不但使用了隐喻性的语言，而且还运用了转喻的模式。于是，隐喻和转喻互为渗透，就成为新时期小说符号化的一个引人注目的特征"①。

其次，符号学小说理论对小说人物观的冲击显然是最大的。小说的人物不再是毫发毕现、栩栩如生的心理性存在物，而只是小说中的一个功能。"小说中的人物在符号学的眼中不是死亡了，那么至少也是语词化了。人物不再是一个稳定的、个性化的实体，它在文本中不过是各种事件所汇集的空间。假如像托多洛夫那样将故事形容为一个陈述句，那么，人物性格无非是一些名词与形容词的拼凑。人物的意义当然只能限于文本之内……他们（结构主义）宁可关心人物在故事构造中的功能；人物在他们眼中缩减成行动者。而且，在还原人物行动的时候，结构主义拒绝考察人物的心理动机，他们最终把人物的行动置换成语言学意义上的动词，或者置换为谓语——这是一个与'叙述语法'更为相称的概念。"② 或者说，小说中的人物只是叙述过程的单位。张智庭在《〈赵氏孤儿〉与〈中国孤儿〉人物的符号学之分析》③ 中分析了两篇文章的人物符号的类属、人物行为者的层次、人物行为模态、人物符号的动机性。《〈赵氏孤儿〉与〈中国孤儿〉人物的符号学之分析》表明，人物仅是功能而已。

中国符号学小说理论发展的第二个阶段开始尝试建立系统的符号学小说理论。徐剑艺的《小说符号诗学》和王阳的《小说艺术形式分析：叙事学研究》是其中最具代表性的著作。其中《小说符号诗学》侧重于对小说文本符号学的系统分析，而《小说艺术形式分析：叙事学研究》则侧重于叙事学形式化，"从唯理主义的立场出发不避矫枉过正，建立一个科学的可重复

①　陈剑晖：《符号化了的小说语言》，《文艺评论》1989年第2期。
②　南帆：《主体与符号》，《文艺争鸣》1991年第2期。
③　张智庭：《〈赵氏孤儿〉与〈中国孤儿〉人物的符号学之分析》，《国外文学》1991年第2期。

观测验证性的意义批评的形式系统"①。为了达到这个目的，王阳在论著中导入了矢量方程和S_1句型。这在中国文学符号学研究中算得上是一个鲜明的特色。

徐剑艺的《小说符号诗学》借鉴了费尔南·德·索绪尔、苏珊·朗格、恩斯特·卡西尔等人的符号学理论。他认为："对小说这一叙事文体的符号学研究的一个总体出发点：把小说作为一个非实指再现性的具有诗学意义的人类表现性模式——象征符号体系来阅读和批评。"② 这也是他建立小说符号诗学的出发点。

那么，小说的"艺术符号"是什么？徐剑艺认为小说的"艺术符号""就是一个具有有机性结构关系的小说文本……。由于小说这一语言艺术符号体系是超于语言符号的，它的具体构成成分不是单个的语词……而是一个个直接参与小说能指构造的功能性'母题'。这是具有一定结构功能的第二级单位。小说能指就由它们按照一定的'差异相关'的音位关系构造而成。这些'母题'就是'小说中的艺术符号'，它包括：意象性母题、情景母题、人物母题、故事性母题等"③。

在界定了小说符号之后，徐剑艺紧接着区分了小说符号的能指层和所指层："小说符号的第一能指层：这是小说的物质形式，也就是小说文本中由文字组成的语符体，小说符号的超越语言性活动就从这儿开始；小说符号的第二能指层：这是小说语言形式的意义所指层，但是在艺术品的小说中，它只是构成小说符号能指——文本的语义层，当然它是以超常的方式来实现其'言语义'的；小说符号的第一所指层：这才是小说符号的所指意义，但可惜的是，这种思想或观念形态的主题尽管可以指称非现实的另一个世界——象征世界的神话内容，但它还只是小说符号的第一所指；小说符号的第二所

①　王阳：《小说艺术形式分析：叙事学研究·自序》，华夏出版社2002年版，第2页。
②　徐剑艺：《小说符号诗学》，浙江大学出版社1991年版，第20页。
③　徐剑艺：《小说符号诗学》，浙江大学出版社1991年版，第21—22页。

指：这不是明确的思想或意义，它更多的只是一种'意味'，这是小说能指形式的自我指称价值。"①

小说的第一能指层，是小说文字组成的语符体。现代小说的文字语言和传统小说语言文字在语符上有天壤之别。它除了按照语言文字一般的线形排列规则传达一般的意义之外，还十分注重借助印刷的视觉手段发布自身的具像化信息。"现代小说家为了创造一个多意义多内涵的文本能指形式，就十分自然地要有意识违反一般交际语言的散文体语符排列，甚至违反传统的小说语符排列习惯，进行超语言的语符实践。"② 小说符号的第二能指层，是小说语言形式的意义所指层，它是在小说具体语境中实现小说语言的语义。

徐剑艺认为，文学语言的语义系统大致上有三个层次结构：第一个层次是客体的再现性语义；第二个层次是主体表现性语义；第三个层次是本体的形式性语义。与此相对应，小说语言的语义实现大致也有三种方式：第一是模仿表达，第二是讽刺表达，第三是反讽表达。

小说符号的第一所指是小说符号的意义所指，小说符号最基本的意义符号是小说的母题，"我们可以把小说常常出现的母题从形态上分作两大类四种：一大类是意象母题：包括物质性意象和人物形象；另一类是形势母题（'形势'Situations 在主题学中往往指文学作品中的事件的凝固状态和行动的模式状态）：它包括情景和故事情节"③。但是，徐剑艺认为，在一般小说中这些母题还是具有主次之分的。人物性的母题和故事性的母题是小说的中心母题，而一般意象和情景则作为它们的参照物和背景。

小说符号的第二所指具有小说形式本体意味。小说符号文本不仅具有对确定的事物的指称功能，即他指功能，还具有指向自身的自指功能。小说符号的第二所指是如何实现的呢？徐剑艺认为："一个体现在小说的语言方式——文体之中；另一个体现在小说的叙事方式——文本的叙述结构中。前

---

① 徐剑艺：《小说符号诗学》，浙江大学出版社 1991 年版，第 22 页。
② 徐剑艺：《小说符号诗学》，浙江大学出版社 1991 年版，第 27 页。
③ 徐剑艺：《小说符号诗学》，浙江大学出版社 1991 年版，第 128 页。

者称为文体的自我指称价值，后者则可以称为叙述主体的自我指称价值。因而前者往往体现小说的文体风格特征。而后者则体现为小说叙事行为的自足价值，也就是艺术活动中非功利的'无目的之目的'本体价值。"①

　　徐剑艺的《小说符号诗学》从小说符号的能指和所指的关系入手，分析了小说符号的特征。这显然是吸取了符号学的语言学思想渊源。而符号学的思想渊源还应包含现代哲学和逻辑学，在这一思想的脉络中，中国当代小说理论又呈现出一个什么样的面貌和特征呢？直至21世纪初王阳的《小说艺术形式分析：叙事学研究》问世，才揭开这一面纱。《小说艺术形式分析：叙事学研究》借鉴逻辑学和符号学的理论，创建了不同于徐剑艺的小说符号诗学体系。

　　《小说艺术形式分析：叙事学研究》在理清叙事学范畴的基础上，寻找叙事符号的规则。王阳试图"建立一个科学的可重复观测验证性的意义批评系统"。②他说："符号逻辑学者们都同意，文艺作品中所展示的世界是'可能世界'，无论该世界的表现形态多么奇异，创造该世界的人及其所使用的工具、所遵循的方法总是理性一般的……想象世界的真切生动或怪异荒诞都是人类理想精神的创造，想象物的奇异性正是人类想象力的理性外化，想象力的理性发挥正是艺术家创造精神的本质规定。"③

　　正是基于上述理念，王阳在建构小说符号学理论时，把主要精力放在小说形式的数理模型的逻辑建构上。王阳在《小说艺术形式分析：叙事学研究》中建立了叙事文本的矢量方程、文本受述者的矢量方程、叙事人称和S1句型、第三人称叙事的矢量方程。王阳把叙事行为及叙事文本自身、叙事文本的阅读整个过程，都纳入数理逻辑的符号方程。

　　王阳的努力反映了中国学者在接受符号学理论，建立小说符号学理论的新尝试。但是，这个努力能被多少人认同，还需要时间来证明。

---

① 徐剑艺：《小说符号诗学》，浙江大学出版社1991年版，第188页。
② 王阳：《小说艺术形式分析：叙事学研究》，华夏出版社2002年版，第2页。
③ 王阳：《小说艺术形式分析：叙事学研究》，华夏出版社2002年版，第1—2页。

符号学对中国小说理论的冲击应该还是很大的。但是，由于符号学自身的理性色彩和唯理主义倾向，使符号学小说理论的影响有限。这也限制了中国符号学小说理论的作为。不过，符号学对中国形式论的小说理论的建构所起的作用还是难以抹杀的。也许在将来，中国学者在文学理论科学化的道路上还会重新注意到符号学理论。

第四编

转向综合的小说理论
（20 世纪 90 年代中期——）

第八章 "现实主义"的回归

　　20 世纪 90 年代初期中国市场经济体制建立，中国经济建设步入发展的"快车道"。经济体制的变革使中国社会发展进入一个崭新的历史阶段。拜金主义思潮开始在一定程度上泛滥，整个社会的精神面貌、道德状况也发生了重大变化。尤其是市场经济体制的变革直接推动了城市工业机制的转轨和农村社会面貌的变革。在新的历史条件下，中国当代小说开始从先锋实验中抽身出来，进而关注社会现实问题。21 世纪文学，尤其是底层小说继承了 90 年代小说关注社会现实的精神流脉。小说创作的变化也必然带来了小说理论的变革。小说理论关注的焦点、价值也随之发生根本性变化。现实主义再次成为 90 年代以来小说理论最重要的追求。不过，相比较当代小说理论发展史上此前出现过的现实主义小说理论，这一阶段的现实主义小说理论更强调对现实社会生活的直观描写，更看重小说的人民性和精神价值的诉求。同时，90 年代现实主义小说理论不太注重小说的艺术形式。这种历史性特征自然和当时的社会文化环境有关。市场经济这一全新的事物给中国社会带来了全新的面貌，也给中国小说家们带来了全新的书写领域，小说家们还没有来得及在艺术上做出相应的调整和提升，这些因素导致了这一历史阶段现实主义小说理论不大关注艺术层面。

第一节　重新面向"现实"

20 世纪 90 年代初期既是中国社会的大变革期，也是中国文学创作大变革的开端。80 年代小说创作以接受西方现代派、后现代派的影响为突出特征，小说实验也因此成为小说创作最有价值的爆发点，新潮小说也因此成为中国当代文学创作最有成就的领域。与小说创作相联系的是，80 年代小说理论也以西方为圭臬，西方现代派小说理论得以纷纷被引进中国。小说创作的新变和小说理论的求新，为中国 80 年代小说理论带来了崭新的内容。不过，随着创作的深入发展和理论引进的持续进行，一些作家开始反思 80 年代的小说创作，小说理论的转向也在 80 年代埋下了伏笔。叶兆言是 80 年代先锋小说的实验者之一。1988 年正是先锋小说风头正劲之时，叶兆言就已经开始反思中国的先锋小说创作："我们已经陷入小说实验室的囹圄，面对灿烂的世界文学之林，小说家惭愧而且手足无措。新的配方也许永远诞生不了。文学的选择实在艰难，大家在实验室里瞎忙一气，不是抱残守缺，便是靠贩卖文学最新的国际流行色……小说的实验室很可能就是小说最后的坟墓。障碍重重，左右为难，除了实验的尝试和尝试的实验，小说家很难创造出自身以外的任何新鲜事。"[1] 先锋小说家马原的反思应该最具有代表性。马原被称为最有代表性的先锋小说家之一，他的小说实验之路，是在小说家乔伊斯、普鲁斯特、伍尔芙等影响下开展的。乔伊斯、普鲁斯特、伍尔芙等小说家们也被马原等小说家们尊称为"教父"。不过，进入 90 年代后，马原对"教父们"不再那么"毕恭毕敬"，言辞之中反而多有嘲弄："小说变成了一种叫人云里雾里的东西，玄深莫测，不知所以，一批创造了这种文字的人成了小说大师，被整个世界的小说家尊为圣贤。乔伊斯，普鲁斯特，伍尔芙，乌纳

---

[1]　叶兆言：《最后的小说》，《中篇小说选刊》1988 年第 4 期。

穆诺，莫名其妙。"① 马原对乔伊斯、普鲁斯特、伍尔芙等小说家们的"嘲弄"，动摇了 80 年代中国小说实验的根基。不仅如此，马原还彻底否定了小说实验的价值和意义："以为精神分析学是向前进了，以为打破时空观念是向前进了，以为采用意识流手法是向前进了。结果呢？小说成了需要连篇累牍的注释的著述，需要开设专门学科由专家学者们组成班子研究讲授，小说家本人则成了玄学家，成了要人膜拜的偶像。"② 马原的反思不可谓不彻底。马原和叶兆言、余华等一道的反思，拉开了中国小说理论转向的序幕。

叶兆言、余华、马原等先锋小说家们的反思，其实是代表了一种小说理论的萌芽。它意味着小说不能再一味地在形式实验上兜圈子，应该有所调整。事实上，从 20 世纪 90 代初期开始，先锋小说家要么如叶兆言、余华、苏童，开始否定先前的小说实验、走上了告别"先锋小说"的创作道路；要么如马原、洪峰，在小说创作之路上陷入沉寂。除了这些风头正劲的小说家，日后在中国小说史上留下了浓墨重彩的小说家们，也纷纷开始走上了小说观念的转型之路。

刘醒龙在 20 世纪 80 年代中后期创作了"大别山之谜"系列小说。这些小说吸收了现代派小说的诸多表现方法。他"拼命地在斗室里营构着一批叫作'大别山之谜'的小说，……相信自己的作品是写给少数人看的，越是知音难觅越能体现它的价值"③。这类深受先锋小说实验影响的观念在很长一段时间内影响了刘醒龙的小说创作。不过，到了 90 年代，刘醒龙的小说观念开始发生了转向。对此，他做过比较详细的陈述：

> 有一个契机，大约是 1988 年。在红安县召开的黄冈地区（就是现在的黄冈市——注）创作会议上。省群众艺术馆的一位叫冯康兰的老师，讲到一首小诗《一碗油盐饭》："前天我放学回家/锅里

---

① 马原：《马原文集（4）：百窘》，作家出版社 1997 年版，第 405 页。
② 马原：《马原文集（4）：百窘》，作家出版社 1997 年版，第 405 页。
③ 刘醒龙：《仅有热爱是不够的》，《当代作家评论》1997 年第 5 期。

有一碗油盐饭/昨天我放学回家/锅里没有一碗油盐饭/今天我放学回家/炒了一碗油盐饭/放在妈妈的坟前。"在场的人数约在一百左右，这首小诗对其他人也许没有任何影响。而我却感动至极，泪流满面。在听到这首诗的那一瞬间我突然明白艺术究竟是怎么回事，原来就是用最简单的形式，最浅显的道理给人以最强烈的震撼和最深刻的启示。一首小诗只有三句话，三个意境，所表达的东西却太丰富了。年轻时藐视权威，甚至嘲笑巴金先生"艺术的最高技巧是无技巧"的箴言。是这首诗让我恍然大悟，并且理解了巴金先生之太深奥和太深刻。①

从刘醒龙的自述中我们可以鲜明地感受到，形式实验已经不再是他孜孜以求的美学目标，走向"平实"成为他所追求的小说美学理想。进入 21 世纪，形式不被看作是小说创作最重要的要素："那种认为美已经不具有艺术本性的说法，那种把文学视为文字游戏或叙述技巧的说法，那种认为任何意义都不过是一种表述的说法，无论怎样主义怎样新潮，都不过是泡沫而已。在中国文学的历史上，正面和反面的经验都告诉我们，在文学创作中单纯的形式追求是不可取的，也不是文学需要的真正价值。"②

除了小说理论已经从形式探索转向以外，小说在"写什么"的问题上也发生了根本性的转向。关注社会现实，成为小说创作的一个基本要求。20 世纪 90 年代初期，刘醒龙就已经意识到，小说转向现实社会生活已经成为一个基本的诉求："无论是乡村小说还是都市小说，我觉得好的都是有实实在在生活内容的作品。有些作家的作品是写给自己看的，有些是写给人民群众看的，后一类更了不起，更长久……文学不能光是私生活、性心理这套东西。作家仅仅是关心自我的心灵是不够的，更要关注社会现实。"③

---

① 周新民、刘醒龙：《和谐：当代文学精神的再造——刘醒龙访谈录》，《小说评论》2007 年第 1 期。

② 曹征路：《期待现实重新"主义"》，《文艺理论与批评》2005 年第 3 期。

③ 韩耀禧：《雅曲乡音凤凰琴——近访作家刘醒龙》，《文学报》1995 年 9 月 21 日。

与刘醒龙一样，谈歌的文学观念也是在 1992 年前后开始发生变化的。谈歌在新时期初期开始文学创作，热衷于追踪文学热潮，执着于形式探索。不过，随着创作经历的丰富，谈歌也曾陷入困惑之中："我的确也追求过一些新式的写法，弄得很累，我吃力不讨好。我写完了，让我那个圈子里的人看，他们更多的时候读不下去。我太太大概是照顾我的面子，总是笑笑，并没有多讲什么。但是有一天，她突然说，'你写的那种东西，是不是就是为了表现你的深刻？你真的觉得比我们深刻？'当时我刚刚写完了一篇自我感觉很了不得，而且越来越觉得深刻（而现在越看越觉得很不怎么样）的小说……1992 年以后，我下定决心跟现代派告别，不再跟读者玩什么把戏了。老老实实坐下来写了，尽量把小说写得让我那个圈子里的朋友看得下去。"①谈歌从他个人创作经验出发，痛彻反省，下定决心"不跟读者玩什么把戏"，开始在创作上转型。

无论是马原这样的先锋小说的扛旗人，还是像刘醒龙、谈歌这样先锋小说的热心参与者，在 20 世纪 90 年代前后不约而同地和先锋文学告别了。小说创作的转向根源于小说观念的变更。这种变化从微观层面来讲，是作家们日益认识到中国小说和西方小说之间的差异性；认识到西方小说是建立在西方文化传统基础上的；也认识到由于文化土壤的差异性，西方小说难以在中国发展壮大。

告别先锋小说，也有中国社会现实发生根本性变化的客观因素的影响。1992 年前后中国社会面貌发生了巨大的改变。随着中国改革开放的深入发展，现实生活中涌现出了一些社会问题，城市和乡村在变革中出现的新情况、新面貌吸引着作家去关注，那种沉溺于先锋形式实验的文学创作理念自然要寻求突破、寻求变化。不仅如此，原来在通俗文学上花费了较多精力的作家也在 90 年代初期开始寻求突破。关仁山最初创作了几部通俗文学作品，

---

① 谈歌：《小说与什么接轨？——关于〈大厂〉以外的话题》，《小说选刊》1996 年第 4 期。

1990 年前后他意识到不能再在通俗文学创作的路上走下去了：

> 后来我认识了北京老作家管桦，还有他的儿子鲍柯杨。管老让我读些名著，让我真正深入生活，去写有艺术品位的作品。他儿子鲍柯杨很有思想，给我讲了好多尼采等国外思想家的理论，还给我推荐了 12 本好书。我记得自己将老作家冯至的一段话抄写在笔记本的第一页上。"真正的造化之工都在平凡的原野上，一棵树的姿态，一棵草的生长，一只鸟的飞翔，这里包含无限永恒的美。所谓探奇访胜，不过是人的一种好奇心……我爱树下水滨明心见性的思想者，却不爱访奇探胜的奇士。"这句话我反复琢磨，成为我由通俗文学转向纯文学的朴素而深刻的理论支柱，我深深感激我文学创作的引路人。①

与关仁山一样，何申最初也对通俗小说、侦探小说抱有创作热情，曾"喜欢寻些曲折动人的情节来写，比如，男欢女爱、生死离别、狂风暴雨、地震海啸"。② 但是，20 世纪 90 年代初期何申认识到，这种建立在"编造"基础上的创作再难以为继。为此，他曾反思，以为是"原因在于自己'编'故事的能力差，于是学习人家的编自己的，编得头晕脑胀"。直到有一天，"一个偶然的机会改变了我的观念，使我较快地走出了创作的困境"③。这个机会就是何申曾参加过一个调查组，由于工作需要常参加各种座谈会、个别谈话、现场勘测。"有一天我突然萌生了一个念头：过去我成天编，眼下这些生活，串起来不就是挺好的文学作品吗?"④ 他因此尝试按照"眼下生活"来写小说，终于获得了意想不到的效果。

从先锋文学的形式探索中走出，由通俗文学创作转型，转而关注现实，这是 20 世纪 90 年以来文学创作的一个重要趋势，已经成为 90 年代以后中

---

① 关仁山：《回头望路随想》，《小说家》1997 年第 4 期。
② 何申：《写活一个人物》，《长城》1993 年第 6 期。
③ 何申：《往事如烟几十秋》，《小说家》1996 年第 5 期。
④ 何申：《往事如烟几十秋》，《小说家》1996 年第 5 期。

国小说关注的核心内容。它显示进入 90 年代以后，小说也已经走出了"实验室"，走出了个体封闭的心灵，转而高度关注中国社会的发展状况。"我觉得创作本身离不开'现实精神'的强化。单就题材而言，现实主义作品要表现出强烈关注现实的品格。而且把目光和笔触直接切入当前改革的两大正面战场，大中型企业和基层农村。生活本身就是立体的、鲜活的，民情万种，作家真正深入进去，就普通百姓关注焦虑的问题做出及时真实的文学反映。"① 谈歌说，"我从来不反对别人写历史，写未来，写私人生活，但写直面人生的现实，也是更应该的。在这样一个历史转轨期，个人的痛苦与欢乐，都不应该算作什么，即使这种痛苦和欢乐再多再大，那也是你一个人的事情。这种事情会随着你的小说而在地球上消失的。而社群的痛苦与欢乐，并不会随着某个人的消失或者溜号而消灭，这应该叫做历史"。②

　　刘醒龙、关仁山、谈歌、何申是 20 世纪 90 年代"现实主义冲击波"创作潮流中有代表性的作家。他们在中国市场经济体制刚刚确立的历史时期，为中国社会的变动"照相"，表现出了有强烈责任感的小说家们该有的担当。由先锋小说转向现实主义的创作，由通俗文学的娱乐性为先导的创作转向现实主义的小说创作，成为中国 90 年代以来小说理论的重要转折。

第二节　重构"现实主义"（上）

　　毫无疑问，现实主义是中国文学理论中一个非常重要的概念。自现代以来，现实主义占据着中国文学理论、文学批评的重要位置。但是，何为现实主义却有不同的说辞。虽然现实主义的概念使用频繁，但是，现实主义的含义也很含混。一般来说，现实主义大概存在三个方面的要义。一是，从文学思潮角度来讲，现实主义文学主要存在于 19 世纪末期至 20 世纪初期，由巴

---

① 关仁山：《作家眼里的现实主义》，《小说家》1997 年第 4 期。
② 谈歌：《大厂·后记》，百花文艺出版社 1997 年版，第 485 页。

尔扎克、司汤达、托尔斯泰等著名作家的小说创作为主干。作为文学思潮的现实主义，随着上述小说家的离世和时代的变迁，已经不复存在。二是作为创作手法的现实主义。在这个层面的现实主义大都指刻画栩栩如生的场景和细节，要求对人物、环境、细节、场景的刻画，达到感官上的认同。三是作为文学精神的现实主义。"文学精神"意义上的现实主义要求文学作品能关注现实生活。在笔者看来，除了作为文学思潮的现实主义，文学创作手法上的现实主义、文学精神层面上的关注现实生活的现实主义，都应该是文学的常态。换言之，作为文学创作技巧的现实主义和作为文学精神的现实主义，适合任何时代的文学创作，也基本上适用于任何文学流派。

正因为现实主义的宽泛性，所以它成为中国文学史上一个"无边"的概念。20世纪初期现实主义在茅盾那里等同于自然主义。而在左翼文学兴起之时，现实主义和意识形态紧密结合在一起。创作手法的"写真"，聚焦现实社会生活的现实主义精神，与高度抽象化的"现实"结合在一起。至此，现实主义就不再只是经验层面上的现实主义，还得是符合高度抽象化的理念。也就是说，还要符合阐释"现实"的某种抽象化的理念。因此我们可以看到，从左翼文学伊始到"文化大革命"期间，现实主义就和不同的词语组合在一起，形成了不同类型的现实主义。诸如革命现实主义、社会主义现实主义，等等。20世纪80年代初期，现实主义的概念与内涵、表现形态开始调整，现实主义开始向富有生活质感的"写真"回归，现实主义的现实精神和写实的笔法得到了尊重。同时，这个时期的小说创作也广泛吸收了现代主义甚至后现代主义的创作手法。

到了20世纪80年代中后期，随着池莉的《烦恼人生》，刘恒的《狗日的粮食》《伏羲伏羲》等小说的问世。批评界围绕这股创作潮流，产生了"现实主义"命名的系列争论。王干认为这些小说具有"后现实主义倾向"："这些小说为中国文学增添了一股新的色调和声响，我认为它们充分体现了一种后现实主义倾向。后现实主义实际超越了现实主义和现代主义的既有范畴，开拓了新的文学空间，代表一种新的价值取向。"① 王干把"新写实"称为"后现代主义"。王干认为："新写实是现实主义的一个延续，靠近人生，靠近生活，是一种进化。而这种进化和后现代主义有密切的联系。所以我借用'后现代主义'的'后'来为之取名，称为'后现实主义'。"② 陈骏涛称之为"现代现实主义"③。徐兆淮、丁帆将其称为"新现实主义小说"④。张韧从这些小说与现实主义、现代主义和寻根小说三大派的比较中，认为这类作品在反驳现实主义传统的同时，又吸收了纪实手法，将生活的原生形态展露出来，使读者感受到真实的魅力，从而与现代派、寻根小说、传统现实主义有了根本性的区别，"所以，与其说它是现实主义'回归'或'后现代主义'，不如按其特点称它为'新写实小说'"。⑤ 1989年《钟山》第3期第一次开设"新写实小说"专栏，"新写实小说大联展"卷首语正式提出"新写实小说"这一名称，并对其内涵进行界定："所谓新写实小说，简单地说，就是不同于历史上已有的现实主义，作品也不同于现代主义'先锋派'文学，而是近几年小说创作低谷中出现的一种新的文学倾向。这些新写实小说的创作手法仍是以写实为主要特征，但特别重视现实生活原生形态的还原，真诚直面现实，直面人生。虽然从总体的文学精神来看，新写实小说仍可归类为现实主义的大范畴，但无疑具有了一种新的开放性和包容性，善于吸收、借鉴现代主义各种流派在艺术上的长处。新写实小说在观察生活把握世界的另一个特点就是不仅具有鲜明的当代意识，还分别渗透着强烈的历史意识和哲学意识。但它减退了过去伪现实主义那种直露、急功近利的政治性色彩，而追求一种更为丰厚更为博大的文学境界。"⑥ 在这股命名的争

---

① 王干：《近期小说的后现实主义倾向》，《北京文学》1989年第6期。

② 丁永强：《新写实作家、评论家谈新写实》，《小说评论》1991年第3期。

③ 陈骏涛：《写实小说，从传统到现代的转化》，《钟山》1990年第1期。

④ 丁帆：《思潮·精神·技法——新写实主义小说初探》，《小说评论》1989年第6期。

⑤ 张韧：《生存本相的勘探与失落——新写实小说得失论》，《文艺报》1989年5月27日。

⑥ 《钟山》编辑部：《"新写实小说大联展"卷首语》，《钟山》1989年第3期。

夺战中，"新写实"得到了广泛的认可。

自 80 年代以来，文学批评家们创造了形形色色的现实主义文学名称，诸如"表现现实主义""体验现实主义""文化现实主义""人文现实主义""新现实主义""批判现实主义""结构现实主义""魔幻现实主义""心理现实主义""形式现实主义"等。上述关于现实主义的名称的出现，其实说明了两个方面的问题。一是，中国现实主义随着历史语境的变化而不断发生变化。二是，还没有找到能概括出不断发展变化着的现实主义的命名。命名的艰难，源自于对现实主义理解的含混，把现实主义理解成一个"无边"的概念。其实，就像上文所说的，作为创作方法的"写实"，现实主义作为精神层面的对现实的关注，本身就是一个"放之四海皆准"的概念。

到了 1996 年，随着《分享艰难》《大厂》《九月还乡》等小说问世，关于现实主义的话题再次成为中国小说理论关注的问题。这股反映中国市场经济体制确立后城乡变革现状的小说被称为"现实主义冲击波"：

> 它们对于当下转型社会现实关系独特性的揭示。它们所描绘的现实关系，既不适合由抽象的意识形态来勾连的，也并不降格为琐碎的个人欲望与思虑。它们所描写的现实关系本质上仍然是人与人之间的政治关系；但这种政治关系时时处处落实、渗透在经济利益关系之中。它们大胆而直率地描绘出，人民群众在根本利益一致的前提下，具体利益的多元化，以及今天发生在人民群众中的或隐或现的利益冲突。在它们的笔下，政治关系有了与以往作品中常见的"斗争"形态与"同一"形态都并不相同的"磨合"形态。①

现实主义的倡导与创作的发展引起了批评家的注意。"近一二年来，出现了一些深入反映现实生活的比较有分量的作品，在《大厂》之前，1995年初出现的何申的《年前年后》，同时还有刘醒龙、陈源斌、毕淑敏、关仁

---

① 周介人：《现实主义再掀"冲击波"——编者的话》，《上海文学》1996 年第 8 期。

山、邓一光等一些相当活跃的作家的作品，共同形成一股文学潮流。这些作家的作品充满了浓烈的当今实际生活的气息，表现出经济和文化转型过程中我们这个时代的勃勃生机，同时也写出了这一过程中普通民众的痛苦和艰难。这些作品在这一段时间相对集中地出现，不约而同地提示出相似的矛盾和问题，形成一定的阵势，掀起一股现实主义的冲击波。这一股现实主义冲击波的特点是什么呢？它所传达的感情容量，突破了个人日常生活的琐碎、得失、悲欢，而表现出对我们共同承担的社会现实的真切忧思。"①

　　作为一股创作潮流，"现实主义冲击波"在世纪之交基本上归于沉寂。但是，"现实主义冲击波"的余脉仍然得以延续。21世纪初崛起的底层小说，延续了"现实主义冲击波"的基本特征。其基本特征也被认为是回归到现实主义。李云雷干脆就把底层小说所采取的艺术表现手法，认定为现实主义："底层写作并非只是写作'底层'这个题材，也是要写成一部文学作品，这一方面要有对'底层'人的尊重、同情与了解。"② 也有论者从文学精神的角度来阐释"底层"："文学本身还是有另外的更重要的东西，那就是文学精神，也就是说，文学是有魂魄的，这个魂魄不仅仅是形式，更重要的是它的精神。……那么什么叫文学精神呢？简单说就是真善美的统一。其实，做到真善美并不那么简单，它必然要与假丑恶相对抗。所谓求真，那就是说，我们对真相、对真理那种穷天究地的不断的追问。上穷碧落下黄泉，上天入地奔如电，上下求索，九死不悔，等等。那么这种追寻呢，它就意味着是对谎言，是对遮蔽的一种反抗。我们的生活、我们的时代其实并不像我们耳熟能详的表述那样，有一些真相、有一些真理是始终被遮蔽着的。因此，求真本身，就像鲁迅说的立意那样，并不是那么简单，是要得罪人的。求善，它是对人类的合理的生存方式，一种和谐生活状态的不断追寻。但同时它也就意味着我们对丑恶，对压迫的一种反叛。这种过程，本身充满着

---

　　① 张新颖：《文坛涌动现实主义冲击波》，《文汇报》1996年8月2日。
　　② 李云雷：《底层写作的误区与新"左翼文艺"可能性》，《海南师范大学学报（社会科学版）》2006年第1期。

'要求说'和'不能说'的矛盾。求美，是对人类美好情感，或者是对人类生存终极意义的一种形式的展开。"① 对于小说家来说，创作的冲动和创作所依从的艺术准则，是现实主义："关注时代、关注现实、关注社会进步是文学摆脱不掉的历史使命。有什么样的社会历史要求就会有什么样的美学形式。现实主义的核心追求是人的现代性，是追求人的价值尊严全面实现，是提升人的精神而不是刺激人的欲望，这就决定了它在内容上的理性色彩和手法上的写实风格。它是严肃的而不是游戏的，它是批判的而不是消遣的，它是画人的而不是画鬼的，所以它在艺术上的难度绝不在任何形式之下。人是环境的动物、文化的动物，文学自然也是环境的产物文化的产物。中国不可能隔绝于人类文明的历史阶梯之外，文学进步也不可能超越于发展规律之外，这是现实主义不死的最深刻的民族背景。"② 由此可见，社会变革时期小说关注社会，关注人的生存状态，"写实"精神的持续发展，推动了中国现实主义小说理论的进一步发展。

第三节　重构"现实主义"（下）

由于时代的发展，"现实主义冲击波"和底层写作所倡导的现实主义和历史上曾经出现过的现实主义创作并不完全等同。个人认为，在 20 世纪 90 年代以来中国独特的语境中，中国小说家和批评家在现实主义小说理论的构建上最突出的成就是回归现实和人民性的重新高扬。能在这两个领域有突出的理论突破，是由中国社会历史语境造成的。经历先锋小说实验，沉溺于艺术形式的倡导，使中国当代小说最终远离读者，成为读者的弃儿。一方面，90 年代以后兴起的各种文学潮流，包括所谓的"新状态"、"新历史主义"、女性写作等，呈现出贵族化倾向。另一方面，也与中国社会的迅速发展及广

---

① 曹征路：《文学精神的迷失与时代困惑》，《探索与争鸣》2006 年第 8 期。
② 曹征路：《期待现实重新"主义"》，《文艺理论与批评》2005 年第 3 期。

大老百姓所关注的社会问题也随之发生了变化有关。因此，回答普通老百姓所关注的社会问题，解答老百姓在实际生活中所产生的疑虑、困惑，关注在实际生活中广大老百姓的生存状况，都成为中国小说最需要回答的课题。因而，从"现实主义冲击波"到底层小说，在创作实践和理论层面，对现实的关注和人民性的倡导，顺理成章地成为最有成就的理论命题。

一、现实：在回归

20世纪90年代一些从先锋形式实验中脱身的小说家们，从通俗文学里走出来的小说家们，日渐认识到关注现实是一个小说家必须要承担的责任。小说家们的转变自然离不开时代生活的感召。90年代初期，中国确立了市场经济体制。国有企业按照市场要素配置资源，原有计划经济时代的一些陈规已经不再适应市场经济体制的需要。许多工厂陷入破产的境地，原本安逸的生活被打破，工人生活也开始陷入困顿。分税制的出台，使中国基层政权的收入捉襟见肘。乡村也受到了市场经济的冲击，自给自足的自然经济受到前所未有的挑战。在这一波市场经济大潮的影响下，中国小说家们开始更加关注身边的人和事。刘醒龙的《分享艰难》、关仁山的《九月还乡》、谈歌的《大厂》、何申的《年前年后》就是出现在这一时期。

刘醒龙、关仁山、谈歌、何申在创作上述有影响的小说的同时，也提出了一些崭新的小说观念。这些小说观自然和20世纪80年代不同。他们的创作被称为现实主义一脉。正如前文所述，现实主义作为特定历史时期产生的文学潮流，早在20世纪初期已经不复存在，而作为一种写实的创作手法，具有广泛性和超越性，不同国度的作家，不同历史时期的作家都可以采用这种写作手法。而作为一种文学精神，现实主义则具有一定的特殊性。其特殊性在于，作家面对社会、面对生活，面对自我的心灵来写作，在不同的历史时期有不同的抉择。正如有学者所言："用创作方法的概念是说不清现实主义的。现实主义是作家对待世界的一种人生态度，是作家对世界的一种体验方式，是作家建构世界的一种心理倾向。"① 对于刘醒龙、关仁山这一批作家来说，现实主义更多地体现为一种关注现实的精神。因为"从根本上讲，现实主义主要是指一种精神气质，一种价值立场，一种情感态度，一种与现实生活发生关联的方式。它是一种与冷漠的个人主义、放纵的享乐主义、庸俗的拜金主义及任性的主观主义格格不入的文学样态。"②

　　检验一位作家是不是现实主义作家，最重要的标准就是看该作家是否能直面现实社会生活、正视现实社会生活。刘醒龙、关仁山、何申、谈歌等作家直面现实社会生活切实存在的种种问题，他们创作的作品问世后，自然引起广泛关注："最近文坛上，不约而同地出现了一批作品，它们面对正在运行的现实生活，毫不掩饰地、尖锐而真实地揭示以改革中的经济问题为核心的社会矛盾，并力图写出艰难竭蹶中的突围……其时代感之强烈，题材之重要，问题之复杂，以及给人的冲击力之大和触发的联想之广，都为近年来所少见。"③《分享艰难》等作品之所以给人强烈的冲击感，显然是和这些作品所回应的问题有关。这些都是在中国社会生活之中正在发生的、实实在在的问题。

　　刘醒龙、关仁山这一批作家，所关注的现实社会，首先是实实在在的生活："无论是乡村小说还是都市小说，我觉得好的都是有实实在在生活内容的作品。"④ 这里所指的"实实在在"的生活，显然指的是社会生活中发生过的生活，不是新历史主义小说所宣称的想象的生活、虚构的生活。实在性的生活，换言之是生活中确切存在的生活现象、社会现象，它们是小说家们重要的表现对象。"我觉得创作本身离不开'现实精神'的强化。单就题材而言，现实主义作品要表现出强烈关注当下现实的品格。而且把目光和笔触

---

　　① 周宪：《二十世纪的现实主义：从哲学和心理学看》，柳鸣九主编：《二十世纪现实主义》，中国社会科学出版社 1992 年版，第 16 页。

　　② 李建军：《重新理解现实主义》，《文汇报》2006 年 2 月 12 日。

　　③ 雷达：《现实主义冲击波及其局限》，《文学报》1996 年 6 月 27 日。

　　④ 韩耀禧：《雅曲乡音凤凰琴——近访作家刘醒龙》，《文学报》1995 年 9 月 21 日。

直接切入当前改革的两大战场，大中型企业和农村。生活本身就是立体的、鲜活的，民情万种，作家真正深入进去，就普通百姓关注焦虑的问题做出及时真实的文学反映。"①

事实上，"新写实小说"也崇尚写实，直面现实生活。不过，相比较而言，"新写实小说"落脚点是"个人"，是个人面对生活的感受，现实生活自身并没有得到正面表现，反而被个人感受、欲望的描写所覆盖。而刘醒龙、关仁山等小说家就不一样，他们努力丰富与发展现实主义的探索精神……"洋溢着现实生活的芳香，表现了作者直面现实、正视现实和敢于将当今现实中的矛盾不加粉饰地'记录'下来的勇气"，它们"关注现实的热情和努力丰富和发展现实主义的探索精神"②，显然要超过"新写实小说"。

由"新写实"小说开始，中国小说开始广泛关注个人生活，私生活也因此进入小说书写的视野。从此，私人生活，甚至琐碎的欲望，成为中国文学的重要景观。以致有论者认为："近些年，所谓'个人化''边缘化'的作品成批涌现……一方面社会生活中到处存在十分严峻的问题，人们在生存中感受着各种各样的艰难；另一方面，文学却日益轻飘、肤浅、佻薄。"③

小说创作面向现实生活，重新回归到现实主义，是中国文学在 20 世纪 90 年代最重要的文学潮流，也是中国文学在经过先锋文学实验之后的重要调整。小说家们的努力，也获得了理论界的支持。理论界热烈地探讨小说应该如何介入现实，如何回应 90 年代以来中国社会发生深刻复杂的变动，如何面对问题丛生、复杂的生动的生活现实。上述讨论的发生，一方面是因为"现实主义冲击波"潮流的出现；另一方面是因为要把"现实主义冲击波"创作向更深入的层面推动。如何深入推动"现实主义冲击波"的发展，在讨论过程中，有不少理论家提出，要警惕"纯文学"观念对中国文学发展的负面影响："由于对'纯文学'的坚持，作家和批评家们没有及时调整自己的

① 关仁山：《作家眼里的现实主义》，《小说家》1997 年第 4 期。
② 陆建华：《关注现实：文学义不容辞的责任》，《钟山》1997 年第 1 期。
③ 王彬彬：《当前文学中的现实主义问题》，《文艺争鸣》1996 年第 6 期。

写作，没有和90年代急剧变化的社会找到一种更适应的关系。很多人看不到，随着社会和文学观念的变化与发展，'纯文学'这个概念原来所指向、所反对的那些对立物已经不存在了，因而使得'纯文学'观念产生意义的条件也不存在了，它不再具有抗议性和批判性，而这应当是文学最根本、最重要的一个性质。虽然'纯文学'在抵制商业化对文学的侵蚀方面起到了一定的作用，但是更重要的是，它使得文学很难适应今天社会环境的巨大变化，不能建立文学和社会的新的关系，以致90年代的严肃文学（或非商业性文学）越来越不能被社会所关注，更不必说在有效地抵抗商业文化和大众文化侵蚀的同时，还能对社会发言，对百姓说话，以文学独有的方式对正在进行的巨大社会变革进行干预。"① 李陀认为，文学创作面对现实，回应现实生活所出现的各类问题，已经成为不容回避的历史课题。李陀的思考意味着中国作家开始从更宏阔的背景上去思考现实主义，从一个更高的历史视野去理解"现实"，去构建现实主义。

同样，21世纪底层小说的兴起也应该从这样的高度去理解。进入21世纪后，中国改革开放向更深入的层次推进。中国社会现实也出现了前所未有的崭新情形。工业改革、城乡关系、"三农"问题，都出现了崭新的历史情境。底层民众的生活现状引起了小说家们的高度关注，于是，形成了描写城市和乡村底层民众生活的底层小说创作潮流。写出过《那儿》《问苍茫》等经典底层小说作品的曹征路，对为什么要关注现实，为何要让现实主义重新出发，做出了回应。他认为"现实重新'主义'是中国当代文学的必然选择，这是由中国的国情决定的。"② 曹征路说："今天中国的大多数人毫无疑问仍处在争取温饱、争取安全感和基本权利的时代（限于篇幅，这里不展开了，稍有常识的人都能看得见），少数人的中产阶级趣味和主义选择，不在本文论述范围，也不是一个文学问题。王国维曾经发出过'读中国小说如游

---

① 李陀：《漫说"纯文学"——李陀访谈录》，《上海文学》2001年第3期。
② 曹征路：《期待现实重新"主义"》，《文艺理论与批评》2005年第3期。

西式花园，一目了然；读西人小说如游中式名园，非历遍其境，方领略个中滋味'（王国维《小说丛话》）的感慨，但进入 20 世纪后这个情况发生了根本的转变。最耐人寻味的景观，一面是经过两次世界大战以后西方国家现代主义和后现代主义思潮的兴起，表达了新知识分子对现存价值的质疑和焦虑；另一面却是有古老传统文化的民族国家出现了使用本民族语言、反映本民族生活、以启蒙人道主义为价值核心的新文学。这是世界文学历史上极具时代特征的两大文学潮流。这一点在小说的审美价值追求上表现得最充分：西方小说走上了一条背离写实传统转以写意为时尚的价值追问道路，故而在手法上出现了现代主义与后现代主义的形式变革；中国小说则是相反，重在揭示人生苦痛追问人生真相，故而在手法上背离了中国艺术的写意传统，走上了一条以写实为主的现实主义道路。表面上这是两股背道而驰的文学潮流，其实正是不同国度处于人类文明的不同发展阶段的产物。追求现代性，是 20 世纪乃至今后很长一个时期中国人共同的思想母题，也是中国知识分子在近代以来的共同选择。它既不是谁规划出来的，也不是任何主义可以强加的，更不是谁能够遮蔽的。不论何种阶级何种党派何种主义，都会把现代化写在自己的旗帜上。随着时间变化、条件变化，现代化诉求可能会以不同的方式出现，但这个主题不会改变。关注时代、关注现实、关注社会进步是文学摆脱不掉的历史使命。有什么样的社会历史要求就会有什么样的美学形式。现实主义的核心追求是人的现代性，是追求人的价值尊严全面实现，是提升人的精神而不是刺激人的欲望，这就决定了它在内容上的理性色彩和手法上的写实风格。它是严肃的而不是游戏的，它是批判的而不是消遣的，它是画人的而不是画鬼的，所以它在艺术上的难度绝不在任何形式之下。人是环境的动物、文化的动物，文学自然也是环境的产物、文化的产物。中国不可能隔绝于人类文明的历史阶梯之外，文学进步也不可能超越于发展规律之外，这是现实主义不死的最深刻的民族背景。"①

---

① 曹征路：《期待现实重新"主义"》，《文艺理论与批评》2005 年第 3 期。

"现实"已经和社会历史发展联系在一起。已经不再简单地成为作家取材关注的对象，关注现实已经成为社会发展的一个必要的美学形式。对现实的关注，也是一个作家的伦理与态度："现实的加入，让现实成为了精神分析的案例或者就是一个解剖的病体。当然也有一部分作家在现实的表象中纠缠不休地蹒跚，把生活的琐屑当作沉醉书写的源泉，让精彩严峻的现实平庸化和温柔化。使文学成为无聊的游戏和消遣，成为社会角落的呜咽和哀鸣。"①

从关注现实的态度和创作实绩来看，底层小说接续了"现实主义冲击波"小说创作，使中国当代小说沿着关注现实的道路一路前行。

总体来看，从20世纪90年代开始，"现实"开始成为中国小说家们的一个非常有意义的概念。它既是小说家们回归生活的一种姿态，是作家面对当下社会生活的一种态度，也是小说家们必备的一种伦理观念。不管"现实"在小说家们那里有何种意义，它都与先锋实验和以娱乐为主导的小说创作不同，重归现实已经成为小说家们"介入"生活的一种重要方式。正因为这样，现实主义小说诗学才能再次成为中国小说理论的主要形式。

二、重构"人民性"

人民性是现实主义的一个重要传统。马克思主义经典作家认为，人民群众是历史的创造者，现实主义文学要反映历史发展的趋势，人民性自然是最突出、最重要的属性。马克思、恩格斯早在《共产党宣言》中就明确指出："过去的一切运动都是少数人的或者为少数人谋利益的运动。无产阶级的运动是绝大多数人的、为绝大多数人谋利益的独立的运动。"② 人民性被看作马克思主义的本质属性。别林斯基认为，"文学是人民的意识……人民文学源泉可能不是某种外在刺激或外在的推动力，而只是人民的世界观。每个人

---

① 陈应松：《让现实变成艺术的一部分》，《文艺报》2009年7月7日。
② 马克思、恩格斯：《马克思恩格斯选集》第一卷，人民出版社1972年版，第262页。

民的世界观都是它的精神的种子和要素（本质），亦即它对世界所抱的本能的、内在的看法，有如真理的直觉，生而即有，这种看法构成了人民的力量、生命和意义，——它是那含有一种或数种基本色彩的三棱镜，人民通过它而认出一切事物之存在的秘密"。① 毛泽东于《在延安文艺座谈会上的讲话》中提出"我们的文学艺术都是为人民大众的"②、人民生活"是一切文学艺术的取之不尽、用之不竭的唯一的源泉"③ 等基本观点。中华人民共和国成立后，中国小说家们用创作实践证明了坚持文学的人民性的创作实绩。20 世纪 80 年代随着中国文学日渐融入世界，西方文学对中国文学产生了巨大的影响。在这样的背景下，中国小说创作在一定程度上疏远了人民群众，具有更多的精英意识。尤其是一些具有现代派特征的小说创作和先锋小说，更是以精英意识作为最内在的特征，与人民性保持着更大的距离。正是在这样的文学主张主导下，中国文学渐渐丧失了"轰动效应"。进入 90 年代，小说理论一个很重要的突破就是再次明确了小说的"人民性"。相比较 80 年代后期而言，90 年代的小说理论开始出现新症候，不再把小说看作高蹈的精神世界，而要求小说和普通大众血肉相连，书写普通大众的生活、生命感受，并以普通人能接受的语言来表现普通人的生活。

理论焦点的变化，带来了小说观念的变化，小说家们意识到"小说应该是一门世俗的艺术。所谓世俗，就是讲小说应该首先是一门面向大众的艺术。失去了大众，也就失去了读者，也就远离了小说的本义。大众，就是小说的'大圈子'"。④ 小说不再是"阳春白雪"，而是"下里巴人"。秉承这样的小说观念，小说再次面向大众，小说也不再局限于个人的人生体验和生命感受，而去追求小说的普遍社会价值。基于上述理念，小说"应该是野生的，野生的才有地气。没有地气的小说只能是摆设。民间需要小说的艺术启

---

① ［俄］别林斯基：《别林斯基论文学》，梁真译，上海文艺出版社 1958 年版，第 74 页。
② 毛泽东：《在延安文艺座谈会上的讲话》，《解放日报》1943 年 10 月 9 日。
③ 毛泽东：《在延安文艺座谈会上的讲话》，《解放日报》1943 年 10 月 9 日。
④ 谈歌：《小说与什么接轨——关于〈大厂〉以外的话题》，《小说选刊》1996 年第 4 期。

蒙，而小说家需要民间的生活启蒙。小说招来民间的关注，民间支撑着小说创作"①。

刘醒龙、谈歌、何申、关仁山等小说家"心中不忘人民，笔下所写，全是老百姓关心的人和事，字里行间流动着老百姓的思想和感情；他们很有社会责任感，敢于直面人生，大胆触及矛盾，对于真善美的事物，他们热情讴歌，对于假恶丑的东西，他们无情地鞭挞，并在讴歌与鞭挞之中呼唤着人类灵魂的净化、精神的升华与新时期健康向上的民族精神的形成"②。受"心中不忘人民"观念的推动，小说家们把笔墨集中在普通老百姓身上。他们关注人民群众，关注普普通通的劳动者。在他们眼里，每一个人其实都是平等的普通劳动者，"生活在这个大家庭里的每一个成员，分工有别，也就注定了生存状态的差异，也像我们每个小家庭一样，有的为新贵族，有的成为白领中产，大多数是普通的劳动者。在我们国家，有些普普通通的劳动者是社会发展的主体，在这个主体中，最多的还是八亿农民。作为关注人类生存和发展的文学，理应关注和表现这些底层的老百姓生活"③。占绝大多数的"普普通通的劳动者"成为小说家们主要关注的对象，尤其是农民和工人这两类群体。

像刘醒龙、关仁山、何申、谈歌等小说家，普遍都有较长一段时间的乡村生活经历。随着时间的推移，乡村的生活经历也成为他们人生道路上无法消除的精神烙印。就像刘醒龙所言，"自打进城后，我特别珍惜那些乡村生活的积累，我愈来愈觉得乡村中弥漫着的许多珍贵。我说这话不是想表明一个乡土作家远离乡土后生活的散漫，我的本义是说乡土中人有许多可贵的善良，那是我们民族赖以生存的根本之本"④。与刘醒龙一样，何申也放心不下山里的农民："我也承认这一点，不知为什么，虽然我也很喜欢那些历史

---

① 谈歌：《小说应该是野生的》，《文艺报》1997年6月12日。
② 郑法清：《年前年后·序》，百花文艺出版社1997年版，第3页。
③ 关仁山：《大雪无乡·后记》，百花文艺出版社1997年版，第438页。
④ 刘醒龙：《可能没有说清楚的话》，《中篇小说选刊》1996年第2期。

故事，也看那些情意绵绵的散文随笔，但拿起笔来，心里就放不下我身边的那些生活在大山里的人。也许我跟他们喝这一地方的水太久了。也许我注定要为他们的欢乐与痛苦而动心。"① 正是对农村、农民的深厚感情，使刘醒龙、关仁山等小说家十分关心农民的喜怒哀乐，他们的小说浸染了对于农民的深厚感情，因此能打动无数普通读者。

市场经济对中国乡村、工厂的冲击，成了刘醒龙、关仁山等小说家格外关注的内容，"只要我们不闭上眼睛，我们就能看到我们的生活并不轻松。我们承受着巨大的压力，市场经济代替计划经济不是像听通俗歌曲那样让人心旷神怡。它所带来的震荡，有时是惊世骇俗的。工人农民不比我们，他们干得很累。我们应该把小说的聚焦对向他们。写这些劳动者的生存状态，调动我多年的积累，我觉得这应该是我的使命"②。农民、工人艰辛的生活，他们在市场经济时代遇到的各种困难，都是小说家们关注的核心内容。小说家们把笔触对准工人、农民，目的是书写在市场经济时代中国农民、工人生活中的艰难："几年过去了，我们社会生活的脚步向前迈进，可是底层有许许多多问题，无序、虚夸和贫困，特别是各种矛盾的错综复杂一时难以全部解决。再看看周围的普通人民，他们忍辱负重，在做各种生存的努力。无论这个大家，还是千万个小家都在为富裕和发展而努力拼搏。"③

"新写实"小说虽然也关注现实，但它更多关注的是"个体"的世俗现实生活，而刘醒龙他们关注的是"群体"的生活感受和体验。中国当代小说理论再一次聚焦"群体"的生活。其价值自然和关注个人的小说不一样："我从不反对别人写历史，写未来，写私人生活，但写直面人生的现实，也是更应该的。在这样一个历史转轨期，个人的痛苦与欢乐，都不应该算作什么，即使这种痛苦和欢乐再多再大，那也是你一个人的事情。这种事情会随着你的小说而在地球上消失。而社群的痛苦与欢乐，并不会随着某个人的消

---

① 何申：《往事如烟几十秋》，《小说家》1996年第5期。
② 谈歌：《大厂·后记》，百花文艺出版社1997年版，第485页。
③ 关仁山：《大雪无乡·后记》，百花文艺出版社1997年版。

失或者溜号而消失，这应该叫做历史。"①

刘醒龙、关仁山、何申、谈歌的文学主张在他们的小说创作实践中得到了确证。他们"将小说看作'面向大众的艺术'""描述工人、农民、车间主任、乡镇干部这些平凡普通人们的人生故事，以他们与这些普通人同甘共苦的心态，去描写他们的痛苦与欢乐，表现他们的希冀与追求，不做居高临下的伦理教诲，而以平朴真切的人生经历的叙述，不做横眉冷目的道义指责，而以平平实实的社会现实的描述，对下层社会平凡普通人们的关心与同情，对基层干部与平民百姓同甘共苦的描写与展示，使他们的创作充满了平民意识和平民色彩"②。

"现实主义冲击波"的小说创作潮流以"平民意识和平民色彩"为价值诉求，在一定程度上冲击了中国"纯文学"的创作理念。与"现实主义冲击波"并起的小说创作潮流有"新状态"和"新体验"及女性主义创作。它们共同构成了90年代中国小说创作的重要潮流。这股小说创作潮流具有鲜明的精英知识分子气息，与中国社会现实有明显的脱轨倾向。这也是"新体验"和"新状态"及女性主义小说创作潮流很快退潮的原因。世纪转型期中国社会加速发展，发展不平衡所引起的贫富分化现象加剧，一些小说家们开始注意到了这种不公平、缺乏正义的社会现象。曹征路、陈应松、刘继明、刘庆邦等小说家的创作，关注现实社会中存在的问题，关注底层人的生活，他们的创作被称为底层写作。与"现实主义冲击波"一样，这股小说创作潮流明显地针对中国的"纯文学"的特质。倡导底层写作的小说家们对"纯文学"创作展开系统的批判："就表现对象而言，'纯文学'大体经历了心灵叙事——个人叙事——欲望叙事——私人叙事——隐私叙事——上半身叙事——下半身叙事——生殖器叙事这样一个发展路线图。"③ 它们的审美

---

① 谈歌：《大厂·后记》，百花文艺出版社1997年版，第485页。
② 杨剑龙：《现实悲歌——谈歌、何申等新现实主义小说论》，华夏出版社2000年版，第172—173页。
③ 曹征路：《纯文学"向上"了吗?》，《文艺争鸣》2006年第1期。

趣味被称为"满足的是中产阶级处于暴发期的狎亵趣味""已经形成了特有的排斥机制，凡与时代有关与历史社会内容有关与公共话题有关的旨意均被排斥在外"。① "就表现形式而言，从 80 年代中期开始，当代小说进入了一个主义轰炸、形式至上的时代，写什么不重要了，怎么写才是第一位的。说白了就是移植模仿西方小说的'写法'，因为当时认为让文学回到自身的唯一通道就是形式变革，解决技术落后问题，赶超世界一流。"② 对"纯文学"系统的批判，导致了小说观念进一步倾向于"历史意识"与"人文精神"。当"现实主义冲击波"小说被称为"肤浅的现实主义"之时，有学者认为，"现实主义冲击波"仅仅关注现实，"还远远不够，还应该进一步说，现实主义作品关注的是现实中的人，是人的处境、人的灵魂，以及把人的灵魂的底蕴揭示到怎样的程度，便是衡量现实主义作品肤浅还是深刻、拙劣还是优秀的一种标准"③。在这样的标准衡量下，"现实主义冲击波"小说被认为是"肤浅的现实主义"。"现实主义冲击波"最为人诟病的是人文精神和历史理性的缺失："（'现实主义冲击波'作家们——引者注）对转型期的现实生活中丑恶现象采取某种认同的态度，缺乏向善向美之心，人文关怀在他们心中没有地位。他们虽然熟悉现实生活的某些现象，但他们对现实缺乏清醒的认识，尚不足以支撑起真正的历史理性，所以其对转型时期的社会评价也有大问题。这就导致他们的作品出现人文关怀与历史理性的双重缺失。"④ 对"现实主义冲击波"创作潮流的不满，昭示着小说家们笔下的"现实"不应是照相式的自然化的描写、经验式的描写，应该把"现实"纳入历史的发展趋势中去把握。

相比较而言，底层小说的理论倡导，在宣扬现实主义价值追求时，自觉

---

① 曹征路：《纯文学"向上"了吗?》，《文艺争鸣》2006 年第 1 期。
② 曹征路：《纯文学"向上"了吗?》，《文艺争鸣》2006 年第 1 期。
③ 王彬彬：《肤浅的现实主义》，《钟山》1997 年第 1 期。
④ 童庆炳、陶东风：《人文关怀与历史理性的缺失——"新现实主义小说"再评价》，《文学评论》1998 年第 4 期。

地追求人文精神与历史意识："人道主义，这套在'五四'前后传入中国、在'新时期'思想解放运动中再度深入人心并且在某种意义上被认为是'超政治'的价值体系，成为迄今为止'底层小说'写作者主要的思想资源。"① 另一方面，随着底层小说写作的发展，底层小说复活了左翼文学传统。有论者在谈到曹征路的小说《那儿》时认为："这篇小说的特殊意义在于，作家在现实主义方向的写作中，成功地调用了'左翼文学'的思想和艺术资源。或者说，由于特定题材、特定视角、特定情感立场的选择，使小说调用的'左翼文学'资源足以支持其现实性写作，从而使小说具有了某种'新左翼文学'的特征。"②

无论是给予底层小说创作怎样的命名，还是怎样概括这股文学潮流的性质与内涵，都无法回避的一个基本事实是，底层小说作家们在某种意义上充当了底层人民的代言人：

> 今日中国大大小小的城市里，最触目惊心的经济现象是什么？就是私有化。或者叫改制，或者叫转型，或者叫国企改革，叫什么都行，反正都是一个意思：老子死了赶紧分家。这个分家还不能公平分，谁嘴巴大谁拳头硬谁就多分。他占了便宜还不准你有意见，有意见就叫"仇富"，就叫"民粹主义"，就叫不"善待对社会做出贡献的人"。当然，八亿农民和几千万产业工人是不算在"有贡献"之列的。这个私有化过程不管你赞成不赞成，事实上已经发生并且愈演愈烈。有趣的是，几乎所有的媒体对此都在装聋作哑。这就是话语权的问题。本来，一个学者持什么观点，站在哪个立场说话都是正常的事。每个利益集团都应该有自己的利益诉求管道。但咱们的情况有点特殊，农民和工人没有。农民和工人没有自己的团

---

① 邵燕君：《从现实主义文学到"新左翼文学"——由曹征路〈问苍茫〉看"底层文学"的发展和困境》，《南方文坛》2009 年第 2 期。

② 邵燕君：《从现实主义文学到"新左翼文学"——由曹征路〈问苍茫〉看"底层文学"的发展和困境》，《南方文坛》2009 年第 2 期。

体组织，没钱召开"高峰论坛"，他们只能通过"上访""告状"来表达自己的意愿。他们更多的时候只能发发牢骚、骂骂娘。北京的出租车司机有一句话叫作"真想拿大嘴巴抽孙子"①！

因而，从一定程度上看，底层小说充当了底层人民的代言人的角色，"作家面对底层不是高居的俯视，也不是站在'边缘'的观赏与把玩，而是以平民意识和人道精神对于灰暗、复杂的生存境况发出质疑的批判，揭示底层人悲喜人生与人性之光"②。"底层人悲喜人生与人性之光"也好，把底层小说看作"左翼文学"传统的接续也罢，都表明了底层小说在人文关怀和历史意识上有超越"现实主义冲击波"之处。这应该是自20世纪90年代以来小说面向"现实"最根本性的追求。

第四节　召唤小说的伦理价值

一、肇始：告别虚伪的形式

20世纪90年代初期，中国发生了一场关于人文精神的大讨论。这场讨论一方面是针对中国市场经济兴起后，有一些作家以金钱作为写作目标的现状；另一方面，也和80年代持续的文学形式探索有关。在鼓吹文学实验，推动文学形式探索的情况下，先锋小说由"关注写什么"到侧重"怎么写"，文学的形式已经成为文学价值最重要的内容。评价一篇小说的标准，已经不再是思想深度和反映现实、历史的深（广）度，而是在形式上的匠心。这种激进的形式实验，包括在此基础上的"纯文学"倡导，已经在相当程度上让文学远离读者，这也在一定程度上意味着小说创作如果继续沿着形式实验的道路走下去的话，将走入死胡同里。曾是先锋小说主要作家之一的

---

① 曹征路：《曹征路访谈：关于〈那儿〉》，《文艺理论与批评》2005年第2期。
② 张韧：《从新写实走进底层文学》，《文艺争鸣》2004年第3期。

叶兆言比较早意识到这个问题:"小说的实验室很可能就是小说最后的坟墓。障碍重重,左右为难,除了实验的尝试和尝试的实验,小说家很难创造出自身以外的任何新鲜事来。"① 90 年代初期,中国文学面临的社会环境发生了根本性的转变,市场经济体制的确立,让中国作家一度无所适从,文学创作乱象环生。基于文学出现的崭新状况,一些批评家们提出自己的看法。这其中由王晓明、张宏、徐麟、张柠、崔宜明的对话《旷野上的废墟——文学和人文精神的危机》的影响最大。王晓明等认为:"今天,文学的危机已经非常明显,文学杂志纷纷转向,新作品的质量普遍下降,有鉴赏力的读者日益减少,作家和批评家当中发现自己选错了行当,于是踊跃'下海'的人,倒越来越多。"② 由《旷野上的废墟——文学和人文精神的危机》引发的这场关乎中国文学价值的讨论,被称为"人文精神大讨论"。中国当时重要的小说家,如王蒙、王朔、史铁生、张承志、张炜等,都参与过"人文精神大讨论"。尤其是张承志、张炜的一些观点,颇具影响力,从一个角度展示了中国小说家的精神追求,显示了中国当代小说抵抗市场经济的努力,也是中国当代小说试图建构精神价值的一次尝试。张承志在市场经济时代的文学潮流中做出了自己的选择:"我不愿无视文化的低潮和堕落。我只是一个流行时代的异端,我不爱随波逐流。哪怕他们炮制一亿种文学,我也只相信这种文学的意味。这种文学并不叫什么纯文学或严肃文学或精英现代派,也不叫阳春白雪。它具有的不是消遣性、玩性、审美性或艺术性——它具有的,是信仰。"③ 张炜认为"文学已经进入了普遍的操作和制作状态,一会儿筐满仓盈,就是不包含一滴血泪心计。完全地专业化了,匠人成了榜样,连血气方刚的少年也有滋有味地咀嚼起酸腐。在这种状态下精神必然枯萎,它的制

---

① 叶兆言:《最后的小说》,《中篇小说选刊》1988 年第 4 期。

② 王晓明、张宏、徐麟等:《旷野上的废墟——文学和人文精神的危机》,《上海文学》1993 年第 6 期。

③ 张承志:《以笔为旗》,《十月》1993 年第 3 期。

品——垃圾——包装得再好也仍然只是垃圾。"① 鉴于此,张炜呼唤作家起来抵抗,"诗人为什么不愤怒?你还要忍受多久?快放开喉咙,快领受原本属于你的那一份光荣!你害怕了吗?你既然不怕牺牲,又怎么能怕殉道?我不单痴迷于你的吟哦,我还要与你同行!"②

应该说这场人文精神大讨论深刻地影响到"现实主义冲击波"小说创作与理论的发展。作为"现实主义冲击波"代表作家中重要一员的刘醒龙,告别"大别山之谜"系列小说的写作,把对灵魂的关注作为小说创作的焦点:"对于一个真正的作家来说,必须以笔为家面对遍地流浪的世界,用自己的良知去营造那笔尖大小的精神家园,为那一个个无家可归的灵魂开拓出一片栖息地,提供一双安抚的手。"③ 作家谈歌也意识到,小说创作不能忽视现实社会生活中的种种乱象,作家必须担负起责任来:

> 不敢说我们在汹涌的商潮面前已经成了一个完全丧失掉自信与自尊的民族,但是眼睁睁看到我们几千年的灿烂文化与商业搏击中,只有招架之功且无还手之力,真是悲哀透顶的事情啊。我的家乡是老区,现在迷信成风。各种重新修建的庙宇里香火腾腾。我大胆怀疑着他们的虔诚。我们正处在一个填不满物欲时代,我们除了对物欲的热情和对激情的冷淡,还剩下什么呢?我们正在物质上超越,但是我们却没有了超越物质的热情,我们正在穷尽中国田园上的财富,却荒芜了我们的精神家园。近些年来,当男男女女都跌入了气功的陷阱,我们又看到了些什么呢?光芒万丈的当代中国,集儒、道、释与当代最新科学技术于一身的气功大师们横空出世,给中国人注入了鲜活的丹田之气,心灵果真是繁荣了嘛?气功果真是万能的嘛?它果真将宗教、艺术、科学、饮食男女统统升华到一个

---

① 张炜:《抵抗的习惯》,《小说界》1993 年第 3 期。
② 张炜:《抵抗的习惯》,《小说界》1993 年第 3 期。
③ 刘醒龙:《信仰的力量》,《延河》1996 年第 4 期。

极乐的神秘境界了嘛？如果真是如此，那么当我们跨越世纪之后，我们老去的是民族的精神心脏，长存的是那副不老的皮囊。但愿这不是一句谶言。①

世纪之交兴起的底层写作，同样也是对形式实验的反驳。形式创新本来就是文学创造的题中应有之义。所谓"形式即内容"指的是那些少数"有意味的形式"，而不是一切形式。但"纯文学"论者把形式夸大了，小说语言、叙事方式成为第一要素。"纯文学"的核心目标是颠覆启蒙精神，解构宏大叙事。由此"立论出发才产生了'小叙事''形式至上'，以及犬儒主义的生存哲学。"② 社会的发展，贫富悬殊的客观存在，让坚持底层写作的小说家们不能闭上双眼，他们从社会精神现状出发，发出了针砭时弊的呼声："穷人在如今依然是一个庞大的、触目惊心的群体。我认为，怜悯，仍然是作家的美德之一。在我们的社会变得越来越轻佻，越来越浮华，越来越麻痹，越来越虚伪，越来越忍耐，越来越不以为然，越来越矫揉造作，越来越顾左右而言他的时候，总会有一些作家，自觉或不自觉地承担着某一部分平衡我们时代精神走向的责任，并且努力弥合和修复我们社会的裂痕，唤醒我们的良知和同情心，难道这有什么错吗？"③

总体来看，人道主义立场和民族优良传统的发掘，是"现实主义冲击波"和底层小说所倡导的价值。

二、延展：关注普通大众

从"现实主义冲击波"到底层写作，中国小说自始至终贯穿着一条红线：摒弃形式上的实验，关注普通劳动群众的切身利益，关心普通劳动者的疾苦。这些小说在艺术形式上的成就可能不是太大，在生活描写的深度上可

---

① 谈歌：《天下忧年·题记》，《北京文学》1997 年第 3 期。
② 曹征路：《期待现实重新"主义"》，《文艺理论与批评》2005 年第 3 期。
③ 周新民、陈应松：《灵魂的守望与救赎——陈应松访谈录》，《小说评论》2007 年第 5 期。

能不是太令人满意,在意识到的历史内容的发掘上,也许还达不到马克思主义经典作家所提出来的高度。但是,有一点是值得肯定的,这些作家在创作态度上是虔诚的,他们的作品的确能从情感上打动人。总体上看来,刘醒龙、关仁山、何申、谈歌这些小说家"决不游戏生活,决不草率轻狂地玩弄艺术,无意奢求脱离生活背叛现实的自以为是的个人价值与自我,而只是甘愿做芸芸众生中的一员,与他们休戚与共、为他们代言。他们尤其蔑视那种'不怕失去读者,不怕以牺牲读者为代价'的虚张声势孤芳自赏的'小圈子里'的所谓高雅文学,而只是乐于对处在困难之中的普通人给予真诚而深切的关怀和同情"。① 对普通大众命运的关切让小说家们自觉地以人道主义的视野来关注中国社会发展,"我觉得现实生活本身就鲜活、复杂、立体、深刻。文学不应该是一曲颂歌,文学的内涵应该是广博的。小说应该背负这沉重,表达善意的人间情怀和人情人道主义内容,对社群祈愿、期待与预言"。②

在小说家们看来,众多的普通劳动者是我们共同家园里平等的一分子。关仁山小说集《大雪无乡》后记中写道:"时下流行着一首歌:'我们共有一个家,名字叫中国。'生活在这个大家庭里的每一个成员,分工有别,也就注定了生存状态的差异,也像我们每个小家庭一样,有的为新贵族,有的成为白领中产,大多数是普通的劳动者。在我们国家,有些普普通通的劳动者是社会发展的主体,在这个主体中,最多的还是八亿农民。作为关注人类生存和发展的文学,理应关注和表现这些底层的老百姓生活。"③ 把普通劳动者看作我们共同家园的一分子,关心他们,为他们的权益鼓与呼,为他们的命运而焦虑。这种人道主义情怀构成了"现实主义冲击波"小说的一个共同的价值立场:"工人农民不比我们,他们现在干得很累。我们应该把小说

---

① 青羊:《共筑家园——代序言》,《新社会问题小说大系》,中国电影出版社1996年版,第5页。

② 关仁山:《回头望路随想》,《小说家》1997年第4期。

③ 关仁山:《大雪无乡·后记》,百花文艺出版社1997年版,第438页。

的聚焦对向他们。写这些劳动者的生存状态，调动我多年的生活积累，我觉得这应该是我的使命。守望相助，出入相扶。我很喜欢这两句话。共同的中国，这更是一句让人提神的口号。这一宗旨，应该是小说家们要记住的。"①

20世纪90年代刘醒龙、关仁山这些小说家们自觉地坚持人道主义②价值立场，继承了自"五四"以来中国现实主义的人道主义传统。应该说，"五四"中国现实主义之所以产生，其主要原因是中国作家的人道主义精神的觉醒。先哲们意识到中国积贫积弱的一个重要原因是中国民众得不到关注，劳苦大众的利益得不到有效保障。如何叙述中国老百姓真实的生活现状，成为"五四"文学的一个重要目标，为此，人道主义立场产生。同样，在中国改革开放之交，人道主义仍然是中国小说内在的价值标准。无论是对旧生活的否定，还是对新生活的向往和追求，无不是建立在人道主义立场上的，以至于有论者把新时期之初的文学潮流看作人道主义文学潮流。只是到了80年代中期，由于中国小说过于追捧西方文学，陷入现代派文学实验的陷阱，小说才开始成为精英话语。于是，普通大众的声音被忽视，人道主义情怀被中断。一直到"现实主义冲击波"小说潮流再次兴起，人道主义才再次成为重要的价值标准。

随着中国改革开放的深入发展和市场经济持续推进，中国社会各个阶层均衡的发展局面开始瓦解，中国社会发展不平衡的现象呈现出愈演愈烈乱象。加之社会变革速度加快，一些社会群体难免不适应日益迅速发展的社会，于是20世纪90年代以来，一个具有相当规模的弱势群体开始在我们的社会中形成，他们主要由以下几个部分构成：贫困的农民，进城的农民工，城市中以下岗工人为主体的贫困阶层。③这些贫困阶层的出现，使中国小说

① 谈歌：《大厂·后记》，百花文艺出版社1997年版，第485页。
② 人道主义在不同的语境里含义各有侧重。在本书中的人道主义所取的含义是对人的尊重与关怀的价值尺度。
③ 孙立平：《断裂——20世纪90年代以来的中国社会》，社会科学文献出版社2003年版，第63—67页。

家面临崭新的书写领域，并不得不再次调整价值立场。随着作家价值立场的转变，底层文学开始兴起："底层小说其实是从 2004 年才开始讨论的一种文学现象。最早是在《天涯》杂志上发表过关于'底层与底层的表述'这样一系列文章，引起了很大的反响。包括我们那时候讨论的《那儿》，也是关于底层讨论的一个很重要的组成部分。后来的《上海文学》《小说选刊》《北京文学》，文学刊物不断地参与到讨论中来，还有文艺理论刊物，像《文学评论》《文艺理论与批评》，全国最重要的一些理论和文学刊物都在关注这个话题。"① 底层小说关注的是在政治、经济、文化、教育等领域处于弱势的群体，面对这样一群弱势群体，作家的担当自然显得特别重要。中国小说经历"现实主义冲击波"的洗礼，已经在表现社会民众生存方面取得了一定的创作经验。因此在 21 世纪，面对弱势群体之时，小说家们已经获得了相当的表现能力。尤其在小说的价值上，已经开始自觉地维护底层民众的利益，自觉地充当底层民众的代言人。曹征路、陈应松、刘庆邦、刘继明等小说家，抱着维护弱势群体利益的态度，表现出了对于社会公平、正义的热切呼吁。底层小说正是在这个逻辑基础上出现的："我们今天为什么要重新叙述底层，是为了唤起道德的同情和怜悯？当然不是。是为了重新接续某种'苦难'叙事？也不完全是。对于这个问题，每个人都会有自己的回答，就我个人而言，在非文学的意义上，重新叙述底层，只是为了确立一种公正、平等和正义的社会原则。"② 马克思主义经典作家最初所倡导的现实主义理论，是从倡导公平与正义的角度上来确立现实主义规范的。同样，像巴尔扎克、司汤达、托尔斯泰等现实主义经典作家，也是从呼吁社会公平与正义的角度来批判资本主义的罪恶。这一套思想体系，后来被命名为人道主义。事实上，底层小说所秉持的思想正是人道主义：

---

① 李云雷：《"底层文学"在新世纪的崛起——在乌有之乡的演讲》，《天涯》2008 年第 1 期。

② 蔡翔：《自序：相关的几点说明》，《何谓文学本身》，春风文艺出版社 2006 年版。

更多的作家是上承"五四"文学"写真实"的传统，本着朴素的人道主义情怀进行创作。陈应松的《马嘶岭血案》(《人民文学》2004 年第 3 期)、刘庆邦的《卧底》(《十月》2005 年第 1 期)、胡学文的《命案高悬》(《当代》2006 年第 3 期)，都堪称这方面的优秀作品。这说明，人道主义——这种被认为早已过时的价值系统仍然是中国作家最普遍也最深厚的精神资源，虽然以之面对今天中国复杂的社会现状必然有一些难以解决的问题，但文学的任务毕竟不是"找出路""给说法"，而是写伤痛。在这个意义上，这种产生于欧洲资本主义初期的价值立场在中国的当下乃至以后相当长一段时间内都仍然有很大的发挥空间。①

值得注意的是，中国作家不是居高临下地面对社会普通民众。一方面，作家们以人道主义的立场来关注社会普通民众，关心弱势群体的利益；另一方面，作家们也从社会民众包括底层民众那里得到了灵魂的深化，从处在历史变革、时代大潮里的普通民众那里受到了心灵的洗礼和灵魂的净化，为他们的精神和灵魂所打动，甚至从中找到了民族文化的精魂。

普通民众之所以能产生出值得称道的精神品格，和特殊的历史情形分不开。"在物质畸形膨胀的时候，我们这个家的每个成员，如何搀扶、体贴、鼓励度过眼前的难关，这个过程，是人民群众的伟大实践，劳动人民高贵的精神品格，推动历史前进。"② 关仁山道出了在历史转型时期中国民众的精神格局、精神气度，这是作家在社会实践中所受到的活生生的教育。面对艰难的生活，面对从艰难生活中升华出来的优秀品质，作家能不动心么？能不把笔触对准这些普通民众么？正如关仁山所说，历史变革无形之中激发了中国民众优秀的品质："农村改革大潮大大解放了生产力，同时也带来各种问

---

① 邵燕君：《"写什么"和"怎么写"？——谈"底层文学"的困境兼及对"纯文学"的反思》，《扬子江评论》2006 年第 1 期。

② 关仁山：《我们共有一个家》，《当代作家评论》1997 年第 2 期。

题。乡村的淳朴、坚韧和荣光，充满着悲怆的情调，但是人与土地的美质熠熠生辉。"① 与关仁山一样，刘醒龙也把关注历史变革时期老百姓所表现出来的精神品格作为书写的重点内容。刘醒龙的小说《分享艰难》是一篇被称为"现实主义冲击波"的代表性作品。这篇小说在当时也引起了比较大的争议。其中有一种观点认为《分享艰难》是"现实主义冲击波"缺乏人文关怀的代表，是价值混乱的一种表现，是"信念伦理与责任伦理呈现高度紧张与冲突的情况下，以责任伦理为重，而抑制自己的信念伦理。说得更直白一些就是：昧着良心（可憎）不择手段（可怕）发展所谓'经济'。虽然小说也表现了他们这样做的时候内心的某种暂时的'痛苦'，但他们必须、也只能'分享艰难'。"② 对《分享艰难》的批评的对与错，暂时可以不论。这种批评性意见所秉持的价值观明显是启蒙思想。然而，对于刘醒龙等小说家来说，作家和民众的关系不再是启蒙与被启蒙的关系。相反，普通民众身上有太多值得礼赞的精神、品格。对于为何倡导"分享艰难"，刘醒龙有自己的考量："从分享幸福到分享艰难，我的声音或许太小太弱了，这样做也许是太难太难。无论是作为作者的我还是作为本质的乡土乡村的现实就是如此。分享幸福是一种善，它昭示作为人的无私，而分享艰难则是一种大善，它是生命中的想和爱、宽广与容纳，任何一种有关人与社会的进步，其过程必定少不了艰难的分享。"③ 显然，刘醒龙着眼的是这个时代人的优良精神，他发现了普通人身上的优秀品质，而不是一味居高临下，以启蒙的态度来评判普通人身上的劣根性。恰恰相反，刘醒龙要表现的是普通民众身上的"优根性"。他认为，优根性才是中华文化不曾中断的一个重要原因，他愿意为此去表现、去发掘："人在社会中需要的更多是崇高与善良，没有谁是天生为了恶才来到这个世界的。'现实主义'的精神之力正是取之于这一点，相对

---

① 关仁山：《理解乡村》，《大时代》1996 年第 8 期。

② 童庆炳、陶东风：《人文关怀与历史理性的缺失——"新现实主义小说"再评价》，《文学评论》1998 年第 4 期。

③ 刘醒龙：《可能没有说清楚的话》，《中篇小说选刊》1996 年第 2 期。

于劣根性，优根性是个客观存在。这个空白谁来弥补?"①

与刘醒龙一样，很多作家着力去表现在历史变动中的普通人的高贵品质。"当前现实主义文学对历史的进步和道德进步的统一的执着追求，深刻表现在他对深重生活的一切有价值、有生命力的东西的开掘上。尤其是它在最底层的小人物中开掘真善美，这无疑是接过了 19 世纪俄国现实主义文学的精神火种。"② 在民众身上开掘真善美，应该是"现实主义冲击波"最重要的特质。

21 世纪崛起的底层小说潮流以书写底层民众的苦难为基本主题。通过展示苦难的主题，显示了弥合社会阶层缝隙的必要性。虽然苦难叙事是底层小说的最基本的主题，但是，值得注意的是，优秀的底层小说并非只是为了展示苦难，不是简单地宣泄痛苦的情绪。优秀的作家总是能够在其作品中重建民族精神与民族灵魂："我想不管文学怎样调整自己，基本精神不能丢弃，这就是加强思想深度，重建理性，具体说来，就是对民族灵魂的发现与重铸，对民族精神建构的关切。"③

发现底层人物身上人性的光辉，也是底层小说重要的主题。例如，刘庆邦的小说，充分发现社会底层农民、矿工身上美好的人性。刘庆邦认为："文学的本质是劝善。"④ "我们创作的目的主要就是给人以美的享受。希望改善人心，提高人们的精神品质。"⑤ 例如，他的小说《神木》源于一个真实的案例。在真实案例中两人结伙害人，在全国各地作案，一共打死了 7人。生活中的这个案例，充分显示了人性的冷酷和残暴。但是，刘庆邦把这个真实的案例改编成小说《神木》后，为这个充满暴力的故事赋予了一个充满温情的结尾。显然，刘庆邦并不是给底层人物赋予廉价的美，而是在洞察

①　刘醒龙：《现实主义与"现时主义"》，《上海文学》1997 年第 1 期。
②　熊元义、董杰英：《论当前现实主义文学》，《当代文坛》1997 年第 6 期。
③　雷达、白烨、吴秉杰等：《九十年代的小说潮流》，《上海文学》1994 年第 1 期。
④　刘庆邦：《满树芳华情未尽——读黄树芳〈往事札记〉》，《阳光》2017 年第 10 期。
⑤　刘庆邦：《从写恋爱信开始》，《作家》2001 年第 1 期。

人性的恶之后，以人性之善来作为人之为人的本质呼吁。同样，李骏虎的《前面就是麦季》被称为"一部纯正的、关于心灵和道德净化的乡土小说，流淌着平淡、日常的心绪，蕴含着诉不尽的温情与关爱。笔调质朴、平实、幽默、从容，深入到乡土生活的深处，抒写着人性中善良美好的愿望"①。《神木》《前面就是麦季》是底层小说的代表性作品，集中体现了对苦难的诗意升华。这种书写方式，超越了简单的对苦难的展示，超越了悲情的简单宣泄。在一定意义上，这是底层小说重要的书写方式。正如陈晓明所言："我以为，在文学的层面上，更重要的在于，作家们开始给予'审美期望'。这些苦难兮兮的生活状态，这些艰辛的生存事相，并不只是作为控诉社会，作为批判的意识形态的佐证，而是在文学上真正写出底层人的生活的整体性状况。也就是说，不是居高临下的同情和呼吁，不是'通过'对他们的生活的表现而阐明某些知识分子的立场，而是把文学性的表现真正落实在底层民众的人物形象上面，在美学的意义上面重建他们的生活。在苦难中写出他们的倔强，写出他们丰富而复杂的内心世界，给予他们的存在以完整性的审美特质。"②

自 20 世纪 90 年代以来，"现实主义冲击波"和"底层叙事"所代表的一股文学流脉，显示了中国小说在叙述价值上的坚守。现实主义作为一种文学精神，是中国作家对中国社会发展的一种关注，也是在现代化日益迅猛发展的今天，中国作家寻找民族精神的一种重要的方式。

三、深化：建构道德修辞

小说家的理论倡导和创作实践，丰富了小说建构的资源。一些小说理论家们开始吸收 20 世纪 90 年代的小说创作实践和理论成果，建构小说修辞学。

①　《第五届鲁迅文学奖授奖辞》，http：//www. chinawriter. com. cn 2010 年 11 月 10 日。
②　陈晓明：《在"底层"眺望纯文学》，《长城》2004 年第 1 期。

进入 20 世纪后，小说更是散发出迷人的光辉，继续影响人们的精神生活。小说在现代社会才开始发挥出巨大的影响力，虽然小说的源头可以追溯到比较久远的历史。因此，在一定意义上说，小说这一文体属于现代社会。不仅在现代社会形成之初，涌现了巴尔扎克、司汤达、托尔斯泰等小说巨匠，在现代社会深入发展的 21 世纪，小说仍然发展与繁荣着。福克纳、普鲁斯特、陀思妥耶夫斯基等现代小说家，得到了各国作家的追捧。小说在现代社会得到快速发展有其内在的原因。其中最根本性的原因和小说的文体特征分不开。现代社会的形成和传统社会价值观的崩溃有密不可分的关系。现代人的物质世界极为丰富，而精神世界相对荒芜。寄情于小说，在小说徐徐展开的丰富世界里寻找精神寄托，是读者喜欢小说最重要的原因。"小说也许是与伦理道德问题联系最密切、最广泛的文学样式了。之所以这样说，是因为作为一种叙事性文体，小说叙述的核心内容是人的复杂的内心体验和人格发展，关注的是人在情理冲突、善恶冲突、利害冲突中的精神危机和道德痛苦，也就是说，小说所叙之事，往往是处于特定的伦理关系和道德情境之中的人的'事'，而这些'事'里不仅包含着小说中人物的道德反应，也反映着作家的道德态度和道德立场。"[1] 现代社会物质的高度发展，也必然会引起传统价值观与伦理道德的变化，为作家提供了丰富的能量。小说家们根植于社会变化，写出现代社会人心、人性的变化。小说的文体特性，为小说家们表达对人心、人性的思考提供了便利。

李建军认为，小说文体的本质规定特征是"与伦理道德问题联系最紧密"。那么，小说修辞的本质也就天然地"与伦理道德问题联系最紧密"，超出了简单的技巧层面，因为"修辞并不只是一个简单的技巧问题。根本上讲，修辞问题乃是一个意义问题，它取决于作者的价值观和世界观"[2]。因而，我们便可以明白，李建军所建立的小说修辞理论的支点是"伦理道德"。

---

① 李建军：《小说修辞研究》，中国人民大学出版社 2003 年版，第 312 页。
② 李建军：《小说修辞研究》，中国人民大学出版社 2003 年版，第 334 页。

"伦理道德"也因此成了李建军构建小说修辞的基本出发点。

首先，李建军找回了小说创作的主体，且赋予主体以小说价值源头的重要地位。他说："一个没有深刻'观点'的作家，一个没有成熟的世界观的作家，是不可能深刻地认识生活、了解人的内心世界的。于是，他面对的生活越复杂，他所叙写的人物的内心生活越混乱，他的写作就越失败，他在修辞上暴露出来的问题也就越多、越严重，他的小说叙事就越有可能陷入混乱而黑暗的境地。"① 在李建军看来，无论形式主义怎么排斥作者，甚至宣扬"作者之死"，但是，无可否认的是，主体是小说价值的根本源泉。基于这种考虑，李建军提出了创作主体必须要有成熟的世界观。以此为标准，李建军对于20世纪90年代风靡一时的《废都》提出了自己的看法："《废都》是一部大胆的小说，但也是一部失败的小说，它赋予颓废、堕落以感伤的诗意和风流名士的浪漫情调，却没有真实地写出中国作家内心深处的困惑、焦虑、无奈甚至绝望，没有真实地写出他们与自我、与社会真正意义上的矛盾和冲突，没有为人们了解和认识特殊时期中国知识分子的生存状况提供可靠的信息。"②

召唤回作家，强调了作家的伦理道德对于小说创作的重要性之后，李建军在小说修辞的各个层面上，围绕小说如何贯彻道德立场做出了有效的理论构建。李建军对于形式主义文论所倚重的隐含作者进一步提出了自己的看法。形式主义文论为了建构一套规避创作主体的理论体系，不承认主体的作用，认为小说并非是由作家创作的，而是由隐含作者创作的。隐含作者向叙述者发出指令，叙述者创造了小说文本。同时，小说叙述创造了一个和创作主体不相关的叙述者、隐含作者。对此，李建军并不认可，他认为，隐含作者是"真实作者在小说中表现出来的自我形象的一部分"③。李建军之所以提出隐含作者是主体的"自我形象"这一论断，是为了让创作主体的思想、

① 李建军：《小说修辞研究》，中国人民大学出版社2003年版，第335—336页。
② 李建军：《小说修辞研究》，中国人民大学出版社2003年版，第373页。
③ 李建军：《小说修辞研究》，中国人民大学出版社2003年版，第42页。

道德、精神、信仰成为关注小说文本的源头，从而树立起小说是道德与信仰的旗帜的理论主张。

关于作者和人物的关系有两种理论观点：一种是布斯所代表的，强调主体的绝对重要价值，把小说人物看作主体主宰的对象，人物是作者主体价值的体现；另外一种观点是巴赫金所倡导的对话性关系，把人物看作和作者平等的对话关系。不过，李建军认为，巴赫金的理论观点陷入了相对主义和形式主义的桎梏。相反，布斯的观点更加切合创作实际。他认为，只有通过作者的修辞性介入，也就是说，只有作者通过各种修辞方式，把自己的思想、情感、道德投射到人物身上，各具个性和思想特色的人物才具有意义和价值，小说浑然天成的思想境界才能形成，读者才能从人物身上受到教益。

至于距离在小说修辞中所体现的道德、价值立场就更明显了。李建军发现"现代小说的一个突出倾向就是摒弃'思想'因素，而侧重于对对象的近距离的直接描写。他们倾向于追求形象化展示所带来的直接而真实的印象和戏剧效果，强调缩短读者与人物等形式因素的距离"。[1] 李建军注意到，作者的信念、道德、思想、情感，决定了小说的距离远近。

问题在于，即使我们把文学当作艺术来欣赏而不是当作宣传来欣赏，也必然会涉及信念问题。"一个人'此前或此后'读过同一部小说，当他抛弃了小说的观念之时，不论是关于宗教还是党派，抑或是对于进步、虚无主义、存在主义或其他什么主义的信仰，他会发现小说的表现力量丧失了。这时他就会了解，即使我们对纯智力的信念，也不可避免地影响我们的文学反应"。[2]

调控距离的方法大概有场景描写和概括讲述两种。场景描写给人身临其境的感觉，给人的距离远；而概括讲述则给读者的距离近，便于赋予意义。优秀的小说需要在场景描写和概括讲述的有机处理上，体现自己的价值立场

---

① 李建军：《小说修辞研究》，中国人民大学出版社 2003 年版，第 134 页。

② ［美］韦恩·布斯：《小说修辞学》，付礼军译，广西人民出版社 1987 年版，第146 页。

与伦理态度。

至于属于宏观修辞的讲述与展示，无疑也充分体现了作者的伦理立场。讲述体现的是作者的价值立场，展示则是客观地展现社会生活。小说既不能彻头彻尾地自然展现社会生活，也不能从头至尾体现自己的价值立场。李建军认为，小说的艺术是如何调配展示和讲述之间的关系，而不是一味地宣扬展示的价值，让小说陷入一堆没有精神的物质之阵。

在微观修辞层面，李建军比较看重反讽、象征的修辞效果。反讽被看作小说修辞中不可或缺的修辞技巧，是小说意义形成不可或缺的因素。反讽之所以重要，是因为反讽"可以避免作者以过于武断、直接的方式，把自己的态度和观点强加给读者，而是以一种曲径通幽、暗香浮动的方式，更为智慧、更有诗意地将作者的态度隐含于曲折的陈述中，让读者自己心领神会"。[1] 在李建军看来，象征是现代小说最常用的修辞方式，它是作者直接性介入被取消后最重要最有价值的修辞方式。因此，在李建军看来，象征是作者价值立场、道德、信仰表达的一种非常有效的方式。

在小说修辞的各个关系层次上——作者与读者、作者与人物、作者与隐含作者等，以及在小说的宏观修辞和微观修辞层面上，李建军都围绕建立理想的道德效果来展开。判断小说修辞的标准是，除了给人带来消遣快感之外，小说必须"带来道德上的升华和伦理上的净化体验"。[2] 李建军提出的价值标准显然是有针对性的。中国当代小说在发展过程中，日渐陷入"美"的桎梏。其表现有二：其一是追求所谓的人性复杂性、人性的深度，从而放弃了应有的道德基准。小说打着"化丑为美"的旗号，陷入写丑的狂欢之中。一些在道德上低劣，甚至恶心的内容，被"升华"为艺术美，堂而皇之地进入小说的表现领域。阅读这些作品，自然无法得到灵魂上的净化与道德上的升华。其二是宣扬所谓的"纯文学"。"纯文学"把"为艺术而艺术"

---

① 李建军：《小说修辞研究》，中国人民大学出版社 2003 年版，第 218 页。
② 李建军：《小说修辞研究》，中国人民大学出版社 2003 年版，第 315 页。

作为文学创作的指南，沉溺于小说创作的形式实验之中，在所谓"叙述圈套"中彰显小说的艺术价值。如此不及物的写作，成为先锋文学的圭臬。李建军的小说修辞理论是围绕小说要提升道德境界这样一个终极目的建立起来的，无疑具有重要的历史价值。

当代小说理论在发展过程中，一度偏执于现实功利价值，在小说反映现实的历史深度上深入开掘。到了80年代小说理论在小说的审美价值上开始了深入的探索。而进入90年代以后，当代小说理论进入挖掘小说伦理价值的历史阶段。小说伦理价值的探求，丰富和发展了中国当代小说的价值理论，具有重要的理论价值和意义。

第九章　文化转向与当代小说理论

　　和现实主义小说创作不太注重形式，更看重小说的立场、价值相一致，20 世纪 90 年代有一部分小说理论由叙事学转向，开始注重叙事形式背后的文化意蕴，小说修辞学由此成为 90 年代以来小说理论发展的一个重要趋势。这种转变既是 90 年代现实主义小说理论崛起的一个共振现象，也是小说理论自身发展的一个延续。80 年代对于小说形式的探究在 90 年代初期走入死胡同。对小说形式的过分强调，自然偏离了中国文学传统，也丧失了应有的生命力。因而，90 年代小说叙事学必然转向。

　　由小说叙事学向小说修辞学转向，也带来了小说理论诸多要素内涵的变化。作为小说叙事学最重要的叙述者，已经不再是单纯的故事叙述者，而是一个时代的文化表征。人物理论已经不再关注心理性的人物，人物的功能开始成为核心问题。小说理论在 20 世纪 90 年代的转向，形成了"形式——文化"综合小说理论。

第一节　小说修辞学的肇始

一、转向的脉络

叙事学，也称叙述学，是发轫于 20 世纪上半叶的重要文学理论潮流，历经几十年的发展，已形成了比较完备的理论体系。叙事学在中国的传播始于 1979 年。这一年，袁可嘉在《世界文学》上发表了《结构主义文学理论述评》。这是近 40 年来第一篇比较全面而又有影响的评介叙事学（包括结构主义文学理论）的论文。随后，乐黛云在《"批评方法与中国现代小说研讨会"述评》一文中，再一次准确、全面地介绍了叙事学理论，并开创了运用叙事学来分析中国小说的先河①。80 年代中国译介的叙事学以传统叙事理论为主，主要有詹姆斯的《小说的艺术》、卢伯克的《小说的技巧》、福斯特的《小说面面观》、韦恩·布斯的《小说修辞学》等。进入 90 年代后，经典叙事学如《当代叙事学》《叙事话语 新叙事话语》《结构主义诗学》《叙述学：叙事理论导论》等陆续翻译出版。21 世纪后，北京大学出版社以"新叙事理论译丛"为名，推出 5 部后经典叙事学译作：J. 希利斯·米勒的《解读叙事》、苏珊·S. 兰瑟的《虚构的权威》、詹姆斯·费伦的《作为修辞的叙事》、马克·柯里的《后现代叙事理论》和戴卫·赫尔曼主编的《新叙事学》。至此，叙事学在中国得到了比较完整的传播。

叙事学只关心叙事文体的叙事方式，不看重叙事文与外在社会生活及历史之间的关系，它也不关心叙事文和作者之间的联系。因此，叙事学是一个封闭的纯粹形式系统。正如什克洛夫斯基所言："我的文学理论是研究文学的内部规律。如果用工厂方面的情况来作喻，那么，我感兴趣的不是世界棉

---

① 乐黛云：《"批评方法与中国现代小说研讨会"述评》，《读书》1983 年第 4 期。

纱市场的行情，不是托拉斯的政策，而只是棉纱的支数及其纺织方法。"①
叙事学认为，叙事就是它的一切，其他的诸如题材、主题、创作主体、现实
生活等，都和它无关。

　　就在 20 世纪八九十年代叙事学如火如荼地在中国传播之际，西方叙事
学研究者开始反思叙事学的缺陷。80 年代中期，托多洛夫就发表了一部反思
性的论著《批评的批评》。他检讨了叙事学的理论前提："二百年以来，浪
漫派以及他们不可胜数的继承者都争先恐后地重复说：文学就是在自身找到
目的的语言。现在是回到（重新回到）我们也许永远不会忘记的明显事实上
的时候了，文学是与人类生存有关的、通向真理与道德的话语。"② 托多洛
夫要求文学不能再局限于形式本身，而要重新回到意义的关切上来。托多洛
夫的反思，切中了叙事学弊端。与此同时，叙事学最新理论动向——关于形
式的意义的思考——也被介绍到国内："在形式主义和早期结构叙述学'纯'
形式的小说研究中，文学意义被还原为形式特征和逻辑关系。随着叙述学在
研究对象范围和理论本身等方面的扩展，这种情况发生了变化。首先，当叙
述研究越来越多地接触到小说的复杂形式时，意义问题越来越难以回避；其
次，随着叙述学重心从深层结构转向表层文本，一些原先被形式研究方法论
排斥在外的问题在新的理论气氛中被重新提了出来。尽管小说叙述研究者仍
然十分强调形式分析的重要性，可是他们却已充分认识到自己讨论的并不是
纯粹形式问题，而是和意义密不可分的形式，即意义的形式问题。"③ 叙事
学不仅思考形式的产生，还要探寻形式是"如何"产生的。于是，叙事学再
次回到追问意义的理路上来了。

　　20 世纪 90 年代以来，中国学者对叙事学与文化关联的探究也渐趋深入。

---

　　① ［苏］什克洛斯基：《散文理论》，转引自《俄国形式主义文论选》，方珊等译，第
14 页。

　　② ［法］茨维坦·托多洛夫：《批评的批评》，王东亮、王晨阳译，三联书店 1988 年，第
178 页。

　　③ 徐贲：《小说叙述学研究概观》，《文艺研究》1988 年第 4 期。

中国小说理论渐渐走出了"纯形式"的牢笼，建立了文化形式观。90 年代初期，中国叙事学研究者就开始意识到了"纯粹形式"分析的偏狭。胡亚敏的《叙事学》是国内较早自觉地突破叙事形式封闭性的叙事学研究论著。《叙事学》在重视文本形式的基础上，提出了以阅读过程为中心的叙事理论。胡亚敏从三种新的阅读模式（即叙述阅读、符号阅读和结构阅读）出发，探讨了叙事文形式和意义的关系。还有学者从叙事形式与文化的关联出发来探讨叙事形式。他们认为叙事学的形式本身并非仅仅只是形式，它还应该与文化有深刻而不可分割的联系。越来越多的叙述学研究者意识到，叙事学所面对的，"不只是一个技术问题，一个形式分析问题。叙述形式中有深刻的文化内容，甚至可以说，叙述形式比内容更深刻地反映了控制叙述的社会文化形态。因此，叙述学日益朝文学文化学方向发展"①。这里所谈的叙事形式与文化的关系，是指宏大的社会生产、社会制度，包括社会活动对形式的生成、制约与规范作用。虽然叙事形式仍然是探究小说文体特征最有效的途径。但是，这种探究再也不局限于文本自身，它从文本出发而溢出文本，走向更为广阔的社会文化领域。正如赵毅衡所言："小说形式特征的变迁，往往与一定的社会文化形态相联系，不是内容，而是形式，更深刻地反映了文化对文学文本产生方式的制约力和推动力。"因此，赵毅衡认为叙述学的形式分析"必须进行到文化形态分析的深度，或者说，只有深入到产生叙述形式特征的文化形态之中，才能真正理解一种叙述形式的实质"②。中国叙事学研究者的努力，表达了他们对小说理论形式的思考：形式不再是一种单纯地揭示小说文本的组织与构成的因素，形式还应该成为探索小说文本蕴含的文化意义的钻头。

　　西方学者对叙事学的"纯形式"的反思和中国学者对于叙事形式和文化之间关系的思考，都影响了中国小说理论形式观念的发展。赵毅衡的《苦恼

---

① 微周：《叙述学概述》，《外国文学评论》1990 年第 4 期。
② 赵毅衡：《叙述形式的文化意义》，《外国文学评论》1990 年第 4 期。

的叙述者——中国小说的叙述形式与中国文化》（1994）较早地从具体小说文本分析入手，从复杂的文化结构中来探讨叙述者："叙述者是任何小说、任何叙述作品中必不可少的一个执行特殊使命的人物。……他有一种特殊的社会文化联系，经常超越作者的控制。他往往强迫作者按一定方式创造他。作者，叙述的貌似万能的造物主，在他面前暴露出权力的边际，暴露出自己在历史进程中卑微的被动性。叙述者身份的变异，权力的强弱，所起作用的变化，他在叙述主体格局中的地位的迁移，可以是考察叙述者与整个文化构造之间关系的突破口。"①《苦恼的叙述者——中国小说的叙述形式与中国文化》对叙述者的文化内涵的分析，使中国小说理论向探索形式与文化之间的关联迈出坚实的一步。

开始系统地建构小说形式与文化关联的是杨义的《中国叙事学》。它以中国古代小说叙事形式为研究对象，全面地探讨小说形式系统与文化之间的关系。杨义认为，中国文化为中国叙事学的根基："中国人是这样看待叙事：叙事学就是头绪学，就是顺序学。中国叙事学以史为源头，以史为重点，它是从史学里发展起来的，然后波及到小说、戏剧，它是把空间的分隔换成时间的分隔，然后按顺序重新排列这样一个过程。"② 杨义立足于返回到中国文化的原点，从中国独特的文化观念、哲学观念和美学观念入手，来探讨和建立中国叙事学。《中国叙事学》从中国文化观念入手，全面地分析了叙事结构、叙事时间、叙事视角等形式要素，系统地建构了叙事形式与文化之间的联系。至此，中国小说理论突破了"纯形式"的牢笼，彻底地完成了文化形式建构的历史使命。

此后，中国小说理论显然受到了叙事形式与文化关系的理论思考的强大感召，纷纷在实践上尝试走出"纯形式"，综合考察文化与小说形式。孙先科的《颂祷与自诉——新时期小说的叙述特征及文化意识》（1997）、南帆

---

① 赵毅衡：《苦恼的叙述者——中国小说的叙述形式与中国文化》，北京十月文艺出版社1994年版，第1页。

② 杨义：《中国叙事学》，人民出版社1997年版，第6页。

的《文学的维度》（1998）、刘成纪的《欲望的倾向：叙事中的女性及其文化》（1999）等论著，莫不综合了小说形式与文化、意义的分析。进入 21 世纪后，这种注重形式与文化、意义相关联的理论观点，自觉地成为新的理论潮流。中国小说理论不再单纯地"从形式主义的理论出发来研究艺术形式，而是把小说的叙事文本视为一个大的表意结构，着力于探寻不同叙述程式、结构、手法所体现的文学性及其意义生成与显现的特点，着力于思考表达方式的含义，关注意义是怎样产生的""即寻找叙述形式和意义的关联"。① 李建军在《小说修辞学》中进一步推动了小说理论的发展。他反思了单纯依赖形式、技巧的倾向，重新廓清了小说形式、技巧的价值，体现了综合观照形式和意义的理论视野："由于没有正确处理内容、意义与技巧形式的关系，由于对技巧实验的过分热衷，现代主义和后现代主义小说家不仅没有能成功地使小说成为作者与读者之间进行交流和沟通的伟大媒介，反而在他们之间形成一种疏离乃至对抗的异化的关系形态。这就说明，技巧的实验和变化并没有带来小说艺术的进步和发展，反而造成了小说的危机。"② 不仅关注形式、技巧，也关注人的主体精神、道德、世界观等意识形态层面的内容，已经成为中国小说理论三十多年来自觉的追求。建立纯形式的批评，不再是近三十多年来小说理论的唯一任务，对形式文化内涵的揭示和对形式意义的追寻，同样也是中国小说理论应有之义。形式分析与审美判断、意义判断融为一体，它是近三十多年来小说理论进入新境界的标志。

二、"形式——文化" 路径中的叙述者

建立叙事形式与文化意义之间联系的思想，给叙事学带来了崭新的革命。叙事学就不再是单纯的形式分析，而是跃进到修辞学高度，小说修辞学随之出现。何为小说修辞、小说修辞学？虽然说法有多种，概括起来，主要

---

① 祖国颂：《叙事的诗学·序》，安徽大学出版社 2003 年版，第 2 页。
② 李建军：《小说修辞研究》，中国人民大学出版社 2003 年版，第 92—93 页。

有以下几种观点。布斯为小说修辞做出了界定："小说之中的修辞，整部作品的修辞的方面被视作完整的交流活动。"① 在布斯看来，小说修辞不仅仅是小说内部为达到"说服"读者而使用的局部技巧，还包括小说作为社会文化修辞方式这一宏观概念。戴维·洛奇接受了布斯的观点，也把小说看作修辞的艺术："我一向把小说看作是修辞的艺术——也就是说，我们在阅读过程中，小说家'劝说'我们与他持某种观点；如果成功，读者会沉浸在那种虚构的现实中，如痴如醉。"② 浦安迪将小说修辞分为两个层次："广义地说，指的是作者如何运用一整套技巧来调整和限定他与读者、与小说内容之间的三角关系。狭义地说，则是特质艺术语言的节制与运用。"③ 李建军则认为："小说修辞是小说家为了控制读者的反应，'说服'读者接受小说中的人物和主要价值观念，并最终形成作者与读者间的心照神交契合性交流关系，而选择和运用的相应的方法、技巧和策略的活动。它既指作为手段和方式的技巧，也指运用这些技巧的活动。作为实践，它往往显示着作者的某种意图和效果动机，是作者希望自己所传递的信息能为读者理解并接受的自觉活动；作为技巧，它服务于实现作者让读者接受作品、并与读者构成同一性交流关系这一目的。"④

随着小说修辞学的建立，叙述者的概念、功能率先发生巨大的变化。叙述者本是叙事学中一个重要的概念，其本意是叙事文的讲述者。按照通常的说法，它一般是故事的讲述者。在叙事学理论体系中，叙述者代替了现实主义小说理论的作者概念。中国最早发现了叙述者重要意义的是乐黛云。她不把作者看成是小说的决定要素，而是重新厘定了叙述者和作者之间的复杂关系："短篇小说《官官的补品》，作者是吴组缃，但读者所接触的并不是真

① ［美］韦恩·布斯：《小说修辞学》，付礼军译，广西人民出版社1987年版，第428页。
② ［英］戴维·洛奇：《小说的艺术》，王峻岩等译，作家出版社1998年版，第9页。
③ ［美］浦安迪：《中国叙事学》，北京大学出版社1996年版，第102页。
④ 李建军：《论小说修辞的理论基源及定义》，《陕西师范大学学报》（哲学社会科学版）2000年第1期。

的作者而只是作品中所反映出来的作者，并不是作者的全部，有时甚至是作者的一种假象，这就是'拟想作者'。这个'拟想作者'经常不是自己向读者说话，而要通过一个'叙述者'。这个'叙述者'有时是作品中的一个人物，如《官官的补品》中的'官官'和苏曼殊小说《碎簪记》中的'余'；有时是并不出面的'全知者'，如茅盾《水藻行》中讲述整个故事的人。"①乐黛云显然注意到了叙述者不能和作者之间简单等同起来。如此理解叙述者、作者，对于深受现实主义文学思想影响的作家、读者来说，不亚于一次深刻的思想革命。此后，随着对叙述者与作者之间关系思考的日渐深入，叙述者和作者之间的关系也渐被隔断："叙述者……挣脱作者的控制，进入一种与作者对立的自由状态，从而获得一种立体身份，并把作者置于客体的地位来进行观察和披露。"②

随着对叙述者理解的加深，叙述者和作者之间的关系也渐行渐远。吴亮通过对马原小说叙述圈套的剖析，不仅呈现了叙述者与作者关系的分离状态，还断言叙述者才是小说叙述的决定性力量。吴亮认为，马原的小说为了达到把叙述置于小说重要位置的目的，让作者和叙述者都采用同样的符号"马原"；同时，还故意制造多种方式，让人们意识到，作者马原和叙述者马原并不是同一个人。吴亮还发现，作者马原和叙述者马原的关系也发生了变化，不是作者马原决定叙述者马原，而是叙述者马原决定作者马原："在《叠纸鹞的三种方法》《拉萨生活的三种时间》《虚构》等一些小说里，马原均成了马原的叙述对象或叙述对象之一。马原在此不仅担负着第一叙事人的角色与职能，而且成了旁观者、目击者、亲历者或较次要的参与者。马原在煞有介事地以自叙或回忆的方式描述自己亲身经验的事件时，不但自己陶醉于其中，并且把过于认真的读者带入一个难辨真伪的圈套……"③吴亮对马原小说叙述者和作者关系的探究结果，彻底颠覆了现实主义小说理论的实证

---

① 乐黛云：《"批评方法与中国现代小说研讨会"述评》，《读书》1983年第4期。
② 陈晋：《论新时期现代主义小说的叙述方法》，《小说评论》1988年第1期。
③ 吴亮：《马原的叙述圈套》，《当代作家评论》1987年第3期。

主义哲学观念，把叙述者抬到了小说叙述的主导性功能的位置上。于是，叙述者和作者的关系彻底脱离，叙述者获得了相对独立的形式功能："不仅叙述文本，是被叙述者叙述出来的，叙述者自己，也是被叙述出来的——不是常识认为作者创造了叙述者，而是叙述者讲述自身。"① 叙述者是叙述形式形成的首要因素，叙述者和作者关系的分离也意味着叙述与作者之间是分割关系。叙述形式在摆脱了反映现实的重轭之后，也剥离了和创作主体之间的联系。于是，封闭的、自足的叙述本体形式就产生了。至此，中国叙事学批评逐渐建立形式批评范式。

随着小说修辞学观念的深入，叙述者不再是纯粹的形式概念。"叙述者是人和小说、人和叙述作品中必不可少的一个执行特殊使命的人物，他虽也是作者创造的人物之一，仔细考察，我们可以发现，他有一种特殊的社会文化联系。"② 赵毅衡超越了叙事学概念，把叙述者和"特殊社会文化"联系在一起。这种看待叙述者的方式，显然是小说修辞学的眼光。赵毅衡在分析中国古典小说时，发现了中国古典小说的叙述者——不同于西方小说——的独特性："中国传统小说的叙述者的自我角色是固定的，他总是用第一人称'说话的'，或'说书的'，而且在进行干预时总是毫不犹豫地亮明自己是以叙述者身份进行干预，但是他从来不在叙述的故事中扮演一个角色，他是个'出场但不介入式'叙述者，这就使他能处于隐身叙述者与现身叙述者的地位之间，进行一种具有充分主体权威却又超然的叙述。叙述者的这个地位是中国传统白话小说这个文类预定的，是不可更改的。"③ 赵毅衡对中国白话小说叙述者独特功能的分析，昭示了叙述者其实是具有文化内涵的，再度把超越文化与意蕴、纯粹形式功能的叙述者赋予文化意义。赵毅衡的分析，毫

---

① 赵毅衡：《当说者被说的时候——比较叙述学导论·自序》，中国人民大学出版社 1998 年版，第 1 页。

② 赵毅衡：《苦恼的叙述者——中国小说的叙述形式与中国文化》，北京十月出版社 1994 年版，第 1 页。

③ 赵毅衡：《苦恼的叙述者——中国小说的叙述形式与中国文化》，北京十月出版社 1994 年版，第 28 页。

无疑问表达了一个重要的意义：叙述者不再仅仅是一个形式概念，还是一个文化学上的概念。

为了彻底论述清楚叙述者的文化属性，赵毅衡把小说作为文化修辞的一种，在更为扩大的文化背景上去论述叙述者的文化范型。在赵毅衡看来，中国小说所依据的文化传统大概可分为史传范型、说教范型、自我表现范型。属于不同文化范型的小说叙述者所体现出来的形态也是不一样的。赵毅衡认为，受史传文化影响，中国古典小说的叙述者是"非人格"的，不可能作为小说之中的一个人物形象存在，保持超然、客观的态度和立场是它最明显的特征。忠实地记录事实是它最重要的任务。因此，从叙述视角上来看，它常常采用的是全知全能的叙述视角，其叙述语调总是可靠的。赵毅衡认为，受说教文化的影响，叙述者以道德说教者面目出现。这时的叙述者不再隐身，而是不断地出现，其评论功能、解释功能得到了强化，常常打断叙述，插入评论和解释性话语，以强化其说教功能。从叙述者的语调来看，它的语调必须是毋庸置疑的，以强化其权威性。中国文化发展到"五四"时期，自我解放成为时代最普遍的文化大潮。受自我解放文化大潮的影响，"五四"时期小说的"叙述者不再扮演历史家或道德家角色，而成为类似回忆录作者自传作者"[1]。为此，赵毅衡发现，"五四"时期小说的叙述者不再隐身，也不再如君临天下般高高在上，而是成为小说中的一个角色、人物，也不再习惯性地游离于情节之外发表评论。由于叙述者成为小说中的一个人物，它的世界就成为小说展示的一个有机部分，小说叙述的展示性就超越了讲述性，小说的世界也为之一变。

赵毅衡通过对小说叙述者文化功能的分析，昭示了小说叙述者不再是超然的形式要素，相反成为社会文化的符号与载体。这种情况的出现，和叙述者的独特性有关："不仅叙述文本，是被叙述者叙述出来的，叙述者自己，

---

① 赵毅衡：《苦恼的叙述者——中国小说的叙述形式与中国文化》，北京十月出版社1994年版，第256页。

也是被叙述出来的——不是常识认为的作者创造叙述者，而是叙述者讲述自身。在叙述中，说者先要被说，然后才能说。"① 这个被叙述出来的叙述者自然是社会文化的产物。赵毅衡通过"形式——文化"的路径，找到了小说修辞学建立的路径。这种考虑，自然和叙事学思考的路径不一样。

三、修辞论视野中的人物理论

人物理论是小说理论中极为重要的组成部分。不同类型的小说理论各有各自的人物理论。小说人物理论大概有三种类型。现实主义、浪漫主义、精神分析学、原型理论、存在主义理论潮流等主导下的人物理论，具有相同的理论内涵。这些理论要求人物有与现实生活中人物类似的外貌、神态、动作、生活习惯、精神、伦理、信仰，甚至有和现实人物一样的心理乃至潜意识，小说"虚构人物代表着生活中人，只有假设虚构人物为真人，才有可能讨论虚构人物"。② 小说人物承载着生活人物的外在相貌、类似的行为、相近的精神乃至潜意识。这样的理论规训，无非是要通过小说人物形象来表达社会学、精神学、道德、信仰乃至历史规律方面的主旨。小说分析的重点，也因此转移到探究人物的性格、分析人物心理和探寻人物与人物之间的关系上，力求达到与现实生活"逼真"的效果。这种理论追求，较长时间以来成为小说人物理论孜孜以求的目标。当新批评、结构主义、叙事学等形式主义理论兴起之后，人物理论才为之一变。不论形式主义文论家们秉持何种观点，有一点是共同的，在他们眼里，人物不再是活生生的人的写照，只是充当小说艺术的一个功能而已。如果说此前的人物理论总在发掘人物的心理与社会动机，由此展开对人物的美学意义的发掘，那么，形式主义文论家们不再在"生活动机"上做文章，而是把人物看作完成小说艺术功能的需要，也

---

① 赵毅衡：《当说者被说的时候——比较叙述学导论》，中国人民大学出版社 1998 年版，第 1 页。

② Kaplan and Kloss, *The unspoken Motive: A Guide to Paychoanalytie Literary Criticism*, New York, 1973, p. 4.

就是说人物只是"艺术动因"的产物。中国小说理论家们也意识到,"小说的人物在符号学的眼中不是死亡了,那么至少也是语词化了。人物不再是一个个稳定的、个性化的实体,他在文本中不过是各种事件所汇集的空间。假如像托多洛夫那样将故事形容为一个陈述句,那么,人物性格无非是一些名词与形容词的拼凑。人物的意义当然只能限于文本之内……他们(结构主义)宁可关心人物在故事构造中的功能;人物在他们眼中缩减成行动者。而且,在还原人物行动的时候,结构主义拒绝考察人物的心理动机,他们最终把人物的行动置换成语言学意义上的动词,或者置换为谓语——这是一个与'叙述语法'更为相称的概念"[1]。或者说,小说中的人物只是叙述过程的单位。例如,张智庭在《〈赵氏孤儿〉与〈中国孤儿〉人物的符号学之分析》[2] 中分析了两部剧作的人物符号的类属、人物行为者的层次、人物行为模态、人物符号的动机性。在张智庭的分析中,人物仅具有叙述过程的功能意义。

随着文化研究理论的兴起,对于文学的认识也发生了变化。文学不再像形式主义所认为的那样,是一种独立于社会实践的封闭系统,因此,文学的他律性重新被看作文学之为文学的存在。正如威廉斯所言:"(艺术)作为实践,可能具有相当的特殊的特征,但是,它们不能同一般社会过程分离开来。"[3] 当把文学还原为众多社会实践中的一种时,文学走出了自我封闭、自我循环的小圈子,开始面向社会文化。值得肯定的是,文化研究的兴起,走上了一条综合文化研究与形式主义的理论道路。在这种理论的倡导下,人物理论整合了此前两种人物理论。于是,一种被称为修辞论的人物理论形成了。

---

① 南帆:《主体与符号》,《文艺争鸣》1991年第2期。

② 张智庭:《〈赵氏孤儿〉与〈中国孤儿〉人物的符号学之分析》,《国外文学》1991年第2期。

③ Ragmord Williams, *Problems in Materialicm and culture*:*Selected Essays*. London:Verso,1980, p. 44.

王一川是国内较早从修辞论的角度来研究人物理论的代表性理论家。他注意到"自梁启超于世纪初倡导并实践'小说界革命'以来，呼唤和创造现代正面的、中心的英雄典型，就成为 20 世纪中国小说的一个显著特色。这种英雄典型往往代表肯定的、积极的方面，并处在作品中多人物的中心，是小说成败的关键"①。为了充分论述"处在作品中多人物的中心"的英雄人物形象，王一川引入了卡里斯马典型来指代中国现当代小说中的人物形象。按照王一川的观点，卡里斯马典型涉及三个层次："其一，在显型层次上，它是按照审美惯例组织起来的个人的艺术虚构文本；其二，在隐型层次上，它处在与文化语境结成的互赖关系之中，也可以说既是文化语境的产物又是影响它的力量；其三，在深层而微妙的终极层次上，它是历史的无意识镜像，是通向历史的无意识的一扇隐秘柴扉。"② 王一川的理论构想，显然是综合了已有的两种人物理论观念，创造了崭新的人物理论。由修辞学的角度阐释卡里斯马典型，就是要把围绕在人物周边的政治、经济、伦理、信仰等，处理为人物所处的文化语境："各种相关的社会性因素如政治、经济、哲学和伦理等，当其被当作话语形态处理时，就会成为文化语境。正像我们要理解某一句话而必须联系其周围的具体语境一样，要理解卡里斯马典型符号，就需要考察它所缠绕于其中的复杂的文化语境，如果说，卡里斯马典型符号是一则个人'小文本'，那么，文化语境则是隐蔽地活跃于其间并起着支配作用的社会性'巨型本文'，换言之，文化语境恰似'话语的地图'，它为我们理解卡里斯马典型符号提供表明目的地、线路、经纬网、比例尺乃至气候概况的指南，使我们不致迷失于符号的迷宫之中。"③

王一川讨论现代卡里斯马典型时，注意把卡里斯马人物放置到 20 世纪

---

① 王一川：《中国现代卡里斯马典型——20 世纪小说人物的修辞论阐释》，云南人民出版社 1994 年版，第 3 页。

② 王一川：《中国现代卡里斯马典型——20 世纪小说人物的修辞论阐释》，云南人民出版社 1994 年版，第 29 页。

③ 王一川：《中国现代卡里斯马典型——20 世纪小说人物的修辞论阐释》，云南人民出版社 1994 年版，第 21 页。

中国现代性文化发展的历史语境之中。在他看来，中国古典文化在西方文化刺激下的巨变，成为现代卡里斯马典型发生与发展的最根本性的原因。因此，中国现代性文化工程的建立，是现代卡里斯马典型发生与发展的终极性原因。因此，按照中国现代性文化工程发展的历史顺序，现代卡里斯马典型大概可以划分为以下几个阶段。第一个阶段是 20 世纪的前 10 年。这个阶段产生了最早的现代卡里斯马典型：黄克强、老残等。第二个阶段是"五四"时期，产生了以狂人为代表的卡里斯马典型。第三个阶段是 20 世纪 20 年代最后的 3 年（1928—1930 年），是现代革命知识分子典型问世时期。第四个阶段是 20 世纪三四十年代的农民典型形象，以奚大有、华生、郭全海为代表。第五个阶段是 50 年代后期至 60 年代，这是现代卡里斯马典型成熟期。第六个阶段是"文化大革命"时期，这个阶段是现代卡里斯马超量发展时期，也是卡里斯马典型开始出现危机的时期。第七个阶段是 20 世纪 80 年代以来的衰落期。第八个阶段是 20 世纪 80 年代末期开始的大分裂时期。

卡里斯马典型人物理论是中国小说人物理论超越现实主义、形式主义人物理论的重要收获。现实主义人物理论把人物当作现实生活中实有人物，从现实生活中寻找历史动机，为阐释社会发展和探讨人性提供了有力的支点。形式主义人物理论则强调人物在小说中的功能，发现在小说艺术完成过程中人物所承担的功能。而王一川所建构的现代卡里斯马典型，则综合了前两种人物理论，完成了中国小说人物理论的综合创造与历史跨越。

第二节　草创时期的中国叙事学

20 世纪 90 年代以来，世界经济的全球化趋势渐趋明朗，尤其是 21 世纪中国加入世贸组织，中国经济已经成为世界经济极其重要的一部分。经济的全球化带来了世界文化的民族化浪潮。中国当代小说理论也加入了这一波浪潮。其中，构建具有中国民族特色的叙事学理论是中国当代小说理论民族化追求最显著的努力。90 年代以来小说理论在构建具有中华民族文化特色的叙事学理论道路上，不是简单地发掘中国叙事传统，而是始终以西方的叙事学理论为参照，结合中国叙事理论传统，充分发现中国叙事传统的独特性。建构中国叙事学的理论构想，是"形式——文化"综合小说理论形态的一种类型，也是中国当代小说理论发展的必由之路。同时，也是中国当代小说理论发展的根本性目标。不过，创建中国叙事学的道路才刚刚开始，还需要中国学者、批评家、小说家继续共同努力。

中国虽然被称为诗歌的国度，但是，小说也是中国古代重要的文类。中国小说也有比较久远的历史。一般来说，上古神话是中国古代小说最早的源头。而唐传奇被认为是中国古代小说成熟的一个标志。随后话本小说、讲史小说、演义小说等，日渐发展为中国古代最有影响的小说体式。明清两朝是中国小说发展的黄金时代，不仅诞生了《西游记》《水浒传》《三国演义》《红楼梦》等名著，还产生了金圣叹、张竹坡等著名小说批评家。然而，中国古代小说传统在现当代小说创作、批评之中，并没有得到自觉的传承。其中最重要的原因是，"五四"新文学的兴起，在一定程度上中断了中国古代小说传统的传承。"五四"新文学运动是中国迈入世界现代化潮流中的文化症候。中国是后发现代化国家，其融入现代化最重要的特征是激进反传统。"打倒孔家店"是"五四"新文化运动标志性口号。在激进反传统文化的浪潮中，中国伦理、价值观统统遭受到了最激烈的抨击和否定。在这样激进反传统文化思潮的推动下，自"五四"以来中国传统文化在较长一段历史时期受到猛烈的打击。其间中国文学自觉地追慕西方文学，把西方现代以来的各种文学潮流作为追赶的目标，以致出现了融入世界文学的焦虑症。这种状况一直持续到了 20 世纪 80 年代中期。随着中国在 20 世纪 80 年代改革开放的深入发展，文学界认识到一味地跟随西方文学，中国文学难以健康发展。作家们也意识到，这么多年追逐西方文学的发展步伐，可能陷入了误区："从本世纪二十年代起，或者说是从福克纳他们那样一批作家开始，他们想追求事物背后某种'超感觉'的东西，也就是那些理想的内容与本质上的意义。

……这些'实验'，有些在西方成功了。那是因为它是西方。而我的根是东方。东方有东方的文化。"① 作家们认识到，影响文学发展的还不仅仅是文学观念和文学的表现技巧，起到决定性作用、制约着文学发展的最根本性因素是民族文化。至此，中国作家才如梦初醒，意识到中国传统文化才是制约文学发展的最根本性要素。"这里正在出现轰轰烈烈的改革和建设，在向西方'拿来'一切我们可用的科学和技术，等等，正在走向现代化的生活方式。但阴阳相生，得失相成，新旧相因。万端变化中，中国还是中国，尤其是在文学艺术方面，在民族的深层精神和文化物质方面，我们有民族的自我。我们的责任是释放现代观念的热能，来重铸和镀亮这种自我。"② 中国作家终于认识到，一味地追着西方文学屁股后面跑，并不能让中国文学走向世界，也不能让中国文学走向繁荣。个中重要原因是，文学之根根植于文化土壤，离开了文化土壤，文学就难以发展。那些追慕西方文学的作家也发现，其实没有所谓共同的人性：

> ……人性，是我国文学正深测的领域。人类的欲望相同，人性也大致相同，那么独掘人性，深下去文学自然达到世界水平。道理是讲得通的，我却怀疑，用世界语写人性，应该是多快好省的捷径，可偏偏各种语种都在讲自己的语言的妙处。语言是什么？当然是文化。
>
> 再说到人性，文学中的人性，表达上已经受到文字这种文化沉淀的限制，更受到文化而形成的心态的规定。同为性欲，英人劳伦斯的《查泰莱夫人的情人》与笑笑生的《金瓶梅》即心态大不相同；同为食欲，巴尔扎克的邦斯与陆文夫的美食家也心态大不同。若只认同人类生物意义上的性质，生物教科书足矣，要文学何干？③

① 郑万隆：《我的根》，《上海文学》1985年第5期。
② 韩少功：《文学的"根"》，《作家》1985年第4期。
③ 阿城：《文化制约着人类》，《文艺报》1985年7月6日。

　　由于认识到文学创作难以离开文化的羁绊，小说家们的创作也发生了根本性的变化。阿城的《棋王》、韩少功的《爸爸爸》、王安忆的《小鲍庄》、贾平凹的"商州系列小说"，让人耳目一新。这些小说不再在社会、政治、经济领域开掘，而是把文学之根深扎于文化土壤之中。创作上的变化，促使中国小说理论也发生了重要变化。这应该是具有中国文化特征的叙事理论自觉建构的开端。

　　20 世纪 90 年代以来，西方叙事学经过中国文化的洗礼，开始了本土化转型。这是中国当代小说理论的重要组成部分。经仔细考察，叙事理论的本土化历经了两个重要阶段。第一个阶段是基于相同叙事观念、功能、内容等，辨析中国叙事学与西方叙事学不同的概念。这一阶段可以简洁地概括为在概念层次上的"同中见异"。第二个阶段是比较中国传统叙事思想和西方叙事思想之间的差异性，探讨中国叙事理论的独特发展历史、内涵，建构中国本土叙事理论。中国叙事理论建构的两个阶段层层推进，从不同的层次迈上了建构中国本土叙事理论的道路。

　　胡亚敏的《叙事学》是一部系统地介绍西方叙事学的著作。但是，此书还不能被看作简单地"搬运"西方叙事学理论的著作。《叙事学》的正文部分是介绍西方叙事学理论，附录部分是"金圣叹的叙事理论"。这样的结构使《叙事学》不同于简单介绍西方叙事学的著作。这样的结构是和胡亚敏介绍西方叙事学的初衷分不开的。胡亚敏在后记中说道，此书的初衷"是为整理中国古代小说理论寻找新的理论参照，我挑选了代表西方叙事理论最新的结构主义叙事学"①。由此看来，《叙事学》介绍西方叙事学的正文部分，倒似是副产品，而附录部分"金圣叹的叙事理论部分"倒像是此书的重点内容。

　　金圣叹是中国古代叙事理论的重要建构者，他对《水浒传》的评点，是中国古代叙事理论的代表之作。虽然，金圣叹所采用的批评形式仍是"评

――――――――――
　　①　胡亚敏：《叙事学·后记》，华中师范大学出版社 1994 年版，第 303 页。

点"这一中国古代典型形式，但是，在看似零碎的批评形式之中，蕴藏着金圣叹对于中国叙事理论较为系统的阐发。胡亚敏认为金圣叹"十分强调作品结构的完整与统一，注重分析作品中出现的各种叙事技巧和语言文字，并要求读者从文中体会作者的用心，了解和把握叙事文的各种文法"①。胡亚敏从金圣叹的评点中找到了中西叙事学相通之处："金圣叹对作品所作的这种细密的结构分析与20世纪西方结构主义叙事学对叙事文的分析有异曲同工之妙。以西方叙事学为参照系，站在今天的高度系统整理和研究金圣叹的叙事理论，也许我们能更清楚地看到在叙事文这一共同模式下中国叙事理论的特色和中西叙事理论的异同。"②

"中国叙事理论的特色和中西叙事理论的异同"，这是胡亚敏《叙事学》关注的核心问题。因此，胡亚敏的《叙事学》就不同于一般意义上"搬运"式介绍西方叙事学理论的著作。从某种意义上讲，胡亚敏的《叙事学》成为中国本土叙事理论建构的先声。胡亚敏从以下三个方面来呈现中国叙事理论的特色。

首先，胡亚敏以西方叙事理论为参照，寻找中国叙事理论民族特色的表述方式。胡亚敏借鉴西方叙事理论，分别从叙述角度、叙事顺序、叙述节奏和叙述频率四个方面来研究金圣叹的叙事理论。在研究过程中，胡亚敏注重在西方叙事理论参照下，寻找中国叙事理论的独特表述。

视角是叙事学的一个非常重要的概念，美国小说理论家路伯克曾说："小说技巧中整个错综复杂的方法问题，我认为都受视角问题——叙述者所站位置对故事的关系问题——调节。"③ 西方叙事学对叙述角度的研究非常细致，其原因就在于叙述角度具有重要价值，表现形式复杂。胡亚敏注意到，金圣叹也十分重视叙述角度。金圣叹在评点《水浒传》时，对《水浒

---

① 胡亚敏：《叙事学》，华中师范大学出版社1994年版，第247页。
② 胡亚敏：《叙事学》，华中师范大学出版社1994年版，第247页。
③ ［英］卢伯克：《小说技巧》，方士人译，《小说美学经典三种》，上海文艺出版社1990年版，第180页。

传》叙述视点上的转换特色格外看重。对此，金圣叹多次评点。胡亚敏引用金圣叹评点《水浒传》第八回"鲁智深大闹野猪林"一节的文字，具体呈现了金圣叹对叙述角度的重视："先言禅杖而后言和尚者，并未见有和尚，突然水火棍被物隔去，则有一条禅杖早飞到面前也；先言胖大而后言皂布直裰者，惊心骇目之中，但见其为胖大，未及详其脚色也；先写装束而后出姓名者，公人惊骇稍定，见其如此打扮，却不认为何人，而又不敢问也。盖如是手笔，实惟史迁有之，而〈水浒传〉乃独与之并驱也。"① 金圣叹并未对叙述视角做出理论解释。叙事视角的叙事效果，金圣叹也没有做出特别说明。但是，金圣叹的评点对何为叙事视角，叙事视角的效果如何，做出了独到的说明。

再如"限制叙事视角"。限制叙事视角是现代小说理论中的重要组成部分，也是现代小说区别传统小说的根本之处。限制叙事视角是以小说中人物为叙事视角，以人物之"眼"来观察他人、事件与环境的一种艺术手段。金圣叹的评点之中，充满了这样的字句："'看时'二字妙，是李小二眼中事。一个，小二看来是军官，一个，小二看来是走卒，先看他跟着，却又看他一齐坐下，写得狐疑之极，妙，妙。"② "从史进眼中看出。"③ "从打铁人眼中现出鲁智深做和尚后形状，奇绝之笔。"④ 胡亚敏对金圣叹的评点之中所包含的叙事理论做了深入分析，展现了金圣叹叙事理论之精深。

其次，在具体展现金圣叹叙事理论时，胡亚敏处处以西方叙事理论作为参照，展开金圣叹叙事理论内涵的探讨。其目的是要从中西叙事理论的对照之中，找到中西叙事理论的共同之处，辨析中国叙事理论独异之所在。分析金圣叹叙事理论时，胡亚敏从叙事理论的内涵入手，找到了中西叙事理论的相通之处。例如，胡亚敏在探讨金圣叹评点《水浒传》的叙事顺序时，就这

① 金圣叹：《金圣叹全集·一》，江苏古籍出版社 1985 年版，第 152—153 页。
② 金圣叹：《金圣叹全集·一》，江苏古籍出版社 1985 年版，第 168 页。
③ 金圣叹：《金圣叹全集·一》，江苏古籍出版社 1985 年版，第 59 页。
④ 金圣叹：《金圣叹全集·一》，江苏古籍出版社 1985 年版，第 92 页。

样来展开论述:"叙事顺序指的是叙事文中事件、人物的排列方式。现实生活犹如一幅变化多端的立体图形,各种事件、人物关系错综复杂地交织在一起。如何将这种复杂的立体图形向叙事文这门时间艺术直线投影,这就是叙事顺序研究的问题。金圣叹涉及的叙事顺序包括两方面,一是作者在构思布局中的技巧处理;二是叙事文中的叙述时间与事件本身的时间之间的交错关系。这两种都属于作品的结构安排。"① 这段引文的前半部分是西方叙事理论有关"叙事顺序"的介绍。而后半部分是在西方"叙事顺序"理论的参照下,金圣叹关于"叙事顺序"的基本内容。西方叙事理论的参照是胡亚敏揭示金圣叹叙事理论的重要方法。

接下来胡亚敏并没有满足于西方叙事理论的简单比附,而是进一步揭示了金圣叹叙事理论的独特内涵。胡亚敏提炼了金圣叹的五种处理叙事顺序的理论:"倒插法""夹叙法""补叙法""鸾胶续弦法""横云断山法"。

在西方叙事学之中,自然也有与这几种涉及叙事顺序的理论相应的表述。但是,金圣叹的理论概括,自然富有中国文化自身的特点。胡亚敏对金圣叹叙事理论的探讨,也就超越了简单比附的思维,而是致力于探究中国叙事理论独特的、富有民族特色的表达方式。

最后,胡亚敏还在西方叙事学参照的基础上,注意发现金圣叹叙事理论所包含的民族理论价值。胡亚敏认为金圣叹叙事理论独特的民族文化特质有以下几处:

第一点,胡亚敏认为,中国古典小说善于以局外人的身份展开评述:"为了说明事情的原委,或品评人物的言行,或伸张正义、惩恶扬善,或冷潮热讽、插科打诨,叙述人往往采用这种站出来评论的方式,直接与假想的听众对话,加强与读者的情感交流"。② 金圣叹的评点中,侧重强调叙述者评述的道德伦理价值。第九回"林教头风雪山神庙 陆虞侯火烧草料场"一

---

① 胡亚敏:《叙事学》,华中师范大学出版社 1994 年版,第 254 页。

② 胡亚敏:《叙事学》,华中师范大学出版社 1994 年版,第 251 页。

节，叙述了在山神庙，陆虞侯欲放火烧死林冲，林冲终因一场大雪得救。小说中有这样一句叙事者的评点："原来天理昭然，保护善义人士。因这场大雪，救了林冲的性命。"金圣叹抓住这四句话评点道："作书者忽然于事外闲叙四句，笔如劲铁。"① 金圣叹何以关注此四句，无非是这四句包含了惩恶扬善的道德立场。这与西方叙事理论强调叙事的戏剧化，叙述者尽量保持客观的立场有所不同。

第二点，胡亚敏注意到，金圣叹关于叙事视角的相关评述早于西方，"叙述角度这一问题在西方直到 19 世纪末詹姆斯才明确提出来，本世纪（指 20 世纪——作者注）西方小说家、叙事家对此展开了深入细致的讨论"②。

第三点，胡亚敏注意到，金圣叹归纳、总结了中国叙事理论在叙事节奏上的特色是"先详后省"。金圣叹注意到《水浒传》叙事上的特点"第一日虽无事，亦必详写，此《水浒传》例也"③ "先详后省，故不见其空缺"④。"先详后省"作为中国古典小说对叙事节奏的特殊处理方式，决定了中国古典小说叙事明白晓畅的审美风格。而西方小说理论则不同，不太注重这种叙述上的连贯性。金圣叹的归纳显然突出了中国古代叙事理论的民族风格。

第四点，在叙事频率上，金圣叹提出了"正犯法""略犯法""草蛇灰线法"等多种理论。金圣叹注意到叙事中的重复现象，更看重重复中的变化："看他叙来有与前文合处，有与前文不必合处，政以疏密互见，错落不定为奇耳，必拘拘一字不失，何不印板印作一样三张也！"⑤ 胡亚敏认为，强调叙事重复中的变化，是中国古代叙事理论的特色，也是金圣叹独到的理论贡献。金圣叹提出了"犯中求避"的理论观点。"金圣叹注意到这一问题，并有所阐发，这是他的慧眼过人之处。金圣叹关于重复艺术的见解可以

① 金圣叹：《金圣叹全集·一》，江苏古籍出版社 1985 年版，第 175 页。
② 胡亚敏：《叙事学》，华中师范大学出版社 1994 年版，第 254 页。
③ 金圣叹：《金圣叹全集·一》，江苏古籍出版社 1985 年版，第 393 页。
④ 金圣叹：《金圣叹全集·一》，江苏古籍出版社 1985 年版，第 393 页。
⑤ 金圣叹：《金圣叹全集·一》，江苏古籍出版社 1985 年版，第 473 页。

看做是我国这一理论研究的先导。"①

第五点，胡亚敏认为，金圣叹叙事理论，尤其他的文法理论有鲜明的民族叙事理论传承，是"自魏晋以来形式主义理论的发展。宋代黄庭坚的'夺胎脱骨''点铁成金'之法，明代李梦阳的'尺寸古法'，唐顺之的'法者、神明之变化'，都是金圣叹文法理论的先导"②。胡亚敏勾勒了金圣叹文法理论的历史传承，呈现了金圣叹叙事理论不同于西方叙事理论的民族特色。

胡亚敏敏锐地注意到，金圣叹的叙事理论"是在中国这块古老的国度上独立发展起来的，它充分吸收了中国传统文化的丰富营养"③。把金圣叹的叙事理论看作中国文化的生成物，显然超出了西方叙事学的认知范围。西方叙事学把叙事学看作独立的封闭系统，而胡亚敏则把叙事学看作特定文化繁衍的产物。这种认识揭示了叙事理论的深层奥秘。这样的认识，也自然把金圣叹的叙事理论区别于西方叙事理论的深层原因揭示出来了。这也是中国在20世纪90年代初期尝试建立本土化叙事理论的自觉追求。

叙事学是关注纷繁复杂的表象之下文学作品稳定的深层结构，这是叙事学的精髓。金圣叹的叙事理论为何与西方叙事学有相通之处？胡亚敏认为，其原因在于金圣叹从中国古代儒道释经典中找到了"妙理"这一概念。在金圣叹那里，"妙理是自然，社会中的一种隐蔽稳定的结构"④，正是这一深层结构演化出无数状态，发生着千变万化。由此可以看出，金圣叹能和西方叙事学有相通之处，就在于金圣叹思想中的"妙理"的观念。但是，和西方叙事学所理解的深层结构不同，金圣叹所发现的深层结构，根治于儒道释等学说，是中国文化自身的体现。

胡亚敏认为，金圣叹的叙事理论也是金圣叹对中国传统叙事文学《左传》《国语》《战国策》和历史著作《史记》研读的结果，"诸如史传文学中

---

① 胡亚敏：《叙事学》，华中师范大学出版社 1994 年版，第 274 页。
② 胡亚敏：《叙事学》，华中师范大学出版社 1994 年版，第 289 页。
③ 胡亚敏：《叙事学》，华中师范大学出版社 1994 年版，第 290 页。
④ 胡亚敏：《叙事学》，华中师范大学出版社 1994 年版，第 290 页。

的倒笔、补写、省略、重复等叙事技巧，金圣叹在批注中也多有提示"。①

金圣叹能窥探叙事文学的结构与叙事文法，还与他曾浸染于八股文有关系。作为读书人，金圣叹曾多次参加科举考试，对八股文可谓十分熟悉。"八股文对金圣叹文评最明显的影响表现在金圣叹对结构的认识上。明清之际，虽然我国叙事文趋向成熟并日益繁荣，但对作品结构的认识和处理尚处于不自觉时期，而当时作为评点家的金圣叹却能以这种超常的结构眼光来评点《水浒》《西厢》，指出这几部作品结构上的整体感和系统性，这种批评意识不可能不与八股文的形式有关。"②

胡亚敏对金圣叹叙事理论的文化渊源的分析，进一步指出了中国叙事理论的特殊性，也为中国学者进一步探索叙事理论的民族化提供了有益的借鉴。徐岱也以西方叙事学为参照来探究中国叙事理论。在徐岱看来，叙事学在西方主要是由形式主义、结构主义叙事学、英美修辞学派三个部分构成的。这三个理论流派构成了西方近百年来叙事理论的发展脉络。与西方叙事学不同，"我国小说史上固然鲜有像欧洲那样严整规范的叙事学说，但在古代也不乏许多精辟独到的叙事思想"。③徐岱认为，相比较西方叙事学的严密体系，中国叙事学具有自身的民族特点，其叙事理论散布在不同时代小说理论著述和评点之中。他认为"在中国古代的叙事思想中，有两核心，即所谓'史传'和'诗骚'"④。形成了"主史"派和"主诗"派两大叙事理论流派。所谓"主史"派，强调"叙事的纪实性：叙事不仅要纪事，而且所纪之事必须能证实。持这种观点的有张尚德、林瀚、甄伟、陈继儒、余象斗、可观道人、蔡元放、许宝善等，以明清两代为主"⑤。"'主诗'派主要着眼于在小说里也像在诗中那样率性而出、缘情而发，讲究主观感受的真挚

①　胡亚敏：《叙事学》，华中师范大学出版社 1994 年版，第 293 页。
②　胡亚敏：《叙事学》，华中师范大学出版社 1994 年版，第 293 页。
③　徐岱：《小说叙事学》，商务印书馆 2010 年版，第 29 页。
④　徐岱：《小说叙事学》，商务印书馆 2010 年版，第 29 页。
⑤　徐岱：《小说叙事学》，商务印书馆 2010 年版，第 29 页。

表达，注意作品的内在意境和叙述情调。"① 显然，徐岱所强调的是，与西方叙事理论主要关注叙事作品的内在结构不同，中国古典叙事理论关注的叙事作品与所叙之"事"（即"本事"）的关系、与创作主体之间的关系。这是中国古典叙事理论的根本，也是中国叙事理论的民族特色之所在。

第三节　中国叙事学的多维建构

泰纳曾认为，影响文学的三要素是时代、种族、环境。有中国学者注意到，小说家的修辞技巧和民族文化分不开："文学作为民族文化最为重要的构成部分，往往以最为生动的形式记录着不同民族的性格、趣味和风俗习惯，而这种民族性的东西，也往往制约着作家的创作和读者的阅读，如果能充分挖掘和合理地利用，无疑有助于作家实现自己的修辞目的，并且更广泛、有效地影响读者。"② 20 世纪 80 年代寻根文学与相关理论倡导，也注意到民族文化是文学发展中不可忽视的因素。如果说"寻根文学"发出了中国当代文学应该要回到中国文学根基之中的呼吁，是中国开始比较自觉地建构具有民族文化特色的叙事学的开端的话，那么，经过中国学者的努力，比较系统、自觉地以叙事学为参照建构具有中国特色的理论，则从 90 年代中期开始。其首要标志就是杨义的《中国叙事学》。杨义的《中国叙事学》和他的《中国古典小说史论》一脉相承。《中国叙事学》立足于中国文化传统，以西方叙事学为参照而不是把西方叙事学作为理论资源，建立中国叙事学。此后，傅修延、赵炎秋等学者也纷纷加入。在各位学者的推动下，中国叙事理论雏形初步显现。

如何构建中国叙事学？构建中国叙事学的方法与路径是什么？这是创建中国叙事学不得不考虑的问题。换言之，到底是否存在不同于西方的中国叙

---

① 徐岱:《小说叙事学》，商务印书馆 2010 年版，第 33 页。
② 李建军:《小说修辞研究》，中国人民大学出版社 2003 年版，第 24 页。

事学？杨义由中国和西方不同的时间表达方式入手，发现中国文化是整体性的，而西方文化是分析性的。因此，他认为，西方叙事学是建立在分析文化背景上的，而中国叙事学是建立在整体性文化背景上的。因此，中国有不同于西方的叙事学理论。那么，如何建构中国叙事学呢？杨义开宗明义地提出了建构中国叙事学的方法："对于我正在思考的叙事学，我也认为，不一定如同某些西方理论家那样从语言学的路径开拓研究思路，而应该尊重'对行原理'，在以西方成果为参照系的同时，返回中国叙事文学的本体，从作为中国文化之优势的历史文化中开拓思路，以期发现那些具有中国特色的、也许相当一些侧面为西方理论家感到陌生的理论领域。"[①]"对行原理"的基本含义是，中国与西方文化之间，有相当程度的相互沟通的可能性。然而，中国文化和西方文化之间又有较大的差异性。二者首要的关注点不同，思维方式不同，语言也不同。因而，要建构中国叙事学，绝不能照搬西方叙事理论，而应该参照西方叙事学，从中国文化特质入手，建立中国叙事学自身的理论命题。建构中国叙事学并非是故步自封、孤芳自赏，"而是针对某些研究中有意无意流露出来的轻视自身叙事传统的倾向。由于近百年来西方叙事观念的潜移默化影响，在我们当中常有人表现出唯人马首是瞻的态度。在中国小说的'换型'期，来一点矫枉过正有利于挣脱传统思维的束缚……但如果在不知不觉中将别人的东西看作唯一正确的标准，总是用别人家的尺子来衡量自己，则会得出否定自己传统的浅薄结论"[②]。傅修延认为，"走向传统并不意味着背朝外部世界。"[③] 中国叙事传统是"客观"存在的，这一点毫无疑问。中国叙事传统有和西方叙事传统不一样的地方："现有的叙事理论基本上是建立在西方叙事传统与叙事经验的基础上的，部分内容与中国叙事

---

① 杨义：《中国叙事学》，人民出版社 1997 年版，第 9 页。
② 傅修延：《先秦叙事研究：关于中国叙事传统的形成》，东方出版社 1999 年版，第 4—5 页。
③ 傅修延：《先秦叙事研究：关于中国叙事传统的形成》，东方出版社 1999 年版，第 5 页。

经验和叙事传统并不一致，而根据西方叙事理论来研究中国叙事文学特别是古代叙事文学，便难免出现'水土不服'的情况。"① 赵炎秋的认识应该具有代表性。由于中西方有各自的文化传统，生长在各自文化土壤中的叙事理论自然也有各自不同的特征与内容。但是，"要在古代叙事思想与叙事经验的基础上构建本土叙事理论，并不意味着排斥西方叙事理论。各民族叙事文学是相通的。西方叙事理论有其普遍性的内容。故事、叙事者、叙事话语、人称、视角、复调、叙事方式、叙事时间、叙事声音，等等，在各民族叙事文学中都存在，但它们在各民族叙事文学中有不同的表现方式。构建中国本土叙事理论应该吸收现代西方叙事学的成果，借鉴其相关范畴与理论体系，梳理、提炼、升华中国本土叙事思想与叙事经验，使之成为系统的可以在当前叙事环境中运用并与西方叙事理论展开对话的理论"。② 中国叙事学所关注的对象和西方叙事学有所差别。这是构成中国叙事学独特性的一大特点。

叙事思想源头上，中国和西方有所不同。这是中国学者对于中西叙事学的重要认识。杨义认为西方叙事文类历经神话传说、史诗、悲剧、罗曼司、小说的历程。而中国汉民族没有西方那样完整的神话传说，中国的神话大都比较零碎，以片段式存在。比较明确的叙事还是商代卜辞。这样的叙事源头，使中国的叙事带有天人沟通的冥冥神秘感。这是中国独特文化给予叙事的文化滋养，这是中国叙事的一大文化特质。傅修延的《先秦叙事研究：关于中国叙事传统的形成》把先秦时期各种含有叙事意味的传统，如"无论是画事、说事、唱事、问事、铭事、感事、演事，还是甲骨、青铜、神话、史籍以及民间文艺"，③ 作为探究中国叙事传统的对象，讨论了"原始的叙事行为如何发生，对事件的记录与表述怎样由朦胧变为自觉，故事中的虚构成

---

① 赵炎秋：《构建中国本土叙事理论·代序》，《先秦两汉叙事思想》，湖南师范大学出版社 2011 年版，第 1 页。
② 赵炎秋：《构建中国本土叙事理论·代序》，《先秦两汉叙事思想》，湖南师范大学出版社 2011 年版，第 3 页。
③ 傅修延：《先秦叙事研究：关于中国叙事传统的形成》，东方出版社 1999 年版，第 5 页。

分因何出现，故事怎样从最初'粗陈梗概'的嫩芽长出繁枝密叶，叙事结构如何由简单变得复杂"①。

傅修延注意到，中国古代独特的书写工具，也为中国叙事传统带来了与众不同的内涵。他认为，甲骨上的书写为中国叙事传统带来了一些特质：第一，赋予叙事高度的严肃性乃至神圣性。叙事具有高度的严肃性，而不是简单的娱乐与休闲。这一叙事传统是甲骨这一独特书写工具带来的。第二，卜辞基本上由前辞、命辞、占辞和验辞几个部分构成，这几个部分展示了叙事的时间、空间、事件、人物等基本要素，酝酿了中国叙事传统的基本形态。第三，由于甲骨上书写比较艰难，造成了中国叙事简约、经济的传统。第四，造就了中国叙事由问答导入正文的叙事程式。由对话导入叙事是中国叙事文的特色，这一叙事程式当然是由甲骨文的卜辞造就的。同时，中国叙事文学承担探究天地人关系的特征，也是由甲骨文的卜辞造就的。除了书写在甲骨文上的卜辞之外，书写在青铜器上的铭文也是中国叙事的重要发源。和甲骨不同，青铜可以书写比较长的文字，书写相对也比较容易。这种特性造就了青铜铭文不同于甲骨文的叙事特性。由于较长篇幅的叙事出现了，铭文不再局限于如实记载，虚构叙事开始出现了。为了便于记忆，铭文开始出现了韵文文体，叙事的形式美也开始出现了。不过，同甲骨文一样，青铜铭文也是沟通神灵的重要方式。因此，铭文叙事在审美上呈现出庄严肃穆的特点。

中国叙事传统还和中国叙事文使用汉字这一独特文字紧密联系在一起。西方主流文化圈所运用的文字基本上是拼音文字，而汉字则是象形文字。相比较拼音文字而言，汉字有自身的独特性。

傅修延注意到，汉字是表意文字。表意文字"并不等同于原始的图画文字，但与表音文字相比，毕竟多了一条或隐或显的从形到意的'联想'渠

---

① 傅修延：《先秦叙事研究：关于中国叙事传统的形成》，东方出版社1999年版，第5页。

道。文字叙事的目的是在读者心目中唤起事物在时空中连续运动变化的形象思维，以形表意的汉字为读者将携带事件信息的符号转换还原为栩栩如生的事件图像提供了表音文字不可企及的极大便利"①。傅修延认为，汉字完全是按照叙事来构型的，是为了叙事而诞生的文字，具有直接表"事"的优势。因为汉字的构型部件直接和人所要从事的动作、环境、状态相关。汉字的独特构型，独特的表意方式，构成了中国叙事学不同于西方叙事学的一个区别性特征。董乃斌的《中国文学叙事传统研究》也从汉字的独特性来开掘中国叙事传统。他认为，中国的造字法本身就包含了丰富的叙事思想。为此，董乃斌分析了部分汉字所包含的叙事信息。他认为，总体上来看，汉字所体现的先民叙事思维与中国叙述传统之间有如下几种关系：活跃性、逻辑性、写意性、简洁性。② 中国古代汉字数量众多，汉字指涉的生活丰富。"先民们探究事物的目光和叙事思维伸向生活的每个方面和角落。他们造的字，既有表现身边物象、日常生活的，也有触及天文地理、宇宙万象的，还有用于仪式典礼、祭祀祷祝的，等等。"董乃斌认为："汉字的组成，表现了先民们的叙事思想，这思维应该是形象思维与逻辑思维有机和谐思维的统一，形象性必不可少，这一点显而易见，而逻辑性是它更重要的本质特征。"③ 由于汉字是象形文字，往往通过线条来抽象而又形象地表达事物、抒发感情。"汉字的写意性特征，其本质可谓叙事的诗化，即对本来质朴无华乃至可能偏于质实板滞的客观描叙行为，赋予一种超越和空灵的气格风度，从而将一件平常之事变得富于诗情。"④ 汉字的写意性决定了中国叙事传统和抒情传统常常缠绕在一起。汉字造型简洁。这一特性同样和中国叙事传统有紧密关系。中国叙事传统推崇简洁，例如，刘勰、刘知几都倡导"叙事尚简"。这当然和中国汉字尚简的特性有紧密关系。总而言之，傅修延、

---

① 傅修延：《先秦叙事研究：关于中国叙事传统的形成》，东方出版社，第 30 页。
② 董乃斌：《中国文学叙事传统研究》，中华书局出版社 2012 年版，第 49 页。
③ 董乃斌：《中国文学叙事传统研究》，中华书局出版社 2012 年版，第 53 页。
④ 董乃斌：《中国文学叙事传统研究》，中华书局出版社 2012 年版，第 50 页。

董乃斌都注意到了汉字对于中国叙事传统的塑造和影响。

中国叙事有自身的特殊源头、工具和文字。而叙事的源头、书写工具和文字，都从一定程度上影响了中国叙事传统的生成与发展。中国叙事传统因此有了自身独到的特征。这种特征基本可以概括为"史化""诗化"。也就是说，中国叙事一方面受到历史的影响，表现为崇尚历史，推崇纪实；另一方面，中国叙事传统也受到抒情文学的影响，表现出诗化的特征。

杨义认为，历史叙事深刻地影响了中国叙事传统。中国叙事"与西方在神话和小说之间插入史诗和罗曼司不同，它在神话传说的片断多义形态和小说漫长曲折的发展之间，插入了并共存着带有巨构的历史叙事。换言之，中国叙事作品虽然在后来的小说中淋漓尽致地发挥了它的形式技巧和叙写谋略，但始终是以历史叙事的形式作为它的骨干，在一个相当长的时间中存在历史叙事和小说叙事一实一虚，亦高亦下，相互影响，双轨并进的景观。小说又名'稗史'，研究中国叙事学而仅及小说，不及历史，是难以揭示其文化意义和形式奥秘的"[1]。深受历史叙事的影响，这也是中国叙事学的最突出的特征。虽然中国小说后来走上了文体独立之路，以虚构作为文体属性。但是，脱胎于历史这一独有的文化规定性，是中国小说叙事的重要文化特征。

鉴于中国古代神话并不发达，而且多为碎片化，中国叙事传统因而没有从神话那里获取更多的营养成分。与西方叙事传统不同，中国叙事传统深受历史叙事的影响。这自然既与中国上古叙事依附的材质有关，也和中国实用理性的文化价值有关。在中国上古时期，卜辞、青铜铭文所记载的大都是历史事件。这是中国叙事传统萌发的源头。此外，中国叙事思想从历史那里获取了滋养，并以史传为源头，"史传因其权威地位和叙事上的高度成就，成为中国古代叙事思想的资源。中国古代叙事思想受到史传叙事思想的深刻影

---

① 杨义：《中国叙事学》，人民出版社 1997 年版，第 15 页。

响，表现出鲜明的‘史化’特征"。① 和历史叙事近亲的特征，使得中国叙事与西方叙事不同。西方叙事脱胎于史诗和神话，以"虚构"为叙事的根本性特征。中国叙事思想受到历史影响的表现为，在功能上中国叙事普遍有"慕史"倾向，小说创作也追求"历史化"，把"补史之缺"作为小说创作的重要目标。脱胎于历史的中国叙事，在方法论上，崇尚"实录"，"从叙事理念来看，小说本为虚构性叙事，但与西方视‘虚构’为小说本质不同，中国古代叙事思想多承继史传‘实录’的叙事理念，视‘实录’为小说的根本特性"②。

中国叙事传统的"诗化"特征，是中国叙事与西方叙事有本质性区别的另一个重要表现。中国叙事思想如何和诗性建立联系呢？一般认为，因为中国古代抒情传统过于发达，渗透到了叙事传统之中。这种说法过于笼统。其实，中国叙事的诗化传统可以从古代叙事文那里找到源头。傅修延发现，《易经》作为中国古代经典，初步建立了诗化的叙事传统。《易经》的主要内容是卦爻辞，而"卦爻辞主要为叙事，其中除了述及王公的史事外，更多的是社会生活中的普通事件"③。《易经》作为一部影响了中国文化的经书，就叙事传统而言，"它的历史作用主要表现在开启了一种隐喻性叙事。隐喻性叙事为诉诸意象手段和象征方法的模拟性叙事，商周官方纪事讲究秉笔直书，不考虑婉言曲笔，因此极少见到意象与象征"④。也有学者认为，中国丰富的抒情诗学处于强势地位，并对中国古代叙事思想产生了深远影响。抒情传统的渗透使"中国古代叙事思想表现出‘诗化’特征。相对于史传对中国古代叙事思想的‘显在’性影响，‘诗骚’抒情传统的影响要隐晦一些，主要表现为一种无所不在的渗透和浸润，因此，中国古代叙事普遍表现

---

① 熊江梅：《先秦两汉叙事思想》，湖南师范大学出版社 2011 年版，第 4 页。

② 熊红梅：《先秦两汉叙事思想》，湖南师范大学出版社 2011 年版，第 5 页。

③ 傅修延：《先秦叙事研究：关于中国叙事传统的形成》，东方出版社 1999 年版，第 76 页。

④ 傅修延：《先秦叙事研究：关于中国叙事传统的形成》，东方出版社 1999 年版，第 81—82 页。

出轻'再现'重'表现'的'亚叙事'倾向，并形成了中国古代叙事思想的'诗化'特征"①。"诗骚"传统对中国叙事思想的影响，在杨义看来，体现为意象成为中国叙事的重要特征。

中国叙事文学存在丰富的意象，其原因有以下几点："首先，这是一种时态非原生性的、也没有名词数量和主宾词格之变化的语言，这使它能够相当灵活地超越时间、空间的限制，沟通各种文化要素；其次，中国宇宙观有天人合一，大宇宙和小宇宙、甚至各种层次的'宇宙'互相渗透呼应的特点，这就使得在时空中相互灵便自如的语言，可以携带上许多宇宙信息，或者文化密码；再次，中国诗歌长于意象抒情，它所创造的闪光的意象，随时从这种处于文学正宗地位的文体向其他文体渗透；最后，中国有文学的历史源远流长，而且延绵不绝，这就可能给一些重复使用的表象一层一层地积累上新的意义，使表象转化为意象，并且层积成丰富的意义层面。以上这些原因的交互作用，就使中国文字中某些具有形象可感性的词语，往往汇聚着历史和神话，自然和人的多种信息，可以触动人们在广阔的时空间的联想。而这种象内含意，意为象心，二者有若灵魂和躯壳，结合而成生命体。"② 这种生命体就是意象或者意象叙事。这是中国叙事文学、小说不同于西方叙事文学的重要之处。杨义认为，首先，小说叙事里的意象具有凝聚作品精神和意义的功能，通过意象，能把作品的精神、要旨凝聚起来形成醒目而又含蓄的意义呈现方式；其次，意象具有贯穿小说结构，打通小说内在文脉的结构功能；最后，意象还具有增强小说审美意味和耐读性的功能。意象是中国叙事不同于西方叙事的一个非常重要的特征，利用好意象，自然有助于小说审美意蕴的提升，也有利于小说作品结构的贯通。

中国叙事理论的建立和中国先民们所依赖的独特书写工具、书写材料、文字有密不可分的关系。除了这些属于"器物"层面的要素之外，决定中国

---

① 熊红梅：《先秦两汉叙事思想》，湖南师范大学出版社 2011 年版，第 6 页。
② 杨义：《中国叙事学》，人民出版社 1997 年版，第 267—268 页。

叙事理论的应该是由"器物"以及社会生活等因素构成的文化。因此，构建中国叙事理论，自然离不开从文化入手。杨义认为，应该走中国文化还原之路来建立中国叙事学："要建立中国的学术体系，是不能把立足点建立在一些外国流行的空泛观念之上的，也不能从古希腊、罗马去寻找自己的血脉，切实的办法是返回中国历史文化的原点去。返回原点并非容易的事情，因为每一个事物已经蒙上了许多历史的烟尘。但这又是必须想办法去做的事情，因为一个历史现象或当前现象往往隐含着原点的基因，这种基因对于解读历史现象或当前现象的文化密码又往往具有某种程度的关键价值。"① 如何还原？杨义提出了三条切实可行的路径。一是深刻把握《易经》《道德经》等儒家、道家、先秦诸子著述的深层次文化内涵；二是从甲骨文、金文、先秦文献中探索中国曾出现过的观念和现象的源头；三是从语源学、语义学入手，探求中国文字所具有的文化信息。典籍、文献、文字相结合，就能找到中国文化最初的源头和密码。当然，探寻叙事学的发展路径和内涵，并非仅仅返回到中国文化原点就万事大吉，还应该参照西方叙事学，以开放的文化眼光来挖掘中国叙事学的本真。

经过文化还原与参照，杨义找到了中国叙事学所具有的独特特征。经过研究，杨义发现了中国叙事形式法则具有两大特征。其一是"对立互补"原则。中国古代人把叙事作品看作"人对于天地文章的参悟，对叙事形式法则的某些探究和把握也就带有整体性的思路，细加体察，还不同程度地可以发现其文字的背后存在某种类乎阴阳对立、两极共构的结构原则，因而可以从表层的杂乱无章中清理出配套的理论思路"②。杨义发现，中国叙事学讨论叙事法则时，遵循对立互补原则。总是从正、中、反各个角度来处理叙事法则。顺序和倒叙、分叙后类叙、暗叙与追叙等，都是相对的概念同时出现。这种两两相对的叙事法则构成的叙事形式，构成了中国叙事学的独到特色。

---

① 杨义：《中国叙事学》，人民出版社 1997 年版，第 28 页。
② 杨义：《中国叙事学》，人民出版社 1997 年版，第 17—18 页。

中国叙事学另外一个叙事形式构成法则是"两极中和"原则。"对立者可以共构，互殊者可以相通，那么在此类对立相或殊相的核心，必然存在某种互相维系、互相融合的东西，或者换用一个外来语，存在某种'张力场'。这就是中国所谓'致中和'的审美追求和哲学境界。内中和而外两极，这是中国众多叙事原则的深处的潜原则。无中和，两极就会外露和崩裂；无两极，中和就会凝固和沉落。中和与两极，二者也是对立统一的，它以两极对立为动力，以中和使审美动力学形成一个完整的境界。"①

杨义的《中国叙事学》不仅从宏观上探讨了中国叙事学的特质，还从叙事学的微观层面讨论了中国叙事学的诸多问题。他详细讨论了诸如结构、时间、视角、意象等具体问题，也讨论了中国叙事理论独特形态——评点。关于叙事结构，杨义认为，从中国人整体性思维入手："读中国叙事作品是不能忽视以结构之道贯穿结构之技的思维方式，是不能忽视哲理性结构和技巧性结构相互呼应的双重构成的。"② 这种双构性一方面是"结构之技"蕴含着"结构之道"，另一方面是"结构之道"贯穿着"结构之技"。这种结构上的双构性构成了中国叙事文学的重要特征。

不同于西方主要语种"日——月——年"的时间上的排列方式，中国人时间上的排列方式是"年——月——日"。这种独特的时间上的排列方式体现了中国叙事文学独特的时间观念。"在中国人的时间标示顺序中，总体先于部分，体现了他们（中国古人——引用者注）对时间整体性的重视，他们以时间整体性呼应着天地之道，并以天地之道赋予部分以意义。"③ 这种整体观构成了中国古典小说解释天地奥秘的神秘感，也体现了中国古代小说具有贯穿于天、地、人、神的整体生命观。

视角是叙事学中一个重要的概念，也是叙事学分析的主要内容。西方众多叙事学家都把视角看作决定小说艺术成就高低的关键。不过，与西方叙事

---

① 杨义：《中国叙事学》，人民出版社 1997 年版，第 21 页。
② 杨义：《中国叙事学》，人民出版社 1997 年版，第 47 页。
③ 杨义：《中国叙事学》，人民出版社 1997 年版，第 122 页。

学强调叙事形式的封闭性，把视角和作者、叙述者割裂开来分析不同，杨义认为，把视角和叙述者、作者割裂开来的分析模式不适合中国叙事的特性。对此，杨义认为："作者是一部作品幻化出叙述者，以及透射出视角的'原点'，由此形成叙事的扇面，并在视角周转中形成叙事世界的圆。"① 杨义认为，视角以作者为出发点，通过叙述者这一中介，分化出限知、全知两种叙事视角。在此基础上，产生了外透视、内透视两种聚焦方式。视角天然具有流动性，一部小说不可能是一种视角从头到尾固定下来。聚焦也必然产生盲点，于是出现了聚焦的"有"和"无"。而视角的"一"和"多"的流动，聚焦在"有"和"无"的转换之中。杨义认为，这种"转换"是中国传统文化的"天人之道"在起根本性的作用。这也是中国叙事学在视角分析上和西方叙事学的根本不同之处。

　　杨义的《中国叙事学》是自觉建构中国叙事学的重要著作。一方面，杨义借鉴了西方叙事学的概念、范畴，以此去总结中国叙事学的内涵、特点；另一方面，杨义以西方叙事学为参照，紧扣中国文化的独特性，以中国文化为贯穿和焦点，提炼出不同于西方叙事学的内涵，建构中国叙事学。

---

　　① 杨义：《中国叙事学》，人民出版社 1997 年版，第 209 页。

结　语

　　中国当代小说理论发展史是中国近现代以来小说理论发展进程中的一个重要组成部分。要揭示中国当代小说理论的历史演进路径和基本特征，就应该回到近现代以来小说理论发展历程中去。

　　中国具有现代意义上的小说和中国传统小说是有根本性差异的两个概念。中国传统意义上的小说，既是目录学意义上的"小说"——隶属于子集、史集，又属于具有虚构性质的"小说"。中国古代文学语境中的"小说"和西方语境中的"小说"属于完全不同的系统，具有完全不同的内涵和外延。诸多学者对这一问题已有很多论述，在此不再赘述。从根本上来说，中国近现代以来的小说理论，是中国古典小说和西方现代小说理论中和的产物，而时代的风云变幻，又突出了小说理论的某些特征，凸显、强化了改为中国古典传统或者西方小说理论的某一部分或某一方面的特征。

　　我们可以看到，"十七年"小说理论在接续中国古典小说传统和借鉴外来小说理论的道路上，呈现出了鲜明的时代特色。现实主义小说理论的发展，离不开西方小说理论的影响，以"人"为中心的小说理论始终是"十七年"小说理论的主流。但是，现实小说理论的各种命题被赋予时代性，具有鲜明的政治色彩。而对于中国传统故事体、评书体的借鉴，使这个时期的小说理论更具有大众化色彩与民族气质。这自然也是时代潮流给小说理论赋予的鲜明特色。总体来看，明确的政治色彩和功利主义价值取向，始终牵扯和制约"十七年"小说理论的发展。20世纪80年代的改革开放，则使小说理论进入彻底、全面反思"十七年"小说理论的新阶段。时代思潮对于当代小说理论的影响是深入的，也是全面的。这是我们在讨论中国当代小说理论发展史时必须要注意的。

从更加深入的角度来看，中国当代小说理论在建构的历史过程中，始终坚持吸收中国古代小说理论传统。中国古代小说理论多种资源，例如，故事理论、抒情理论、创作理论、叙事理论，都得到了广泛的借鉴与转化，这种借鉴使中国当代小说理论具有了鲜明的民族特色。而对外来小说理论，更多地是以化用的方式来吸收。例如，对于意识流小说理论，甚至是形式主义小说理论，则分别以抒情传统和现实主义理论传统来化用和接受。

正因为处于时代潮流的回应、自身传统的接续、外来资源的化用"三方会话"之中，历经70年的发展，中国当代小说理论形成了现实主义小说理论、抒情小说理论、形式主义小说理论、"形式——文化"综合小说理论等类型。其中现实主义小说理论是最重要的理论形态。这自然是由中国"文以载道"文学传统所决定的，也是中国现代化历史道路特殊性所造成的。

总体来看，现代化历史道路的牵引和接受优秀传统文化的影响是中国当代小说理论发展的两大动力。而现代化历史道路的牵引，既包括作为后发现代化国家的现代化物质文明建设和制度文明建设，也包括广泛吸收西方文学理论（包括西方文化的）有益滋养。现代性与传统性构成了中国当代小说理论的"一体两面"，这是中国当代小说理论最根本性的特征。现代性意味着中国当代小说理论已经汇入世界现代文明的历史洪流，是世界现代性文学的有机组成部分。民族性是中国当代小说理论在汇入世界文学的大河之中，仍然葆有的民族特性。换言之，民族性小说理论的建构才是中国当代小说理论的内在动力，也是终极发展目标。

参 考 文 献

历年《人民文学》《文艺报》《文学评论》《小说评论》《当代作家评论》等期刊

1. 洪子诚：《中国当代文学史》，北京大学出版社 2007 年版。

2. 洪子诚：《二十世纪中国小说理论资料》第五卷，北京大学出版社 1997 年版。

3. 於可训：《中国当代文学概论》，武汉大学出版社 2004 年版。

4. 於可训主编：《中国当代文学编年史》，湖南人民出版社 2006 年版。

5. 张健主编：《中国当代文学编年史》，山东文艺出版社 2012 年版。

6. 王尧、林建法：《中国当代文学批评大系（1949—2009）》6 卷，苏州大学出版社 2012 年版。

7. 古远清：《中国当代文学理论批评史·1949—1989 大陆部分》，山东文艺出版社 2005 年版。

8. 黄曼君：《中国近百年文学理论批评史》，湖北教育出版社 1997 年版。

9. 陈剑晖、宋建华主编：《20 世纪中国文学批评史》，海南出版社 2003 年版。

10. 周新民主编：《中国新时期小说理论资料汇编》，武汉大学出版社 2014 年版。

11. 吴俊主编：《中国当代文学批评史料编年》，华东师范大学出版社 2018 年版。

12. 陈思和主编：《中国新文学大系 1976—2000 文学理论卷一》，上海文艺出版社 2009 年版。

13. 陈思和主编：《中国新文学大系 1976—2000 文学理论卷二》，上海文艺出版社 2009 年版。

14. 陈思和主编：《中国新文学大系 1976—2000 文学理论卷三》，上海文艺出版社 2009 年版。

　　15. 冯牧主编：《中国新文学大系 1949—1976 文学理论卷一》，上海文艺出版社 1997 年版。

　　16. 冯牧主编：《中国新文学大系 1949—1976 文学理论卷二》，上海文艺出版社 1997 年版。

　　17. 朱东润：《中国文学批评史大纲》，古典文学出版社 1957 年版。

　　18. 郭绍虞：《中国文学批评史》，上海古籍出版社 1984 年版。

　　19. 王先霈、周伟民：《明清小说理论批评史》，花城出版社 1988 年版。

　　20. 谭帆、王冉冉等：《中国分体文学学史·小说学卷》，山西教育出版社 2013 年版。

　　21. 张羽、王汝梅：《中国小说理论通史》，北京师范大学出版社 2016 年版。

　　22. 陈洪：《中国小说理论史》，天津教育出版社 2005 年版。

　　23. 程锡麟、王晓路：《当代美国小说理论》，外语教学与研究出版社 2001 年版。

　　24. 申丹、韩加明等：《英美小说叙事理论研究》，北京大学出版社 2005 年版。

　　25. 荣文仿等：《20 世纪中国小说理论研究》，湖南文艺出版社 2002 年版。

　　26. 程光炜：《当代中国小说批评史》，中国社会科学出版社 2019 年版。

　　27. 陈晓明：《中国当代文学批评史》，北京大学出版社 2022 年版。

附　录

当代重要小说理论著作编年(含再版)

1. 高明：《小说研究十六讲》，北新书局 1950 年版。

2. 柳溪：《试谈写小说》，东北人民出版社 1951 年版。

3. 胡山源：《小说是什么》，北新书局，1953 年版。

4. ［苏］安东诺夫等：《论短篇小说的写作》，蔡时济等译，新文艺出版社 1953 年版。

5. ［苏］马托夫·B.：《再论短篇小说》，秦顺新译，新文艺出版社 1954 年版。

6. 胡山源：《小说习作》，文艺联合出版社 1954 年版。

7. ［苏］索斯金：《谈短篇小说体裁的运用》，蔡时济译，新文艺出版社 1954 年版。

8. ［苏］安东诺夫：《论短篇小说》，李一柯译，中南人民文学艺术出版社 1954 年版。

9. ［苏］安东诺夫：《论短篇小说的写作》，蔡时济等译，新文艺出版社 1955 年版。

10. 百花文艺出版社：《长篇小说创作中的若干问题》，百花文艺出版社 1959 年版。

11. 茅盾：《谈短篇小说创作》，解放军文艺出版社 1959 年版。

12. 峻青：《谈谈短篇小说的写作》，上海文艺出版社 1959 年版。

13. 作家出版社编辑部编：《谈小说创作》，作家出版社 1962 年版。

14. 李孟贤：《写作小故事》，新疆人民出版社 1962 年版。

15. 上海师范大学中文系文艺评论组：《短篇小说创作谈》，上海人民出版社 1974 年版。

16. 周伯乃：《现代小说论》，三民书局 1974 年版。

17. 刘守华：《谈革命故事的写作》，湖北人民出版社 1974 年版。

18. 春华、小阳编：《小故事写作杂谈》，上海人民出版社 1976 年版。

19. ［英］毛姆：《毛姆写作回忆录》，陈苍多译，志文出版社 1977 年版。

20. 春华、小阳编：《怎样写小故事》，上海教育出版社 1978 年版。

21. 人民文学编辑部：《论短篇小说创作》，人民文学出版社 1979 年版。

22. 蒋成瑀：《故事创作漫谈》，上海文艺出版社 1979 年版。

23. 胡菊人：《小说技巧》，明窗出版社 1979 年版。

24. 傅腾霄：《小说创作漫谈》，安徽人民出版社 1979 年版。

25. 河北人民出版社：《笔谈短篇小说》，河北人民出版社 1980 年版。

26. 河北师范大学中文系写作教研室：《短篇小说》，吉林人民出版社 1980 年版。

27. 罗盘：《小说创作论》，东大图书有限公司 1980 年版。

28. ［英］福斯特：《小说面面观》，李文彬译，志文出版社 1980 年版。

29. 王敬文：《漫谈小说创作》，春风文艺出版社 1980 年版。

30. 梁斌：《春朝集》，上海文艺出版社 1980 年版。

31. 刘守华：《略谈故事创作》，长江文艺出版社 1980 年版。

32. 高彬：《长篇小说创作经验谈》，湖南人民出版社 1981 年版。

33. 江西人民出版社编：《短篇小说创作技巧漫谈》，江西人民出版社 1981 年版。

34. 高行健：《现代小说技巧初探》，花城出版社 1981 年版。

35. 王效天：《小说创作经验谈》，江苏人民出版社 1981 年版。

36. 刘锡诚：《小说创作漫评》，湖南人民出版社 1981 年版。

37. ［英］爱·摩·佛斯特：《小说面面观》，苏炳文译，花城出版社 1981 年版。

38. 陆文夫：《小说门外谈》，花城出版社 1982 年版。

39. 郭超：《小说的创作艺术》，花山文艺出版社 1982 年版。

40. 肖溪：《军事题材小说创作谈》，解放军文艺出版社 1982 年版。

41. 牟钟秀：《获奖短篇小说创作谈》，文化艺术出版社 1982 年版。

42. 路德庆：《中短篇小说获奖作者创作经验谈》，长江文艺出版社 1983 年版。

43. 王蒙：《漫话小说创作》，上海文艺出版社 1983 年版。

44. 彭华生：《新时期作家谈创作》，人民文学出版社 1983 年版。

45. 黄新根：《名著与生活》，广西人民出版社 1984 年版。

46. ［英］乔纳森·雷班：《现代小说写作技巧》，戈木译，陕西人民出版社 1984 年版。

47. 艾芜：《谈小说创作》，湖南人民出版社 1984 年版。

48. 胡万春：《漫谈自学小说创作》，春风文艺出版社 1984 年版。

49. ［英］爱·摩·福斯特：《小说面面观》，苏炳文译，花城出版社 1984 年版。

50. 王寅明：《故事编讲新探》，陕西人民出版社 1984 年版。

51. 浩然：《答初学写小说的青年》，春风文艺出版社 1984 年版。

52. 洪钧：《小说创作放谈》，知识出版社 1984 年版。

53. 李永生：《短篇小说创作技巧》，山西人民出版社 1984 年版。

54. 李保均：《小说写作研究》，湖北人民出版社 1984 年版。

55. 彭嘉锡：《小说创作十谈》，吉林人民出版社 1984 年版。

56. 张晓林：《寄短篇小说习作者》，花城出版社 1984 年版。

57. 《北京文学》编辑部：《小说创作二十讲》，中国文联出版社 1985 年版。

58. 高尔纯：《短篇小说结构理论与技巧》，西北大学出版社 1985 年版。

59. 王愿坚：《小说的发现与表现》，春风文艺出版社 1985 年版。

60. 林斤澜：《小说说小》，春风文艺出版社 1985 年版。

61. 张抗抗：《小说创作与艺术感觉》，百花文艺出版社 1985 年版。

62. ［苏］安东诺夫:《短篇小说写作技巧》，蔡时济等译，重庆出版社 1985 年版。

63. 周克芹：《新时期获奖小说创作经验谈》，湖南人民出版社 1985 年版。

64. 吴功正：《小说美学》，江苏人民出版社 1985 年版。

65. 吴功正：《小说情节谈》，文化艺术出版社 1985 年版。

66. 马尚瑞：《短篇小说创作研究》，北京燕山出版社 1986 年版。

67. 董大中：《我的第一篇小说》，中国文联出版公司 1986 年版。

68. 王笠耕：《小说创作十戒》，中国文联出版公司 1986 年版。

69. 王强模：《小说写作艺术》，贵州人民出版社 1986 年版。

70. 王光霈：《小说技巧探赏》，四川文艺出版社 1986 年版。

71. 滕云：《小说审美谈》，百花文艺出版社 1986 年版。

72. 江曾培：《小说虚实录》，海峡文艺出版社 1986 年版。

73. 杨绛：《关于小说》，三联书店 1986 年版。

74. 李乔：《小说入门》，时报文化出版事业公司 1986 年版。

75. 张永如：《小说创作刍论》，北岳文艺出版社 1986 年版。

76. 张德林：《小说艺术谈》，海峡文艺出版社 1986 年版。

77. 吴松亭：《小说创作艺术谈》，江西人民出版社 1986 年版。

78. 刘森辉：《小说探骊》，安徽文艺出版社 1986 年版。

79. 刘世剑：《小说概说》，东北师范大学出版社 1986 年版。

80. ［美］阿米斯·V. M.：《小说美学》，傅志强译，燕山出版社 1987 年版。

81. 金健人：《小说结构美学》，浙江文艺出版社 1987 年版。

82. 许世杰：《微型小说艺术初探》，河南人民出版社 1987 年版。

83. 程德培：《小说本体思考录》，上海文艺出版社 1987 年版。

84. ［美］约翰·盖利肖：《小说写作技巧二十讲》，梁淼译，北京十月文艺出版社 1987 年版。

85. 王敬文：《小说艺术构思初探》，中国文联出版公司 1987 年版。

86. 王先霈：《徘徊在诗与历史之间》，长江文艺出版社 1987 年版。

87. ［美］罗伯特·汉弗莱：《现代小说中的意识流》，程爱民、王正文译，湖南人民出版社 1987 年版。

88. 李必雨：《小说技法》，云南人民出版社 1987 年版。

89. 徐启华：《小说社会学初探》，安徽文艺出版社 1987 年版。

90. 张德林：《现代小说美学》，湖南文艺出版社 1987 年版。

91. 南帆：《小说艺术模式的革命》，三联书店上海分店 1987 年版。

92. ［美］韦恩·布斯：《小说修辞学》，付礼军译，北京大学出版社 1987 年版。

93. 崔道怡：《"冰山"理论：对话与潜对话，外国名作家论现代小说艺术》，中国工人出版社 1987 年版。

94. ［美］利昂·塞米利安：《现代小说美学》，宋协立译，陕西人民出版社 1987 年版。

95. 周迪苏：《小说创作新论》，长江文艺出版社 1987 年版。

96. 刘炳泽：《小说创作论荟萃》，长江文艺出版社 1987 年版。

97. 俞汝捷：《小说二十四美》，中国青年出版社 1987 年版。

98. 侯民治：《小说创作研究》，山东教育出版社 1987 年版。

99. 中国社会科学出版社文学编辑室：《小说文体研究》，中国社会科学出版社 1988 年版。

100. 袁昌文：《微型小说写作技巧》，学苑出版社 1988 年版。

101. 艾斐：《小说审美意识》，文化艺术出版社 1988 年版。

102. 王国全：《新故事创作技法谈》，上海文艺出版社 1988 年版。

103. 樊俊智：《中外小说 35 种创作样式》，海燕出版社 1988 年版。

104. ［法］吕西安·戈尔德曼：《论小说的社会学》，吴岳添译，中国社会科学出版社 1988 年版。

105. 吕奎文：《小小说创作技巧》，广东高等教育出版社 1988 年版。

106. 刘安海：《小说创作技巧描述》，华中师范大学出版社 1988 年版。

107. 马成生：《明清作家论小说艺术》，团结出版社 1989 年版。

108. 雾雪：《怎样写小说》，黑龙江少年儿童出版社 1989 年版。

109. 蒋成瑀：《新故事理论概要》，上海文艺出版社 1989 年版。

110. 胡良桂：《史诗艺术与建构模式》，湖南艺术出版社 1989 年版。

111. 瞿世镜：《意识流小说理论》，四川文艺出版社 1989 年版。

112. 浩然：《小说创作经验谈》，中原农民出版社 1989 年版。

113. 汪靖洋：《当代小说理论与技巧》，江苏教育出版社 1989 年版。

114. 梁多亮：《微型小说写作》，四川文艺出版社 1989 年版。

115. 柳鸣九：《意识流》，中国社会科学出版社 1989 年版。

116. 周政保：《独白与奥秘》，昆仑出版社 1989 年版。

117. 刘孝存：《小说结构学》，光明日报出版社 1989 年版。

118. 何帆:《现代小说题材与技巧》,中国文联出版公司 1989 年版。

119. 龙歌:《小说写作训练》,教育科学出版社 1990 年版。

120. 黄武忠:《小说经验》,富春文化事业公司 1990 年版。

121. 鲁原:《当代小说美学》,广西教育出版社 1990 年版。

122. 高作智:《小说探秘》,大连出版社 1990 年版。

123. 〔美〕华莱士·马丁:《当代叙事学》,伍晓明译,北京大学出版社 1990 年版。

124. 雷耀发:《小说写作系统工程论》,广西民族出版社 1990 年版。

125. 陈顺宣:《微型小说创作技巧》,广西人民出版社 1990 年版。

126. 郭超:《小说技法五十五讲》,内蒙古教育出版社 1990 年版。

127. 赵增锴:《当代小说结构探索》,广西人民出版社 1990 年版。

128. 王延弼:《小小说创作二十讲》,北方文艺出版社 1990 年版。

129. 殷国明:《小说艺术的现在与未来》,上海文艺出版社 1990 年版。

130. 杨昌江:《微型小说技法与鉴赏》,学苑出版社 1990 年版。

131. 李兴桥:《小小说艺术论》,中国华侨出版公司 1990 年版。

132. 李丽芳:《微型小说创作论》,云南民族出版社 1990 年版。

133. 〔美〕珀·卢伯克、〔美〕爱·福斯特、〔美〕爱·缪尔卢伯克:《小说美学经典三种》,方土人、罗婉华译,上海文艺出版社 1990 年版。

134. 刘海涛:《微型小说的理论与技巧》,中国人民大学出版社 1990 年版

135. 俞汝捷:《小说二十四美》,中国青年出版社 1990 年版。

136. 何永康:《小说艺术论稿》,河海大学出版社 1990 年版。

137. 马振方:《小说艺术论稿》,北京大学出版社 1991 年版。

138. 陆志平:《小说美学》,人民出版社 1991 年版。

139. 钟本康:《小说的艺术综合》,浙江文艺出版社 1991 年版。

140. 诸孝正:《怎样写微型小说》,陕西人民教育出版社 1991 年版。

141. 〔英〕罗杰·福勒:《语言学与小说》,于宁等译,重庆出版社 1991 年版。

142. 瞿世镜:《音乐美术文学》,学林出版社 1991 年版。

143. 王宗仁:《小说艺术辩证法与审美》,春风文艺出版社 1991 年版。

144. 王安忆：《故事和讲故事》，浙江文艺出版社 1991 年版。

145. 李炳银：《小说艺术论》，花山文艺出版社 1991 年版。

146. 房文斋：《小说艺术技巧》，吉林大学出版社 1991 年版。

147. 彭华生：《新时期作家创作艺术新探》，人民文学出版社 1991 年版。

148. ［美］约瑟夫·弗兰克等：《现代小说中的空间形式》，秦林芳译，北京大学出版社 1991 年版。

149. 周政保：《泥泞的坦途》，陕西人民教育出版社 1991 年版。

150. 余昌谷：《小说艺术形态》，安徽文艺出版社 1991 年版。

151. 于尚富：《小小说纵横谈》，文化艺术出版社 1991 年版。

152. 魏怡：《小说鉴赏入门》，湖北教育出版社 1992 年版。

153. 王启忠：《小说文化》，北方文艺出版社 1992 年版。

154. 王保民：《小小说百家创作谈》，河南人民出版社 1992 年版。

155. ［美］汉弗莱：《现代小说中的意识流》，程爱民、王正文译，广西师范大学出版社 1992 年版。

156. 李晶：《历史与文本的超越》，上海社会科学院出版社 1992 年版。

157. ［捷克］米兰·昆德拉：《小说的艺术》，孟湄译，三联书店 1992 年版。

158. 徐岱：《小说叙事学》，中国社会科学出版社 1992 年版。

159. 张杰：《复调小说理论研究》，漓江出版社 1992 年版。

160. 孙绍振：《怎样写小说》，海峡文艺出版社 1992 年版。

161. 傅腾霄：《小说技巧》，中国青年出版社 1992 年版。

162. ［美］伊恩·里得：《短篇小说》，肖遥、陈依译，昆仑出版社 1993 年版。

163. 蔡宇知：《小说叙述形态论》，新疆人民出版社 1993 年版。

164. 胡尹强：《小说艺术》，上海文艺出版社 1993 年版。

165. 盛子潮：《小说形态学》，海峡文艺出版社 1993 年版。

166. 李士德：《思潮与小说创作论》，时代文艺出版社 1993 年版。

167. 崔道怡：《小说创作十二讲》，漓江出版社 1993 年版。

168. 孙大卫：《小说艺术探秘》，中国工人出版社 1993 年版。

169. 何承伟：《故事基本理论及其写作技巧》，大众文艺出版社 1993 年版。

170. 胡亚敏：《叙事学》，华中师范大学出版社 1994 年版。

171. 罗钢：《叙事学导论》，云南人民出版社 1994 年版。

172. 童玉云：《当代小说技巧》，辽宁大学出版社 1994 年版。

173. 王敬文：《长篇小说的艺术构思》，中国文联出版公司 1994 年版。

174. 王克俭：《小说创作隐性逻辑》，北京大学出版社 1994 年版。

175. 江曾培：《微型小说面面观》，百花洲文艺出版社 1994 年版。

176. 桂青山：《小说创作实证论》，云南教育出版社 1994 年版。

177. 王鸿卿：《小说美学论集》，春风文艺出版社 1995 年版。

178. 李洁非：《小说学引论》，广西教育出版社 1995 年版。

179. 唐跃：《小说语言美学》，安徽教育出版社 1995 年版。

180. 吕同六：《20 世纪世界小说理论经典》，华夏出版社 1995 年版。

181. 俞汝捷：《人心可测》，淑馨出版社 1995 年版。

182. 何永康：《小说艺术论稿》，河海大学出版社 1995 年版。

183. 吴篮铃：《小说言语美学》，警官教育出版社 1996 年版。

184. 傅腾霄：《小说技巧》，洪业文化事业公司 1996 年版。

185. 陆志平：《小说美学》，东方出版社 1997 年版。

186. 王安忆：《心灵世界》，复旦大学出版社 1997 年版。

187. 王保民：《小小说百家创作谈》，河南文艺出版社 1997 年版。

188. ［匈］卢卡契：《小说理论》，杨恒达编译，唐山出版社 1997 年版。

189. 俞汝捷：《小说 24 美》，中国青年出版社 1997 年版。

190. 余学芳：《陶情的小说》，广州出版社 1997 年版。

191. 魏饴：《小说鉴赏入门》，辽宁师范大学出版社 1998 年版。

192. ［美］F. A. 迪克森等：《短篇小说写作指南》，朱纯深译，辽宁教育出版社 1998 年版。

193. 申丹：《叙述学与小说文体学研究》，北京大学出版社 1998 年版。

194. 江曾培：《微型小说的特性与技巧》，明窗出版社 1998 年版。

195. 杨义：《中国叙事学》，中国社会科学出版社 1998 年版。

196. 张德林：《现代小说的多元建构》，华东师范大学出版社 1998 年版。

197. ［苏］米·巴赫金：《小说理论》，白春仁等译，河北教育出版社 1998 年版。

198. 周政保：《泥泞的坦途》，山西人民教育出版社 1998 年版。

199. 马振方：《小说艺术论》，北京大学出版社 1999 年版。

200. ［英］乔·艾略特等：《小说的艺术》，张玲等译，社会科学文献出版社 1999 年版。

201. 王铁：《小说的模式与叙事艺术》，新疆大学出版社 1999 年版。

202. 王愿坚：《艺海荡桨：王愿坚谈短篇小说创作》，解放军文艺出版社 1999 年版。

203. 毕馥华：《小说的故事》，春风文艺出版社 1999 年版。

204. 张春荣：《极短篇的理论与创作》，尔雅出版社有限公司 1999 年版。

205. 张佐邦：《作家心理美学》，中国档案出版社 1999 年版。

206. 刘安海：《小说"小说"》，华中师范大学出版社 1999 年版。

207. 韩松：《想像力宣言》，四川人民出版社 2000 年版。

208. 行者：《有关小说写作的几个问题》，中国文联出版社 2000 年版。

209. 祝敏青：《小说辞章学》，海峡文艺出版社 2000 年版。

210. ［秘］巴尔加斯·略萨：《中国套盒：致一位青年小说家》，赵德明译，百花文艺出版社 2000 年版。

211. 刘海涛：《小说的读与写》，中山大学出版社 2000 年版。

212. 凌焕新：《微型小说艺术探微》，南京师范大学出版社 2000 年版。

213. 马原：《虚构之刀》，春风文艺出版社 2001 年版。

214. 王笠耘：《小说创作十戒》，人民文学出版社 2001 年版。

215. 吴效刚：《小说叙述艺术论》，敦煌文艺出版社 2001 年版。

216. 高选勤：《小说语言论》，武汉出版社 2002 年版。

217. 马原：《阅读大师》，上海文艺出版社 2002 年版。

218. 陈碧月：《小说创作的方法与技巧》，秀威资讯科技股份有限公司 2002 年版。

219. 耿占春：《叙事美学：探索一种百科全书式的小说》，郑州大学出版社 2002 年版。

220. 王阳：《小说艺术形式分析：叙事学研究》，华夏出版社 2002 年版。

221. 格非：《小说叙事研究》，清华大学出版社 2002 年版。

222. 杨昌年：《现代小说》，三民书局股份有限公司 2002 年版。

223. 曹文轩：《小说门》，作家出版社 2002 年版。

224. 周庆华：《故事学》，五南图书出版公司 2002 年版。

225. 吕幼安：《小说因素与文艺生态》，武汉出版社 2002 年版。

226. 刘绍信：《当代小说叙事学》，黑龙江教育出版社 2002 年版。

227. 魏润身：《小说创作论》，华艺出版社 2003 年版。

228. 郑树森：《小说地图》，一方出版有限公司 2003 年版。

229. 蒋晓兰：《小说写作艺术与技巧》，贵州民族出版社 2003 年版。

230. 祖国颂：《叙事的诗学》，安徽大学出版社 2003 年版。

231. ［法］贝尔纳·瓦莱特：《小说：文学分析的现代方法与技巧》，陈艳译，天津人民出版社 2003 年版。

232. 李裴：《小说结构与审美》，贵州人民出版社 2003 年版。

233. 李建军：《小说修辞研究》，中国人民大学出版社 2003 年版。

234. 张健：《小说理论与作品评析》，文津出版社有限公司 2003 年版。

235. 陈果安：《小说创作的艺术与智慧》，电子资源·图书，中南大学出版社 2004 年版。

236. 申丹：《叙述学与小说文体学研究》，北京大学出版社 2004 年版。

237. 张大春：《小说稗类》，广西师范大学出版社 2004 年版。

238. ［美］华莱士·马丁：《当代叙事学》，伍晓明译，北京大学出版社 2005 年版。

239. 张西祥：《当今小说如何写》，海峡文艺出版社 2005 年版。

240. 王璞：《怎样写小说：小说创作十二讲》，汇智出版有限公司 2006 年版。

241. 梅美莲：《小说交际语用研究》，博士学位论文，上海外国语大学，2006 年。

242. ［美］杰罗姆·布鲁纳：《故事的形成：法律、文学、生活》，孙玫璐译，教育科学出版社 2006 年版。

243. 崔道怡：《大话小说》，中国文史出版社 2006 年版。

244. 刘恪：《现代小说技巧讲堂》，百花文艺出版社 2006 年版。

245. 王安忆：《心灵世界》，复旦大学出版社 2007 年版。

246. 李子：《小说学》，天马图书有限公司，2007 年版。

247. 姚国军：《小说叙事艺术》，群众出版社 2007 年版。

248. 黄新生：《侦探与间谍叙事：从小说到电影》，五南图书出版股份有限公司 2008 年版。

249. 胡绍嘉：《叙事、自我与认同：从文本考察到课程探究》，秀威资讯科技股份有限公司 2008 年版。

250. 耿占春：《叙事美学》，南方出版社 2008 年版。

251. 倪浓水：《小说叙事研究》，群言出版社 2008 年版。

252. 朱斌：《小说张力研究》，博士学位论文，南开大学，2008 年。

253. ［意］伊塔洛·卡尔维诺：《美国讲稿》，萧天佑译，译林出版社 2008 年版。

254. 刘阳：《小说本体论》，博士论文，复旦大学，2008 年。

255. 伍茂国：《现代小说叙事伦理》，新华出版社 2008 年版。

256. 贾晓庆：《叙述文体学：理论建构与应用》，博士学位论文，河南大学，2009 年。

257. 谢雪梅：《虚构叙事中时间的分形》，云南人民出版社 2009 年版。

258. 董小玉：《斑斓·深邃·魅力——故事编讲艺术》，西南师范大学出版社 2009 年版。

259. 老舍：《我怎样写小说》，文汇出版社 2009 年版。

260. 廖昌胤：《小说悖论：以十年来英美小说理论为起点》，安徽大学出版社 2009 年版。

261. 姚增华：《小说技法》，青海人民出版社 2009 年版。

262. 俞汝捷：《小说 24 美》，中国青年出版社 2009 年版。

263. 郭明：《俄罗斯语言篇章范畴与小说研究》，博士学位论文，黑龙江大学，2010 年。

264. 许荣哲：《小说课：折磨读者的秘密》，国语日报社 2010 年版。

265. 杨照：《故事效应：创意与创价》，九歌出版社有限公司 2010 年版。

266. 曹文轩：《小说门》，人民文学出版社 2010 年版。

267. 徐岱:《小说叙事学》,商务印书馆 2010 年版。

268. 张大春:《小说稗类》,广西师范大学出版社 2010 年版。

269. 刘阳:《小说本体论》,上海书店出版社 2010 年版。

270. 龙一:《小说技术》,百花文艺出版社 2011 年版。

271. 陈鸣:《创意写作:虚构与叙事》,广西师范大学出版社 2011 年版。

272. 陈丽英:《社会文化变迁与现代小说的生成:小说社会学研究方法和实践考略》,博士学位论文,北京师范大学,2011 年版。

273. 杨劼:《普通小说学:把握小说的公开或隐秘的特质》,江苏文艺出版社 2011 年版。

274. 李森:《小说叙事空间论》,博士学位论文,南京大学,2011 年。

275. 张炜:《小说坊八讲:香港浸会大学授课录》,生活·读书·新知三联书店 2011 年版。

276. 何青志:《隐含作者的多维阐释》,博士学位论文,吉林大学,2011 年。

277. 赵昊龙:《小说创作论》,中国社会科学出版社 2012 年版。

278. 老舍:《我怎样写小说》,译林出版社 2012 年版。

279. 王安忆:《小说课堂》,商务印书馆,2012 年版。

280. 李新亮:《现代小说与音乐》,博士学位论文,南京大学,2012 年。

281. 易东生:《承袭与构建》,中国矿业大学出版社 2012 年版。

282. 崔道怡:《小说课堂》,作家出版社 2012 年版。

283. [匈] 卢卡契:《小说理论:试从历史哲学论伟大史诗的诸形式》,燕宏远、李怀涛译,商务印书馆 2012 年版。

284. [匈] 卢卡契:《小说》,以群译,生活·读书·新知三联书店 2012 年版。

285. [意] 卡尔维诺:《美国讲稿》,萧天佑译,译林出版社 2012 年版。

286. 刘璐:《历史的解构与重构:后现代主义历史编纂元小说研究》,博士学位论文,南开大学,2012 年。

287. 刘恪:《现代小说技巧讲堂》,百花文艺出版社 2012 年版。

288. 许家骏:《叙事小说分析方法研究》,博士学位论文,上海外国语大学,2013 年。

289. ［美］西摩·查特曼：《故事与话语：小说和电影的叙事结构》，徐强译，中国人民大学出版社 2013 年版。

290. 郭晓蕾：《空间与时间之间：小说叙事范型的变迁》，博士后出站报告，复旦大学，2014 年。

291. 赵海霞：《小说叙述主观化研究》，博士学位论文，北京外国语大学，2014 年。

292. ［美］弗里德里克·詹姆逊：《未来考古学 乌托邦欲望和其他科幻小说》，吴静译，译林出版社 2014 年版。

293. ［美］杰夫·格尔克：《情节与人物》，曾轶峰、韩学敏译，中国人民大学出版社 2014 年版。

294. ［美］劳伦斯·布洛克：《布洛克的小说学堂》，徐菊译，上海文艺出版社 2014 年版。

295. 刘俐俐：《小说艺术十二章》，上海教育出版社 2014 年版。

296. 何永生：《创作小说的技术与阅读小说的技术》，世界图书出版广东有限公司 2014 年版。

297. 高红梅：《多元小说理论视域下的文本研究》，东北师范大学出版社 2015 年版。

298. 许道军：《故事工坊》，中国人民大学出版社 2015 年版。

299. 许荣哲：《小说课（Ⅱ）：偷故事的人》，财团法人国语日报社 2015 年版。

300. ［英］安德鲁·考恩：《写小说的艺术》，童韵、李菱译，中国人民大学出版社 2015 年版。

301. 王建刚：《小说政治学》，广西师范大学出版社 2015 年版。

302. 毛克强：《小说人格塑造与人格批评路径研究》，北京师范大学出版社 2015 年版。

303. ［美］杰拉德·普林斯：《故事的语法》，徐强译，中国人民大学出版社 2015 年版。

304. ［美］罗纳德·B. 托比亚斯：《经典情节 20 种》，王更臣译，中国人民大学出版社 2015 年版。

305. 佘向军：《小说叙事理论与文本研究》，光明日报出版社 2015 年版。

306. 黄灿：《从经典到后经典：叙事聚焦研究的范式与转型》，博士学位论文，北京师范大学，2016 年。

307. 马兵文：《故事的艺术》，百花文艺出版社 2016 年版。

308. 陈鸣：《小说创作技能拓展》，中国人民大学出版社 2016 年版。

309. 董仲湘：《小说写作技巧研究》，团结出版社 2016 年版。

310. ［日］根本昌夫：《小说教室》，陈佩君译，天下杂志股份有限公司 2016 年版。

311. 李建军：《凤头猪肚豹尾》，中国戏剧出版社 2016 年版。

312. 李乔：《新版小说入门》，春晖出版社 2016 年版。

313. 施百俊：《故事与剧本写作》，五南图书出版股份有限公司 2016 年版。

314. ［美］雪莉·艾利斯：《开始写吧!》，刁克利译，中国人民大学出版社 2016 年版。

315. ［美］拉里·布鲁克斯：《故事力学》，陶娟译，中国人民大学出版社 2016 年版。

316. 崔绍锋：《倾斜的乌托邦》，吉林人民出版社 2016 年版。

317. ［美］大卫·姚斯：《小说创作谈》，李安译，中国人民大学出版社 2016 年版。

318. 周立人：《小说鉴赏与写作》，立信会计出版社 2016 年版。

319. 吕玉铭：《小说创作修辞论》，吉林出版集团股份有限公司 2016 年版。

320. ［美］约翰·加德纳：《大师的小说强迫症》，陈荣彬译，麦田出版 2016 年版。

321. ［美］约翰·加德纳：《成为小说家》，孟庆玲、伊小丽译，中国人民大学出版社 2016 年版。

322. 刘海涛：《模型与方法》，广东人民出版社 2016 年版。

323. 刘小源：《来自二次元的网络小说及其类型分析》，博士学位论文，复旦大学，2016 年。

324. 丁伯慧：《创意写作》，高等教育出版社 2016 年版。

325. 许道军：《故事工坊》，乐果文化事业有限公司 2017 年版。

326. ［法］克洛德·西蒙：《四次讲座》，余中先译，湖南文艺出版社 2017 年版。

327. 王安忆：《小说与我》，广西师范大学出版社 2017 年版。

328. 李德南：《小说：问题与方法》，花城出版社 2017 年版。

329. 廉丽：《小说文本叙事中的符号意蕴》，吉林大学出版社 2017 年版。

330. ［法］韦恩·布斯：《小说修辞学》，华明、胡晓苏等译，北京联合出版公司 2017 年版。

331. ［法］左拉：《实验小说论》，张资平译，上海社会科学院出版社 2017 年版。

332. ［澳］郝思特·孔伯格：《故事的力量》，薛跃文译，西安交通大学出版社 2017 年版。

333. 夏阳：《小小说写作艺术》，金城出版社 2017 年版。

334. ［匈］卢卡契：《小说理论》，燕宏远、李怀涛译，商务印书馆 2017 年版。

335. ［美］珍妮特·伯罗薇：《小说写作》，赵俊海、李成文译，中国人民大学出版社 2017 年版。

336. 洪辉煌，许谋清：《当我们谈论小说时 我们在谈论什么》，九州出版社 2018 年版。

337. ［美］华莱士·马丁：《当代叙事学》，伍晓明译，中国人民大学出版社 2018 年版。

338. 陶长坤：《小说创作新论》，人民文学出版社 2018 年版。

339. ［美］罗宾·赫姆利：《从生活到小说》，郑岩芳、冯芃芃译，中国人民大学出版社 2018 年版。

340. ［美］克里斯·贝蒂、［美］琳赛·格兰特、［美］塔维娅·斯图尔特-斯特赖特：《写小说如何打草稿》，葛秋菊译，江西人民出版社 2018 年版。

341. ［英］琳恩·巴瑞特-李：《小说创作基本技巧》，张啸驰译，文化发展出版社 2018 年版。

342. ［美］凯蒂·维兰德：《小说的骨架》，邢玮译，江西人民出版社 2018 年版。

343. 王安忆：《小说课堂》，人民文学出版社 2018 年版。

344. 李晋山：《小说叙事简析》，东北师范大学出版社 2018 年版。

345. ［美］弗雷德·怀特：《作家的灵感宝库》，张铮译，文化发展出版社 2018 年版。

346. 宫敏捷：《写作，找到表达自己的方式》，羊城晚报出版社 2018 年版。

347. 吕佳：《小说电影化叙事价值阐释》，西安交通大学出版社 2018 年版。

348. ［匈］卢卡契：《小说理论：试从历史哲学论伟大史诗的诸形式》，燕宏远、李怀涛译，商务印书馆 2018 年版。

349. 凌鼎年：《凌鼎年微型小说创作 28 讲》，光明日报出版社 2018 年版。

350. ［美］厄休拉·勒古恩:《写小说最重要的十件事》，杨轲译，江西人民出版社 2019 年版。

后　记

1996 年秋，我终于实现了夙愿，来到了江城武汉攻读硕士研究生，专业是文艺学。在读研究生期间，我对后现代主义文化理论、叙事学产生了浓厚的兴趣，当时力之所及能找到的相关书籍，基本上都读过了。在研读西方文学理论的过程中，我对小说家的创作谈也产生了浓厚的兴趣，尤其是西方著名小说家、获奖小说家的创作谈，广泛搜罗，集中阅读。随着时间的推移和知识的积累，我的研究兴趣悄悄地发生了转移，对纯理论不再那么痴迷，而对中国现当代文学有了更多的思考。1999 年秋，我有幸跟随於可训先生攻读博士学位，研究中心转移到中国现当代文学史上。引用於老师的话来讲，这三年来我吃尽了苦头。文学史和文学理论的思维方式、研究重心毕竟大相径庭。当完成博士学业后，很长一段时间，我陷入研究的迷茫之中。我一时不知道我未来的研究方向在哪里。加之博士毕业后，在一所地方高校任教，愈加觉得学术前景迷茫。一直到 2005 年，我调入湖北大学，才有了终归学术研究的感觉。但是，到底怎样规划未来的学术道路，我依然迷茫。加之，21世纪中国当代文学研究转型迹象更加清晰。如何选择我未来的研究方向依然是困扰我的问题。这种困惑也表现在我一直没有申请到高级别的课题。经过一段时间的思考，我决定把提炼个人学术发展方向和完成学术考核结合起来。确立了未来发展道路后，我倒是变得笃定了一些。于是，我重新清理了知识结构。我意识到，必须从我已有知识结构里找到学术发展方向。结合中国当代文学研究的发展趋势，我确定了由中国当代小说理论（批评）发展史作为突破口。确定了学术发展道路之后，我很快在课题申报上取得了突破，在 2012 年申请到了教育部人文社科基金。2013 年，我以"中国当代小说理论发展史研究"为题，申请到了国家社会科学基金。

课题立项后，怎么开展研究工作也颇费思量。中国当代小说理论史料浩如烟海，当代小说理论表现形态多样，小说家、翻译家、批评家、学者都有理论贡献。如何找到一条缝合多样形态的小说理论的方法，如何在历史发展演进和理论建构中找到一条清晰的思路，是我始终要思考的问题。在研究思路清晰之后，我开始了写作。

我要特别感谢斯坦福大学东亚研究中心图书馆提供的周到服务。我所需要的书籍，包括报纸、刊物上的文章，图书馆管理员都能及时满足我的需求。一年访学结束之际，我的书稿也基本成型。

我要感谢各位鉴定专家提出的宝贵意见！这些意见我在修订过程中尽量吸纳。由于学术水平有限，还有些意见，我在后续研究中会认真落实。

国家课题申报和结项是在湖北大学完成的。非常感谢湖北大学社会科学处领导、工作人员提供的各种支持，也感谢湖北大学文学院相关工作人员的支持和帮助。

拙著也是"华中科技大学文科双一流建设项目基金资助（中国现代文体学研究创新团队）"阶段性成果。

2022 年春